光尘
LUXOPUS

Juliet Conlin

六日惊奇

The Uncommon Life Of Alfred Warner In Six Days

[英] 朱丽叶·康林 著 黄瑶 译

北京联合出版公司

黑夜降临到这个地方的时候，
命运三女神也随着来到这里，
为这位君主编织一生的命运。
她们预言这位君主享有盛名，
他必定是位功勋卓越的武士。

——《海尔吉·匈丁斯巴纳的第一首谣曲》
摘自《埃达》[1]

如果我有罪，
你觉得那个声音还会来找我吗？

——圣女贞德

我不明白，
要是……我把有关它们（那些声音）的事情说出去……
所有人都会觉得它们源自我的内心，而不是外界，你明白吗？

——托米·H，23岁，幻听者

---

[1] 译者注：译文摘自《埃达》，石琴娥、斯文译，译林出版社（2017年9月）。

目录

第一日 长路 /001

第二日 烽火少年 /105

第三日 尘世 /151

第四日 在英格兰 /217

第五日 轰鸣与回响 /257

第六日 此时此地 /413

第一日
长路

一个人的旅途
第一日

我遇见阿尔弗雷德·华纳的那天（他原姓沃纳），他已经向东走了 700 多英里，饥肠辘辘、筋疲力尽，坐在从机场前往柏林中央火车站的区间列车上。他一直全神贯注地紧盯着自己的行李箱。它就摆在火车的行李架上，夹在一只带轮的硬壳箱和一只脏兮兮的米黄色帆布背包之间（一想到自己的箱子可能塞得太紧，除非其他两件行李的主人先把自己的东西取下，否则是拿不出来的，他就满心焦虑），以至于完全忘记了车站的事情。前一晚，孙女布莱妮娅抱歉地在电话里告诉他，她没法儿去机场接他了，但两点钟左右会在中央火车站与他见面，于是他把列车的整条行车线路和站名之类全都写在了一张纸上。

虽然知道老花镜被放在了行李箱里，阿尔弗雷德还是把手伸进夹克的口袋里，掏出了那张纸。

像个瞎子一样，一个字都看不到！

但他还是把纸展开，放在了大腿上。

"爷爷，很好找的。"布莱妮娅在电话里告诉他，"直接从机场坐上区间列车就到了。你不会迷路的。"说到这里，她笑出了声，好像事情就是这么简单。放荡不羁、漫不经心的笑声四处缭绕。还没见过她，阿尔弗雷德就已经开始讨厌她了。

一股热气从他座位下方的散热格栅里喷了出来，差点烫到他的小腿。他的腿猛地向前一抬，双脚撞到了正对面坐着的那个男人的胫骨上。

"哦，抱歉。"他说，然后赶紧用德语改了口，"请原谅。"

这些字眼从他的嘴里说出来好怪。已经陌生的母语让他听起来十分迟钝，或者更糟——老态龙钟。

都怪国民健康系统装的这些假牙。它们不习惯这种语言。

不过对面的那个男人只是在座位上挪了挪，一脸不悦地挥手打发了他的道歉。从阿尔弗雷德身下冒出来的阵阵热气闻上去微微发臭，害他突然担心臭气是从自己身上散发出来的。他扯开套头衫的领口，用力拽了一两下，尽可能遮掩着闻了闻，却只能隐约嗅到汗水和今天早上洗澡用的薰衣草沐浴露掺杂在一起的味道。

啧啧啧，看来臭烘烘的不是你。

火车开始减速了。几名乘客站起身，重新整理着外套、夹克和围巾，挡住了阿尔弗雷德紧盯行李箱的视线。他也站起来，努力保持着平衡，试图透过对面的车窗看清站名。此时，嗞嗞尖叫的列车只是徐缓前行，可阿尔弗雷德还是没能将视线聚焦在经过的站牌上，看不清上面的字。他叹了一口气，转过头重新望向了行李架。某个一袭黑衣的年轻女子挡住了他观察行李箱的视线，不过他能看到，她正在用力拽着她自己那只粉红色的带轮行李箱。过了一会儿，箱子被她猛地扯了下来。阿尔弗雷德的箱子却不见了。

他拖着脚从隔壁座位上的女子身边蹭了过去。**不好意思，不好意思**，他沿着走道朝行李架走去，喘着粗气努力绕过挡在他前面的手提包、大衣还有蹒跚学步的婴儿，赶在梳着马尾辫的年轻人从架子上拽下那只米黄色帆布背包时，走到了行李架旁。阿尔弗雷德举起一只手，想要轻轻拍拍年轻人的肩膀，发现肩膀正在颤抖，便将手放了下来。

"不好意思。"阿尔弗雷德用德语说道。

年轻人转过头，微微一笑。

"抱歉，我不会说德语。"他表示。

阿尔弗雷德觉得自己听出了一股苏格兰的口音。

"没关系。"他回答。

他是从哪里来的？快点儿，问问他啊！

"有什么我能帮忙的吗？"年轻人将帆布背包甩到了背上。在此过程中，背包撞到了好几个人。

"我的行李箱。我好像找不到它了。"阿尔弗雷德为自己话音中流露出的一丝绝望感到难为情。此时此刻，火车已经完全停稳了。阿尔弗雷德满心焦虑。如果这里真的是他的车站，他就得赶紧拿上行李箱下车。

"它刚才还在这里来着——"他伸手指了指仍旧摆在架子上的那堆行李,然后朝着年轻人转过身,突然发现他的箱子就立在几英尺外的走道上。肯定是那个年轻女子在取下自己的行李时将它放在那里的。"哦。"他轻声说,"在这儿呢。"

"需要我帮你把它拿下火车吗?"年轻男子问。

"我们到了吗?"阿尔弗雷德反问。

我们到了吗?我们到了吗?他怎么知道你要在哪儿下车?

男子跟上其他准备下车的乘客,开始缓慢地朝着车门挪动。"我们到的是中央火车站——如果这是你要下的那一站。"他回过头答道。

阿尔弗雷德感觉脑袋在脖子上晃了晃。得到他的肯定,年轻男子提起了阿尔弗雷德的行李箱。

"那我就帮你把它放在站台上,可以吗?"没等他作答,年轻男子就朝着车门走了过去。

阿尔弗雷德小心翼翼地缓缓迈下火车,在其他你推我搡、急着上下火车的乘客中专心保持着身体的平衡。

一群没有耐心的家伙。

自从早上离开家,他还没有好好地尿过一泡尿。他曾试过在飞机上解决,但那个又小又臭的隔间的门就是顽固地不肯上锁。他害怕门被猛地打开,将敞着裤子拉链的他暴露在一整架飞机乘客的眼前,因此畏缩了。79岁"色情狂"在所有人面前袒露下体——这个画面让小便几乎成了不可能的事情。他只能痛苦地努力挤出几滴炙热的尿液。后来上了火车,膀胱的压力再次占据了中心位置,他却不敢去寻找厕所,以防有人偷了他的行李箱,或者坐过了站。

此时此刻,他坐在站台上,除了去趟厕所的念头外就没有别的想法,也不知该如何礼貌地向布莱妮娅表达自己的需求——如果她最终会出现的话。冷风顺着站台席卷过车站,从一个隧道口吹向另一个隧道口。阿尔弗雷德已经几乎记不起她长什么样子了。她曾在寄来的第三封信里夹过一张照片。同一个信封里面还包了一张机票。她在信中对他的到来表达了激动之情。可他把照片落在了胡桃木的矮脚边桌上,忘了随身携带。从巴顿路搬去格莱斯通养老公寓时,这张边桌是他获准带去的少有几件家具之一。不过那天早上,护士一直在催他出门。他说过会留下过圣诞,却改变了主意,惹得护士大发脾气。这样一来,留在养老公寓里吃圣诞晚餐的人就剩下三个了,因为埃莉诺·杜根前一晚意外离世了;弗兰克·马丁斯最终还是决定去和女儿一起过节;而他不知不觉已经坐上了奔向伯明翰机场的出租车。

"一定要把你有糖尿病的事情告诉她。"护士朝着他听力不好的左耳大喊。其实他的右耳才是不聋的那一只,"我们可不想等你回来的时候开始给你扎针,就因为你无法拒绝圣诞布丁。"

尽管心知自己不会回来了,阿尔弗雷德还是笑着点了点头。

没错。在我遇到他六天之后,阿尔弗雷德·华纳就因心脏衰竭而离开了人世。

坠落
2005

　　她们来了。她们马上就要来了。还没听到声音,你就能觉出她们的到来。总是这样,次次如此。现在是一点十五分。如果你不想迟到,就得尽快迈出家门。不过要是有了她们,你就无法离开房子。你是不可能带上她们一起走的。没门儿。

　　还没听到她们的声音,你就能觉出她们的到来,如同暴风雨前气压的细微变化。就算是用上医生建议的反刺激方法,通过哼哼来阻止那些声音的到来,你也心知肚明,其效力就像是朝着天空举起拳头,想要阻止暴风雨的降临。果不其然,低沉的爆裂声响了起来,还夹杂着频繁的咳嗽声与咕哝。

　　首先穿透尖锐、清晰的静电音响起的,是一个小姑娘忽大忽小的声音:**我们知道,是不是。是不是。我们知道。我们太重了。太、太、太重了。我们知道什么是重量,是不是。我们好重,重若千斤。**

意识到脚底板正在前后晃动,你停止了哼鸣。你仍旧站在走廊上,左手握着钥匙,右手拿着夹克外套,正准备出门。

哦,好重,布莱,布莱,布莱妮娅。那个声音还在说。为了嘲笑你,她把"莱"字发成了颤音,听上去就像是摩托车在加速旋转。

现在吃药已经太晚了。埃里克离开之后,你就再也没有吃过药了,因为你需要去感受痛楚,好体会活着的感觉。因为不这样的话,还有什么意义呢?这太疯狂了,布莱妮娅,他在那一次的火灾之后说。我不能这样生活,他说。这是行不通的。

如果你走运,就只听得到那个小女孩的声音。其他人也许不会紧随其后。谁知道呢。

声音逐渐远去,留下一阵越来越微弱的噪声。你上下左右打量着四周,用双眼去聆听。在这个美好的瞬间,一切都静止了。然而就在你抬起一只手臂,穿过夹克衫的袖口时——

无耻!你这个荡妇,你这个肮脏、淫秽的荡妇!

是两个女人的声音。在你的想象中,她们是一对异口同声的双胞胎,刺耳而暴躁的嗓音听上去既怪诞又不自然。或许那只不过是一个声音重复了两次,就像录音师在录音时将一个声音叠加在另一个声音上。

你会遭到惩罚的。你无法逃脱最后的审判。看看你那副德行吧,牛仔裤那么紧,卡在胯骨上,把你那肮脏、恶心、膨胀的下体都勒出来了……

你并不想这样,却还是低头看了看自己的胯部。

没错,你看了!他们都会盯着你看,注视着你,你和你令人恶心的下体。

你把钥匙和夹克衫全都丢在地板上,跑进客厅,奔向角落的那张宜家书桌,在成堆的纸张和书本里翻找起来,把它们一并扫落到了地板上。你才不在乎呢,你要寻找自己的无线耳机,寻找你宝贵的音乐,音乐。可那里什么都没有。于是你又奔向房间的另一头,翻开咖啡桌上摆着的笔记本电脑。开机。屏幕亮了。你紧盯着处理器疯狂闪烁的亮光,试图不去理会有个声音在喊:**胖子!又胖,又臭,又放荡!哦,你想要他们来摸你,摸你的下体……**

电脑开机运行之后,你点开视频网站,输入"科尔曼"几个字,又新建了一个网页,输入"高柳"。 一片吼叫声中,你努力集中精力,寻找正确的拼法,然后将音量调到最高,沉浸在四面八方涌来的音浪中——走音的萨克斯风、刺耳的吉他和暴躁的爵士在你的脑海里与那些声音展开了混战,让你的脑袋疼得仿佛扎进了一块玻璃。

你瘫倒在沙发上,闭上了双眼。

某一刻,在萨克斯风和吉他的嘈杂尖叫声中,那些恶言恶语渐渐弱了下去,也许是因为双胞胎不愿与噪声抗衡。几分钟之后,乐声也停止了。沙发上的你沉浸在一片静默之中,耳朵嗡嗡作响,心脏加速跳动,浑身大汗淋漓。你知道自己应该全神贯注地记住什么重要的事情,大脑内部却像刚被剥了皮一样刺痛。你还得一动不动地待上一会儿,哪怕一小会儿也好,等到神经末梢停止尖叫,等到反胃的浪潮一波波过去。你仰面躺着,细数着呼吸。

万籁俱寂,如此美妙。

布莱妮娅。

你猛然睁开双眼。

布莱妮娅。起来。

你坐起身,一扭头吐在了地毯上,紧接着哭了起来。轻声地哭泣。

你又在犯傻了。

这是你最害怕的声音。

你知道吗,我对你已经失去耐心了,真的。

响亮,有力,冗长。同时在你的脑袋内外响起。

首先,我跟你说话的时候,你要坐直。擦擦你的下巴。看看你把这里弄得一团糟。我应该让你把它舔干净。

你继续啜泣,用袖子抹了抹下巴。你跪下来,把脸凑到地板上。刺鼻的酸味令你干呕起来。

你在干什么?起来,你这个傻丫头。反正它现在已经浸到地毯里去了。好了,我们去厨房里走走吧。

你坐在脚跟上,号啕大哭。不要,你说。不要让我伤害自己。求你了。

"不要让我伤害自己。求你了。"**我们讨论过这件事情,布莱妮娅。我都不知道说过多少次了。你把我想要的给我,我就不会来打扰你。就是这么简单**。

可我不知道怎么……你都懒得把话说完。她是对的。在这件事情上，你们已经讨论过无数次了。香烟烫过的痕迹。绳子勒过的痕迹。还有各种各样的切口：刀子、剃须刀、针在皮肤上划过的痕迹，还有玻璃碎片的划痕。可你还是不知道她想要什么。这么多年来，她一直与你纠缠不清，虽然偶尔会丢给你几句谜语，内容却毫无意义。

（任一角度的镜子有何意义？

如果我拿走你的眼睛，你能看到什么？

一口气能在雨中飘出多远？）

要不就是你太笨，解不开这些谜语。可你试过了——哦，天知道你有多努力！

她是你最害怕的那一个，因为她能占据你的思维。她不会像双胞胎那样破口大骂，或是像小女孩那样胡说八道。她知道什么能让你兴奋。她知道什么能让你恶心。她会纠缠你，奚落你，在你面前炫耀她的实力。她知道如何激怒你，害你鲜血直流。在你停药时，她是最残忍的。那才是她真正的复仇时刻。她不笨；她知道你有办法让她闭嘴——氯丙嗪、镇定剂、三氟拉嗪。但你早晚都会停药，因为它们会对你的思想和身体造成影响，如同一条厚厚的热毯，让你的思想无法喘息，害你的舌头、乳房和脚踝肿胀，以一种无法用言语向医生解释的方式来毒害你。你无法清晰地思考，几乎起不来床，还会在公交车和火车上睡着。吃药会令你疲惫。停药则会令你崩溃。

站起来！快点，现在就站起来！你知道自己是个没用的家伙吗？我都不知道自己为何要费这么大劲儿。

你站起来,哼着"一闪一闪亮晶晶,满天都是小星星"的前几个小节。这是你脑海中出现的第一段曲调,不过这曲调太无力、太小儿科了,刚一出口就被你吞了回去。你害怕会激怒她。最好还是照她的吩咐去做。可为时已晚。她已经听到了。

儿歌?你是认真的吗?就这样吧,布莱妮娅。我已经受够了。我今天本想再给你一次机会,把我想要的东西给我——你知道我想要什么,所以不必大费周章地假装自己什么都不懂——不用了,别虚情假意的。她叹了一口气。好了,现在是时候了。我觉得是时候了。

你开始朝着厨房走去。

不,布莱妮娅。别去厨房。这次不用了。哦,我知道你有多喜欢摆弄那些锋利又尖锐的东西。今天不用了。去阳台!来吧,你知道是时候了。

你转身穿过客厅,走到阳台的门口,依旧泪流不止。

是你逼我这么做的。你懂的。我们已经到了无路可走的地步。

你摸了摸门把。冰凉的金属令你浑身颤抖。你抖得连门把都拧不动。

别这样,求你了,别逼我。你吓坏了,口不择言。

那是什么意思,布莱妮娅?

别逼我。求你了。

来吧,你做得到。深呼吸。

你吸气,吐气,身体渐渐不再哆嗦。你转动了门把。

好姑娘。看到没有?没那么困难,不是吗?

你打开门,迈上了阳台。寒风刺骨,你却什么也感觉不到。

阳台四周围绕着你去年夏天刷成黑色的铸铁栏杆。

一步，两步，三步，四步。走啊，继续走啊，别胡思乱想。姑娘，我们一起经历了这么多，我和你。现在是时候了。你懂的，对吗？是时候了。

你点了点头。啜泣再次令你浑身发抖——又或许是寒冷的缘故。

还没等你回过神来，一切就结束了。顶多几秒钟。几毫秒。

你开始攀上栏杆，左脚被其中一块装饰用的铁质涡状物绊住了。一瞬间，你差点失去平衡，掉落下去。你的心都提到了嗓子眼儿里。

哇！站稳！我们想把事情做好，对吗？

你的心怦怦直跳，赶紧调整身体，别扭地站在栏杆外面，屁股和双脚紧贴着一排凸出的砖块。

跳啊。跳吧。等待是没有意义的。跳吧。快点儿。

你任由自己向前倾倒，身体在冰冷的空气中无声地划过。撞上水泥地面时，你仍旧是清醒的，能够听到头盖骨碎裂的声音，还能感觉到疼痛，钻心的疼痛。紧接着是一片宁静。

车站邂逅
第一日

我是这样认识阿尔弗雷德的:

我结束周末旅行,从布拉格出发,坐上378次欧洲城际列车,和阿尔弗雷德同一天到达了中央火车站。列车上的供暖系统在旅程的最后一个小时才喷出热气,所以到达柏林时,我已经被冻僵了。距离圣诞节只剩下几天的工夫,车站里人山人海。我一心只想快点儿从人群中挤出去,却好像听到有人在呼唤我的名字。转过身,我在人群中扫视,竭力辨认着自己熟悉的脸庞。可谁也没有望向我的方向,而我的名字又很普遍。于是我回转过头,朝着电梯走去。就在这时,我左脚靴子的后跟卡在了金属栅栏上,啪的一声断掉了。我压低嗓门咒骂了一句,紧接着想起箱子里还装了第二双鞋——那是一双浅橙色的耐克训练鞋，搭配我的酒红色牛仔裤一定不堪入目，但比起一瘸一拐地踩着断掉的鞋跟四处行走要好多了。于是我四处张望，寻找着能将箱子摊开、换双鞋子的地方。在站台的中间，我看到了一条长凳，上面安了四把灰色的模制塑料椅。一个老头坐在一端的一张椅子上，一对年轻夫妇则占据了另外一端的两张座椅。我一瘸一拐地朝着长凳走去，坐在了年轻女子和老头之间，将行李箱放在两腿之间的地板上。就在我飞快地动手翻找起来时，老头开口说话了。由于附近没有别人，所以我猜他是在对我说话，于是我坐直了身体。

"不好意思，你说什么？"我问。他说话的声音太轻，我没太听清。

他转过头看着我，皱起了眉头，看上去一脸困惑，仿佛刚从白日梦中醒来。

"你说什么了吗？"我用德语问他。

他摇了摇头，再次移开了视线。我弯下腰，继续在箱子里努力翻找：训练鞋被我装在了箱子的底部——大家都是这么打包行李的——现在我正奋力把手从梳子、洗漱用品、脏衬裤和一两件衬衫中伸向箱底。

"一派胡言！"

又是那个老头。我没有坐直身子，而是向右转过头，看了看他。

他接着说道："不，不。她没有忘。你再等等看。"

我意识到，他说的是英语，不过声音比耳语大不了多少。他直视着前方，或者更准确地说，他正面对着前方，但看上去并没有盯着任何东西。

我直起身。"我能帮你做些什么吗?"我问他。

他又看了看我,先是无声地动了动嘴唇,然后终于开口答道:"很抱歉打扰你,但是应该来接我的人还没有到,我却很想……去上厕所。可我对这座车站不熟悉,不知道厕所在哪里。我的行李箱太重了,我没法儿拖着它到处去找公共厕所,假设这里有厕所的话。所以,不知你能否在我暂时离开时帮忙照看一下箱子……"

这个要求来得如此匆忙、如此急迫,以至于我忍不住说了一句:"当然可以。"

"谢谢。"他回答,"我害怕要是自己暂时离开站台,我孙女会以为我没到。"他的表情看似缓和了一些。"她本来应该两点钟来接我的。"他补充了一句。

"哦,我猜她肯定是有什么事情耽搁了。"我说,"乘电梯下两层就能看到厕所。我觉得你最好别用自动扶梯,不然有可能迷路。靠左边走,那里应该会有标志。我会帮你看着行李的,也会留意一下你孙女。她长什么样子?"

"哦。"他皱起了眉头,"我也不太确定。其实我从没有见过她。我本来有张照片的,可是……我觉得她应该是金发。没错,肯定是。金发,矮个子,笑起来很好看。不过我不太喜欢她的笑容。哦,天呢。那我可不可以……?"

"当然,去吧。"我回答,"我就在这里等你回来。"

老头匆匆朝着电梯走去。我则重新坐下来,换上训练鞋,打了个寒战,希望他能快点回来。我的眼神一直在密切留意一名身材较小的年轻女子——她有可能是一头金发,有可能不是——思绪却已经飘到了几个小时之后，想象自己拆开行李箱，冲个热水澡，吃着冰箱里剩下的东西。

然而事情却走向了一个截然不同的方向。

老头离开去找公共厕所大约十分钟后，我看到他坐着玻璃电梯升了上来，看上去筋疲力尽、老态龙钟、满脸无助。一瞬间，一股不请自来的责任感涌上了我的心头。穿着脚下这双耐克运动鞋，我本想像它的制造商在广告中承诺的那样"说做就做"——拎起行李箱就跑，但我没有。我的奖励就是阿尔弗雷德的人生故事。

童年时光
1932

阿尔弗雷德顺着陡峭狭窄的楼梯向下爬,去寻找母亲。按照他们教他的那样,他是倒退着下楼的。几天以来,家里一直充斥着某种令人不安却又兴奋的感觉。它如同某种情绪的雷云,阴沉,噼啪作响,渗透进对话的缝隙打破了沉默,令父亲的脸上隐隐绽放出笑容,在安顿阿尔弗雷德兄妹去睡觉时还会送上一个吻。妹妹玛莎出生前,阿尔弗雷德还太年幼,没有意识到这种感觉。如今,六岁的他已经不是小孩子了,明白母亲可能随时都会分娩。所以,当母亲没能出现在午餐桌旁时,阿尔弗雷德十分重视父亲叫他前去寻找母亲的吩咐,就像让他去确认牛棚是否锁好了一样。

农舍太小了，想要不被人发现是不可能的，连玩捉迷藏的游戏都不得不在室外进行。于是阿尔弗雷德开始外出搜寻。他在农场里漫无目的地奔跑，查看了谷仓、鸡舍和牛棚，然后才焦急地原路返回，奔向储存冬季木柴的狭小外屋。外屋虽然结构简陋，却有一间小小的地窖。除了冯·马克斯特恩主宅里那座宽敞的酒窖，这里是庄园唯一的地下建筑，可能也是卡尔·沃纳在庄园里最出色的成就，因为它让家中食物储藏的时间远远超越了原本的可能。当季生产过剩的一切作物，或是自耕的一亩三分菜地里生长的东西都能被储存下来。他们通常都会储存足量的洋葱、胡萝卜、卷心菜和土豆。

几个月前，由于几罐山楂果酱莫名其妙地失踪，地窖就成了沃纳家所有的孩子严禁入内的地方。这也是阿尔弗雷德没有优先考虑去那儿寻找母亲的原因。他顺着顶多算架梯子的阶梯爬到地窖底部，在短裤上擦了擦手。八月闷热的高温仿佛能将地里的每一丝水分都吸干，烤得庄稼枯黄，连牛的乳房都干瘪地吊在肚皮下面。但地窖里的温度凉爽宜人，令人神清气爽。高大的窗前挡着几块木板，几缕狭长的阳光穿透木板的接缝照射进来，通过飞扬的尘粒才能看到。阿尔弗雷德转过身，看到了母亲。起初，他以为她正在祈祷，心中充满了困惑，因为他以前从未见过她祈祷。虽然年纪还小，但他已经敏锐地意识到，母亲缺乏宗教信仰的事是他父母美满的婚姻中少数几个不和谐的因素之一。

说句公道话，对于任何不了解弗蕾娅精神特质的人来说，不经意地瞥上一眼就能明显看出，她的确是在祈祷。她跪在靠近房间中央的地方，微微仰着头，双手交叠着放在又大又圆的肚皮上，紧闭着双眼。她的身旁还点了几支散发着臭味的粗壮蜡烛。烛光映在她的头发上,令满头金发看上去泛着白金的颜色。

她在自言自语,或者更准确地说,是在喃喃自语,仿佛是在祈求什么。不对,她会在某些让人意想不到的地方停顿,反正不是按照祈祷文来断句的,在阿尔弗雷德看来不太对劲。还有她表情变化的方式:皱眉、微笑、脑袋不易察觉地颤抖——这些让阿尔弗雷德觉得,她其实是在对话。至于是在和谁对话,就不得而知了。他环顾四周,转了一大圈,想要看看是否有人正站在或坐在地窖的某个黑暗角落里。菜架的背后传来了低沉的刮擦声,但那很有可能是老鼠。除了他和母亲,四下别无他人。他静静地站着,母亲则双眼紧闭。即便身处一片昏暗之中,他还是看得到她的眼皮正在颤抖,双唇喃喃着他几乎听不到的话语。他就这样沉默不语地站在那里望着她,十分享受这个只属于他们母子的珍贵瞬间:没有父亲或兄弟姐妹吵闹着争抢她的注意力、她的言语、她的思绪、她的微笑,偶尔还有她的怒火。但这时他才意识到,要是母亲不知道他来了,这就算不上是真正属于他们母子的时光,而是他在这里,她在那里。于是他稍稍向前迈了一步。

"妈妈?"他低声唤了一句(因为在这种情况下,压低嗓门说话似乎才是顺理成章的做法)。

她点了点头,眼睛却依旧闭着,好像一直都知道他来了。她最后轻声嘟囔了几句,睁开眼睛,转头望了过来。看到她的脸上绽放出微笑,泛紫的粉红色双唇形成一道完美的上升曲线,他心花怒放。很快,她的笑容渐渐消失了。

"玛莎怎么样了?"她问道。

"她还在咳嗽。"阿尔弗雷德忍不住也轻轻咳了一声。玛莎是他的妹妹,已经病了好几个星期了。

"但还是没有咳血?"

阿尔弗雷德摇了摇头。

"过来,我的小鸽子。"弗蕾娅松开交叠的双手,朝他伸出一只手臂。

他走上前,跪在她身旁的地上,没有理会顶着膝盖的地面有多坚硬。弗蕾娅用一只手臂将他揽进怀里。他的脸紧贴着她的身体,鼻子和嘴巴靠在她柔软圆润的半边胸脯上,闻着她身上的汗味和隐约的洋葱味道,聆听着她的心跳。那是一种缓慢而轻柔的跳动,像钟表一样规律,却又不那么机械。是的,它是有机的,对阿尔弗雷德来说,它本身就蕴含了生命的全部。聆听着母亲怦怦作响的心跳,他突然被父亲的焦虑之情感染了,仿佛它设法从农舍里爬了出来,钻进外屋,还来势汹汹,害他的胸口也紧绷起来。他悄悄地倒抽了一口气。

"你害怕了,是不是?"母亲问道。

阿尔弗雷德面无表情地摇了摇头,紧接着又点了点头,然后再次摇了摇头。弗蕾娅轻声笑了,胸脯颤抖了一下。

"别害怕,我的小鸽子。"她安慰他,"没有什么好怕的。"

她拿起他的一只手放在自己的肚子上。她的肚子摸上去既紧实又柔软。阿尔弗雷德扭过头,看到她也把手搭了上来,将他的头按在了她的胸口上。此时此刻,她的心怦怦直跳。

"她过几天就能和我们在一起了。"弗蕾娅接着说,"甜美、娇小又可爱,你会看到的。"

他能感觉得到,她的肚子突然硬了起来,硬得如同钢铁一般。他冲动地想去挤压它,看它会不会在他的手下重新变软,但还是忍住了。

"她已经准备好要来到这个世界了。再等几天,就是这么简单。"

母子俩就这样坐了片刻。弗蕾娅的肚子不时轻轻地收缩、放松。身旁的一根蜡烛吵闹地噼啪响了起来,火苗瞬间熄灭,又重新燃起。短暂却璀璨的道别之后,它彻底熄灭了。阿尔弗雷德换了个姿势,好更加清晰地端详母亲的脸庞。

"妈妈?"他问道,"你在和谁说话?"

弗蕾娅笑了,轻轻摸了摸他仍旧搭在她肚子上的手。"朋友。"她回答。仅此而已。阿尔弗雷德重新把头靠在她的胸脯上,闭上了双眼。他累了。玛莎的咳嗽声害他几乎彻夜无眠。此外,由于她几个星期以前就病了,他已经不再和她肩并肩、脚挨脚地睡在同一张床上了,身边没有了三岁妹妹圆润的身体紧挨着他时的温暖。如今,她一个人睡在床上,他则躺在卧室的角落里,垫着用几张毯子堆成的垫子睡觉——或者应该说是试着入睡。

他感觉到母亲换了个姿势。"来,扶我起来。"她爬起身,"等我生下她,能重新行动自如的时候,我心里会很高兴的。"

阿尔弗雷德起身的动作比母亲轻巧不少。他伸出一只手。她朝他笑了笑,费力地爬了起来。阿尔弗雷德朝着梯子迈了一步,弗蕾娅却没有动。

"阿尔弗雷德。"昏暗的光线中,她突然满面愁容,"你得——"

"怎么了？"

话还没有说完，她就低声呻吟起来，弯下腰，紧紧闭上了双眼。

"妈妈？"

她紧抿嘴唇用鼻子做着深呼吸，一次、两次，然后挺直了身子。"再过几天，我的小鸽子，再过几天就好。"

阿尔弗雷德不确定她是在对他说话，还是在对肚子里的婴儿说话。

四天之后的星期天，阿尔弗雷德的妹妹玛丽用了不到一个小时便出生了。接下来的那个星期二，阿尔弗雷德的妹妹玛莎因肺结核离世。玛莎断气的过程很艰难，花了好几个小时。那些声音就是在这一天找上阿尔弗雷德的。

这是沃纳全家人记忆中最漫长的一天。卡尔和弗蕾娅——还有他们的孩子埃米尔、乔安娜、阿尔弗雷德——清醒地目睹了玛莎临终前的每一分钟。时间的流逝如同玛莎发炎肿胀的关节，令人痛苦不堪。从早上七点多起，她就已经明显气若游丝了，但大约十四个小时之后，她才在日落前吐出了最后一口微弱的气息。为悲伤做准备的漫长时光深深影响了全家人，引发了情绪的同步，仿佛他们不是处于完全不同情感发展阶段的五个人，而是一个绝望焦虑、已经提前开始哀悼的个体。这个个体容不得卡尔与弗蕾娅的家长权威，容不得阿尔弗雷德幼稚的唯我论，容不得埃米尔的鲁莽或乔安娜的跋扈。尽管这一家老小都曾见识过大自然的严酷，目睹过羊羔被脐带缠绕窒息、小鸡被狐狸咬掉了脑袋，但如此亲近之人的濒临死亡是谁也无法独自承受的。

但在玛莎终于离开人世的那天晚上，魔咒解除了：个体重新分裂成了几个部分的总和。弗蕾娅伤心欲绝地躺在床上，胸前抱着婴儿玛丽，似乎永远都不会放开她似的。卡尔当着大家的面没完没了地痛哭流涕，在狭小的农舍里来回踱步。情况最好的时候，这里对于一个人高马大的男人来说就已相当局促。如今，面对他无尽的悲哀，它显得更加狭小了。埃米尔拿着弹弓，在满是灰尘的前院地面上一坐就是好几个小时。被他用卵石射中的蒲公英会迸出上千个孢子。乔安娜把洋娃娃抱到膝盖上唱起了摇篮曲，一直唱到嗓子沙哑。

阿尔弗雷德躲了起来。每当稚嫩的心灵难以忍受某些无法理解的情感时，他都会躲起来。他跑到牛棚背后，钻进从那里蔓延开来的森林，径自穿过灌木、荆棘和千年的树根，奔向森林深处，直到照落的残阳化作翠绿和灿金的斑点。他找到了一棵巨大的白蜡树，树干距离地面一米高的地方裂成了两半。他爬进树干分杈处那个存在已久的树洞，把脏兮兮的膝盖抱到胸前，将下巴搭在膝盖上面，尽可能一动不动地坐着，生怕自己动弹一下，心中的恐惧就会增加一分。这种感觉和他不小心用裸露的脚趾撞到岩石时一样：一瞬间，你是觉不出疼痛的，心中却恐慌地等待着痛苦的到来。它和疼痛本身一样糟糕，甚至更糟。

森林里的空气暖烘烘的，令人昏昏欲睡，还弥漫着暮色与苔藓的味道。阿尔弗雷德知道，过不了多久，就在日落之后，森林里的沉寂就会一扫而尽，变成一个千奇百怪、忙忙碌碌的地方，充斥着清脆的沙沙声和断续的尖锐声：那是猎物逃跑时敏捷的脚步——不然它们就要死于捕猎者的爪牙或利喙之下。不过，经历了一个漫长而又炎热的夏日，此刻的森林万籁俱寂，鸦雀无声。阿尔弗雷德开始昏昏欲睡，于是他闭上了双眼。

就在这时，他听到了一个声响。那是从左上方某个地方传来的耳语声——**嘻嘻嘻，咝咝咝，扑哧哧**。阿尔弗雷德童年的大部分时光都是在森林里度过的，知道那不是鸟类或者别的生物，也不是没有风的森林能够发出的任何其他声音。那是人类的声音，一个女人的声音。声音太过低沉，他一个字也听不清，但音调的起伏却让他意识到，那是一句问话。片刻过后，右边传来了另一个微弱的声音。这也是一句耳语，或者更像是一声叹息。他听得出，是另一个人在回应前者的问话。睁开双眼，他仰头望向了头顶的树枝。他这么做是出于好奇，而不是害怕自己正远离那个幻听可以与客观现实相调和的世界。

然而，在他睁开双眼时，那些声音似乎就模糊了。于是他重新闭上眼睛，将听觉调整到最敏锐的状态，听到了这样一句话：

他当然不会害怕了，对不对，阿尔弗雷德？

阿尔弗雷德从树洞中重重摔到了地上。他之所以会摔下来，不是因为那个声音既响亮又意外，而是因为他一下子就意识到，它并非来自外界，而是源自他的脑海之中。他坐起身，用手掌捂住了耳朵。

哦，天呢，他从树上掉下去了！

呼喊声在他的脑中和耳畔回荡，一清二楚，真真切切。

可怜的孩子，他听到。**我希望他没有受伤。**

也许他应该站起来，看看自己有没有骨折。他又听到。

阿尔弗雷德听话地站起身，拍了拍身后潮湿的泥土，活动了一下四肢。毫发无伤。况且他以前就从很高的地方摔下来过，却没怎么受伤。

啧，不过说来也很好笑，他就那么扑通一声，一屁股摔下去了。我觉得你现在可以停止大吼大叫了。他听得很清楚。

阿尔弗雷德是个相当腼腆又安静的男孩，不太容易受到外向、欢快的哥哥姐姐影响。不过他很喜欢让十岁的乔安娜和十一岁的埃米尔来代替自己为父母呈现儿童该有的活跃。看到乔安娜在开满罂粟花和矢车菊的草地上做着侧手翻，他会满心欢喜。看到埃米尔爬到松树的顶部，在能将树尖从一边吹到另一边的风中危险地摆来摆去，他佩服他的勇气。父亲会责备这个儿子过分谨慎，明显缺乏勇气，但阿尔弗雷德通常很满足于坐在野花之中，咧嘴笑着看着姐姐不能外露的内裤一次次从他的眼前闪过，盘算着在松树上左摇右晃的埃米尔得有多重才能将树尖压断。到了后来，阿尔弗雷德才渐渐明白，举止矜持、头脑敏锐之类的品质在应对生活时是大有裨益的。

不过，此时的他还是个六岁的男孩，在黑暗的森林中聆听着三个女子、树精或是仙女的谈话。他谁也看不到，不知道对方是何方神圣。尽管这多少激起了他的兴趣，但沉默寡言的性子还是抑制住了他内心的好奇。所以他没有作答或是参与对话，而是把脸转向了大树，等待着。他也不太清楚自己在等待什么，不过这份沉寂似乎也让她们闭上了嘴巴，因为他再也没有听到任何的声音。

暮色冲散了森林中的最后一缕阳光。附近有只猫头鹰发出刺耳的尖叫，正式宣布夜幕的降临。阿尔弗雷德突然想起了父亲讲过的狼的故事，决定是时候回家去了。他绕着白蜡树转了一圈，只是为了确定那里真的没有人,然后便回去了。他对这片森林了若指掌。每一条盘根错节的树根,每一簇宛若镶着宝石的黑莓灌木,还有如同生命线般潺潺作响、在林中隐隐流淌的溪水,在他的脑海中留下了一幅精密的地图。因此即便天色渐暗,他也能自信地迈开大步,沿着正确的路径穿过森林,返回农舍。当他到家时,天已经全黑了。沿着从牛棚通往农舍的沙路向下走,他看到父亲正抱着脑袋坐在门边。顷刻间,阿尔弗雷德的心头涌上了一股愧疚之情。首先,他一看到父亲就意识到,自己已经短暂忘却了有关玛莎的事情。其次,他突然想到,父亲为了等他回家,也许在那里不知坐了多久。

然而,就在他朝着小屋走去时,他发现似乎谁也不曾留意他的失踪。父亲抬起头,脸上的表情仍因悲伤而扭曲。他张开嘴,似乎要说些什么,却还是一声不吭地把头埋进了双手之中。阿尔弗雷德从父亲的身边走过,爬上台阶,钻进了屋内。晚风猛然吹开了窗户,为屋内带来了些许凉意。壁炉架上立着两盏油灯。被灯光吸引来的一排蚊蚋纷纷在粉刷过的墙壁上安营扎寨。

"我饿了。"阿尔弗雷德对坐在毯子上打牌的埃米尔和乔安娜说。尽管窗户敞着,农舍里还是充斥着白天的高温带来的闷热。

"我饿了。"阿尔弗雷德满腹牢骚地提高嗓门,重复了一遍。埃米尔把一张纸牌摔在他和乔安娜之间的毯子上。乔安娜得意扬扬地"哈"了一声。

乔安娜站起身,把手中的纸牌丢到了地上。"我再也不和你玩了。"她气呼呼地说,"你作弊。"

埃米尔耸了耸肩,开始收拾纸牌。"你这个人,就是输不起。"

他回答。

乔安娜停顿了一下，像是在努力思考该如何反驳。她把两只手稳稳地架在屁股上说："好吧，我觉得我们今晚不必等爸爸来打发我们上床睡觉了。"

"我才不需要谁来打发我上床睡觉呢。"埃米尔从地上站了起来，右边脸颊上沾着一抹灰尘。

乔安娜俯身拾起纸牌。"那好。"她这话还是对埃米尔说的，"你想什么时候睡，就什么时候睡好了。"她抬起头，看到了阿尔弗雷德。"你。上楼去。该睡觉了。"

听到这些话，饥饿与疲惫在阿尔弗雷德的身体里展开了一场短暂的争斗。疲惫取得了胜利。

"这里不是你说了算。"埃米尔重复道，不过这一次的声音低沉了许多。

"这不是——"就在乔安娜开口时，姐弟三人听到楼上传来了一声响亮的哀号，于是全都闭上了嘴巴。她和埃米尔交换了一个眼神。

"怎么了？"阿尔弗雷德问道。哥哥姐姐彼此心领神会、将他排除在外的局面令他满心焦虑。楼上突然传来的声响减轻了他的疲惫，但同时让他想起了腹中的饥饿。

"那是妈妈。"乔安娜低声回答，"她——"她犹豫了。"等她今天哭够了，明天就会好起来的。"说到这里，她点了点头，仿佛是为了自己好才如此断言的，然后转身开始向楼上走去。埃米尔犹豫片刻，也跟了上去。阿尔弗雷德看着两人走上楼，不知自己是否应该去厨房里拿个苹果。就在这时，一只迷失了方向的蝙蝠突然从敞着的窗户飞进来，不知所措地在屋里绕了几圈，然后和它进来时一样唐突地飞了出去。阿尔弗雷德吓了一跳。一想到还有别的生物可能正在漆黑的室外等待偷偷地溜进来，阿尔弗雷德就跟在哥哥姐姐身后冲上了楼梯。

糟糕的生活
2004

见鬼,布莱妮娅!

埃里克气坏了,真的气坏了,但你无计可施,肚子咕咕直叫。

布莱妮娅!

是的,我听到了。你从他的身边挤进厨房,感觉他已经气得浑身发抖,却置若罔闻。你说,我饿死了。

你打开冰箱,拉门时用力过猛,撞得门上的牛奶瓶和啤酒瓶叮当作响——吃过药之后,你就对自己的力气失去了判断。好几滴牛奶溅了出来,洒在地板上。

糟糕。

埃里克走到你的身后,手里紧紧攥着一封信。他光着脚,你能听到他的脚底板踩在厨房瓷砖上的声音。你为什么不把这个拿给我看啊，布莱？它是6月13日寄来的。也就是——他停顿了一下，在心里盘算起来——九个星期以前。

鸡蛋，硬奶酪块，蔫了的香菜（埃里克做泰国菜剩下的），一罐橄榄。还有面包。埃里克习惯把面包放在冰箱里保存。他声称，虽然你讨厌冷面包，但是这样保鲜的时间更长。你总是得把它丢到烤面包机里热上十秒钟，它才能恢复室温。你抓起两片面包，直起身转过头，和埃里克撞了个满怀。他不仅光着脚，还裸着上身，乳头周围滋生着黑硬的卷毛。一股热浪袭来。他看着你，试图和你进行眼神交流，却被你避开了。你把头从一边扭到另一边。眼神交流会让你感觉很不自在。于是埃里克用一只手按住了你的肩头。他的手又热又重。

布莱妮娅，他说道，脑袋随着你同步摆动——如同耍蛇的人与他的蛇——试图捕捉你的目光。布莱妮娅，看着我。

你暂时屈服了，望向他的眼睛，然后又飞快地移开。你抹了抹嘴角的一丝口水，肩膀上被他用手按住的那块皮肤开始冒汗。

我需要吃东西，你边说边蹲下身，迈步躲开了他的触碰。

埃里克跟着你走到餐桌旁。餐桌上还摆着早餐时吃剩下的麦片碗。玉米片的碎渣在碗的内边上结成了硬壳。你得把它们泡到水池里去。桌面上还盖着其他的东西：报纸、素描本、铅笔、一碗在热气中腐烂的水果、你的笔记本电脑。你坐下来，咬了一口冷面包，嚼了嚼。

他们要把我们赶出去了，埃里克说。

租赁合同上写的是你的名字，他是搬进来和你住的，而不是反过来。他读懂了你的心思。

好吧。他们要把你赶出去了,他说。他喜欢把事实弄清楚。这也是在你们相识时他吸引你的地方——他的实事求是。

你一边咀嚼一边吞咽,嘴里应了一句对不起。

可对不起又没有用。你欠了两个月的房租和滞纳金。

是我们欠的,你说。你的思维突然敏锐了起来。

什么?

是我们欠的。你也住在这里。

我也住在这里,可我每个月都会把自己那一半的房租交给你。按期付款。这说明你拿了我的钱,却没有用它去交房租。

显然你的思维没有想象中的那么敏锐。在药物作用的影响下,你也说不清楚。你服用三氟拉嗪已经两个多月了。

我会去解决的。你说。

嗯,希望如此,他回答。

他抓起椅背上挂着的一件亮白色T恤衫。他是怎么把它洗得这么白的?他用的是同一种清洁剂,同一台洗衣机。你的白色衣物却总是呈现脏兮兮的灰色。永远如此,不可避免。

好了,我得去上班了,他说,然后离开了房间。

你等待着,嘴里吃着面包。五分钟之后,前门咔嗒一声关上了。声音很轻,很客气,有些消极抵抗的意味。你拿着面包和一瓶水钻进卧室,打开音乐,点上一支烟,让身体陷入沙发。天气好热。你应该打开一扇窗户,呼吸。柏林的夏天很有名。噘起嘴呼气。室外卡拉OK。所有人四肢瘫软,皮肤晒得黝黑,比平日里活得更加漫不经心,或者更恣淫欲。你笑了,就和你与埃里克一样。去年夏天，你们终日寻欢做爱。地点你不在乎。一次，你在大巴车上坐在他身旁，假装掉了一只耳环，给他进行了一次口交。

卧室里，埃里克最喜欢的是停药后的你，就像去年夏天你们相识时那样。他没有这么说过，但你知道这是真的。有的时候，双胞胎的声音会在你们欢爱时在你耳畔响起。你会用它来激发自己的性欲。骑在埃里克的身上，听着她们在你耳边尖叫"肮脏的婊子！你这个淫荡的色情狂"时，你很快就能达到高潮。但你没有把这告诉过他。你没有告诉过任何人。这是你和你的疯狂之间的秘密。

可像现在这样——服药期间——你就什么也感受不到。你又流口水了。你用手背抹了抹嘴巴，背过身去，侧躺着掸了掸烟灰。你稍后会去把它扫干净的，在埃里克下班回家之前。你没有别的事情可做，于是重新仰面躺下，把另一只手伸进短裤的腰带下面，摸索着自己的内裤，抚摸着富有弹性的毛发和柔软的皮肤。把手指往下再推一推，揉一揉，捏一捏。什么感觉都没有。什么都没有。一片麻木。连丝毫的刺痛和发痒都没有。相反，你的心里只有空虚，仿佛坠入了性兴奋的黑洞。你梦游般缓缓坐起身，伸手够来咖啡桌上的烟灰缸，按灭了手中的香烟。你感觉嘴里的舌头既厚重又黏稠，于是你抿了一口水，又点了一支烟。

精神分裂的人应该是埃里克才对。他喜欢不吃药的你，因为这样的你风趣幽默，热爱寻欢作乐，在床上表现得十分疯狂。他也讨厌不吃药的你，因为这样的你无时无刻不在哭泣，在餐厅里举止失礼，不管是当着众人的面还是私下里，都表现得像个疯子一样。他想要买座公寓，用房贷、婚戒和孩子来遏制你的疾病，搬去市里那片没有车就无法出行的区域。因为那里的公共交通是给清洁工和上学的孩子们坐的,而最近的公共汽车站也要步行二十多分钟才能到达。你喜欢他这点,很可爱也很天真,竟会以为这是什么易如反掌的事情。

你的眼睛有些刺痛。房间里充斥着香烟的烟雾。你躺着望向房间的另一边。电视被层层叠叠的灰色和白色遮住了。你意识到自己需要打开一扇窗户。闷热的空气重重地压在你的身上。高气压意味着许多的气体分子挤在一起,对吗?这就是空气让人感觉沉重的原因,对吗?尽管浑身筋疲力尽,你还是强迫自己从沙发上爬起来,强迫自己前行,穿过挤成一团的气体分子,走到房间的另一边,迈上了室外的阳台。你把两只小臂支在栅栏上向下俯视,不知道埃里克什么时候才能回来。他会回来做些好吃的东西。你笑了。

埃里克是个沉着冷静的人。你之所以爱他,是因为他打破了"失败男友"的模式。你躺回沙发上,尽管舌头上像是长了绒毛一样,却还是重新点了一支烟。你的母亲会认可埃里克的。她不会喜欢他的果断,不会认同他的无神论,但你不会告诉她的。你会假装自己每个周日都去教堂,或者每个周六都去参加犹太人集会,抑或是每个周五都去清真寺,或者随便哪个地方的神庙。无所谓。你转向一侧,任由眼皮合上。也许你有空儿会带埃里克去墓地看看。你希望这能行得通。

你的食指和中指之间感觉一阵剧痛。原来是香烟烧到了过滤嘴。你赶紧把烟弹开,但弹得不够远,让它落在了脚边的沙发垫之间。糟糕。完蛋了,完蛋了,完蛋了。你跳了起来——你试图跳起来，却无法让身体做出敏捷的反应。几缕青烟已经从坐垫间袅袅升了起来，散发着令人作呕的气味，就像飞蛾飞进了向上照射的卤素射灯。你愁眉苦脸。怎么办呢？你的大脑一片空白。这里太热了；你感觉汗水正在自己的胸脯下方积聚。

水。你朝着房间里大喊，可四下无人。一股橘黄色的火苗从坐垫间蹿了出来，又再度熄灭。它出现得如此迅猛，以至于你都无法确定，自己是否真的看到了它。可紧接着，火苗再度腾空而起，这一次是两股，三股，直到合成一团巨大的火焰，燃起了黑色的烟雾——我不是你妈妈！——你环顾四周，寻找你的水瓶……

让开！

埃里克从你身后冲上前来，一把将你推开，把一条湿毛巾丢到了火焰之中。你望着他，既感动又尴尬。他是你的救星，也是你的审判者。

他看着你，摇了摇头。

这样不行。

叫醒她
1932

玛莎的葬礼结束后几天的某个半夜,阿尔弗雷德突然被耳畔响起的声音吵醒。

哦,她无法呼吸了,她无法呼吸了!

那是他曾在森林里听到过的声音之一。他睁开双眼,卧室里一片漆黑。

快点,阿尔弗雷德,快点! 他听到(这次是另一个声音,比第一个人的更浑厚、更圆润)。于是他坐起身,等待双眼适应了黑暗,赶紧望向埃米尔和乔安娜灰暗的身影。他们都躺在各自的床铺上,没有任何动静。

快点,阿尔弗雷德,我需要你听我的话。你必须到卡尔和弗

蕾娅的卧室里去。快点，走啊，起来。快走。

阿尔弗雷德站起来，光着脚轻声穿过房间，迈入走廊。他的眼皮很沉，嘴巴微微张着。父母卧室的门紧闭着，于是他停下脚步，就这样站在那里，一个身穿白色法兰绒睡衣的小个子身影。老实说，他还处在半梦半醒的状态之中。转瞬间，他害怕自己还在梦里。要是吵醒了爸爸妈妈，他们会怎么说？他们在工作日里平均每天都要劳作近十六个小时，需要睡眠。

你还在等什么啊——亲笔邀请函吗？走啊！快点儿！

说话的正是吵醒他的那个声音。他现在知道了，自己不是在做梦。

求你了，阿尔弗雷德，第二个声音附和道，**别害怕。但你必须快点儿行动。时间不多了。求你了。**

阿尔弗雷德抿住嘴唇，扭转门把，轻轻推开房门，朝着里面瞥了瞥。屋里和他与哥哥姐姐共享的那间一样漆黑。

婴儿，叫醒她！

阿尔弗雷德，阿尔弗雷德！

去啊，去啊……快点……

过去……

趁现在还不迟！

两个声音同时在说话——或者准确地说，是在吼叫。阿尔弗雷德鼓起勇气，用力推开了房门。走廊上的月光捎来几缕昏暗的光线，足以让他看到房间的另一边，就在母亲那一侧的床边，玛丽正睡在木质的摇篮中。

没错，就在那里。好孩子，阿尔弗雷德。动作要快。她已经

没有呼吸了。过去把她抱起来。

阿尔弗雷德害怕极了,却还是快步走到了妹妹睡着的地方。只见她肚子朝下趴着,脸按在床垫上,柔软的金发如同羽绒般盖住了她的头皮。他把手伸进摇篮,将她抱了出来。他不确定该如何搂住她,却为她竟然如此轻盈吃了一惊。正如那些声音所说的,她已经没有呼吸了。

叫醒你的父母。快点儿!

叫醒宝宝!宝宝!

阿尔弗雷德看了看母亲。她正面对摇篮侧躺着。即便是在睡梦中,她的脸上也明显流露着悲伤的痕迹。紧缩的眉头表明,这份悲伤已经跟随她进入了梦中。她的呼吸紊乱且不均,好像她的肺也悲哀、疲惫得无法正常膨胀与收缩。阿尔弗雷德想都没想,伸手摸了摸母亲的脸庞。这个姿态不是他这么年幼的孩子做得出来的。在此过程中,摇篮钩住了他的睡袍。他向前跌去,差点把婴儿丢到了他父母的床上。弗蕾娅被吓醒了,卡尔咕哝了两声。玛丽突然号啕大哭,似乎连房间里最黑暗的角落都能听得到。真切的哭号声吓得人浑身颤抖,瞬间惊醒了弗蕾娅和卡尔。

"是我,妈妈。"黑暗中,看着父母笔直地坐在床铺上的身影,阿尔弗雷德说,"我抱着玛丽呢。"他想不出还能说些什么。他把婴儿朝母亲递了出去,就像是在递给她一份礼物。婴儿似乎正用尽全身的力气往肺里吸氧:两只手疯狂地上下摇摆,两条腿僵硬地伸展着,一张小脸似乎全都被张开的嘴巴占据。一瞬间,弗蕾娅有些困惑,但还是赶紧从他的手中接过婴儿,开始哄她。

"你在这里做什么?"卡尔困意浓浓的声音听起来十分沙哑。

他伸手点亮了床头柜上立着的汽油灯。一抹黄油色的暖光照亮了狭小的房间。卡尔、弗蕾娅和阿尔弗雷德全都低头注视着尖叫的玛丽。虽然妹妹已经被阿尔弗雷德救了回来,但是从她发紫的嘴唇和泛蓝的皮肤上还是能够明显看出窒息过的痕迹。弗蕾娅的嘘声似乎让玛丽恢复了平静。玛丽的尖叫逐渐变成了断续而颤抖的呼吸。卡尔抬起头,紧盯着阿尔弗雷德。

"你在这里做什么?"他又问了一遍。

"玛丽。"阿尔弗雷德回答,感觉血都在往脸上涌。

"阿尔弗雷德,现在已经是半夜了。"弗蕾娅抬头看了看他。在她睡衣的前襟上,阿尔弗雷德看到了发黄的乳汁留下的两大团湿漉漉的痕迹。尽管她在胸衣里塞了好几层薄纱,乳汁还是漏了出来。"你跑到这里来做什么啊,我的小鸽子?"

"她没有呼吸了。"阿尔弗雷德边说边朝玛丽点了点头。她已经被母亲哄睡了,噘着小嘴,紧闭嘴巴,舌头咂摸着想象中的乳头,让人很难相信她竟能发出那样富有攻击性的声响。

"你怎么知道她没有呼吸了?"弗蕾娅问道。她把孩子小心翼翼地递给卡尔,拍了拍身旁的毯子,示意阿尔弗雷德坐到床上来。他满心感激地爬上床。弗蕾娅动手轻轻抚了抚他的头发。

"是那几个女人告诉我的。"

弗蕾娅突然停止了抚摸。"什么女人?"

"我不知道。她们说——"

"屋里还有别人?"卡尔微微提高了嗓门。他摆动双腿下了床,怀里还抱着婴儿玛丽,四处寻找自己的拖鞋。

"不是的。"阿尔弗雷德开口说道,"我的意思是——"

找到拖鞋后,卡尔穿过房间向门口走去,这才意识到自己还怀抱着婴儿,于是赶紧停下了脚步。他飞快地环顾四周,似乎是想寻找一个合适的地方让她躺下,紧接着却朝阿尔弗雷德转了过来。"她们在你的房间里吗?来吧,孩子,说啊。"

阿尔弗雷德皱起眉头,心里窝火得很。那两个说话的女人害他陷入了一个烂摊子,却没有建议他下一步该怎么做。大半夜跑到这里来不是他的错。他也不是故意要吵醒父母的,只不过是奉命行事而已——但那些声音现在跑到哪里去了?她们怎么不告诉他该如何是好了呢?

"是她们吵醒了我。"他耸了耸肩答道,"是她们叫我到这里来的,因为玛丽无法呼吸了。"

"卡尔。"弗蕾娅唤了一句,动手将阿尔弗雷德的一绺头发捋到了他的耳后,"回来睡觉吧。阿尔弗雷德可能是做噩梦了。是不是,阿尔弗雷德?"

卡尔走到摇篮边,将熟睡的玛丽放了进去,低头凝视了她许久。"可是,她本可能已经——"他轻声回答,却并没有把话说完。

"亲爱的,那我们就要感谢阿尔弗雷德了。"弗蕾娅朝着丈夫伸出了一只手,"他可能做了个噩梦,是来寻求安慰的。他肯定发现了玛丽有多安静。就是这么回事,对吗,阿尔弗雷德?"

虽然不太确定发生了什么,阿尔弗雷德还是点了点头。此刻的他已经筋疲力尽。也许母亲是对的,也许这不过是个噩梦。他用手指的指根揉了揉眼睛。他也无法肯定。

卡尔直起身,猛地吸了一口气。"我去看看孩子们。"他答道,"确定一下。"

没有澄清自己到底要去确认什么,他就离开了卧室。

弗蕾娅靠在墙上,将阿尔弗雷德的脑袋揽到胸前。"你今晚想在这里和我们一起睡吗?"她问道。

阿尔弗雷德的心跳漏了一拍。考虑到卡尔和弗蕾娅的子女中没有一个过了三个月大还能在父母的卧室里留宿,这的确是个不同寻常的奖励,所以阿尔弗雷德发自内心地希望自己没有听错。他微微点了点头,用侧脸上下磨蹭着母亲的棉睡袍。弗蕾娅开始用她先前安抚玛丽的嘘声来哄他,食指轻柔却坚定地按住了他额头眉心的位置。她的指尖感觉格外温暖。没过多久,阿尔弗雷德就睡着了。

同行
第一日

    阿尔弗雷德从厕所回来后半个小时,我说服他把孙女的地址告诉了我,因为遗憾的是,她没有想到要把自己的电话号码留给他。眼下,她显然是不会出现了。她住在科鲁兹贝格区,就在前往我在舍内贝格区的家途中,稍微绕一小段路就能到达,于是我主动邀请阿尔弗雷德同搭一辆出租车。

    "哦,我身上恐怕没有欧元。"他表示,"不过,要是你能给我指出正确的方向……我不介意走一走。"

    "那里可不是你想象中步行能够到达的地方。"我回答,"我很愿意带你一程。何况这也不会比我单独打车多花多少钱。"我补充了一句,撒了个小谎。

阿尔弗雷德犹豫了，但很快点了点头。他看上去累坏了。

"哦，顺便说一句。"我伸出一只手，"我叫朱莉娅。朱莉娅·克鲁格。"

"很高兴认识你。"他伸出双手，与我握了握。他的手既温暖又干燥，摸上去很舒服，皮肤薄得有点像纸。"我叫阿尔弗雷德·华纳。"

"好的，那我们走吧，阿尔弗雷德。"我们一起走向了出口。

在不到二十分钟的车程中，虽然太阳已经落山，没有什么可看的，阿尔弗雷德却一直坐在那里望着窗外。几处没完没了施工的工地，黑色的水道，还有穿插在摇摇欲坠的19世纪末公寓楼间的战后出租屋大楼。那些大楼的窗户都十分狭小，外观统一且缺乏想象力，自战争结束起就没有进行过现代化。阿尔弗雷德一直紧盯着窗外，纹丝不动。有那么一两次，我听到他在喃喃自语，但很明显不是在跟我说话，于是我靠回椅背，闭上眼睛，琢磨着冰箱里的鸡蛋还够不够做个煎蛋卷。如果够的话，它们还新鲜不新鲜。

出租车停在阿尔弗雷德的孙女家位于舍恩莱恩大街上的楼前时，我已经快要睡着了。出租车司机咕哝了一句，好让我们知道第一个目的地已经到了。阿尔弗雷德打开了车门。自从我们动身离开火车站，这是他第一次转过来面对着我。

"谢谢你的慷慨相助。"他说，"要是你愿意等一等，我可以去看看布莱妮娅能不能给我点钱好支付我那一部分车费？"

我摇摇头，笑了。"不用了，没关系。就像我说的，如果是我一个人坐车，车费也是一样的。"

"好吧，那就再次感谢你了。"说罢，阿尔弗雷德便开始从出租车里往外探身。就在这时，我注意到他的脑袋正以某种十分令人担忧的方式颤抖着。当然，他是个老人，比我年长三十多岁，头部、双手偶尔会轻微发抖也是意料之中的，但这似乎已经远远超出了正常的范畴。

"阿尔弗雷德。"我叫了一声。

他转身弯下腰，朝着车里看过来。"怎么了？"他呼出的气在冷风中结成了雾。

"嗯，也许我最好还是扶着你上楼梯吧。"

"哦，不用了。"阿尔弗雷德摇摇头，脑袋颤抖得更厉害了，以至于像是快要从脖子上掉下来似的，"不必了。你已经帮了我很大忙了。此外她家就住在四层。"

这句话让我下定了决心。我俯身靠向司机，让他等着我把这位先生送上楼。司机耸了耸肩，从副驾驶座位上拿起了一份报纸。

"阿尔弗雷德。"我从自己那一边钻出车子，假装在手提包里乱翻了一通，"恐怕我必须得跟你一起去了。这真是太尴尬了，可我，呃，我觉得我的钱还是不够支付额外的费用。"

阿尔弗雷德直起身子笑了。这个动作似乎平复了他的颤抖，至少是暂时的。"好的，没问题。"他转过身，仰头看了看装饰在大楼正前的阳台，"那我们走吧。"

事后看来，这似乎非常奇怪，但我发誓，我们谁也没有注意到大楼左边被警察用封条分隔出来的几平方米区域，更别说是里面的血迹了。

解释与剧变
1932—1934

　　1932 年的夏天懒洋洋地渐近尾声，像是在为之前的酷热赔礼道歉。气温正以几天一摄氏度的趋势逐步下降。相比一年中的其他时节，沃纳一家在庄园里为冬季准备劈柴、挖掘最后一茬土豆、修整围栏的工作也没有那么难熬了。晚上，天会下起细雨，无声地滋润动植物，让早晨的空气变得干净清新，还能带来林间的蘑菇散发出的令人陶醉的霉味。

　　被高温晒褪了色的大地开始恢复往日的色彩。尽管附近的首都时不时便会传来某些政治新闻，但对沃纳一家来说，这是一段欢快安详的治愈时光。随着日子一天天过去，他们已经能够更好地应对失去玛莎的痛苦。虽然弗蕾娅与卡尔白天还是会哀悼，各自神伤，但夜里又成了爱侣。孩子们也敢无拘无束地大声欢笑了，不怕会惹自己的父母伤心。老实说，弗蕾娅的心里还是留有一个永远无法愈合的痛苦大洞，卡尔也会在压抑却真实得可怕的梦境中梦到玛莎，几个年长的孩子在玩耍时一旦注意到自己暂时忘却了妹妹，也会感到内疚，但这都成了他们选择对彼此保守的小秘密。

只有阿尔弗雷德与这个世界有些格格不入。自从那晚被说话声惊醒、救了襁褓中的玛丽一命，他就在母亲的身上感觉到了某种冷淡，或者至少是他无法言喻的某种陌生感。几个星期过去了，阿尔弗雷德有充分的理由得出结论：她不知怎么正为他感到生气或失望。因为母子俩无论何时在一个房间里独处，她都会突然找理由离开，或是把他放进浴盆里洗澡，还会避开他的眼神。偶尔，隔着餐桌或是从院子里隔着窗户，阿尔弗雷德会发现她紧盯着自己，眼神里满是悲哀且忧郁的神色。是的，他也有充分的理由得出结论，要不是这个夏天他又长高了三英寸多，需要赶在几周后的开学日前穿上合身的衣服，她甚至已经不爱他了。

因此，某天一早，母亲在早餐后没有派阿尔弗雷德去喂鸡，而是叫他留在厨房里，好帮他改两条埃米尔几年前穿小了的短裤。她叫他留下时，他吃了一惊，起初还在后门徘徊了一阵，以为她随时都会改变主意，让他出去。但弗蕾娅只是淡淡笑了笑，走到壁炉旁的摇篮那里，为躺在里面熟睡的玛丽裹紧了毯子，然后从餐柜里拿出了一条灰色的短裤。

"来，试试这条。"她边说边把短裤递了过来。

阿尔弗雷德脱掉身上那条紧得不能再紧的短裤，迈进了母亲递过来的那条。裤子的布料又扎又糙，比他习惯的那条更加硬挺，还散发着奇怪的味道。有点像是鞋油。阿尔弗雷德知道鞋油是什么味道，因为母亲有时会在女佣葛特尔生病或忙碌时为庄园主弗里茨·冯·马克斯特恩清理马靴。

"腰这里有点松。"弗蕾娅把两根手指塞进腰带和阿尔弗雷德的肚皮间，滑来滑去，"不过这是肯定的。好了，迈到椅子上来，我好把它们钉起来。"

阿尔弗雷德爬上一张餐椅，面对着母亲站了上去。这样一来，他就几乎和她一样高了。她编起的发辫在脑后盘成了皇冠的形状。稀薄的晨光映出了几束松动的金发。片刻间，她径直望向了他，一脸严肃的表情令阿尔弗雷德感到一丝恐慌。他垂下目光，望着刚好没过膝盖的灰色羊毛短裤，不知道自己能不能告诉母亲，这条裤子穿上去很痒。不料她毫无预兆地双手捧住他的脸颊，轻轻吻了吻他的嘴。

"独一无二。"她用家乡话低语道，把脸探过来，用额头抵住他的额头，所以他能感受到她温暖的鼻息打在自己的脸上。

"妈妈？"阿尔弗雷德既害怕又激动。她额头的温度从上至下蔓延过他的脸颊，贯穿了他小小的身躯。虽然他经常与母亲进行亲密的身体接触，但此时此刻的感受已经超出了这种姿态所能表达的正常肉体情感。他的感受是共生的，仿佛她的大脑正在为他传送讯号，让他的心跳跟随她的脉搏跳动，而她的皮肤也伸展开来，与他的相互交融。

就在这时，一个清晰的声音响了起来：**小心，弗蕾娅。你不觉得他太小了吗？**

这是阿尔弗雷德听到过的女声之一，可她并不是在对他说话。他的心跳和她的脉搏都开始稍稍加速。

弗蕾娅轻轻摇了摇头。"不。"她低语道，"这很好。这样就很好。"

"妈妈？"阿尔弗雷德又问了一句，不过这次只是用嘴唇无声地说着这个词。

"你也能听到她们，对吗，我的小鸽子？"

阿尔弗雷德想要点头，却害怕一动有可能破坏他们之间的联系，于是一动不动。

"我知道你能听到她们。"弗蕾娅接着说。她的声音轻柔得仿佛喘不过气来，就连站在一两码以外的人也一个字都听不到，"那天晚上就是她们把你叫醒的，对吗？就是你救了玛丽的那个晚上。"

"是的。"他低声答道。

弗蕾娅的喉咙里不由自主地发出了某种声音——某种介于叹息与呻吟之间的声音。

"对不起。"阿尔弗雷德说。他不确定是为什么，但他觉得自己害母亲失望了。这令他感觉非常沮丧。

"哦！"弗蕾娅展开双臂搂住他，紧得他几乎无法呼吸。"哦，阿尔弗雷德，别说对不起！"

他听得很清楚。是不是，阿尔弗雷德？ 另一个声音开口说道，但那肯定是他之前听过的三个声音之一。**弗蕾娅，这很不寻常，对于他这么年轻的人来说。**

"是的，我知道。"弗蕾娅松开怀抱，却依旧把阿尔弗雷德揽在靠近自己的地方,"我不确定,但是……"

"你不生气吗?"阿尔弗雷德问。他想要确定一下。

没有人会生气的,阿尔弗雷德。

"不,小家伙,没有人会生气的。"弗蕾娅附和道,"但是请你们——"她抬起头,看了看阿尔弗雷德的脑袋上方。他意识到,她是在对那几个声音说话。"请你们在我为他解释时保持安静。他可能很困惑。让他清楚明白这一切是很重要的。"她说。

于是,就在太阳一点点爬上天空,缓缓将暗淡的晨光转变成金秋的颜色时,就在卡尔站在院子里,教埃米尔如何用锤斧劈柴时,就在乔安娜扫完牛棚、将最后一点玉米拿去喂鸡时,就在熟睡的婴儿玛丽在壁炉旁蹯着毯子时,弗蕾娅一边动手改制埃米尔的旧短裤,一边把有关声音的事情告诉了她的儿子阿尔弗雷德。

她告诉他,他属于一个能够听到那些声音的家族。这个家族可以追溯到几百年前火山持续喷发的斯图尔隆时代。那时,他母亲的家乡还处在凶残暴力、嗜血成性的酋长统治之下。

"当时,那里住着姐妹三人。她们为了躲避酋长手下的抓捕,将他们引诱到迷雾之中。迷路的男人们在绝望中死于饥渴。酋长得知三姐妹的所作所为,派出一百个手下去寻找她们,要将她们抓到自己面前。在一年之久的追捕下,三姐妹最终被酋长本人亲手抓住并杀害。他用自己的矛将她们的心挖了出来,看着她们流血而死。"她悦耳的音调抑扬顿挫,和给孩子们讲睡前故事时一样,"许多年后,三姐妹的几个儿子之一通过咒语将她们起死回生,但她们只能恢复声音,无法重获肉体。在她们的帮助下,这位起义的王子与酋长展开了斗争。从那时起,这三个与你有着血缘关系的女子就一直以代理人和见证者的身份出现在每一代人的面前。还有,阿尔弗雷德——"她停顿片刻,专心致志地凝视着他。当她再度开口时,她的话音中充满了黑暗的警告意味:"她们非常强大,能够编制生命线。"

这句话在阿尔弗雷德听来毫无意义,但他一言不发地待在那里,任由母亲拿着大头针这里插插、那里戳戳,为他讲述着一百多年前的那座岛屿是如何越变越冷的。连续经历了三个严冬,面对颗粒无收、家畜都无法繁衍的困境,阿尔弗雷德的外婆瓦尔迪斯·约斯多蒂尔来到了德国。三十六年前,弗蕾娅就是在这里出生的。

弗蕾娅第一次听到那些声音时与埃米尔年纪相仿。"当然,我很害怕。我的母亲还没有把她们的事情告诉过我,因为谁也无法事先知道谁会被选中。不过她某天听说了我能听到她们讲话,便解释了我现在告诉你的这些事。"她停下来,在手腕上套着的针垫上又加了几根大头针。"三姐妹中年纪最小的那个有点傻里傻气,很容易兴奋。"她接着说,"不过我觉得你会喜欢她的。年纪最大的那个嘛,她很聪明。如果你用尊敬的态度来对待她,就能得到她的指引。阿尔弗雷德,你可以,也应该依赖她给你的建议。她知道许多有关未来的事情,对过去的事情也了若指掌。"

她沉默片刻,向后退了一步,好让视线与阿尔弗雷德的裤腿对齐。

"排行老二的那一个,嗯,我猜她很聪明。她有点缺乏耐心。她的话从不会错。但是她可能会生气,要是——"

我生气的理由从来都很充分,弗蕾娅。

弗蕾娅将双手插在后腰上,眼神飞快地瞥向了左边。"没错,不过请让我说完。"她的眼神落回了阿尔弗雷德的身上,"有时你可能会觉得她们害你走了神,或是惹来了什么麻烦,但你绝不能反抗或害怕她们。如果你愿意,她们会保护你。不然的话……"她压低了嗓门。"这么说好了,我听说过一些故事。那些在迷雾中死去的人的灵魂会带着复仇的怒火复活。"她停下来,轻轻摇了摇头,"不过那些只不过是故事而已。"

阿尔弗雷德没有理会她话中充满忧虑的弦外之音。尽管他的心里还有许多不解之处,但她的故事就像是一则童话,而他勉强算得上是童话中的王子。他想象自己骑着冯·马克斯特恩最好的骏马之一穿越这个国家,左手握着缰绳,右手高举着宝剑,与酋长和那些野蛮的战士作战。

"好了。"弗蕾娅扎好了最后一根大头针,"你现在可以把裤子脱下来了。"

阿尔弗雷德不情愿地从椅子上爬了下来。他真想一整天都聆听母亲的故事。相反,她脱下了他的短裤,坐了下来。

"阿尔弗雷德。"她边说边牵起他的一只手,"认真听我说。你听到这些声音的年纪实在是太小了。最好不要把这件事情告诉任何人,听到了吗?许多人是无法理解的;他们会觉得你疯了,或者是个坏人,或者又疯、心眼又坏。只能告诉那些你信任的熟人。"

"比如爸爸?"

"是的。但是——"弗蕾娅飞快地瞥了一眼门口,"爸爸知道我能听到那些声音,也表示理解。不过你最好不要告诉他你也能听得到。"她试图微笑,但阿尔弗雷德看得出她很勉强,"这样他就不会担心了。"

她站起身,抚平围裙,走过去查看正像小猫一样喵喵叫的玛丽,然后转向仍旧站在椅子旁边的阿尔弗雷德:"去吧,出去吧。也许你能帮乔安娜拍拍地毯。它们肯定很脏,你懂的。"

阿尔弗雷德穿过厨房,却在后门的门口停住了。

"妈妈?"他问了一句。

"什么事?"

"我能告诉上帝吗?"

弗蕾娅叹了一口气。那是一种筋疲力尽、不堪重负的叹息。"当然可以。"她把玛丽从摇篮里抱了出来,"告诉你的上帝吧,如果你见得到他。"

这一天接下来的时间里,阿尔弗雷德都好像是悬在离地几英寸的地方,脑海里充斥着一连串喋喋不休的兴奋说话声——阿尔弗雷德猜,那应该是画外音姐妹中最年轻的那一个。他每日的杂务都是和某个家庭成员合力完成的,因此他不得不小心,不要顶嘴或是开口叫她安静。不过,由于他心情大好时也不是个话多的男孩,所以在这件事情上做得还不错。事实上,这种飘拂的感觉一直持续到了他去乡村学校上学的前几个星期、前几个月。与乔安娜和埃米尔不同,他很喜欢每天都去上学。也许是阿尔弗雷德运气好,之前那个喜欢羞辱和殴打学生的老师暑假期间犯了轻微的中风,现在减轻了工作量,只教(折磨)年长的孩子。不幸的是,埃米尔和乔安娜已经升到了四五年级,成了学校里年纪较大的学生,还得忍受穆赞施塔特先生两年的暴行。

但阿尔弗雷德的老师弗洛伦·沃尔特是个和蔼可亲的好人，轻而易举就能满足包括阿尔弗雷德在内的学生们对于知识的渴望。阿尔弗雷德喜欢上学，喜欢粉笔在黑板上写字的声音，喜欢弗洛伦·沃尔特俯下身为他检查家庭作业时身上的肥皂香，喜欢自己安静乖巧的举止几乎日日都能赢得的表扬。如今，当那些画外音偶尔在耳边响起时，阿尔弗雷德已经习以为常，不会在其中一个呼喊他的名字时惊讶地回应一句"什么"。他已经将她们的存在轻松地融入了自己的生活，甚至在学校操场上玩捉迷藏时还会依靠她们的建议选择藏身之处，或是等待弗洛伦·沃尔特转过身时把握时机，用手指而非心算来做加法。偶尔，画外音女子会说些他不懂的词汇或短语，但他只会耸耸肩，置之不理。凭借直觉，他知道自己懂得的事情会越来越多。

令人难过的是，阿尔弗雷德愿意欣然度过一辈子的这种生活是无法长久的。在接下来的两年中，事态可谓瞬息万变：一名宣称自己无所不能的新领袖当选，继而领导人民实施了令人发指的举措，却令人民在接下来的数十年中都蒙羞。很长一段时间以来，卡尔·沃纳的雇主、庄园主弗里茨·冯·马克斯特恩一直对祖国在过去十五年中表现出的无能深表遗憾。他理所当然地崇拜、赞许这个强大且无情的新领袖，因为他承诺要创造一个能够终结所有帝国的帝国。和其余数百万国人一样，马克斯特恩报名加入了纳粹党，很快晋升为当地领袖，并被赋予了包括"评估治下公民的种族与政治可靠性"在内的一系列权力。

尽管自嫁给卡尔之后就获得了德国公民身份，但弗蕾娅·沃纳拥有外国血统，因此必须接受评估。1934年10月的某一天，她收到一封信，信中要求她去接受正式的面试和医生的体检，以确定她的种族纯洁性。

"这太可笑了。"迈进厨房门之前，卡尔在地面上用力跺了跺沾满泥巴的靴子。孩子们已经聚集在餐桌旁，等待父亲坐下吃晚餐。"冯·马克斯特恩很清楚你是谁。"

弗蕾娅给每个孩子的盘子里都舀了满满一勺炖菜，然后在围裙上擦了擦手。她的肚子已经微微隆起，但孩子们谁都没有注意到，所以弗蕾娅和卡尔准备到圣诞节时再告诉他们。"他就是个欺软怕硬的家伙，就是这么回事。"她边说边朝孩子们使了个眼色，"没什么好担心的。"

但如此轻快的语气明显是她强装出来的——阿尔弗雷德从她眉间的皱纹就能看得出来。他坐在那里，一只手举着勺子，等待画外音姐妹对他说些安抚的话。在他感到焦虑或困惑时，她们经常会来安慰他。然而意想不到的是，三姐妹谁也没有出现。

"他不只是欺软怕硬。"卡尔悲观地说道，在桌子的一端坐了下来，"这么做是不对的。我一直不喜欢那个男人，没错，但我在他面前总是毕恭毕敬、彬彬有礼。所以他怎么敢——"

"小点声，卡尔。我不希望在吃晚饭时讨论这件事情。"弗蕾娅坐下来，把玛丽放在大腿上，转向了大女儿。"乔安娜。"她递给她一条面包，"请把面包切一下。一定要给你父亲一片大的。他一整天都在修理围栏，肯定饿坏了。"

卡尔从乔安娜的手中接过一片面包，在炖菜里蘸了蘸。"你也知道我为什么一个人干活，不是吗？"他说，"因为他逼我辞退了弗里德贝格和卡明斯基,而且也不预先知会一声,就是这样。太可耻了。"他用牙齿扯下一大块面包,大声咀嚼着将它吞了下去。"我不喜欢这样,弗蕾娅。"

"可他们是犹太人啊,有可能会偷东西。"埃米尔欢快地答道,仿佛突然有了什么不同寻常的深入见解,"弗里茨说,他的母亲抓到过女仆艾丽从食品储藏室里偷面包。她也是犹太人。穆赞施塔特先生说过,你不能太相信这些犹太人——"

还没等他说完,卡尔就站起身,隔着桌子扇了儿子一巴掌。埃米尔还算走运,因为宽大的餐桌削弱了卡尔这一巴掌的力道。

"卡尔!"弗蕾娅大声喝道。

卡尔以前从未打过任何一个孩子。他脸色苍白、浑身发抖地站在那里,双手紧紧地攥着桌沿。埃米尔用一只手捂着被父亲扇过的脸颊,紧紧抿着嘴唇。从他嘴角下垂的样子能够看出,他显然正强忍着不让泪水流出来。

卡尔再次开口时,声音都是颤抖的:"永远别在这座房子里再这样说话,听到了吗?"

埃米尔点点头,目光却没有离开过父亲。

卡尔环顾桌边,说:"你们谁也不能这样说话。"

阿尔弗雷德和乔安娜赶紧点了点头。

"好的,爸爸。"乔安娜回答。

阿尔弗雷德看了看母亲。她正凝视着左上角的天花板。但从她涣散的目光中,阿尔弗雷德意识到,她其实是在聆听。他也打开了耳朵,却什么也听不到。过了一会儿,弗蕾娅把目光转回自己的餐盘,摇了摇头。阿尔弗雷德觉得,她似乎也在徒劳地等待听到那些声音。

一家人在沉默中吃完了晚饭。

一周之后的某天清晨,弗蕾娅一反常态,心情抑郁,每隔几分钟就要拥抱几个孩子,嘴里念叨着一连串的爱称。她为阿尔弗雷德和埃米尔包好了黄油面包三明治,送他们去上学。乔安娜则留在家里照看两岁的玛丽,好让弗蕾娅和卡尔能够骑车去罗温伯格参加面谈。从庄园前往镇子的路充满艰险。他们一路要穿过森林,跨过田野,沿着沟渠前进,骑行起来十分困难。不过这条路他们以前就走过许多回。他们要下车穿过小溪和台阶,将自行车推上泥泞的斜坡,到达主路后才能加速。卡尔骑在弗蕾娅前面,两人一路逆风而行。强风将天空中的云朵一扫而空,所以骑上主路没过几分钟,蛋黄般饱满的太阳就温暖了他们的脸颊。卡尔稍微放慢速度,好让弗蕾娅能够赶上,然后伸出了一只手。

"你还记得吗?"他在她伸手牵住他时喊道。

"我怎么能忘了呢?"她回答。十三年前,弗蕾娅接受卡尔的求婚之后,两人就是这样牵着手骑车去通知弗蕾娅的父母的。

他们就这样沉默不语地骑着车。自从两年前玛丽出生以来,这是他们第一次单独外出。对于冯·马克斯特恩给予的这次机会,弗蕾娅几乎心存感激,因为这让她和卡尔重新体会到了年轻情侣的感觉。在一切结束之前,重来一次。骑到道路转弯处,卡尔捏了捏她的手,示意他们该减速了。两人轻踩刹车踏板,手却依旧牵着。弗蕾娅朝着卡尔露出了微笑。就在这时,她听到脑海里响起了一片令人毛骨悚然的绝望哀号。那一刻,她望向前方,看到一辆卡车绕过转角,高速朝着他们驶来。那一刻,对孩子和丈夫的爱如同一张飞起的毯子,将她覆盖。在卡车的冲撞下,她当场死去,心中无比幸福却又极度悲哀。卡尔活了下来,在昏迷中被送往医院,却还是因为体内大出血和颅骨骨折被宣告死亡。

触不可及
第一日

  我们赶到医院时已经是傍晚时分。此时距离我在火车站里初次遇到阿尔弗雷德才过去三个小时。在我们朝着布莱妮娅的公寓爬到三楼时,一个情绪激动的邻居告诉我们,这里发生了一起惨烈的事故。某个"非常可怜的女子被人从人行道上救起,送去了附近的维万特斯诊所"。我突然意识到,这位无能为力、可能还有些糊涂的老先生暂时就是我的责任了。

  正在楼下等待的出租车的引擎还热着。不到五分钟之后,我们就赶到了相隔几条街以外的医院。在我把一张五十欧元的纸币递给司机时,之前说自己没钱的谎言不攻自破——这些钱足够往返我家一趟,还绰绰有余。一时间,阿尔弗雷德和我都有些尴尬,但谁也没有多想。

穿过一系列滑动玻璃门，我们走进急诊室，视觉和听觉（更别提嗅觉）一下子就陷入了混乱。每年这个时候，城里的急诊室里一贯都是这番景象。不过我很快就把注意力集中到了手头的任务上。我环顾四周，看有没有人能就布莱妮娅的下落为我们提供一些信息。几名医务人员神色紧张地匆匆走过，但都固执地避免与任何人进行眼神交流。

就在这时，阿尔弗雷德开了口："我知道。我第一次就听到你说的话了。"

"对不起，你说什么？"我问道。

"是的，即便是对我这么一个上了年纪的傻瓜来说，也很明显。"他接着说。

我看着阿尔弗雷德。他的两边都有人在走来走去，但他似乎不是在对其中的任何一个人说话，也不是在与我说话。相反，他正凝视着不远处的某个地方，眼神略显涣散。

"你还好吗，阿尔弗雷德？"我问他。

他飞快地眨了眨眼睛。"什么？是的，我很好。"他似乎注意到了我的表情，"哦，天呢，我是不是又把心里的念头大声说出来了？"

我把一只手搭在他的手臂上。这地方似乎越来越嘈杂了。"听着，你想不想坐会儿？我可以去试着打听一下你孙女的下落，然后再来接你。"

阿尔弗雷德用一只手按住我的手，轻轻捏了捏，摇了摇头。"不用，我没事。"他回答，"但我们在这里是找不到布莱妮娅的。她在二楼的加护病房。"

我愣住了，努力回忆与布莱妮娅邻居之间的对话，以为自己有可能错过了这个信息，可脑中一片空白。邻居只提到了医院，没有指出具体哪个科室。

"哦，也许我还是应该找个人问问。"我边说边朝分诊台前长长的队伍走去。但阿尔弗雷德并没有跟上来。

"不，不。她在楼上。"说罢他就转身朝着电梯走去。我别无选择，只能紧随其后。打开的电梯门背后是通往重症监护室的走廊。值班的护士正坐在柜台后，自以为是地将小叠的报告钉在一起。

"有什么事吗？"看到我和阿尔弗雷德走上前来，她开口问道，眼神却没有离开手头装订的东西。

"我们是来寻找一个年轻女孩的。"我回答，"她出了事故，被送到了这里。布莱妮娅……"我看了看阿尔弗雷德，意识到自己还不知道她的姓氏。

"华纳。"阿尔弗雷德答道，"和我的一样。"

护士抬头看了看我。"你也是亲属吗？"

我飞快地瞥了瞥阿尔弗雷德。"不是。我……我是他们家的一个朋友。"

"没错，朱莉娅是我家的一位朋友。"阿尔弗雷德重复道，"我是布莱妮娅的爷爷，阿尔弗雷德·华纳。我们想要看看布莱妮娅。"

这是我第一次听到阿尔弗雷德用德语说出不止一个词（与布莱妮娅的邻居之间的对话几乎都是她单方面在输出），流利程度令我大吃一惊。我没想到他竟有可能是个德国人。

"好吧。"护士答道,"请在这里稍等。我得先打个电话。重症监护室可不是随便什么人都能进的。"

她往电脑里输入了一些信息,然后拿起了电话。

"来吧,阿尔弗雷德。"我招呼他。护士开始轻声和某人对话。我不确定她说的是否真的与阿尔弗雷德有关,也不确定自己是否想进入重症监护室探望病人。"我们去那里坐坐吧。"

我指了指靠在墙边的一排椅子。这个老人看上去已经精疲力竭。我看了看表,现在差一刻七点。

"我要不要去弄点吃的?"我问道,"也许从自动售货机里买点零食?"

阿尔弗雷德坐下来,像是瘫倒了一样。他把脑袋陷进脖子里,上身似乎都萎缩了,看上去苍老而无助。他低着头,目光从一边扫向另一边,仿佛是在地板上寻找什么答案。

"在这里等一下。"没等他找到答案,我就开了口,"我很快就回来。"

我花了不到十分钟时间就找到了餐厅,买了两个三明治和两杯水,然后回到了重症监护室的等候区。阿尔弗雷德还坐在我离开他的地方,低头看着油毡。我突然想到,他有可能连我的离开都不曾注意到。

我在他的身旁坐了下来。"给。"我递给他一个三明治。

阿尔弗雷德接过三明治,默默拆开包装,在腿上放了一两分钟,开口说道:"我甚至还从未见过她。"

他轻柔的话音中饱含歉意,看上去非常需要一个拥抱。但重症监护室的值班护士突然冲了过来，告诫我们不要在标有"禁止饮食"的区域里进食。走廊尽头的某个地方还有"禁止吸烟、禁止使用手机"的标志。她告诉我们，等处理完手头的食物和饮料，我们就能进入重症监护室。

护士带领我们走向布莱妮娅所在的隔间。阿尔弗雷德费了很大力气才跟上她飞快的步伐。她留下几句简明扼要的指示，让我们在医生进来查房前不要触碰任何东西，包括病人在内，然后便离开了。布莱妮娅仰面躺在病床上，脸色看上去糟糕极了。她病床的角度是向上倾斜的，将她的后背稍稍撑起。重症监护室的医生后来告诉我们，要使她的肺部能够在没有呼吸机辅助的情况下重新开始运作，这样能够便于她呼吸。从她嘴里伸出来的管子将她的嘴角向下拉去，让她看上去好像快哭出来了。她的脑袋上仍旧缠绕着发白的绷带，眼睛上布满了大片发紫的瘀伤。

我们就这样站在隔间里，不敢坐下，连墙都不敢靠。阿尔弗雷德久久地立在原地，低头凝视着布莱妮娅。不顾护士的吩咐，他牵起了布莱妮娅瘫软无力的手，将食指颤颤巍巍地轻放在她的额头上，就在绷带的下面。

"我也能听到她们的声音。"他轻声说道。

火灾
2003

哦，不。你明白我是什么意思。他是真的——你被打断了，朝着电话里大笑。笑声浑厚，是你妈妈会喜欢的那种。你小的时候就会模仿电视里的新闻播音员来逗她。母亲说，你在夸张表演方面真的很有天赋。电话另一端的声音清晰而真实，很有人情味。艾拉。你刚在工作中认识的好朋友。你们的谈话仿佛是这世界上最简单的事情。没错。

$$C_{17}H_{19}C_1N_2S$$

你查过——它在你的血流中阻止着多巴胺受体，会让你感觉……十分快乐，非常感谢！历经八年的尝试，他们以为自己已经找到了药物治疗的正确方法。一种既能扼杀那些声音，又不会要你性命的方法。艾拉,你肯定是在跟我开玩笑,你说。你的朋友捧腹大笑。

在去社区中心值班之前,你打算半路上和妈妈见个面,喝杯咖啡。你从未想过,自己竟然能够成功保住一份工作,特别是教授艺术。你已经做了四个月了,所有人对你似乎都很满意。你不在乎与自己共事的都是和你一样不合群的人。他们也曾受到过巨大创伤,无法从事其他的工作。但团队主管格雷戈里说,这正是他们有资格来这里上班的原因——他们是酒鬼、瘾君子、精神分裂症患者、实施家暴的丈夫和遭到殴打的妻子。艾拉也是一个受害者,小时候曾经遭人虐待。不对,划掉这一句。她是虐童案的幸存者。这其中的区别可大了。

你在街角处转过弯,来到了卡尔·马克思大街。昨夜的雨水已将街道冲刷干净。深灰色的闪亮鹅卵石让你想起了和母亲萨宾一起去海洋世界看过的海豚。那是多少年前的事情来着?至少十年以前了吧。在观看海豚表演的过程中,萨宾一直怨声连连,不断念叨着有关动物权利的话题,令你感到难以置信的尴尬。她来回摆动着晒黑的双臂,手镯叮当作响,一头脏辫儿在愤怒的脸颊旁甩来甩去(白人女子的脏辫儿!!!十年后回想起来,你的心里还是备感羞耻)。闭嘴吧,妈妈!

早晨八点的卡尔·马克思大街,贫乏却迷人。几个小混混坐在长椅上,等着从下一个路过的吸烟者手中讨上一支香烟。街角的土耳其菜贩在人行道上泼了一桶水,清理街上的狗屎。两个背着大书包的孩子上学迟到了,像白兔一样迈着碎步飞驰而过。一个吉卜赛女子跪倒在地上,面前摆着乞讨的纸牌。便利店和文身店都黑着灯,时间尚早,还没到开门的时候。也许你会去文个身?嘿,艾拉,你觉得我应该去文个身吗?步伐:矫健。心率:正常。生命力:旺盛。很久没这么好过了。但这是什么?你停下脚步。眼前这一幕有点儿不太对劲,让人无法一眼看出个名堂。拜拜,艾拉,回头见。你说了一句,或者以为自己说了一句,然后挂掉电话,加快了脚步。是的,新药的效果不错,但在一切就位之前还是会有瞬间的反应延迟。

在所有的感官都被调动起来之前,刺鼻的气味、鲜红色的卡车、叮当作响的铃铛和大吼大叫的人群都令你摸不着头脑。蓝色的灯光一声不响地闪烁着。深呼吸。

对不起,你不能从这里过去。一个消防员伸出一只手臂,朝着你举起了戴着手套的手。"待在警戒线以外。"他说。你抬起头望去。黑黢黢的烟雾正从二楼的一扇小窗户里喷涌而出,浓得如同液体一般。那是厨房的窗户——你妈妈家厨房的窗户。宿醉的妈妈本该举着卷烟和一杯咖啡坐在那里的。那只写着"最好妈妈"的咖啡杯被磕掉了一块,却备受珍视,是1989年母亲节的礼物。让我过去,你大喊,我的妈妈住在那里!就在那儿!你指着窗户。

在这里稍等一下。消防员转过身,和其中一个同事交流了几句。就在这时,一个消防员从大楼里钻了出来,如同出现在烟雾中的魔术师,穿着全套的防护服和呼吸装置——不,不是魔术师,是从母舰上走下来的火星生物。你突然很想哭,眼泪却在药物的作用下干涸了。火星生物的身上背着一个人。那人被身上披着的毯子或床单盖住了脸。她的姿势你看得清清楚楚,一只松松垮垮吊着的手臂,一片发红泛黑的皮肤。

崩裂
1932

父母双亡之前,阿尔弗雷德与弗里茨·冯·马克斯特恩几乎很少接触。主要原因在于,大家都知道冯·马克斯特恩不喜欢孩子。因此,每当冯·马克斯特恩罕见地到访他们的农舍,卡尔和弗蕾娅·沃纳都会让自己的几个孩子远离他的视线。他来时通常是向卡尔炫耀自己新买的或刚刚了解到的农用机械——神奇的商用肥料、不可思议的人工授精奶牛——而且多半是醉醺醺的。阿尔弗雷德少有地见到过他几次,都很不自在地想起了埃米尔最喜欢的故事书《斯特鲁维尔彼得》。不过,在卡尔和弗蕾娅去世的那天晚上,冯·马克斯特恩在到访农舍时却十分清醒。

那天下午,埃米尔和阿尔弗雷德早早就被当地警方送回了家。

兄弟俩沉默不语，一脸茫然。当地村民克奈尔夫人在农舍里迎接了他们。她是被叫来照顾乔安娜和玛丽的，直到青少年福利机构收到这几个孩子突然成了孤儿的消息。克奈尔夫人无儿无女，对如何应付孩子几乎毫无头绪——尤其是在这种特殊的情况下——于是围着他们瞎忙一气，嘴里咕咕哝哝。尽管几个孩子谁都没有胃口，就连拒绝离开乔安娜大腿的玛丽也吃不下东西，但克奈尔夫人还是坚持要他们喝下自己煮的难以消化的粥。兄妹几人脸色苍白、沉默不语地围坐在餐桌旁，身后是围着桌子一边转圈一边搓手的克奈尔夫人。

"你们这些可怜的孩子。哦，老天呢，看看你们。哦，小阿尔弗雷德。"她停在男孩身后，笨拙地拨乱了他的头发，"还有玛丽！可怜的小玛丽！"

阿尔弗雷德低头紧盯着碗里已经凉了的粥，感觉十分麻木。他的心里还很恐惧，和他小时候做了噩梦半夜惊醒时的感觉一样。他在黑暗中醒来，却还被困在噩梦里。那时，他的耳畔还不曾响起画外音女子安抚他的声音。自从她们来了之后，他就再也不怕黑了，因为身边永远都有她们的陪伴。可如今，她们却似乎抛弃了他，让他陷入了无法忍受的孤独——直到多年之后，他才学会了如何召唤她们。

克奈尔夫人突然想要抱起正在乔安娜的大腿上无声啜泣的玛丽。"让我抱抱这个可怜的宝宝吧。"她说，"她很冷——你看，她的腿上都起鸡皮疙瘩了。"

乔安娜把孩子朝着克奈尔夫人够不着的方向猛地转了过去："不行！别碰她。她是我的。"

起初，克奈尔夫人一脸震惊，转而变得怒不可遏。她不习惯和孩子打交道，明显对不听话的孩子束手无策。"马上把孩子给我！她不属于你，你这个傻姑娘。"

乔安娜怀抱着玛丽一跃而起，努力维持着身体的平衡。"别管我们，你这个可怕的女人！"

克奈尔夫人抡起手臂打向乔安娜，却不及埃米尔动作敏捷。虽然身材还是十三岁男孩那般瘦长，但是埃米尔的个子已经几乎和父亲一样高了。他一把抓住了克奈尔夫人的袖子。

"求你了。"他哀求道，"她没有恶意。"

克奈尔夫人从他的手中挣脱衣袖，摇了摇头。埃米尔从妹妹的手中抱过玛丽，把她递给了克奈尔夫人。乔安娜瘫坐回椅子上，号啕大哭。一阵骚动中，阿尔弗雷德听到了一个声音。

阿尔弗雷德，你必须吃点东西，保持体力。

这个声音比耳语声高不了多少，但他听得清清楚楚。他的心开始在胸腔里怦怦直跳，他不得不抑制住想要大声回答的冲动。他等待着，几乎不敢喘气，生怕自己不能听到更多的内容，就在这时——

哦，小东西。如此悲哀，如此孤独。请不要绝望，我保证，痛苦会过去的。

阿尔弗雷德再也忍不住了，引得玛丽也号啕大哭起来。屋里充斥着臭气与哭号的声音，还有克奈尔夫人不知所措的怒骂声，以至于谁也没有听到农舍外有车停下的声音。

冯·马克斯特恩没有敲门就走了进来。

"希特勒万岁！"他吼道。房子里突然沉寂下来。他朝前迈了几步，摘掉了帽子。"节哀顺变。"

克奈尔夫人把玛丽放在地上，捋了捋在骚乱中散下来的几缕头发，用发卡将它们别好。"冯·马克斯特恩先生。"她用稍微有些喘不过气的声音说道，"你能来真是太好了……"

冯·马克斯特恩先生抬起一只手。她赶紧闭上了嘴。他飞快地在房间里扫视了一圈。所有人都在等他开口。阿尔弗雷德从没有近距离看过他穿制服的样子。他认出了那双靴子；它们是母亲洗刷过的，曾让她的手指沾上过黑色的鞋油。

冯·马克斯特恩指了指埃米尔，问："你，你叫什么名字？"

"埃米尔。"他的声音十分紧张，却彬彬有礼。

"多大了？"

"三月份就满十四岁了。"

冯·马克斯特恩利索地点了点头，然后转向了克奈尔夫人，问："那个女孩呢？"

"哪一个？"克奈尔夫人紧张地问。

冯·马克斯特恩朝着乔安娜的方向歪了歪头，眼神却没有离开克奈尔夫人。

"你是说我吗？"乔安娜的声音中无疑夹杂着蔑视的意味，"我叫乔安娜。"

冯·马克斯特恩缓缓转过头，看了看她。十二岁的乔安娜·沃纳已经出落得亭亭玉立，只不过双眼哭得又红又肿。她遗传了母亲白皙的皮肤，还有父亲深色的头发和笔直的后背。很多人都以为她比实际年龄看上去还要大个三四岁。

"这姑娘的围裙太脏了。"冯·马克斯特恩说，"在她过来之前一定要让她洗干净。"他磕了磕脚跟,举起右手小臂。"希特勒万岁!"他大步流星地走出了前门。

"希特勒万岁。"克奈尔夫人附和了一句,转过身朝着孩子们耸了耸肩,"我猜在把你们送过去之前,最好让你们所有人都洗漱干净。这可不是我的责任。我又不是他的女仆。"她小声补充了一句。

尽管如此,她还是在厨房里烧了一大锅水,让埃米尔把洗澡的锡盆搬进客厅,开始在炉火前给孩子们洗澡。最小的先来。等他们都洗得差不多了(乔安娜和埃米尔坚持要自己洗澡),克奈尔夫人点上汽油灯,煮了些新鲜的粥,命令孩子们回到桌旁。兄妹几人的胃口并没有增加多少,不过阿尔弗雷德还是遵照之前那个声音的吩咐,努力咽下了几勺粥。这碗粥浓得已经结块了,而且十分甜腻,咽起来非常费劲。就在这时,一对车前灯从房间里扫过。一分钟之后,有人重重地敲响了房门。

"哦,看哪,"克奈尔夫人说道,"他开车来接你们了。你们这群幸运的家伙。"她勉强挤出一丝微笑,走过去打开了前门。不过来者并不是冯·马克斯特恩,而是一名年轻男子,身高六英尺多,长着健硕宽阔的双肩。他迈步走进了屋里。

"安诺·施密特。"他自我介绍道,"来自青少年福利机构。我是来接这几个孩子的。"

克奈尔夫人皱起眉头,看了看孩子们,紧接着目光又回到了男子身上。"可是冯·马克斯特恩先生……"

男子打断了她的话。"他会带走年长的那两个。一个男孩——"他从夹克的口袋里掏出一张折好的纸,"埃米尔·沃纳,还有一个女孩，乔安娜。年幼的两个得跟我走。我会把他们送去滕珀尔霍夫的孤儿院。"

"可是……"克奈尔夫人摇了摇头，"可是那在柏林啊。"

男子点了点头。

"但冯·马克斯特恩先生说……"她的声音渐渐弱了下去。

乔安娜和埃米尔站起身，走过去站在了克奈尔夫人的背后。

"出什么事了？"乔安娜问道。

男子耸了耸肩。"我只知道，有人打电话给青少年福利办公室，申请领养埃米尔和乔安娜·沃纳。"

"可是冯·马克斯特恩没有妻子啊！"克奈尔夫人提高了嗓门。

"我觉得冯·马克斯特恩老爷领养子女是不需要妻子的。而且，没有子女的他也没有继承人。"他揉了揉下巴，"反正我是这么认为的。"

克奈尔夫人眯起了眼睛，问："你有证件吗？"

男子把手伸进夹克衫，拿出了证件，然后把另一份文件递给了她："这是我的书面指令。"

克奈尔夫人把所有的文件都检查了一遍，叹了口气，朝着孩子们转过身去。

"好吧。"她说道，"我不知道该说些什么了。但是如果这个人说要把你们带走，你们就必须得离开了。"

乔安娜把双臂抱到胸前，"如果弟弟妹妹要走，那我们就一起走。"她冲到桌旁，从椅子上抱起玛丽，紧紧搂在怀里，远离克奈尔夫人，"没有我，她什么地方也不能去。"

"别傻了，姑娘。"男子边说边向前挪了挪。乔安娜退了几步，直到后背抵在了墙上。

男子摇了摇头,"劝劝她,好吗?"他对克奈尔夫人说,"我可不想使用武力。"

"埃米尔,帮帮我!"乔安娜尖叫起来,"他们不能这么做。不能!"

埃米尔脸色苍白地站在原地,"没用的,乔安娜。"他破音了,"按照他们说的去做吧。"

可乔安娜抿着嘴唇,把玛丽抱得更紧了,害得那孩子哭了起来。"妈妈!"她一遍遍地哀号着,"妈妈!妈妈!"

"好了。"男子表示,"我很抱歉,但命令就是命令。如果你愿意,去和冯·马克斯特恩谈谈吧。"他走向乔安娜,沉重的靴子响亮地踩在木地板上,开始从她的手中奋力地抢夺婴儿。克奈尔夫人犹豫了片刻,也加入进来,在二者之间试图夺过玛丽。玛丽声嘶力竭地放声尖叫。男子把她抱过来,将她的脑袋轻轻按到了自己的胸前。

"嘘,小宝贝。"他的温柔与他高大的身形看起来十分违和,"没事了,嘘。"

玛丽的尖叫变成了微弱的啜泣。

"好了,阿尔弗雷德。"克奈尔夫人转向男孩,"你跟着施密特先生走吧。反抗是没有用的,这个人有官方的命令。"

阿尔弗雷德一动不动地坐在桌旁,手里仍旧攥着勺子,满心希望这不过是一场噩梦。就在这时,画外音女人的声音又回到了他的耳畔。

别担心,小家伙。

跟他走吧。他会照顾你的。

"可我不想去！"阿尔弗雷德大声地回答。

乔安娜走到他的身旁，伸出双手捧起他的脸庞。"别担心，阿尔弗雷德。"她的声音在颤抖，"我会跟冯·马克斯特恩谈谈的。我会让他允许我们去找你的。你等着。我们过几天就能团聚了。"

男子打开了前门。"你可以把他们的东西送去孤儿院。"他告诉克奈尔夫人，然后催促阿尔弗雷德走出农舍，坐上了等待的汽车。

前往柏林的路上，他们在漆黑的郊外穿行。天空中飘着细雨。雨刮器在前挡风玻璃上来回摆动，发出刺耳的吱嘎声。阿尔弗雷德和吓呆了的玛丽蜷缩在后座上。安诺·施密特一言不发地开着汽车。出发后，他只转身和他们讲过一句话。

"节哀顺变。"他轻声说道，然后从副驾驶座位上拿起一只小小的包裹，递给阿尔弗雷德。

"来，吃点东西吧。一定要让那个小姑娘也吃上一些。"

阿尔弗雷德嘟囔着道了谢，拆开包裹。里面有两块夹肉三明治。他给了玛丽一块，当他把面包举到唇边时才意识到自己有多饿。玛丽啃了一会儿三明治的硬边，却抵挡不住困意，脑袋靠在阿尔弗雷德的大腿上，一下子就睡着了。阿尔弗雷德把她剩下的三明治也吃了，然后将脑袋靠在座位上，闭上了双眼。没过多久，发动机的颤动声掺杂着歌声在他左耳边很近的地方低声响了起来，仿佛她正直接对着他的耳朵唱道：

睡吧，我的小宝贝。

外面的雨在哭泣。

妈妈会收好你的金币、

老腿骨和小宝箱。

漆黑的夜里，不要整晚不睡。

他听得出，那是妈妈给他唱过的一首摇篮曲。他感觉泪水正在眼睛背后积聚，任由它们悄悄夺眶而出，从脸颊上滚落。泪珠颤颤悠悠地挂在他的下颌上，滴落在他的外套上。没过多久，他也睡着了。

引擎熄灭时，他惊醒过来，揉了揉眼睛，被玛丽的脑袋沉沉压住的那条大腿感觉暖暖的。安诺·施密特打开另一边的侧门，把手指按在嘴唇上，轻轻地将玛丽拽出去，抱进了怀里。小姑娘蠕动了几下，却并没有被吵醒。于是他用手势示意阿尔弗雷德下车。

这是一个寒冷刺骨的夜晚。阿尔弗雷德首先注意到的是周围的空气中弥漫着的烟味。他以前从没有进过城。这里的街道静谧而漆黑，只有人行道上嗞嗞作响的成排煤气灯洒下的昏黄灯光。好几座建筑上都装饰着红白旗帜组成的遮雨棚，就像派对的装饰，在寒风中起伏翻飞。

怀抱着玛丽，安诺·施密特迈开步子走向车子停靠的那座红砖大楼。它有四层，比阿尔弗雷德见过的任何一座建筑都宽。楼里没有点灯。施密特踏上通往前门的石阶，按响了门铃。过了一会儿，门开了。门口出现了一个女人。她朝着施密特点了点头，领着他们走进来，然后关上房门，点亮了门边桌上立着的一盏小灯。阿尔弗雷德闻到了强烈的尿液和消毒剂气味。

"我已经等了一个小时了。"说话时,女子的眼睛猛地抽搐起来,听上去很生气。她的黑色头发在脑后梳着圆圆的发髻,露出了一块惨白的头皮。阿尔弗雷德朝着施密特迈了一步,凑到他的身旁。女子面向墙壁转过身。阿尔弗雷德看到墙面上有三排拴着棕绳的木头把手。她拽了一下其中一只把手,朝着施密特转过身。

"先得让护士给他们做一下体检。"她说。

"就不能等到早上吗?"施密特一直压低着嗓门,"他们已经累坏了。"

"如果他们身上长满了跳蚤,我是不会让他们睡在我干净的床铺上的。"她回答,"他们要先做检查。"

阿尔弗雷德听到与入口处相通的漆黑走廊上传来了脚步声。一个身穿白色制服的胖女人出现了。她拨了拨阿尔弗雷德的头发,朝他使了个眼色。

"女孩先来吧。"女子对她说,"这样她就能直接上床睡觉了。"

"好的。"护士边说边朝玛丽伸出了双臂。玛丽在被施密特递过去时发出了轻柔的嘟囔声,却还是睡着。护士原路返回,让小姑娘耷拉在自己饱满的胸脯上。这是阿尔弗雷德最后一次见到玛丽。

女子转向了他。"你坐在那里等着。"她指了指角落里的一张座椅。阿尔弗雷德一言不发地照做了。他已经筋疲力尽。女子和施密特消失在了旁边的一个房间里,虚掩着门。他能够听到他们说话,却听不清任何一个字,眼皮一直在打架。

先别睡觉,我亲爱的。

一个声音压低了嗓门说。

阿尔弗雷德，睁开眼睛。

阿尔弗雷德不想睁开眼睛。它们似乎已经被紧紧地粘住，重得无法睁开。

快点，阿尔弗雷德，醒醒。

"别烦我。"阿尔弗雷德嘟囔道。

快点，醒醒！

保持清醒，小子！

"不，我好累。别烦我。"他用力将眼睛闭得更紧了，"我想睡觉。"

阿尔弗雷德，你——

"不！我想睡觉！"阿尔弗雷德睁开眼睛，一下子感觉心跳到了嗓子眼儿里。女子和施密特已经悄无声息地从房间里走了出来，现在正站在他的面前。

"你在和谁说话？"女子质问道。

阿尔弗雷德摇了摇头，感觉好晕。"没有谁。"他低声回答。

"你在和谁说话。"她说，"我们都听到了。我再问一遍：你在和谁说话？"

施密特转向了那个女人。"别烦他了。"他说，"看在上帝的分儿上，他刚刚失去了父母，肯定又累又困惑。"

女子吐了一口气。"哦，不行，我以前就见过这种事情。"她蹲下来，好与阿尔弗雷德的视线齐平。她的身上散发着强烈的胆汁肥皂气味，就是他的母亲用来清洗衣物污渍的那种肥皂。"你在和某个人说话。"她的语气比之前缓和了不少，却仍旧带着一股恶狠狠的气势。"别害怕,阿尔弗雷德。你可以告诉我。说吧——你的脑袋里是不是有个声音?一个偶尔会和你说话的、想象中的声音?或许……"她停顿了一下,"或许还不止一个声音?"

阿尔弗雷德忍不住微微点了点头。这个细微到几乎无法觉察的头部动作却给他带来了想象不到的巨大影响。女子跳起来,后退了一步。

"这个男孩是个傻子!"她尖叫道,"我早该知道的。你从他的眼神里就能看得出来。你看他的眼睛!"

"他的眼睛没有任何问题。"施密特听上去怒不可遏,"你也知道,有些小孩会有想象中的朋友,可以和他们聊天的那种。"

女子猛地摇了摇头。"哦,不不不。你不能把这个孩子留在这里。他是个傻子。把他带走。"她用两只手指拎起阿尔弗雷德的袖子,仿佛那是什么特别恶心的东西,"你现在就带上他离开。"

"我到底该把他带去哪里啊?"施密特喊道。

"小点儿声!"她不屑地回答,"我不管你把他带去哪里。精神病院。对,把他带去精神病院。他不能待在这里。"

她扯着阿尔弗雷德外套的袖子,将他一路拽到了门边。施密特跟上来,一把抓住她的手,用力捏了一下。她的脸上闪过了一丝痛苦的表情。他松开她的手,摸了摸阿尔弗雷德的肩膀。

"走吧,小子。"他说,"这里不是你待的地方。"

他们刚一迈出门口,身后的大门就重重地关上了。阿尔弗雷德听到了门闩滑动着关上的声音。

施密特坐进车里,卷了一支香烟。阿尔弗雷德坐在他身旁的副驾驶座位上,明显有些微微发抖。

"我们要去什么地方?"看到施密特启动引擎,将车子驶上了马路,阿尔弗雷德赶紧问道。

施密特吐了一大口烟:"要是我知道就见鬼了。"

"可是……"阿尔弗雷德张开嘴。

"安静,让我想想。"施密特打断了他的话。过了几分钟,他朝着窗外掸了掸烟灰,清了清嗓子。"好吧。我有一个主意。不过天知道能不能起效。"他转向阿尔弗雷德,表情凝重地注视着他,"谁知道上天为你准备了什么命运。"

他们在沉默中行驶了一会儿。阿尔弗雷德把额头靠在旁边的窗户上,望着身边一闪而过的城市景观。高楼大厦的数量多得令人不知所措,他都无法想象这么多人竟能同时生活在一个地方。

"告诉你一个小秘密吧。"施密特的话将阿尔弗雷德从沉思中拽了回来,"我有一个未婚妻。"他注视着阿尔弗雷德,轻声笑了起来。"是啊,我也很吃惊。她长得非常漂亮。总之,她有个表兄,是一家犹太孤儿院的管理员,在潘科区。"他在下一个十字路口处右转。"我们现在要去的就是那里。我不知道他们会不会接纳你。你看上去其实不像个……好吧,我觉得那不重要。但我只能想到这个办法了。海因茨是个好人。别相信那些有关犹太人的传闻。我的玛格达是个好姑娘。她的父母也一样。"

他陷入了沉默。阿尔弗雷德想起了埃米尔在晚饭桌旁提到的有关犹太人的事——无法将他们赶到很远的地方之类的。他打了个哈欠。眼下他一心只想睡觉。至于明天——明天乔安娜就会来寻找他和玛丽,把他们接回家。

没过多久,施密特放慢车速,停了下来。

"我们到了。"他说道,但语气听上去更像是提问而非陈述。

阿尔弗雷德从自己那边下了车。眼前的这座大楼和人行道之间隔着一扇熟铁大门。阿尔弗雷德抬头看了看,发现这是他迄今为止在街道上见到过的最高大的建筑。入口的左手边,一棵树叶都已掉光的杨树一直延伸到了二楼的窗户旁。所有的窗户上都镶着朱丽叶阳台,还装饰着成箱的天竺葵。大楼的顶端,就在弯曲的屋顶下,他看到了这样几行铭文:

第二孤儿院
犹太社区
★★★ 柏林 ★★★
建于 1912—1913 年

施密特按响了门边的门铃。

"我希望有人还醒着。"他边说边揉了揉侧脸。他们等了很久。为了保暖,又或者是出于紧张,施密特在两脚之间来回转移着重心。终于,楼下的一扇窗户里亮起了灯。一分钟之后,门打开了。一个男人往外看了看。

"谁啊?"他问道。

"我们太走运了。"施密特对阿尔弗雷特说,然后赶紧回应道,"海因茨,是我,安诺。"

门开得大了一些。那人走出来,迟疑了片刻,朝着阿尔弗雷德和施密特的方向眯了眯眼睛,然后快步走下一连串石阶,打开了大门。

"进来,进来。"他说道,还补充了一句,"如今这世道还是小心为好。"

两人草草地拥抱了一下。

"我给你带了点东西。"施密特朝着阿尔弗雷德的方向点了点头。纳德尔瞥了瞥阿尔弗雷德,皱着眉头将两人领到了屋里。

"已经很晚了。"三人脱下外套后,他对施密特说。

"抱歉。"施密特回答,"事发突然。"在他向纳德尔解释情况时,阿尔弗雷德四处逛了逛。在他的面前,一座巨大的楼梯朝左手边盘旋而上,右边是一条宽敞而昏暗的走廊,高大的拱形天花板上挂着四盏链条灯。屋内有两扇双开门,一扇上标记着"专用",另一扇上写着"图书馆"。除了施密特与纳德尔轻声的交谈,四下里安静得可怕。

"我不怎么喜欢这个主意。"纳德尔终于发了话,"这里的情况已经不堪一击。这你也知道,安诺。"

"我知道,海因茨。"施密特叹了一口气,"但我能拿他怎么办呢?我又不能把这个可怜的家伙送到精神病院去。就算他不是个傻子,这么做也肯定会让他变成一个傻子。"

纳德尔低头看了看阿尔弗雷德,然后摘下圆形的眼镜,揉了揉鼻梁。"那好吧,安诺。"他的声音已经十分疲惫了,"我猜给他找张床过夜也不会怎么样。他看上去累坏了。不过我明天一早就得上报主管,这不是我能决定的。"

施密特微笑着拉起纳德尔的手,热情地握了握。"谢谢你,海因茨。"他重新穿好外套,转向了阿尔弗雷德。"好了,小家伙。我要走了。他们会好好照顾你的。一定要听话,晚饭前要洗手,该睡觉的时候乖乖上床睡觉。"说到这里,他将阿尔弗雷德揽进怀里,拥抱了他,"做个好孩子,阿尔弗雷德。不会有人伤害你的。"

前门在他的身后轻轻关上了。没过多久,阿尔弗雷德听到了外面那扇大门打开又关上的金属碰撞声。纳德尔伸出了一只手。

"海因茨·纳德尔。"他介绍道。

阿尔弗雷德接过他的手,握了握。"阿尔弗雷德·沃纳。"

"好了,阿尔弗雷德·沃纳,我觉得我们最好去给你找一张床。"

午夜行动
第二日

那晚，我躺在床上辗转难眠。尽管我已经关上了卧室的房门，却还是能够听到阿尔弗雷德在客厅里鼾声如雷。我不太习惯如此亲密的陪伴，反常地感到一阵幽闭恐惧。自从父亲去世以来，我只独自生活了两个月，却这么快就习惯了，真是令人吃惊。

一想到还有一个身体正在这间狭小的公寓里散发着热气，我就燥热得难受。我踹掉被子，瞬间感觉好冷，于是又钻回被单里，翻向了另外一边，却再度燥热起来。最终，我坐起身，看了看时间。5点30分。外面仍是一片漆黑，但我必须接受自己今天已经没有机会重新入睡这个事实，于是我决定到此为止，马上起床。我蹑手蹑脚地溜进客厅，想趁机看看阿尔弗雷德的东西，却不想在此之前把他吵醒。我不是个爱管闲事的人，但是鉴于眼下的情形，我觉得试着帮他找个家庭成员联系一下可能是个不错的主意。借着从走廊照进来的光线，我隐约看到了阿尔弗雷德睡在沙发上的身影。他穿着一套蓝色的法兰绒睡衣。

环顾四周，我发现他的夹克正挂在椅背上，于是蹑手蹑脚地走过去，搜了搜衣服的口袋。右边的口袋是空的，左边的那只装着什么软绵绵的东西，但我猜很有可能是条手帕——不是一次性的纸巾，而是年纪大的人会用的布手帕。我的爸爸就曾不顾我出于卫生考虑提出的反对，坚持要用这种东西。我克制住了把手伸进口袋摸摸看的念头。剩下的就只有左边的内袋了。果然，在这儿我运气不错：是布莱妮娅写给阿尔弗雷德的一封信。

我径直跑回卧室，打开电脑，连上网，努力让自己不要为窥探他的私事而感到太过内疚，然后输入：特伦河畔斯托克市富兰克林路格莱斯通养老公寓，同时留心听着阿尔弗雷德打鼾时节奏分明的喘息声。我拨通了屏幕上的电话号码。丁零—丁零，丁零—丁零，丁零—丁零。我忽然想起英格兰的时间比这里要晚一个小时，也就是不到凌晨五点，应该不太可能有人来接电话。我正准备放弃，耳边却响起了一个困倦的声音："你好？谁啊？"

"哦，你好。早上好。如果我吵醒你了，抱歉。"我赶紧答道，"这里是特伦河畔斯托克市格莱斯通养老公寓吗？"

"是的。有什么急事吗？"

"嗯，没有。算不上是什么急事。"

"那你知道现在几点吗？"

"是的。"我回答，"很抱歉吵醒了你。只不过我是从英国境外打来的，忘了时差的问题。"

"你没有吵醒我，女士。"女子答道，"在格莱斯通，我们会为住户提供全天候的高品质护理。这意味着我们始终都有一名工作人员值班。"

"真不错。"尽管她的音调让我想起了自己为何没有把父亲送进养老公寓，我还是保持着友好的语气，"其实我打电话来是想问问你们的一位住户。阿尔弗雷德·华纳。"

电话的另一头短暂地停顿了一下。

紧接着传来一句问话："你是德国人吗？"

"是的。"

"嗯。我就觉得我听出了某种口音。那你肯定是阿尔弗雷德的孙女。老实说，我一直不太确定他真的能够设法找到你。他有的时候看上去有些……糊涂。"

"哦，那是……"

她打断了我。"是的。你也知道，我们不喜欢使用'痴呆'这种说法。不过就在你我之间说说，把铁锹叫成铲子有什么错吗？这又没什么区别。对他们而言肯定是如此。"她叹了口气，"但也没有人问过我啊。"

"打扰一下，小姐……"

"克拉克。乔思林·克拉克。老实说，华纳小姐，虽然阿尔弗雷德的状况不是我见过最糟糕的，但他有时的确会惹人生气。我知道这事好像应该当面讨论，但你毕竟是他提到过的唯一一个亲属。你不常来看望他，对吗？"

"克拉克小姐……"

"是的,我刚才说了,等阿尔弗雷德回来——对了,他具体什么时候回来?他离开得很匆忙,都没有认真填写外出时间表。这正是我要表达的意思,他有时就是拒绝听话。"

"克拉克小姐,我只是……"

"我是说,很多人都会自言自语,这挺正常的,但是阿尔弗雷德……他就是拒绝闭嘴,你明白吗?那可不是低声的嘟囔,而是完整的对话——在自己的房间里,在公共休息室里,在吃晚饭时——真是令人心烦意乱。说得直白一些,华纳小姐,要是你爷爷继续这种不听话的行为,那他就必须离开了。这些在我们的通用条款里都有写到——如果你愿意看看的话。我们有一项'三犯出局'的规定。很抱歉这么说,但是阿尔弗雷德已经快要接近'三犯'了。"

接下来脱口而出的这句话连我自己都吃了一惊:"如果是这样的话,那就把这一次当作他的'三犯'好了,你这个蠢娘们儿!"打断她的同时,我也为自己的行为感到害怕。我能感觉心跳正在加速,其实眼泪马上就要夺眶而出了。就在这时,我听到身后传来了一个声音。

"我不会回去了,你知道吗?"

我的心一下子跳到了嗓子眼儿里,又重重地落下,吓得差点把手中的电话丢了出去。转过身,我看到阿尔弗雷德正站在门口,身上仍旧穿着蓝色的法兰绒睡衣。

"老天!"我脱口而出,"你差点把我吓出心脏病来。"

"对不起。"他答道,紧接着补充了一句,"我这么说不是在赌气。我不是什么待人刻薄的人。只不过……我不会回去了,就是这样。"

我把电话放在桌子上,朝他走去。

"听着,阿尔弗雷德。"我将一只手搭在了他的手臂上。法兰绒的手感摸上去十分柔软,"对不起。我——我以为……哦,我也不知道自己在想些什么。"我突然感觉好难受;他可能没有足够的钱去住酒店。即便有,谁也无法知道他的孙女还要昏迷多久。他点了点头,又或许是他的脑袋在不由自主地颤动。

他答道:"是的,我懂。我正打算提呢。你有时待我就像个孩子,真让人生气。"

"对不起,你说什么?"我的手从他的胳膊上垂了下来,被他的评价和闷闷不乐的语气激怒了。但他马上伸出如纸般纤薄、暖烘烘的手握住我的手,捏了捏。

"哦,不是的。"他解释道,"我不是说你。我……"他放开我的手,摇了摇头。"算了,我本来想说我懂的。你非常热情好客,谢谢你。圣诞节就要到了,你肯定还有别的事情要做,还有别的人……"他的话音弱了下去。

我们在尴尬的氛围中沉默地站着。最终还是我先开了口:"好了,也许我们可以去找家酒店?我不确定会很好找,但是……"看到他的表情,我闭上了嘴巴。他看起来孤苦伶仃。

"我真是个老傻瓜。"他说,"我在想什么啊?我竟然从没想过布莱妮娅会……我早该料到会发生这种事情。"

我长叹了一声。我承认,父亲才刚刚过世不久,我对这种事情还远远没有做好准备。但我又有什么选择呢?我重新把手搭在了他的手臂上。

"没关系,阿尔弗雷德,欢迎在这里多住两天。我相信医院会对你孙女的情况给出确凿的信息的,然后我们再想办法。与此同时,你还有没有别人可以让我联系的,其他的家庭成员?"

"没有了。"他说,"我已经没有其他的亲人了。"

孤儿院
1934—1938

阿尔弗雷德永远无法得知，他被送到孤儿院后的那天早上，纳德尔和院长聊了些什么。他也永远无法得知，纳德尔有没有毅然决然地据理力争，让院长明白精神病院不是一个可选项（阿尔弗雷德后来才了解，纳德尔是个精力充沛的人，充满活力的头脑总是想个不停，信仰十分坚定）；或者两人是否很快就决定，他们其中一个要收养阿尔弗雷德；抑或是否长时间地争论过，将一个八岁的德国男孩收容在犹太人的孤儿院里有多危险。可不管他们讨论了什么，结果就是：在这个与他迄今为止所知的生活大相径庭的地方，阿尔弗雷德将要度过接下来的四年时光。

第二天一早，他是被手铃的叮当声、十二个男孩的哈欠声和他们爬下床的声响吵醒的。他被分配到的这间宿舍比在黑暗中看上去更加宽敞。前一天晚上,他爬上床时既难过又疲惫,四肢和灵魂都隐隐作痛。醒来后,他默默地躺在床上,突然感觉不知所措。他看着其他男孩穿衣叠被,希望他们不要注意到他,但他很快就被人发现了。一小群男孩聚集在房间的中央,盯着他窃窃私语。阿尔弗雷德坐起身,有点期待他们会开始指指点点、大吼大叫。他浑身上下只穿了一条内裤,感觉自己十分脆弱,不知道纳德尔前天晚上把他的衣服放在了哪里。然而就在这时,他空空如也的肚子里发出了一声响亮的咆哮,逗得男孩们纷纷捧腹大笑。其中一个比阿尔弗雷德年长几岁的瘦高男孩从人群中站了出来。

"弗里茨·罗森博格。"他介绍道,"我是宿舍长。"

阿尔弗雷德坐得更直了。"阿尔弗雷德·沃纳。"

"早餐七点开始。"弗雷德说,"你是昨晚才来的吗?"

阿尔弗雷德点了点头。

"剩下一半还是全都没有了?"

"什么?"

"你是父母双亡还是丧父或丧母?"

阿尔弗雷德咽了一口唾沫。"父母双亡。"他低声答道。

"和那边的所罗门一样。"弗里茨朝着一个仍在铺毯子的男孩点了点头。

"你好。"所罗门喊了一句。

"这是沃尔特。"弗里茨接着说道,并用手肘轻轻推了推某个男孩的左边身子,"他、罗伯特、西蒙、汉斯、小戴维和大戴维,还有我——我们的父亲都还在。伯特、霍斯特、西克弗里德、艾伦和甘特，他们都是妈妈的好宝宝。"他笑了，但并无恶意。

阿尔弗雷德爬下床，四处寻找自己的衣服。

"他们把衣服送去洗衣房了。"弗里茨告诉他，"以防万一，用沸水杀灭虱子。嘿，所罗门，你的尺码和他差不多，给他几件衣服穿。"

阿尔弗雷德感激地从所罗门的手中接过一件衬衫和一条短裤，跟随男孩们下楼来到早餐厅。吃饭时，谁也没有和他说话。这很合他的心意，因为他还从没有这么饿过，所以不想有人打扰。他一直吃到他觉得自己的胃都快爆炸了。毫无疑问，他听过不少有关犹太人的故事，于是他偷偷地东张西望，在其他孩子的身上寻找着与众不同的迹象，只不过他们看起来都很普通。就在他把第三杯牛奶举到唇边时，一只手轻轻拍了拍他的肩膀。是纳德尔。

"阿尔弗雷德，吃完跟我来一趟。"他轻声说。

阿尔弗雷德匆匆咽下口中的食物，站了起来。

"这边走。"纳德尔领着他走出饭堂，穿过走廊。阿尔弗雷德认出，这就是他来的时候经过的地方。二人来到大楼深处的一个小房间。一个年轻的女子在他们进门时从办公桌后站了起来。

"就是这个男孩吗，海因茨？"她朝着阿尔弗雷德笑了笑。

"就是他。"纳德尔回答。

"你好，阿尔弗雷德。"她绕过办公桌走出来，伸出了一只手。她长着一头乌黑的秀发和一双令人惊艳的蓝眼睛。"我是梅尔茨，女舍监，也是这里的护士。我想快速检查一下你是否健康。"

阿尔弗雷德握了握她的手。她的皮肤温暖而光滑。

"请坐。"她用手指了指一张椅子。纳德尔仍旧站在门边。

"阿尔弗雷德。"她问道,"你感觉怎么样?"

阿尔弗雷德望了望纳德尔,看到他点了点头。"很好,谢谢。"阿尔弗雷德回答。

"那就好。"她从桌上拿起听诊器,"现在我要简单地听一听你的心肺,确保一切运行良好。请帮我把你的衬衫掀起来。"她微微一笑。"可能会有点儿凉。"

阿尔弗雷德一动不动地坐着,任她将听诊器先是轻轻放在他的胸口,然后是他的后背。紧接着,她还看了看他的耳朵和嘴巴,最后直起了身子。"你介不介意把衣服脱掉,阿尔弗雷德?让我大概看上一眼,你就能走了。"

阿尔弗雷德照做了。可就在他脱掉裤子时,梅尔茨小姐吃惊地轻声倒抽了一口气,"这个男孩……"她转向了纳德尔,"这个男孩没有包皮!"

纳德尔向前迈了一步,凑上来查看。阿尔弗雷德感觉自己脸红了,不得不抑制住想用双手挡住生殖器的冲动。

"我以为你说过他不是犹太人。"她继续说道。

"没错。"纳德尔皱起了眉头。

阿尔弗雷德感到一丝恐慌,仿佛被人抓到做错了什么事,却又不知道是哪里做错了。

包皮过长。

他不明白。"什么?"他大声问道。

"安诺·施密特告诉我,你不是犹太人。"纳德尔的话令阿尔弗雷德更加迷惑不解了。

包皮过长。**快点儿,就这么说**。

你当时只有三岁，阿尔弗雷德。你不可能记得。但就这么说。

"包皮过长？"阿尔弗雷德犹犹豫豫地说，还小声补充了一句，"那时我只有三岁。"

"啊。"梅尔茨小姐说，"好吧，那就说得通了。"她转向纳德尔。"包皮过紧。他肯定是被割过包皮的。"

纳德尔耸了耸肩。"我猜这是好事。他不会和其他孩子有什么不同，而且……"他略微停顿了一下，补充道，"如果他决定成为犹太人，这是个有利的开端。"他咯咯笑了起来。

梅尔茨小姐轻轻吐了一口气。"海因茨，这仍旧是一个可怕的风险。"

"我知道。但事情已经决定了。"

他等阿尔弗雷德重新穿好衣服、两人回到走廊上，才朝阿尔弗雷德转过身来。"我们已经决定了，你可以留下来，至少是暂时的。"他暂时闭上了嘴巴，看着一群女孩蹦蹦跳跳地经过。她们发现了阿尔弗雷德，边笑边嘟囔着什么。"但你留在这里是有条件限制的。"

阿尔弗雷德低头看了看自己的鞋。他迫不及待地想把埃米尔和乔安娜的事告诉纳德尔，说这其中肯定出了什么错，说哥哥姐姐一定会来找他。

"看着我，小伙子。"他捧起阿尔弗雷德的下巴，让他仰起头，"现在属于危险时期。我觉得你还无法完全理解这话是什么意思……"他停顿片刻，手垂了下来。"但说不定你可以。重要的是，住在这里期间，你就是我们中的一员。这就是条件。你必须听话，不要质疑我们吩咐你的事情。如果你违反了规定，会把我们所有人都置于险境。你明白吗？"

你明白的，对吗，阿尔弗雷德？他是个好人，你可以相信他。

阿尔弗雷德点了点头。

纳德尔站起来，一言不发地盯着阿尔弗雷德看了一会儿，挥手示意他跟着自己迈上走廊。

"我已经把你安排到了弗里茨·罗森博格的宿舍里。他们都是好孩子，其中好几个都朝气蓬勃。如果你不想惹麻烦，最好留心罗伯特和西蒙。上个星期，我发现他们在二楼的窗户旁看着希特勒青年队的游行队伍发呆来着。"他摇了摇头，"傻啊，真是傻孩子。"

"纳德尔先生？"阿尔弗雷德问道。

"什么事？"

阿尔弗雷德停下脚步，深吸了一口气。现在不说就没有机会了。"是有关我哥哥姐姐的事情。纳德尔先生，是这样的，我觉得这是个错误。我有个十二岁的姐姐乔安娜。她说她会来接我。但如果我留在这里，她就不知道该去什么地方找我了。所以我想着，也许能给她写封信。"

纳德尔停下脚步，将一只手搭在了阿尔弗雷德的肩膀上。"我明白。"他说，"安诺·施密特给我解释了你们家的遭遇。但是阿尔弗雷德……"他短暂地闭了闭眼睛，"阿尔弗雷德，除了等待，我们恐怕别无选择。如果……如果情况有变，我相信我们会给你姐姐捎个口信过去的。你必须向我保证，不会试着去联络她。"

阿尔弗雷德好想哭。

向他保证，小家伙。你欠他的。为了你，他承担了很大的风险。我们肯定会找到乔安娜的。要耐心。

阿尔弗雷德眨了眨眼睛，强忍住泪水。"我向你保证。"他低声答道。

第一个星期，阿尔弗雷德抓住一切机遇，找到一扇面朝主街的窗户，花了好长时间把脸贴在玻璃上，全心全意地希望下一辆停在大楼前的车、下一个驶上这条街的人就是乔安娜。但她一直没有来。

随着前几个星期、前几个月的时光就这样过去，他发现自己越来越难回忆起之前的生活。他会努力回想刚刚施下的肥料腐熟的恶臭、日落时地平线上雄伟壮观的美景和森林的馥绿，却都是徒劳。还有冬日里农舍中呼啸着穿过的刺骨寒风，他连续三天除了萝卜没有任何东西可吃时的饥肠辘辘，以及父母脸上永远挥之不去的疲惫。他的世界在缩小的同时也膨胀了，思乡之情几乎消退殆尽，只会偶尔出现在梦中，让他挂着泪心痛地醒来。他发现，自己和这里其他的孤儿没什么两样。尽管大家白日里都兴高采烈、吵吵闹闹，但他在夜里听到许多人都是哭着入睡的。

唯一不曾改变、能将以往和眼下的生活连接在一起的就是那些画外音。她们也习惯了阿尔弗雷德新生活的规律，有时会告诫他（当西蒙邀请阿尔弗雷德违规从后院翻墙外出时），有时会安抚他（当他悲痛欲绝的心马上就快破碎时），偶尔还会调皮捣蛋（给他戏弄女孩的恶作剧出谋划策）。他发现，自己原来是个出色的足球运动员，成了男孩中颇受欢迎的人物。他唱起歌来嗓音和母亲昔日里一样甜美，让他也备受女性工作人员的喜爱。他的记性很好，背单词、记旋律都不错，第一次在孤儿院过光明节时，就曾被要求唱过一段《万古磐石》。正如弗里茨所说，孤儿院里只有少数几个无父无母的孤儿。他们都是工作人员和慷慨的孤儿院资助人重点关照的对象。阿尔弗雷德来到这里不久，就迎来了自己的第一个光明节。除了糖果和蛋糕，他和其他无父无母的孤儿还从孤儿院最慷慨的资助人、隔壁卷烟厂厂长约瑟夫·加巴帝-罗森塔尔那里收到了一枚闪亮的马克银币。阿尔弗雷德把这枚银币和之后每年光明节收到的银币都安全地藏在了衣柜的一双袜子里。再过几年他才会需要用到它们。

阿尔弗雷德在孤儿院里接触到的宗教是自由开明的，算不上十分正统。这里的生活是通过学校课程、体育锻炼、音乐与戏剧来度量的。孩子们要负责孤儿院里的许多杂事，包括削土豆、清扫食堂、清理教师休息室外的大鸟笼、简单维修坏掉的椅子和摇摇晃晃的课桌、照料学校的花园。孩子们中有少数几个对犹太教几乎一无所知。他们的父母要不就皈依了基督教，要不就是无神论者。因此，阿尔弗雷德对现存仪式和典礼的无知并没有遭到质疑。孤儿院中罕见几处颇具犹太人特色的地方之一便是二楼壮观的祷告堂。令人叹为观止的房间里，平顶镶板装饰的天花板上悬挂着巨大的枝形烛台。东墙边的圣柜柜顶上立着一颗大卫之星——每周五晚，这里都会举行仪式。对阿尔弗雷德而言，这座大厅更像是一座剧院，充满了陌生的仪式和听上去十分奇妙的祷告，而不是一处礼拜场所。起初，他会在仪式的过程中选择待在大厅的后面，默不作声地与脑海中的画外音女子对话，减轻这个地方给他带来的陌生感。就在阿尔弗雷德来到孤儿院后不久，礼拜后的一天，纳德尔找到了他。

"我能跟你聊聊吗，阿尔弗雷德？"

阿尔弗雷德犹豫了片刻，生怕自己无意中破坏了什么规矩，纳德尔却说："我注意到你在祈祷。如果你感觉自己需要和上帝交谈，请告诉我，我会看看能安排些什么的。"

阿尔弗雷德摇了摇头。"哦，可我还没有见过他呢。"他兴高采烈地回答。

阿尔弗雷德最好的朋友所罗门·布朗斯坦父母双亡——所罗门三岁时，他们先后在一个星期之内死于肺炎。他的祖父母是一对富有的鞋商。长久以来，他们一直尽力照料他，但还是在他到了上学的年龄时将他交给了孤儿院照料。他们常来探望他，还时常给他和其他的孩子带些礼物。所罗门是个害羞、敦实的男孩。在祖父母的坚持下，他是少数几个一直戴着犹太无边圆帽的孩子之一。他抱怨说，无檐便帽妨碍了他的行动，让他无法像其他男孩一样爬上树枝、荡来荡去，因为他害怕帽子会掉下来。梅尔茨小姐建议他用发卡把它固定住，却被他生气地拒绝了。不过，在和阿尔弗雷德建立起友情的纽带之后，他曾偷偷向他坦白，自己很喜欢这个借口。因为他和阿尔弗雷德一样，对这种过分展现体力的莽撞行为相当谨慎。两个男孩很快就成了朋友——所罗门会把犹太人的习俗和注意事项教给阿尔弗雷德，阿尔弗雷德则会教他如何用树枝和藤蔓制作弓箭（这是他认真观察哥哥埃米尔才学来的）。不过，人们时常看到他们在学校花园的菜地里劳作。在那里，阿尔弗雷德的脑海中偶尔会闪现出一些零散的回忆——大黄可以防止黑蝇，不要把土豆栽在黄瓜旁边——年复一年，他们将收获最大个儿的南瓜、最多汁的胡萝卜和最饱满的西红柿。

一天晚上，阿尔弗雷德被所罗门拍着肩膀叫醒了。

"我能钻进来吗？"所罗门低声地问。

"什么？"

"我的床……湿了。"

阿尔弗雷德掀开毯子，让所罗门钻到了自己身旁。阿尔弗雷德闭上双眼，感受到所罗门温暖的鼻息打在自己的脸上。

"这不是我的错。"所罗门小声地说，"我憋不住了。请不要告诉别人。"

阿尔弗雷德睁开双眼。"我不会说出去的。"他回答，感觉这句承诺仿佛一条温暖的毯子，落下来紧紧地包裹住两人。

"我也有个秘密。"他朝着黑暗中说，却没有得到任何的反馈，于是睁开眼睛，看到所罗门已经睡着了。他的耳边响起了不赞成的轻柔咯咯声。由于床铺太窄，阿尔弗雷德这一晚睡得不太舒服，可他并不介意。这让他想起了和玛莎同睡一张床铺的日子。黎明时分，所罗门再次叫醒了他。两人蹑手蹑脚地穿过宿舍，趁着别人都没醒来，悄悄换掉了所罗门的床单。住在孤儿院里的那些年间，这是阿尔弗雷德最接近袒露心中秘密的一次。

阿尔弗雷德的十岁生日和柏林举办奥运会是同一天。犹太运动员被禁止参加这项赛事。或许正是因为这一事实，为了纪念奥运会，孤儿院的院长库尔特·克罗恩组织了一场孤儿院杯"奥运会"，赛事包括50米操场冲刺跑、足球赛（阿尔弗雷德的最爱——他们的队伍在点球大战中以6比2获胜）和一场障碍赛跑。其中的障碍物有水桶、女士衣物和一大堆的华夫饼，逗得孩子和老师们都捧腹大笑。在两人三足比赛中，男孩们在操场的一端两两一组排成一队，阿尔弗雷德的左腿和所罗门的右腿用一根布条绑着。

"各就各位……预备……跑！"随着克罗恩的一声大吼，男孩们奔跑起来，一瘸一拐、跌跌撞撞地穿过操场。最不擅长运动的所罗门对于搭档阿尔弗雷德而言如同一个累赘。两人笨拙地用三条腿跳跃前进，在距离终点线还有几米的地方缠在一起，摔在了满是尘土的地面上。在将胳膊和腿一个个抽出来的过程中，所罗门咯咯地笑了。很快，阿尔弗雷德也兴奋得捧腹大笑，上气不接下气，然后又反常地开始恸哭。无论大口地吸入多少空气，他就是无法平复颤抖的隔膜，挡不住脸颊上滚落的一行行泪珠，打不断沉积在悲哀中的身体产生的一阵阵痉挛——即便是听到有人在高喊"他受伤了吗""快，快去找梅尔茨小姐""他是不是需要医生"之类的话时也没有任何的起色。海因茨·纳德尔将他从地上抱了起来。在他温暖的怀里躺了许久，他才努力平静了下来。

"没事了，孩子。"海因茨低声说，"没事了。"

考虑到致使阿尔弗雷德被送进孤儿院的一系列事件有多悲哀，他在这里度过的时光还算是无忧无虑、欢快幸福的。不过，只要他多加留意，就能发现预示着有事情即将发生的蛛丝马迹：大人们在早餐时默读的每一篇报纸报道，孩子们被禁止聆听的每一则无线广播消息，入夜后大门每一次被人意外地敲响，还有年长的男孩、女孩们深夜里围绕"纽伦堡法""巴勒斯坦"和"青年阿利亚"之类阿尔弗雷德当时听不懂的术语展开的讨论。某种不言而喻的焦虑之情似乎愈发沉重地压在了大人们身上。

阿尔弗雷德住在这里的第四年（当年夏天他就已年满十二岁了），接连发生的几件事情永久打破了本就不堪一击的平静生活。1938年10月末的一天，他因为胃痛和腹泻病倒了。大家叫来了梅尔茨小姐。经她诊断，阿尔弗雷德患了轻度肠胃炎。于是他服用了氧化镁乳液，遵照医嘱要卧床休息一天。阿尔弗雷德为此心急如焚，因为全班二十三个男孩和三名教职工正准备去城市另一边的慕尼黑大街，参加所罗门的受戒礼。类似的外出活动已经越来越少了。阿尔弗雷德住在那里的最后一年，某种"受困心理"已经逐渐在孤儿院里扩散开来。孤儿院里的孩子们还不太习惯，学校院墙外时常传来"犹太人去死！杀了这些肮脏的猪！"之类的叫喊声，频率和言辞激烈程度与日剧增。孩子们外出时在公共场合听到的辱骂声早就有了演变成真实暴行的可能。但在所罗门的祖父母古斯塔夫与玛格丽特·布朗斯坦的要求下，舍内贝格区的犹太教会堂将破例举办这场受戒礼。孩子们对这次特殊的外出充满期待，兴奋之情溢于言表，教职工却面临着一个难题：如何告诉这群嬉笑打闹、不得安宁的孩子，他们在安全的孤儿院大门外也许会遇到什么真正的危险。

阿尔弗雷德独自躺在宿舍里，聆听着门外走廊上洋溢着的澎湃激情，为自己感到悲哀。药物让他的胃舒服了不少。虽然蹲了一夜厕所害他多多少少有些虚弱，但被遗忘的感觉还是令他倍感失落。就在他百无聊赖、闷闷不乐、逆来顺受地赖在床上时，耳边传来了一个声音：

阿尔弗雷德，起床，穿好衣服！

"不行。"他默念回答，"我得留在这里。"

胡说，赶紧起来。去告诉梅尔茨小姐，你感觉好多了。

"可这又没有用。她是不会放我走的。"

要是你的脸上能一直维持这副难过的表情，她会放你走的。听我们的话，告诉她，你的胃已经不疼了。所罗门是你最好的朋友，不是吗？要是你感觉好多了，你真的以为她会在这么特殊的日子里阻止你去找他吗？

阿尔弗雷特仔细想了一会儿。意识到问问也没什么损失，他跳下床，穿好了衣服。梅尔茨小姐犹豫了整整两分钟。也许是为大家的兴奋之情和阿尔弗雷德的热情所感染，她重新为他量了体温，表示他的身体状况可以外出。

他们花了一个多小时才来到慕尼黑大街。某个电车司机拒绝让他们上车，迫使众人步行了二十分钟才来到能将他们送往犹太教会堂附近的公交车车站。最终到达时，阿尔弗雷德已经被冻得透心凉，开始后悔没有留在家里温暖的床上。不过，仪式虽然庄严，但对所有人来说都是兴奋而愉快的。所罗门磕磕巴巴地读完了旧约预言书中的课文，过程还算顺利。活动在热情洋溢的庆典中达到了高潮。男孩们被允许每人喝上一小杯酒，果酱多纳圈能吃多少就吃多少。结果，所有人回家时的心情简直比去时还要欢快。不幸的是，这样的情形并没有持续多久。

在电车站等车时，两个未经允许偷偷多喝了几杯的男孩开始唱歌。那是一首流行歌曲，有着阿尔弗雷德熟悉的欢快旋律，让人听了就想手舞足蹈。歌曲是用意第绪语唱的。在电车站等车的好几个人都望着他们摇了摇头。

纳德尔冲到男孩们面前。"安静！"他生气地低声说，"这会害我们引人注意的。"

两个男孩马上安静下来，红着脸嘟囔了几句道歉的话。可在一片绿色的草坪对面，一群年轻的希特勒青年团成员已经听到了歌声。他们大概有六个人，伴着宣告电车进站的响亮铃声迈步朝着他们走了过来。

"孩子们，排好队。"纳德尔掩饰不住焦虑的颤音，"年纪最小的在最前面。门一开就尽快上车，不要磨蹭。"

靠近队尾的阿尔弗雷德看到纳德尔和另外两名教师紧张地回头望去。电车似乎过了许久才终于停下，打开了车门。

"快点儿。"纳德尔吩咐大家。队伍前面的男孩们开始登上电车，其中一个在慌乱中被台阶绊倒了。青年团的那群人只有十几米远了。

"嘿，犹太人！"其中一个喊道，"谁允许你们出来的？"

另一个人拾起一块石子，朝着男孩们丢了过去。石子砸中了阿尔弗雷德的肩膀，好在力道不大，没有伤到他。他转身登上电车。就在这时，他看到了街对面的一个女孩。她穿着毛料外套，下巴上系着的一条围巾遮住了头发。不过，从她大摇大摆的步伐、骄傲地挺着双肩和后背的样子，阿尔弗雷德一眼就认出了她。那是乔安娜。他的心跳开始飞快地跳动，以至于他感觉自己就快昏倒了。他放声尖叫起来："乔安娜！"喊叫声却消失在了一片骚乱之中。电车司机已经离开了座位，现在正催着男孩们上车。

"快点儿,加快步子。"阿尔弗雷德没有理会某些乘客带着怒气的低语声,还是一动不动,眼神紧盯着马路对面。但那个女孩已经消失在了街角。

"阿尔弗雷德!快点儿!"纳德尔大喊,"看在老天爷的分儿上,走啊!"他一把抓住阿尔弗雷德的外套,将他拖上了电车。阿尔弗雷德还没来得及反抗,车门就关上了。他挣脱了纳德尔的手,冲到开动的电车另一边,把脸紧紧地贴在了玻璃上。随着电车向前驶去,经过对面大楼的街角,阿尔弗雷德再次发现了那个女孩离去的身影。他想要大声地呼喊她的名字,尖叫着用拳头连续捶打玻璃,但他知道那都是徒劳。于是,他把街道的名字烙印在了脑海之中,知道过不了多久,他会以某种方式找到回到这里的路,找到慕尼黑大街和格鲁内瓦尔德大街的街角,去寻找她。

第二日
烽火少年

一个约定
第二日

与阿尔弗雷德（以前）的养老公寓护士打完那通灾难性的电话之后，我领着他去厨房泡了杯茶。阿尔弗雷德背对着我站着，望向了窗外。

"这是巴伐利亚广场，对吗？"过了几分钟，他开口问道。

"没错。慕尼黑大街。你怎么知道这个地方？"我问。

阿尔弗雷德皱了皱眉头。"那是很久以前的事了。很久以前。我起初还没有认出来。"

我留下他站在那里，走过去倒茶。

"是的，犹太教会堂，我当然记得。"

这是阿尔弗雷德在低声自言自语。

"对,对,那里就是……乔安娜。我知道!什么?"一阵停顿,"我不确定。要我说,这话听起来有点儿粗鲁。"脑袋四处张望,点头,摇头,很难看出有什么区别。紧接着他说:"哦拜托,那你自己问她吧!"

虽然我也许把前几句话当作一个老人的喃喃自语,不予理会,但最后这句话脱口而出时气势如此汹涌,让我不可能假装自己没有听到。

"阿尔弗雷德,你没事吧?"我问。

他紧紧抓住窗台,关节都泛白了,脑袋还在颤抖。

"朱莉娅,我想请你帮我一个忙。"他说话时并没有抬起视线。

"当然可以。什么事?"

一开始,他并没有回应,反倒缓慢地在厨房的餐桌旁坐了下来,并伸手示意我也坐下。我递给他一杯茶,也坐了下来。他的脑袋已经不抖了,谢天谢地。

"朱莉娅,你是个好心人。"他开口说道,"我都不知道怎么才能向你表达,我有多感谢你所有的帮助。真是令人难以置信,真的。想想看!"他令人意外地咯咯笑了一声。"接走一个你以前从未见过的老糊涂,给他一张过夜的床铺,开车载着他在城里转悠,还送他去医院探望他的……"说到这里,他结结巴巴地喝了一口茶。"是的,你是一位非常特别的女士,"他接着说,"一个格外慷慨的灵魂。但我必须请你再帮我一个忙。我很担心布莱妮娅。我说的不是她的……她的伤势。我完全相信她很快就能彻底康复。但是——糟糕,这太难解释了!"

说罢,他做了一件不同寻常的事情:将目光微微挪向我脑袋的左边，仿佛我根本就不在这里，然后展开了一段单边的对话。这看上去很怪。他好像并不是在自言自语。不——他说，然后停下来，时而点头，时而摇头，还加入了肢体语言：耸肩，皱眉，举起手掌。

"我知道，但是什么？"

"这话你说起来容易……"

"你清楚，我也清楚……"

"再说一遍？"

"可她不能把它收回。"

"收，不是给！字母T！"

紧接着，这段对话似乎演变成了一场争论。阿尔弗雷德提高了嗓门，好像是话说到一半就被打断了，脸涨得通红。且不说他在我家厨房中央展开单边对话的举动有多怪异，单是看到他越来越烦躁，就已经令我满心忧虑了。

"阿尔弗雷德，停下！"我的声音比预想中的还要响亮，但事实证明，这是有用的。阿尔弗雷德眨了眨眼，径直看向我，一言不发。

"你在和谁说话？"我问。

他重重地叹了一口气，脸色缓缓恢复了正常。"我……"他张开嘴巴。

"阿尔弗雷德，出了什么事情？"

"好吧。"他说，"我会试着向你解释的，但你必须让我说完。我——我能听到一些声音。"

"哦——"

他举起一只手，打断了我。"求你了，朱莉娅。对我来说，解释的原因和方式都不重要，重要的是你得先知道，我不是疯子，也没有危险。其次，你必须知道我的孙女布莱妮娅也能听到那些声音。但是她被她们折磨得更惨。非常惨。她还没有……她不……"他努力寻找着合适的措辞。"布莱妮娅还不明白。"他终于说出了口，"这应该是一种天赋，但对她而言却是一种诅咒。我需要让她知道这一点。"

"嗯。"我插了一句，不知道是不是该轮到自己说话了。即便是，我也不知道到底应该说些什么。

"问题在于，我已经没有机会告诉她了。"他接着说，"按照她们的说法，我的日子屈指可数。我害怕自己的生命撑不到她恢复意识了。"

他停下来，喝了一口茶。"朱莉娅，你能帮我这个忙吗？"

"什么忙？"

"当然就是把我的故事讲给她听。"

"哦。是这么回事，阿尔弗雷德，我……"

"我来告诉你，再由你来告诉她。等她醒来的时候。"

再见乔安娜
1938—1939

就在所罗门完成受戒礼、阿尔弗雷德看到乔安娜一个星期之后,孤儿院迄今为止一直安全无虞的防线终于被攻破了。某天下午,一群男人从侧门冲进了大楼,大喊大叫,满口脏话——他们试过从前门冲进大楼,但没有成功。当听到喊叫声和玻璃被打碎的声响时,阿尔弗雷德正坐在一楼的教室里。

"钻到课桌底下!"老师说完,立刻离开教室去查看发生了什么。无视老师让大家躲起来的吩咐,阿尔弗雷德、所罗门和戴维蹑手蹑脚地跟在他身后,来到通往门厅的大楼梯处。他们看到楼下来了五十多个青年暴徒。有些穿着军装,有些穿着工作服。暴徒们手里提着棍子和管子,到处打砸家具,还敲坏了镜子和图画。噪声震耳欲聋。

纳德尔站在楼梯顶端,怀里抱着一个小男孩。

"英格里德。"他招呼从其中一间女生教室跑出来的梅尔茨小姐,"快报警。"

她冲回走廊,几分钟后就回来了。"警察说他们现在很忙,让我过会儿再打。我试图解释来着,可是——"

她的话被巨大的撞击声和木头断裂的声音打断了。

"确保孩子们的安全。"纳德尔边说边迈开脚步,走下楼梯,怀里仍旧抱着那个孩子,"这些人不过是群小毛头!"他朝着暴徒们大吼,怀里的那个男孩哭了。青年们抬起头看了看。"你们难道不会为自己感到羞耻吗?"纳德尔继续吼道,还挺直了肩膀。

"海因茨!"梅尔茨小姐低声喝道,"回来!"

可纳德尔又向下迈了一步。空气似乎都在颤抖。阿尔弗雷德等人屏住呼吸,动也不敢动。

"我要你们马上离开。"纳德尔说。他的声音十分响亮,平静得可怕。楼下的骚乱停止了。紧接着,如同气球泄气一般,一群人停止了打砸,转身离开了。要不是亲眼所见,阿尔弗雷德是不会相信的。那些人离开之后,众人赶紧关好大门、插上了门闩。纳德尔坐在楼梯上哭了起来。

这个插曲过后,事态飞速地发展起来。第二天的一节地理课上,纳德尔和克罗恩院长走进教室,照着名单宣读了一串名字,其中就有阿尔弗雷德。当天下午,这12个男孩、15个女孩就要把衣服、洗漱用品和一两样轻便的个人物品装进小箱子里,到克罗恩的办公室报到。后来,当孩子们带着随身物品集合时,阿尔弗雷德才意识到自己身边站着的是孤儿院里大部分无父无母的孩子。克罗恩没有给这些孩子提问的机会就宣布,鉴于昨天的袭击事件,他决定尽自己所能把他们送去安全的地方。他们已经入选了前往英格兰的"儿童撤离行动"。

"可我还不能走啊!"阿尔弗雷德脱口而出。

"没关系。"克罗恩温和地告诉他,"我们也给你安排了地方。"

惊恐之中,阿尔弗雷德在心里呼唤着那几个女人的声音。"我不能去英格兰。现在还不行。我得去找乔安娜!"

她们立刻就做出了回应。

冷静,阿尔弗雷德。听话。现在不是反抗的时候。

"但是是你们让我看见她的!"他继续在心中默念。

啧啧啧!我们可没有做过这种事情。

"没错!就是你们!"

不过,画外音并没有就此做出回应。阿尔弗雷德没有选择,只能站到在前门排着队的孩子们中间,手里提着箱子。他们中有些人轻声哭了起来,其他人则看上去目瞪口呆。罗伯特和所罗门咯咯笑着,一直在用手肘推搡对方。梅尔茨小姐出现了。她强忍住眼泪,亲吻了每个孩子的脸颊,然后清了清嗓子。

"好了,如果你们有谁要在离开之前去趟厕所,现在赶紧去。"

阿尔弗雷德飞快地举起了手臂。看到梅尔茨小姐点了点头,他沿着走廊飞奔而去。似乎没有人注意到他的手里还提着旅行箱。来到走廊尽头,他没有左转钻进男厕所,而是转向右边,尽量蹑手蹑脚地打开了通往封闭花园的那扇门。从那里,他悄无声息地走向后墙,一颗心心怦怦直跳,不敢回头去看。不知不觉中，他已经翻过院墙，站在了烟厂的地盘上。前方，就在靠近马路的地方，立着一座棚屋。他试着推了推门。门没锁。于是他爬进去，坐在了箱子上。

哦，阿尔弗雷德。你在做什么啊？他们还在等你呢。

"我才不去呢。我得去找乔安娜。"

起来，马上回去！

"不！"

听话，阿尔弗雷德！这是给你最后的警告。

这是他以前从未听她们用过的语气，冷酷而严厉。可是他已经走投无路了。"我说了：'不！'"

话音刚落，一个声音就在他的耳边爆破开来，刺耳到令他想吐。他只觉得耳朵嗡嗡直响，还头晕目眩。

阿——尔——弗——雷——德！阿尔弗雷德！

其中一个声音听上去仿佛已经从中间裂开，震得他的耳膜像是要流出血来似的，脑袋也像是被轧布机从中碾过一样。他捂住两只耳朵（但没有用），紧紧闭上双眼，身体攒成一团，等待着声音过去。终于，它们消失了，他却恶心想吐，已然筋疲力尽。然而接踵而至的宁静几乎和那噪声一样心痛。

等到棚屋里昏暗的光线化作一片黑暗，阿尔弗雷德才敢打开门。夜幕已经降临。他拧开行李箱，从卷好的一双袜子里取出过去四年光明节收到的马克，把它们一一塞进口袋，然后飞快地奔向另一边，设法将身子和行李箱从围栏上的一个洞中钻了出去。街道上空空荡荡。他没有回头望向孤儿院，沿着马路迈开了脚步。

他拿其中一枚硬币购买了开往南边的电车车票。售票员一脸狐疑地紧盯着他——这么大一笔钱可不是一个小男孩应该拥有的——但阿尔弗雷德始终没有抬头,而是伸着一只手,等待售票员将找零放在他摊开的手掌上。他不想坐着电车走太远,免得迷失在城里某个以前没有去过的地方,于是提早几站下了车,开始步行。今天早些时候稍微飘过一阵雪,不过地上还是太暖和,留不住什么冰霜。尽管如此,外面刺骨的寒风还是吹得他的脸和脖子生疼。他走啊,走啊,走啊,一只手拽紧大衣,朝着一周前看到过乔安娜的地方走去。来到某个看似完全陌生的十字路口,他慌了,呼唤那几个画外音女子来帮忙,可谁也没有出声。也许她们是在惩罚他的不听话;他不确定,不过反正一切为时已晚。所罗门、罗伯特、西蒙——他过去四年间结识的那些朋友已经踏上了前往火车站的路,准备乘船前往英格兰,一个安全的地方。比这里更安全的地方。他的心在胸膛里怦怦直跳,突然萌生了一丝悔意,于是赶紧用指甲掐了掐手掌。乔安娜就在这里的某个地方。他要做的就是找到她。这样一来,他也能安全了。

终于来到格鲁内瓦尔德大街,他如释重负地哭了,紧接着才意识到这里不过是搜寻的起点。在街角靠近电车站的某个地方,他久久地站在那里等待,一动不动、浑身发抖,直到有个男子牵着一只暴躁的狗从他身旁经过,才不得不站到一边。他现在能够真正感觉到严寒了,身上又冷又累,不知该何去何从,于是走到街道后面不远处的一小块草坪上,钻进灌木丛,躺了下来。

醒来时,他耳畔响起的第一个动静是一阵咝咝声,就像轮胎泄气的声音。

咝咝咝咝咝咝。

紧接着：扑哧扑哧扑哧。**阿尔弗雷德。**

他试着坐起来，却突然一阵阵痉挛，仿佛全身的骨头都在发抖。

试试让双腿互相摩擦。就是这样。还有你的双手。看到没有？让身子暖和起来。

阿尔弗雷德照做了。很快，他的四肢又能活动了，但还是有些僵硬。"对不起。"他低声说。

唉，现在已经晚了。不过你得站起来走走，免得冻死。

阿尔弗雷德站起身，艰难地钻出灌木丛。一群早起的上班族正站在电车站旁。一个歪戴着帽子、只露出一只眼睛的男子始终一脸怀疑地注视着阿尔弗雷德的方向。于是阿尔弗雷德和他保持着距离，穿过马路，来到他曾经看到过乔安娜的那一边，感觉又饿又渴。最糟糕的是，他完全不知道该从哪里开始找起，还浑身发抖。彻骨的寒风让他觉得自己再也暖和不过来了。远处传来了警笛的声音，于是他本能地躲进了通往一连串后院的住宅入口。太阳已经爬得很高了，照亮了第一座院子里某个小小的角落。他走过去坐下取暖，直到被一个红脸的女人挥舞着地毯掸子赶走。

要有信心，小家伙。耐心点儿。

阿尔弗雷德沿着街道走了近两个小时，直到感觉饥寒交迫，好像就快要晕倒。虽然他小小的行李箱里只装了几件衣物、一支牙刷、一个记事簿、一根铅笔和去年生日收到的削笔刀，却重若千斤。他走向街道尽头，将行李箱从一只手换到另一只手，以缓解肩膀的疼痛。那里是一个小广场，四周大约围绕着八家商店，还有一家药房和一间面包房。面包房散发的香味如此浓郁，引得阿尔弗雷德张大嘴巴站在玻璃前，希望只是闻闻面包新鲜出炉时的香气就能缓解自己的饥饿。不过玻璃背后的女售货员突然抬起头,发现他正在张望,于是他飞快地走开了。

回到电车站,回到广场。终于,眼看就要双腿发软的阿尔弗雷德将旅行箱平放在药店外面的人行道上,坐下后泪如雨下。他不在乎路人的目光,也懒得用手捂住脸颊,听到其中一个画外音女子呼唤他的名字时也没有理会。就在这时,一只手摸了摸他的肩膀。

"阿尔弗雷德!我简直不敢相信,是你吗?"

阿尔弗雷德耸耸肩,甩开了那只手。

"阿尔弗雷德!是我!乔安娜!"

那只手突然变成了一只手臂,一个身体,一个几乎将他从地上拽起来的拥抱。他把脸埋进她的发丝之间,吸了一口气,放声大哭。姐弟俩保持着这个姿势,久久不肯松开,直到乔安娜向后退了一步,双手仍旧攥着他的肩膀。

"你长高了好多!"她惊呼,和他一样泪流满面。"而且脏兮兮的。"她补充道。她勉强大笑一声,却又一下子哭了出来。

"我好饿。"阿尔弗雷德忍不住说了一句。

乔安娜猛地点了点头。"好,待在这里,我去去就回。"她飞快地转身钻进面包店,没过多久便抱着满满一纸袋点心走了出来。她把袋子递给他,弯腰捡起他的行李箱。"走吧,亲爱的阿尔弗雷德,我们回家。"

她所说的"家"竟是一座建于世纪之交的巨大公寓,就在巴巴罗萨大街附近某座建筑的二楼。乔安娜打开前门,把阿尔弗雷德领进屋,转身一遍遍轻抚着他的脸,像是在确认他不是幻觉。

她帮他脱掉外套，将衣服挂了起来。

"乔安娜，是你吗？"

一个尖锐的声音响彻了公寓。

"是的，弗朗西斯卡。是我。"乔安娜回答，然后朝着阿尔弗雷德笑了笑。

"东西你都拿到了吗？"那个声音问。

"当然。"

乔安娜从外套的口袋里掏出一个白色的纸包。"在这里等一下。"她吩咐阿尔弗雷德，然后将他留在了门厅。他既想放声高唱，又怕自己可能正迷失在梦境中，或者已经冻死在了入夜后的灌木丛里，心中犹豫不决，因此一步都不敢挪动，生怕打破这个魔咒。公寓的深处传来了含混的交谈声。很快，乔安娜回来了。

"跟我来。"她胸有成竹地说，"记住，只有别人跟你说话的时候，你才能开口。听我的指示。"

她抓起他的手，牵着他穿过一间铺设着人字形镶木地板的大房间。屋里布置着分量感十足的深色家具和华美的墙壁装饰，天花板上的粉饰灰泥如同蛋糕上的糖霜一样好看。姐弟俩迈上了另外一条狭窄的走廊。从那里，他至少还能数出四个房间。乔安娜在一组双开门的门前停下脚步，轻轻敲了敲门，走了进去。

"弗朗西斯卡，就是这个男孩。"她拽了拽阿尔弗雷德的手，让他跟着进来。这是个朝南的房间，光线却十分昏暗。屋里拉着窗帘，只有角落里的一盏小台灯散发着一抹光线。待双眼逐渐适应了黑暗，他隐约看到，偌大的房间里，天花板上是崭新的粉饰灰泥，墙壁上几乎挂满了大大小小的画作。一个老妇人坐在高背椅上闭着眼,头靠在椅背上,满头白发被盘成了一个精致的发型,头顶插着的巨大孔雀羽毛随着她的呼吸微微颤动。空气中充斥着某种阿尔弗雷德分辨不出的刺鼻气味。

"什么?"老妇人用嘶哑的嗓音问道,眼皮飞快地颤抖起来。她穿着一条老式的天鹅绒拖地长裙,高高的衣领上缀满蕾丝。

"这个男孩,弗朗西斯卡。"乔安娜回答,"就是我跟你提起的那个。"

"哦。男孩。当然。"

"是的。就是我雇来做手艺活儿的那个。他可以干些杂事。"

乔安娜伸手示意阿尔弗雷德走上前去。他照做了。老妇人的脑袋突然从靠背上立了起来,头上的孔雀羽毛剧烈颤抖。"小伙子,你叫什么名字?"

"阿尔弗雷德·沃纳。"他回答时嗓子破了音。

老妇人长叹一声,垂下脑袋,靠回了椅背上。"很好。"她微微一笑。

乔安娜再次牵起阿尔弗雷德的手,把他领出去,轻轻关上了身后的房门。"我去给你倒杯牛奶。"她突然停住脚步,紧紧拥抱了他,"哦,阿尔弗雷德。我从未想过自己还能——"她停下来抹了抹眼睛。"现在都无所谓了。来吧,这边走。"

那天早晨剩下的时间里,阿尔弗雷德都和乔安娜待在厨房里,凑在壁炉前取暖,谁也离不开谁。姐弟俩坐着聊天,一直聊到屋外天色渐暗,地面上开始铺上厚厚的雪花。乔安娜偶尔会起身钻进厨房,磨磨蹭蹭地做些事情,泡泡碗盘,把东西收进橱柜里。她仍旧和他记忆中一样美丽,头发又长又亮,发色和父亲的一样深,举止却大不相同。她长大了,这一点毫无疑问,但不只是身体上的成熟。他们分享着彼此的故事,起初还是试探性的,后来逐渐流露出了兴奋、欢笑、怀疑与悲哀,五味杂陈。乔安娜想要听听阿尔弗雷德过去四年中的全部经历,但他装出一副疲惫的模样,让她先把自己的故事说给他听。

在阿尔弗雷德和玛丽被带离农舍之后,乔安娜和埃米尔被带去了大房子生活。"我求他让我去找你,"乔安娜哭着说,"可他不准,而我又没法儿违抗他。"作为纳粹党的资深成员和慷慨资助者之一,弗里茨·冯·马克斯特恩的领养申请很快就顺利处理好了。正如安诺·施密特猜测的那样,他需要一个继承人,而埃米尔突出的雅利安人外表和唯命是从的举止完全满足了他的需求。他在乔安娜到达当晚就宣布她被选为女仆。而她在住下后的前几个月中发现,自己的身份还不仅仅是如此。在领养程序前后,青少年福利办公室都不曾登门到访,因此没有哪个福利办官员看到冯·马克斯特恩日渐堕落、酗酒成性,还虐待养女。

"我是六个月前到这里来的。"她的声音憔悴而焦虑,在阿尔弗雷德听来比她的实际年龄老了不少。他早就注意到,她的成熟和脸上的沧桑痕迹与一个十六岁的女孩并不相符。"我……他——"她起身去拨弄篝火,还添了一块煤球,"我怀了他的孩子。"她终于说出了口。

"我不明白。"阿尔弗雷德说。

她伸出手,轻抚着他的脸庞。"是啊。你不明白,对吗?"她露出一丝悲哀的微笑,"不过在他把我送到这里之后,我就流产了。于是我决定留下来。弗朗西斯卡·冯·马克斯特恩夫人——

是他的姑姑。她不会找你碴儿的。至少……"乔安娜抚平身上的裙子,"在她高兴的时候是这样的。"

"那埃米尔呢?"阿尔弗雷德迫不及待地想要听到哥哥的消息。

乔安娜苦笑了一声。"埃米尔长成了一个不错的小伙子。"她回答,"德意志帝国的出色青年,居然还当上了希特勒青年团队伍的头目。我上一次见到他时,他的肩膀上已经有三颗星了。"她朝着火堆吐了一口唾沫。

阿尔弗雷德等着她重新坐下。"那玛丽呢?"他犹犹豫豫地问道。

乔安娜暂时闭上了双眼。"哦,小玛丽。"她念叨着,"上周是她六岁生日,对吗?"

阿尔弗雷德点了点头,希望自己的表情没有透露出他心中的愧疚。他从未想起过小妹的生日。

"我一到这里就立刻联系了孤儿院。"乔安娜说,"满心希望你们两个都安然无恙地住在那里。"她用力搓了搓手。"可是那里没有你的记录——阿尔弗雷德,你去哪儿了?玛丽几乎很快就被领养了。其实这也没什么好奇怪的。她是个甜美可爱的小姑娘。至于她的下落,他们不肯告诉我任何信息。但我相信……"她的声音微微颤抖着,"我相信我们有一天会找到她的。就像我们找到彼此一样。"她探过身,亲吻了阿尔弗雷德的额头,就像妈妈过去常做的那样。

作为回报,阿尔弗雷德尽可能详尽地把记忆中在孤儿院里度过的时光告诉了姐姐:他的朋友,他的足球技术,他和另外十二个男孩同住一间卧室的经历,还有工作人员的友善和安息日礼拜的异国风情。

"我很高兴你得到了他们的善待。"乔安娜温柔地回答。他唯一向她隐瞒的那个远不止是细节的事,就是他脑海中的声音。

公寓里某个地方的老爷钟敲响了四点的钟声。乔安娜站了起来。"走吧。"她招呼道,"我带你四处看看。"

她领着他走出位于公寓这一头的厨房,重新穿过长廊,不时停下脚步朝着屋里张望。最靠近厨房的房间十分狭小,显然被用作了储藏室。然后是间稍微宽敞些的屋子,里面摆着一张床、一张桌子、一把椅子和一个深色的木质衣柜,还有看上去十分昂贵的地毯和窗帘。这是乔安娜的房间。公寓的前部是两间巨大的会客室。那里的天花板比公寓其他地方的更高,装饰着精美的粉饰灰泥。每个房间里都挂着坠有水晶的之字形吊灯。阿尔弗雷德数了数,总共有六个房间,加上厨房和一间小浴室。姐弟俩蹑手蹑脚地经过冯·马克斯特恩夫人的房间时,阿尔弗雷德想起了乔安娜是怎么介绍他的。

"你对她说的'就是这个男孩'是什么意思?"回到厨房,他开口问了一句。

乔安娜耸了耸肩。"那是我一时冲动,随口编的。这个老太太……已经糊涂了。如果我告诉她,我们说起过雇个小男孩的事情,她会相信我的。"

尽管这间公寓对于两个人——如今又成了三个人——来说大得令人难以置信,阿尔弗雷德头几个月还是和乔安娜睡在了同一张床上。姐弟俩睡得很香,手脚盘绕在一起,极度渴望多年来不得不放弃的温暖与柔情。直到有一天早上,阿尔弗雷德醒来时羞愧地发现身下的床单又湿又黏,乔安娜才在隔壁的房间里给他铺了一张床。

十一月的某天深夜,乔安娜在黑暗中叫醒他,把他带到了阁楼。这里的房顶倾斜得厉害,他们不得不蹲下,才能来到大楼正面的一扇小圆窗前。穿着单薄睡衣的阿尔弗雷德冻得浑身发抖。趁他还没来得及询问他们爬上来做什么,她就打开了窗户。两人注视着滚滚浓烟从城市各处的大楼里升起,看到成群结队的人举着石头和火炬大吼大叫、高声欢呼。他们就这样沉默不语地看着,直到累得睁不开眼,才爬回楼下、上床睡觉。第二天早上,城里的人行道上布满了成千上万的玻璃碎片。

几个星期的时间如白驹过隙。圣诞节过去了(这是阿尔弗雷德四年来度过的第一个圣诞节。他和乔安娜安安静静地吃了一顿鲤鱼冻和土豆沙拉以示庆祝,但没有提礼物的事情。弗朗西斯卡·冯·马克斯特恩很少离开自己的房间,在这样的日子里也不例外),新年过去了,乔安娜的十七岁生日过去了,阿尔弗雷德这才终于可以从容自在地在偌大的公寓里穿行,为贴了瓷砖的煤炉清理烟灰、重新点火,修理损坏的椅子,把地毯挂在大楼正面大阳台上的金属栏杆上掸灰。这里几乎让他有了家的感觉。

从气象上看,春天已经到了,严冬却还是紧紧攥着这座城市不肯放手。近来,德意志帝国正在大张旗鼓地向南扩张。柏林似乎陷入了一股强烈到近乎歇斯底里的乐观主义浪潮之中。四月初的一天早上,阿尔弗雷德陪着乔安娜外出采购杂货和肉,下了送煤上门的订单,还寄了几封信。回家的路上,他们在药店门口停了下来。阿尔弗雷德就是坐在这家店的门口被乔安娜发现的。

"在这里等着。"她吩咐完便走进了药店。阿尔弗雷德站在门外，跺着脚驱寒。几米之外，他看到被刷成黄色的公园长凳上刻着"仅供犹太人使用"的铭文，心中顿时燃起了一阵思念之情。他想起了孤儿院的朋友们，想起了海因茨·纳德尔和梅尔茨小姐。可不知怎么回事，他怎么也想象不出他们会遭遇什么可怕的事情。两个警察从他的身边走过，其中一个停下脚步，扭过了头。

"一切都好吗？"他一脸严肃地问。

"是的。"阿尔弗雷德回答，"我在等我姐姐。"他指了指药店。

"走吧，克劳斯。一个小男孩能有什么坏心眼。"另一个警察说，"这儿冷死了。"

第一个警察犹豫了。

微笑，阿尔弗雷德。别让他们以为你不怀好意。

阿尔弗雷德勉强露出了彬彬有礼的微笑。警察吼了一句"希特勒万岁"，赶上了同事的步伐。

不一会儿，乔安娜快步走出了药店。"他们想干什么？"她气喘吁吁地问。

"没什么，就是问问一切是否都好。"

"没有别的了？"

"没有。"

"那我们回家吧。"她草草地回头望了望。

"你惹上什么麻烦了吗？"阿尔弗雷德咧嘴一笑，问道。

"别自作聪明！"她提高了嗓门。

直到当晚晚些时候，她把热腾腾的石头放进毯子下为他暖床时,才重新提起此事。

"对不起,我之前对你发火来着。"她在他钻进被窝、享受石头抵着脚趾的温暖时解释道,"我想你已经长大了,可以知道了。"

阿尔弗雷德打了个哈欠。"知道什么?"他问。

乔安娜低头看了看自己的双手。她的皮肤又红又糙,指甲总是很快就会被她咬秃。"冯·马克斯特恩夫人需要服用一种特殊的药。"

"她病了吗?"

"是的,我猜是的。更确切地说,她要是不吃药就会病得更厉害。哦,阿尔弗雷德,我不知道该怎么解释。"她站起身,走到床边,然后又走回来,坐回他的床上,"弗朗西斯卡服用吗啡成瘾。你明白这话是什么意思吗?"

尽管只是半知半解,阿尔弗雷德还是缓缓点了点头。

"但吗啡是违法的,所以很难得到。我——"她把两只手紧紧地绞在了一起,"我是从巴伐利亚广场的药剂师那里买到的。这就是我今天做的事情,也是我害怕警察的原因。"

"可是如果药店买得到,它又为什么难得呢?

"是她逼迫他把药卖给自己的。她知道些有关他的事情。她知道他的妻子——"接下来的这段话,她是压低嗓门说出口的,"他的妻子是个犹太人。多年前嫁给他时,她皈依了基督教,却无法改变自己的家谱。"

"哦。"阿尔弗雷德附和了一句,补充道,"所以她不想让他的妻子惹上麻烦?"

乔安娜嘲讽地摇了摇头。"她才不在乎呢。只要能达成她的目的就行。况且她讨厌希特勒。她想要光复 K&K。"

阿尔弗雷德皱起了眉头。

"就是国王和皇帝。要是她能随心所欲,她想要复辟帝制。"

阿尔弗雷德躺下来,把脑袋放在了枕头上。

"不过,阿尔弗雷德,我整天都在思考另外一件事情。"乔安娜接着说,"我们的确需要给你弄个身份。要是你被警察拦住,就得拿出身份证明。再说你还得上学呢。我只是不太确定该怎么办。"

说到这里,她亲吻了他,道过晚安后离开了房间。

熄火
1999

你从派对中跌跌撞撞地钻进了洗手间。头晕眼花,意乱情迷。忘了把灯打开。他锁上了门。

到这里来。他牵起你的一只手,把它拉向了他裤子的前方。你的手指摸到了一个又长又硬、热乎乎的隆起物。就是这里,他用沙哑的声音说,然后探过头来亲吻你,力道大到像是要把你的舌头从嘴里吸出来似的。屋里好黑。当你被他按在墙壁上时,你的大腿后侧贴在了瓷砖上,感觉好凉。外面还排着队,但你不在乎。你现在不在派对上。你在这里,和米歇尔在一起——那个想要你、觉得你既性感又狂野、还说你有点像《美国丽人》[1]里的米娜·苏瓦丽的人。门的下方漏进来一抹亮光。

你以前接过吻——就在六个月前的学校舞会上,和一个男生——但绝不是这样。你的舌头在他的嘴里四处打转,右手磨蹭、挤压着他牛仔裤里隆起的那团东西。音乐的律动透过紧闭的房门传了过来。不是你喜欢的那种。太硬,重音太强。你现在喜欢爵士。你在柏林墙公园的跳蚤市场里找到了一张《忧伤列车》[2]的黑胶唱片,用妈妈的旧唱机没完没了地播放它。你已经喝了三杯啤酒了。说真的,你不该喝酒。不该在吃了药以后还喝酒。但你不在乎他的手正顺着你的裙底摸上来,伸进了你的内裤。一瞬间,你为自己的内裤已经湿了感到尴尬,希望他不会觉得你尿了裤子,可是——

啊。你情不自禁地喊出了声,下体一阵酥麻刺痒。那种感觉一路向上延伸到你的胃里,同时向下蔓延向你的脚趾。和你自慰时的感觉大相径庭。爽多了。

就是这样,他又呻吟了一声,放开你的嘴巴,朝着你的耳朵吹起了热气。就是这样。

她在做什么?你在做什么?

一个女人的声音。

你吓了一跳。见鬼,谁在这里?

---

[1]《美国丽人》(*American Beauty*),美国剧情电影,由萨姆·门德斯(Sam Mendes)执导,凯文·史派西(Kevin Spacey)、安妮特·贝宁(Annette Bening)等主演,于1999年上映;美国演员、模特米娜·苏瓦丽(Mena Suvari)在剧中饰演 Angela Hayes。

[2]《忧伤列车》(*Blue Train*),黑胶爵士乐唱片,由萨克斯管演奏家约翰·克特兰(John Coltrane)创作,于1957年发行。

什么?他单手拉开牛仔裤的拉链,解开你的胸罩,动作十分娴熟,另一只手又揉又掐。然而那种酥麻的感觉已经消失了。你试图推开他。

这里有人,你低语道。

没有,见鬼。快点儿,布莱。这里没有人。他将你拉近,把你的双手重新放在他的生殖器上。没错,好的,就是这样。

就在这时,那个声音一分为二,同时响了起来。

你在做什么,你这个肮脏的荡妇?你这个婊子!

你停止揉搓,环顾四周。这里漆黑一片,但什么人也没有。只有声音。

我没有——

真不要脸!

你慌了,再次试图将他推开,却被他死死抱住。

别!我已经快了。快啊!他的声音迫切而愤怒,紧接着哀求起来。布莱妮娅,可爱的布莱妮娅,别这样对待一个男人。他亲吻你,抓着你的手,强迫你握住他的下体。就是这样,可爱的布莱妮娅。他用嘴巴飞快地喘息起来。很快——他屏住了呼吸。

把你的手从他的身上拿开!你这个荡妇!你这个婊子!你会遭到惩罚的!

一阵嘶哑的哼哼声。热乎乎的黏液沾在了你的手上、你的裙子上。一个吻落了下来。

无常
1939—1944

尽管公开蔑视阿道夫·希特勒("那个粗鲁的小个子奥地利人"),弗朗西斯卡·冯·马克斯特恩夫人对纳粹当局的敬重却令人吃惊。阿尔弗雷德猜,这不仅和她的侄子在党内的地位和声望有关,也和她的万贯家财有关。对于任何愿意移除"不必要的"官僚障碍的人,她都愿意慷慨解囊。不过乔安娜教他不要质疑这种事情。他也得出了结论,乔安娜在冯·马克斯特恩夫人的生活中扮演着不可替代的角色,因为夫人与登记机关互致了简短的书信之后,阿尔弗雷德就拿到了合法的身份:一份用马尼拉纸制成的折叠卡片,上面写有他的姓名(阿尔弗雷德·弗朗茨·沃纳)、出生地和生日(新勒兰登堡罗温伯格,1926年8月18日),职业(学生)、身高（1.6米），瞳色（灰色）和胎记（无）。文件的右边还贴了一张小小的照片，下面是他的签名。

拿到身份证明后两周，乔安娜带他去附近的文法学校登记入学。这里和孤儿院截然不同：男孩和女孩是在同一间教室里上课的——尽管过道是严格隔开的——体罚仿佛是家常便饭，反犹太主义无处不在，渗透到了从数学（"犹太人占据了柏林×××平方米的生活空间。这种空间能住下多少个平均四口的德国家庭？"）到体育（犹太人的腿很无力，所以他们总是不如德国的短跑选手）的各门学科之中。但总体来说，阿尔弗雷德在学校里过得不算不开心。他寡言少语，所以没有遭到过殴打。重要的是，凭借过去四年间接受的高质量教育，他几乎门门功课的成绩都名列前茅。每当他带着成绩单回到家里，乔安娜都会像个自豪的母亲一样咯咯笑出声来。

"等你毕业了，就能考上法学院。"她会说，"或者医学院。你的动手能力很强。"

然而，随着他的年级越升越高，个子越长越高，衣服穿不下的速度已经快到了令姐姐沮丧的地步，长久以来一直将他们的生活笼罩在阴影之中的外因终于压倒了两姐弟。尽管德国眼下几乎和整个欧洲都处于战争状态，这座城市的大部分居民却还在努力过着正常的生活。每个人都为自己挖掘出了一条狭窄的心理隧道，在里面过着日常的生活：上下班或上下学；和同事、朋友、邻居聊聊八卦；参加结婚庆典；为分手感到痛惜；珍视婴儿的诞生；默哀年迈父母的离世。阿尔弗雷德和乔安娜也不例外。他们都默默在心里偷偷地期待某种幸福的结局，仿佛将愿望说出来就会害它破灭。

然而周遭的局势正在发生变化。烟草店门口贴出了"犹太人不得购买卷烟和雪茄"的告示。柱子上张贴的海报中宣布犹太人要把收音机和电话上交给德意志帝国公共启蒙与宣传部。配给给犹太人的口粮不再包括面包和鸡蛋,而发给普通德国民众的口粮也进一步缩紧到只有橘子酱和咖啡。一天,阿尔弗雷德放学回家时发现乔安娜正站在公寓的门边。身处没有灯光的楼梯间,她的脸色看上去十分苍白。

"林登鲍姆夫人走了。"她说。

"是吗?"他回答。林登鲍姆夫人是他们的邻居,总是一脸阴沉,只在抱怨他们太吵时和他们说过话。

乔安娜指了指走廊对面林登鲍姆夫人家的前门。一份报纸支在门上的派信口里,还有几份报纸和信件散落在下面的脚垫上。"我敲过门。"她说,"但是没有人回应。"

阿尔弗雷德从她的身边挤过,钻进了公寓。他很饿(如今他几乎总是饥肠辘辘),闻到厨房里正飘散出培根豆子汤的香味。乔安娜跟着他走了进来。

"你不明白吗?"她边说边向后扯住他的手臂,"她走了。她被带走了。"最后一个词出口时已经化作了耳语,仿佛她害怕被谁听到似的。

他甩了甩胳膊,挣脱了。"乔安娜,我早饭后就没有吃过东西了。被带去什么地方了?"

"我也不知道。"乔安娜举起双臂,然后又垂了下来,"我不知道去了什么地方,但是她已经走了。"

阿尔弗雷德能够察觉出她的忧虑,却又想不出该如何安抚她,于是没有理会咕咕直叫的肚子,开口问了一句:"那我们要去报警吗?"

她难听地笑了一声,移开了视线。不过此刻她的表情柔和了不少,伸出手抹掉了他肩膀上的几根绒毛。"不用了,阿尔弗雷德。我们不用报警。我真的不认为我们还能做些什么。"

阿尔弗雷德过完十四岁生日后一个月,第一颗炸弹袭击了柏林。尽管破坏力不大,只是从远处传来的一声勉强能让吊灯上的水晶打战的重击,阿尔弗雷德听了还是吓得不轻。近来一直在他的生活中充当温和、安静背景的画外音女声开始没完没了地聊天,对他的日常活动进行现场评述,好心好意却不合时宜地在夜里将他吵醒,为他建言献策(**要趁头发还湿的时候梳头,避免它打卷;阿尔弗雷德,吃午饭时主动把你的大米布丁让给葛特尔,这样她就知道你喜欢她了;在你的健身包里放一块肥皂,这样它闻起来就像刚洗过一样**),令他倍感困扰。随着战争的推进,有关纳粹暴行的传闻渗透到了盟军之中,轰炸也变得来势汹汹、毫不留情且不加选择。如今,上学的路途总是匆匆忙忙,提心吊胆已成了习以为常之事。吃饭时,阿尔弗雷德和乔安娜会一言不发地坐着,支起耳朵留意警报的声音,睡眠时间也经常被痛苦地打断,变成和惊恐的邻居们挤在一起,蜷缩在大楼的地窖里。他们就这样继续生活了很长时间。圣诞节和生日来了又走,庆祝活动总是既草率又无声。

乔安娜成了获取额外配给方面的专家。她会在电车和公交车上偷听人们讨论哪里可以砍价，还要走遍城里各大市场，搜寻即将有布料、肥皂、纽扣和刀具运抵的信息。他们的配给不算糟，却很难在明确分配到的东西之外获取其他物品。尽管戈培尔在民用收音机里发表演讲时总是自吹自擂，乔安娜已经不相信战争很快就会结束，开始小心翼翼地偷偷囤积自己所能拿到的一切。

1941年11月的一个漆黑的晚上，阿尔弗雷德在莫阿比特的阿米尼乌斯莫市场里等待姐姐。遵照严格的规定，鱼贩们本该在一天结束时将所有未售出的货物悉数销毁，以免绝望到连烂鱼都吃的民众爆发大规模的食物中毒。不过，乔安娜从心灵手巧的冰岛裔母亲那里学到过腌鱼的方法，花了好几个星期的工夫结识了其中一个鱼贩——她从未告诉过阿尔弗雷德，自己到底是怎么做到的——准备来取走好几公斤的鲱鱼、鲭鱼和凤尾鱼（这些东西很快就开始散发令人头晕眼花、泪流满面的恶臭）。

阿尔弗雷德是放学后直接赶来的，就站在市场外等待。他不耐烦地左顾右盼，因为手头还有好几篇拉丁文和历史作业要做。要是明天完不成，他的心里会很难受的。地上蒙着薄薄的一层雪花，天气冷得要命。

抬起头来，阿尔弗雷德。

他本能地把这句话当作了一句警示，赶紧退到一扇门的门口，将身子靠在冰冷的砖墙上。他向外看向街道，尽量不声不响地左右望了望，却只能看到市场大门处络绎不绝的忙碌采购者在匆匆进出。没有乔安娜的身影。他在原地逗留片刻，这才放松下来，迈回了人行道。就在他准备询问画外音的女声发生了什么时，却在街对面发现了一个女人。她穿着一件破旧的长大衣，戴着毡帽,右肩上挂着一只大包裹。那是梅尔茨小姐。

阿尔弗雷德不假思索地冲到街对面,喊出了她的名字。一丝恐惧掠过她的脸庞。她加快了脚步,差点滑倒在结冰的人行道上。

"梅尔茨小姐。"他又叫了一声,赶过去将一只手搭在了她的肩膀上,"我是阿尔弗雷德啊。你不认识我了吗?"

听到这话,她转过头,上下打量了他一番,用戴着手套的一只手捂住嘴巴,缓缓地摇了摇头。"阿尔弗雷德。"她终于开了口,"看看你!你已经长这么高了。"她轻声笑了笑。

阿尔弗雷德上一次在孤儿院的大厅里见到她已是三年前的事情了。猛然想起自己偷偷逃跑的事情——既没有道别,也没有借口——一股羞愧难当的感觉涌上了他的心头。

"梅尔茨小姐,我……"他张开嘴巴,却什么也说不清,一时语塞。

她伸手轻轻摸了摸他的脸颊。"见到你真好。"她说,"你逃跑时我们好担心。"

阿尔弗雷德咽了一口唾沫,垂下了目光。就在这时,他发现她的大衣左侧,就在她心脏的上方,绣着一块黄色的星型补丁。"你也戴了这种东西。"

梅尔茨小姐顺着他的目光低头看了看补丁。"这是当然的了,阿尔弗雷德。你为什么会这么吃惊呢?我是个犹太人啊。"

阿尔弗雷德嘟囔着"是的,是的,我知道"。谁不知道两个月前强制实施的这条法令呢?但是在他认识的某个人身上看到它,就完全是另外一回事了。

梅尔茨小姐朝他挤出了一丝苦笑。"他们还发布了如何将它缝整齐的指令。"

"其他人呢。"阿尔弗雷德问,"孤儿院里的其他人。"

她把右肩上的背包换到了左肩。那东西看上去很沉。"他们十个月前就勒令我们关门了。我们搬到了舍恩豪斯巷。那里很小,不过反正剩下的孩子也不多。"

"他们去了什么地方……"阿尔弗雷德正要开口询问,却被姐姐的声音打断了。

"阿尔弗雷德!原来你在这儿啊。我一直在等——"注意到梅尔茨小姐,她闭上了嘴巴,眼神匆匆掠过那块黄色的补丁,回到了阿尔弗雷德的身上,"你去哪里了?"

可还没等阿尔弗雷德介绍两个女人相互认识,梅尔茨小姐就飞快地道了一句:"很高兴见到你,阿尔弗雷德。对不起,但我必须赶在宵禁之前把这些杂事做完。保重。"说罢,她便匆匆离开,消失在了购物的人群中。

一个月后,圣诞假期的第一天,阿尔弗雷德穿过城市,来到了舍恩豪斯巷。他在寒风中来回走了好几个小时,希望能够找到梅尔茨小姐或是他在孤儿院里认识的其他人。但一切都是徒劳。那些曾经帮忙挽救过他生命的人命运如何,他将永远无从得知。

阿尔弗雷德年满十七岁那年,一颗炸弹击中了他们所在的公寓楼。这几乎是一种解脱,仿佛所有人都憋着一口气,等待灾难最终发生,将他们从不祥的预期中解放出来。一个无云的夜晚,半夜过后的某个时刻,阿尔弗雷德被一个声音吵醒了。

醒醒。醒醒。阿尔弗雷德!

他以为自己又会听到有关如何剃须才不起疹子的建议，或是卷心菜沙拉的完美配方，于是不管不顾地呻吟着在床上翻了个身。几秒钟之后，一声警报响起。半梦半醒之间，他下意识地把腿从床上甩下来，摸黑寻找着拖鞋。

阿尔弗雷德，你必须去找乔安娜。

"我知道，我知道。"他嘟囔着，可乔安娜已经出现在了他的门口，一只手紧紧拽着便袍的前襟。

"走吧。"她的声音里满是睡意。

不行！待在这里！

"你还在等什么？我们去叫她起床。"

阿尔弗雷德站起身，满心困惑，不确定那些声音是否来自梦境。可乔安娜已经去叫醒老太太了。

听着，阿尔弗雷德。这很重要。你一定不要到地窖里去。

"什么？"阿尔弗雷德揉了揉脸。他太累了，无法清醒地思考。

"阿尔弗雷德！"是乔安娜在喊他。

他也来到弗朗西斯卡的卧室。乔安娜正在哄她下床。尽管冯·马克斯特恩夫人越来越瘦、越来越脆弱，可身子还是太重，单凭乔安娜或阿尔弗雷德中的一个人是搬不动的。

"到这里来。"乔安娜催促道，"我们一人架起一只手臂，就像这样。"她把冯·马克斯特恩的一只手臂甩到了自己的肩膀上，"你去架另一边。"

警报声戛然而止，取而代之的是令人胆战心惊的飞机引擎嗡嗡声。阿尔弗雷德和乔安娜对视了一眼。

"哦，上帝啊，快点儿，阿尔弗雷德！"乔安娜说，"否则就再也来不及了。"

不行，阿尔弗雷德！你绝对不能去！

阿尔弗雷德犹豫了，紧接着还是冲上前，架起了弗朗西斯卡空着的那只手臂。他笔直地站起身，轻松地将她的重量扛在了肩膀上。

不行！不行，不行，不行！

"可我不想死！"他朝着她们咆哮起来。

那就听我们的话，照我们说的去做。你必须留在这里，这里才是安全的。如果你想救你姐姐，就必须阻止她离开。有必要的话，使用武力。

阿尔弗雷德放下老太太的手臂。伴着一声微弱的呻吟，她的身子歪向一边，陷在了床上。

"阿尔弗雷德！"乔安娜尖叫起来，"你在做什么？"

"我不能——"他张开嘴巴。外面的警报又开始呜咽了。

"那我就自己把她背下去。"乔安娜回答。她哽咽了。

"求你了，乔安娜，留在这里。"他一把抓住她的手腕，却被她用力扭转胳膊挣脱了。

"别管我！"她不顾一切地号啕大哭，几乎喘不上气来。

"不行！"他吼道，并再次试图抓住她的手臂。片刻间，整个世界似乎都安静了。紧接着，一颗炸弹落了下来。

有好几分钟，阿尔弗雷德感觉自己仿佛被人从自己的身体里丢了出去。炸弹击中隔壁大楼的那一刻，地板起伏着抖动起来，窗户也朝着屋内碎裂开来，仿佛是被一股强有力的空气吸了进去。躺在地板上，阿尔弗雷德的眼前既没有黑暗，也没有亮光，双耳嗡嗡直响。过了好几分钟,他才恢复视力,意识到自己正在房间的另一边,被甩出了好几英尺的距离。空气中充斥着烟雾和弗朗西斯卡哀号的声音。

"乔安娜!"阿尔弗雷德一边放声大喊,一边在烟雾下爬行,全然不顾玻璃的碎片已经扎得他的双手和膝盖鲜血淋漓。最终,他在房间最远的角落里找到了她。她一动不动地躺着,脸上的颜色和头发上斑驳的石灰一样。"乔安娜。"他大喊着将她的脑袋抱到自己的大腿上。一丝鲜血从她的脸颊一侧缓缓流淌下来。过了许久,她的眼皮依旧紧闭,任由阿尔弗雷德俯身一遍遍亲吻她的脸庞。终于,她睁开了双眼。

"弗朗西斯卡。"她虚弱地说了一句。

"别管她了。"阿尔弗雷德回答,"你还好吗?你的腿还能动吗?"

乔安娜没有理会他的问题。"一定要保证她还活着。我们需要她。"

阿尔弗雷德转过身。冯·马克斯特恩夫人不仅还活着,而且已经爬回了床上,正把双脚塞进自己的毯子下面。

"她没事。"阿尔弗雷德告诉乔安娜,搀扶着她从地上爬了起来——她似乎伤得不重——返回她的卧室,"我去看看发生了什么。"把她安置在床上之后,他告诉她。

直到穿过走廊,来到公寓的前部,他才意识到炸弹造成了多大的伤害,他们三人又是多么的幸运。整座大楼的前墙都已消失不见,所以客厅一览无余地展示在了整条街道面前。他向前迈了几步,感觉就像是站在某座离奇的舞台上。公寓门的背后,他很快发现主楼梯间也被砖块和碎石堵住了,于是飞快地走回去,穿过公寓,顺着仆人楼梯下了楼。来到院中,他本以为能够找到被充当临时防空洞的地窖入口,反而只在地上找到了一个大洞。将隔壁大楼劈成两半的爆炸也殃及了这里,将防空洞埋在了地下。即便还没有听到地下和周围传来的哀号与尖叫,即便还没有看到四处散落的、鲜血淋漓的残肢断臂,即便还没有闻到肉体燃烧时散发的臭气,他就已经弯下腰,吐了出来。

几个月之后,距离他的十八岁生日还有一个星期,阿尔弗雷德在暑假前的最后一天放学回家时,发现乔安娜正在大楼外面的街道上等待他。天气很热,阿尔弗雷德满心期待能去万湖浴场度过一个下午。那里是城中最大的露天游泳池,也是迄今为止还不曾遭到过空袭的地方。今年,阿尔弗雷德已经去过那里好几次了,主要是为了瞥一眼同学葛特尔身穿泳衣的样子。入口外的巨型布告中写道:犹太人禁止入内。想到这个现实,阿尔弗雷德感觉既耻辱又愤怒,心中一阵刺痛。但每一次获胜的都是对洁净沙滩和冰凉池水的想象。所以看到乔安娜正在等待时,他的心中微微有些恼怒。不过,注意到她的脸色有多苍白,他心中的怒火一下子就熄灭了。

"你被征召了。"在他还没来得及开口询问出了什么事之前,她便举起了一封信,"下周就要去报到,接受体检。"

阿尔弗雷德没有回答,而是从她的身边挤过,迈上公寓的楼梯,仰面躺在了床上。乔安娜跟了过来。

"阿尔弗雷德!"她很生气,"别再表现得像个孩子似的了。

你早就知道，该来的迟早会来。"

阿尔弗雷德坐起身。"我当然知道。"他回答。东部战线的大规模伤亡和西部战线的诺曼底登陆令作战部惊慌失措，从而取消了准许文法学校的男孩推迟应征加入国防军的特赦令。阿尔弗雷德的许多同学都已奔赴前线。他幽幽地补充了一句："我只是希望事情不会发生。"

他出色地通过了体检。其实，穿着背心和内裤、在体育馆里列队站好的所有青年都出色地通过了体检。毕竟国防军需要他们能够征召得到的所有士兵。他的征募令很快就通过了。他将加入第325步兵师，和另外三百名士兵一起前往阿尔萨斯附近，支援齐格菲防线的重建。

第一次看到他穿上军装，乔安娜捧腹大笑，但那是一种胆怯惶恐、略带不安的笑声，其中还夹杂着一丝歇斯底里。

"我不在的时候，你怎么办？"阿尔弗雷德稍稍俯下身子，牵起了她的双手。他现在已经比姐姐还要高出好几英寸了。

乔安娜勉强挤出一丝微笑。"别担心我。我相信很快就会出现一个让我心动的富有帅哥了。"

"也许吧。"他附和道，然后小声补充了一句，"冯·马克斯特恩夫人也不可能永远活下去。"

乔安娜的脸色一下子严肃起来。她抬起目光，脸上带着一种他无法理解的表情。"别担心我，阿尔弗雷德。再说，我知道她把钱存在哪里。"她把他搂进怀里，抱了很长时间才松手。"至少你要去的是西线。"她终于开了口，"而且战争总不可能打个没完没了，是不是？"

第二天，阿尔弗雷德和另外数百名士兵在安哈尔特车站登上了一列火车，第一站停靠在汉诺威市。他们登上第二列火车，穿过法兰克福，大约十八个小时后终于到达了斯特拉斯堡郊外。漫长的旅途十分闷热。阿尔弗雷德穿着厚重的军装，和其他男子坐在过于拥挤的车厢里，热得大汗淋漓、浑身发痒。到站后，士兵们宣誓效忠德意志德国，并在三天的基本战斗训练中学会了如何清理、上膛和使用来复枪。

第一天晚上，阿尔弗雷德被安排与来自奥尔登堡的年轻人汉斯·巴赫曼同睡一张双层床。汉斯是个瘦弱的年轻人，与阿尔弗雷德同龄，头发和眼睛都是深色的，长着一只精致的鹰钩鼻——阿尔弗雷德很快便预料到，这会使他成为某些坏心肠战友的首要目标。在他们给他起过的外号中，比较友善的要数"犹太男孩"。不幸的是，汉斯做起事来总是笨手笨脚、女里女气，从而加重了他的痛苦。所以，尽管阿尔弗雷德并不打算充当汉斯的保护者，但自从他第一天晚上客气地问了问他更喜欢上铺还是下铺，汉斯就把他当成了自己新的好朋友。

基础训练结束后的第一天，部队就头顶烈日、朝着十六公里外的赫特根瓦尔德出发了。行进过程中，大部分人都沉默不语。身经百战的老兵们也许正在为即将到来的战斗积蓄力量；像阿尔弗雷德这样较为年轻的士兵则在想象战争到底是什么样子。几个小时了，靴子里的一颗小石子一直在磨蹭他的脚后跟。他正努力将注意力从这份痛苦上转移开来。不过，他的思绪很快就不由自主地陷入了困扰，想象着遭遇敌军士兵时的画面——对方也许是个和他一样的男孩。他要举起来复枪,将手指放在扳机上,看着这个男孩、这个陌生人,和他面对面,然后……

"我不是,你知道的。"身边的汉斯开口说道,强行将他从思绪中拉了回来。

"什么?"阿尔弗雷德问。

"犹太人。"汉斯回答,"我不是犹太人。我的家族能够回溯到17世纪。我可以证明。"他强有力地补充道。

阿尔弗雷德耸了耸肩。

"只不过——"汉斯突然绊了一跤,差点摔倒在地。他赶紧稳住身子,向前猛跑几步,回到了队伍中,上气不接下气地接着说,"只不过我家里所有人都是黑头发。我母亲,我父亲,我的兄弟——"

阿尔弗雷德打断了他。"我不在乎。"话一出口,他就注意到了汉斯脸上受伤的表情,于是赶紧补充了一句,"我觉得你这样挺好。"

一抹笑容在汉斯的脸上蔓延开来。他挺直肩膀,继续向前迈进。行进了一个多小时后,阿尔弗雷德的嗓子渴得肿了起来。就在他打算开口询问汉斯能否卸下他背包上的水壶时,耳边传来了一声枪响。他前面的那个男子应声倒地。更密集的枪声紧随其后,很有可能是从狙击手的来复枪里射出来的。一颗手榴弹落在了队伍中间,几秒钟的工夫就炸飞了好几个人。阿尔弗雷德也被抛到了一旁。他肯定昏了过去,因为苏醒过来时,他正面朝下地躺在布满尘土的小径上。汉斯就在他的身旁,眉毛上方的伤口鲜血直流。

"快点!"汉斯大吼着,"起来啊。"两人的身旁叫喊声四起,还伴随着更多的枪响。军队四散而逃,随处都有人摔倒在地。空气中弥漫着烟雾与灰尘,充斥着呻吟声和"救救我"的呼喊。

阿尔弗雷德站起身,却怎么也找不到平衡。汉斯沿着小径把他拽进了树林。两人撒腿狂奔。阿尔弗雷德像个醉汉似地蹒跚着在树林里穿梭,直到喧嚣消失在远方。愈发浓密的树林中,两人又沉默地走了二十多分钟,这才在一片干燥的林地上坐了下来。阿尔弗雷德望了望汉斯。只见他从口袋里摸出一包烟叶,正试图卷烟,可是双手抖得厉害。阿尔弗雷德意识到,他还没有从伏击带来的震惊中缓过劲来。

"给我吧,让我来。"他边说边从汉斯的手中接过卷烟纸和几丝烟叶。虽然算不上是专家,但是他的手很巧,很快就卷好了一支火柴粗细的卷烟,递给汉斯。

"我——"汉斯张开嘴,帽子下那双黑色的眼睛凝视着阿尔弗雷德。但阿尔弗雷德摇了摇头。

"你抽吧。"他低声说,"然后我们吃点东西。一定把烟熄灭。我们可不能引起森林大火。"

尽管不知道下次何时才能找到食物,但对他们而言最明智的做法似乎是尽可能地保持体力,充分利用身上的配给口粮。他害怕若是没有任何食物,汉斯的休克症状可能会加重。不管这家伙看上去有多瘦弱,一想到要背着他穿过森林,阿尔弗雷德就心里不痛快。于是,他从行囊里拿出饭盒——一只印有"仅供前线士兵使用"字样的奶油色纸盒,打开了它。这份军用干粮包括罐装熏香肠、几块又干又脆的烤面包片和一小包咖啡粉。他们听说过关于美国战俘的身上带着什么配给口粮的奇妙故事——巧克力、水果条、花生酱、口香糖和饼干之类——大部分是阿尔弗雷德在战前都未曾吃过的东西。如果故事是真的,他们打赢这场战争的概率又有多大呢?不过,他对于自己手头拥有的东西已经心满意足了。打开肉罐头,他用刀子切下一小片递给汉斯,然后又切了一些给自己。肉很咸,但味道不错。两人很快就吃完了第一罐,然后风卷残云般默默吃起了饼干。阿尔弗雷德的口粮盒空了之后,他们又打开了汉斯那一盒,也很快吃完了。

很久没有如此满足的阿尔弗雷德靠在行囊上,感觉疲倦正拽着他的身体陷入林地上遍布的苔藓和干树叶中,躺上去比任何的双层床都更柔软芬芳。可随着天色越来越黑,情况很快明了起来:要是没有地图或可以联络部队其他成员的无线电,他们就不得不找个地方过夜。

"我们就在这里睡觉吧。"汉斯提议,"说不定他们会来寻找我们。"

阿尔弗雷德想了想。夜晚的温度足够暖和,可以露天过夜。

不行。你们在这里太过暴露了。

你们必须寻找一个安全的地方睡觉。

阿尔弗雷德知道,她们是对的。尽管两人好像已经深入森林好几英里,他还是无法确定自己扎营的地方是不是这片林子的边缘,是不是轻易就会被人发现或逮捕——或者更糟,被误认为逃兵。

他转向了汉斯。"不行。我们得继续前进。"

他搀扶着汉斯站起身,继续在森林里穿行。阿尔弗雷德断后,由汉斯来掌握节奏。因此,那座谷仓是汉斯第一个发现的。

它就立在林边的一座空地上,迎着一轮满月,笼罩在皎洁的月光之中。这让阿尔弗雷德突然想起了童年时的家,心中一阵痛楚。

"走吧?"汉斯问道,指望阿尔弗雷德能够做出决定。

"我去看看。"阿尔弗雷德回答,"你看着点后面。"他蹑手蹑脚地爬出藏身的树林,悄无声息地靠向谷仓。汉斯跟在他身后,同样迈着轻柔的脚步,手中举好了来复枪。阿尔弗雷德打开谷仓的仓门,朝着里面瞥了瞥。屋内一片漆黑,却十分温暖。除了一群暴躁的母鸡正在阿尔弗雷德的脚边愤怒地咯咯叫个不停,屋内似乎空无一人。

没事的。你们在这里非常安全。

"警报解除。"阿尔弗雷德低声说道,放下了来复枪。汉斯跟进屋,关上了仓门。这扇门无法上锁,于是阿尔弗雷德脱下外套和夹克,摘掉背带,将带子的一端系在门把上,另一端则系在墙上支出的一只大铜环里。

"只是为了确定——"他说,"——要是有人试图闯进来,我们就能听得到。"

两人爬上了通往干草棚的梯子。

"过夜是没问题的。"阿尔弗雷德把外套铺在干草上,确保将来复枪放在自己触手可及的地方。

"比我睡过的某些床铺要好多了。"汉斯回答。

阿尔弗雷德在外套上躺了下来。在他翻来覆去寻找舒服位置的过程中,干草的芳香让他骤然想起了许多已经被他遗忘的记忆碎片——他也曾在农场的干草棚上玩耍,看着埃米尔和乔安娜轮流在干草垛上越跳越高。他们唯一的担忧就是有可能被父亲抓住、痛骂一顿。

汉斯也躺下来，把脸转向了阿尔弗雷德。"我们现在该怎么办？"他问。

阿尔弗雷德解开夹克的纽扣。"我们最好睡上一觉。"他回答，"其他的明天再决定。"

可他怎么也睡不着。虽然精神萎靡、四肢酸痛，但他还是在干草上辗转反侧，任凭思绪摆布。自从与部队分离以来，他一直在设法压抑那些念头。他想起了爆炸的冲击，想起了四肢意外与身体猛然撕裂的人绝望的尖叫；还有令人眩晕的强烈恐惧，生怕自己有可能成为肮脏的小径上躺着的人之一，眼窝里嵌着弹片，或者原本应该是胳膊的地方却剩下一段血淋淋的残肢。他强迫自己一动不动地躺在那里，睁着双眼。透过头顶的一扇小圆窗，他能够看到天空。几乎发紫的华丽深蓝色夜空中，就连星星看上去都比他在柏林见到过的还要大。它们似乎在朝他眨眼。他转过头，看了看很快就已睡熟的汉斯。他正像孩子一样把两只手垫在脸颊下面，这让阿尔弗雷德有点想起所罗门。这已经不是他第一次想象自己最好的朋友现在变成什么样子了。汉斯的眼睫毛又黑又长，简直令人难以相信，闭上眼睛之后就更是如此了。一张粉嘟嘟的柔软嘴巴总是微微张着。但他睡得太安静了，以至于阿尔弗雷德不知道他是不是已经彻底没了呼吸。突然，汉斯睁开眼睛直直看向了他。

"我——"阿尔弗雷德开了口，汉斯却举起一只手臂，将手轻轻搭在阿尔弗雷德的颈窝处，将他拉了过去。他的吻炙热而干燥，却很快变得湿润而饥渴，因为他用舌头撬开了阿尔弗雷德的嘴唇。他蠕动着身子凑了过来，用光滑、细长的手指敏捷地解开阿尔弗雷德的裤子。感受到汉斯的两只手伸进来抚摸自己，阿尔弗雷德呻吟了一声，然后也很快伸出手，解开了汉斯的裤子。看到汉斯膨胀的下体，他不得不抑制住紧张的笑声：它的顶部耷拉着，看上去就像是戴了一顶小小的软帽。

"怎么了？"汉斯焦虑地喘息着。但阿尔弗雷德摇了摇头，将嘴巴重新贴在了汉斯的双唇上。两人抚摸着彼此，起初动作十分轻柔，紧接着却变得急不可耐，直到短短一两分钟之后，两人都达到了高潮。一切过去之后，他们害羞地飞快拥抱了彼此，面朝对方躺下来，近得足以感受彼此温热的呼吸打在自己的脸上。阿尔弗雷德闭上双眼，很快就沉沉睡了过去。

他醒来时，汉斯还睡着。日光已经透过小窗偷偷洒了进来，在谷仓里投下了一缕光线。外面是一片无边无际的湛蓝。阿尔弗雷德不想吵醒汉斯，小心翼翼地爬起来，穿上了军装。就在这时，他听到外面传来了脚步在泥土上摩擦的声音，还有低沉的对话声——说的是，英语吗？他听不懂。他赶紧卧倒，躲在人看不到的地方。

"汉斯。"他一边低声呼唤，一边摇晃着男孩的肩膀，"醒醒，外面有人。"

汉斯呻吟着缓缓睁开了双眼。"什么？"

"嘘，安静。有人，外面有人。"

阿尔弗雷德一把抓过来复枪，无助地环顾四周，完全不知道接下来该如何是好。汉斯睡眼惺忪地坐了起来，身上只穿着背心和内裤。

外面的声音更多了，绝对是英语。阿尔弗雷德心生一计。

"汉斯，听我说。这是我们的机会。我会到外面去，不带武器。来，把你的背心给我。"他伸出一只手，却被汉斯推开了。

"你要干什么？"他听上去害怕极了。

"把它当作白旗啊。"阿尔弗雷德回答，"我会把它绑在——"他从干草棚上向下俯视，看到墙上靠着一把干草叉，"我会把它绑在干草叉上。这样他们就会知道我们愿意投降，不会朝我们开枪了。"

汉斯看上去惊恐万分。"我不能投降。"

"这是我们唯一的机会了。其实是我们最好的机会。"

汉斯的表情一下子僵硬了。"我是不会让他们俘虏我的。你知道他们会怎么对待我这种人吗？"他的下巴颤抖起来。

"你这种人？别傻了，汉斯。你都不知道自己在说些什么。"

"我是不会投降的。"

你知道自己该怎么办，对吗，阿尔弗雷德？

这个声音令阿尔弗雷德措手不及。"不，我不知道。"他大声回答。眼下，他已经不在乎汉斯会怎么想了。

拿上你的来复枪。

阿尔弗雷德把手中的来复枪攥得更紧了。

他慌了。啧啧啧。他会害你们两个都没命的。用你的来复枪枪托把他打昏。

阿尔弗雷德猛地摇了摇头。"不行。"

汉斯吃力地穿上衣服。"我们就在这里等到他们离开。"他摸索着纽扣，双手不由自主地颤抖。

你必须这么做，阿尔弗雷德。别不听我们的话。

就在汉斯站起身时，谷仓外传来了一个声音。"看看里面。"两人对视了一秒，双双扑向了梯子。汉斯快了阿尔弗雷德一步。他开始向下爬，半边肩膀上挂着的来复枪每隔一根横档就会撞上一下。阿尔弗雷德深吸了一口气，直接从干草棚上跳了下来，惊得小鸡们疯狂地尖叫起来。

机会来了！把他打昏，不然你会后悔的！

阿尔弗雷德在汉斯朝他扑过来时举起了来复枪的枪托。

"我做不到。"他小声地说。

快点！打他，快啊！

汉斯径直望向了阿尔弗雷德的眼睛。一个眼神在两人之间闪过，既亲密又绝望。说时迟那时快，汉斯冷静地从铁环上取下了背带，转向阿尔弗雷德点了点头，然后冲出了谷仓的仓门。

阿尔弗雷德感觉那些枪响就好像打在了自己的身上。他无声地啜泣着，感到痛苦的战栗涌遍了全身。他从自己的背心上扯下一块布条，系在干草叉上，然后趴在地板上，向前挪了挪，把白旗从门里塞了出去。

第三日
尘世

特殊的相见
第三日

　　平安夜那日，我醒来时外面已经天亮了。实际上，冬日的阳光已经倾巢而出，因为我能从窗帘的缝隙间隐约看到一丝湛蓝的天空。我滚到一侧，打了个哈欠。床边的时钟告诉我，现在已经九点半了。我飞快地坐了起来。我通常是不会睡到这么晚的。生物钟总是会在清晨六点把我叫醒，即便是学校放假期间，我也会控制不住地早早醒来。阿尔弗雷德的出现影响了我的生物节律。或许我的潜意识需要额外的睡眠来消化他前一天为我讲述的故事。不管怎样，即便已经睡了十个小时，我还是感觉精神萎靡。

　　我把双腿甩到床下，站了起来。书桌上放着两沓学生的试卷。我本打算在新年之前为他们打好分数，但假期已经过去三天，我还没有动手。我轻轻打开卧室的房门，以为阿尔弗雷德还在睡觉。可当我走进客厅时，屋里却空无一人，只有他盖过的床单和毯子叠好了放在沙发上。我的心突然轻轻跳了一下，在房间里四处扫视，寻找他的行李。

"阿尔弗雷德？"我努力让自己的呼喊听上去漫不经心，却没有人回应。他的行李箱已经没了踪影。我的脑海中突然浮现出他在冰冷的柏林街道上徘徊的画面——脆弱而绝望，不知该何去何从。上帝啊，我昨天为什么要提酒店的事情？他当然会感觉不受欢迎了。现在他有可能摔伤了髋部，正躺在某条空荡的街道上……我告诉自己要冷静下来，好好思考。他能去哪里？医院。当然了。我冲过去拿起听筒，还没来得及拨号，便听到了钥匙开锁的声音。

我放下电话喊了一句："阿尔弗雷德？是你吗？"

他颤颤巍巍的小脑袋出现在了门口。"抱歉，朱莉娅。我不是故意要吓唬你的。你在睡觉，所以我觉得自己可以出去稍稍散个步。我拿了你的钥匙，你不会介意吧？"

"不介意。"我把便袍拽紧了一些，"没关系，我只是……担心你有可能——"

"我给咱们买了点早餐。"他咧嘴一笑，举起从街角的面包店买来的一只纸袋，紧接着却拉长了脸，"你的脸色看上去好苍白，睡得不好吗？"

我摇了摇头。"只要你向我保证，不会再这样凭空消失就好。"

午饭时间一过，我们就赶到了医院。重症监护室的值班护士一句话也没说，就把我们放了进去。布莱妮娅依旧躺在我们昨天见到她的同一个地方，身边的机器也在按照同一个单调乏味的音调嘀嘀作响。听上去和黑武士一模一样的人工呼吸机仍旧开着。阿尔弗雷德走到床边，轻轻抚摸着她的手臂。

门边有个人清了清嗓子，似乎是在说"抱歉，请注意"。阿尔弗雷德和我都稍微吓了一条，转身看到一个三十五岁上下的年轻女子胸口紧紧抱着一块写字板。

"你好。"她打了声招呼，矫健地迈步上前，伸出一只手，脸上带着一股近乎咄咄逼人的自信。我也伸出手和她握了握。我本能地以为自己要是不这么做，她的手就会插进我的身体里。"我是巴尔医生，精神科住院医师。"她说。

她的手握起来又冷又紧。她没有主动向阿尔弗雷德伸手，但也许是因为她可能没有看到他。他正站在某台巨大的生命维持设备的阴影中。

"你是布莱妮娅的母亲吗？"她接着问道。

"嗯，不是。"我赶紧回答。

"克鲁格小姐是家里的一位朋友。"阿尔弗雷德迈出阴影，"非常亲密的朋友。"

巴尔医生并没有对他的出现表现出明显的惊讶。但话说回来，她这种人也许会训练自己，永远都得表现出一副波澜不惊的样子。

"嗯，我懂了。"她低头凝视着写字夹板看了很久。"在一年中的这个时候发生这种事情真是糟糕。"她终于开了口，"那你们谁能解释一下她的自杀原因？"

我看向了阿尔弗雷德。他张开嘴，仿佛要说些什么，却又很快闭上了。我如释重负。我不相信这个女人能够理解。

看到我们谁也无法做出答复,她接着说:"她能够活下来是个小小的奇迹。她摔得可不轻,即便能够康复,恐怕也会遭受某种程度的脑损伤。"

"哦,这我倒是不担心。"阿尔弗雷德回答。

女子轻轻哼了一声。"很高兴你能如此冷静地对待这件事情。"她说,"可无论你怎么想,颅骨骨折是件非常严重的事情。"

她的传呼机肯定正在振动,因为她把它从腰带上的夹子上取下来,看了看。

"抱歉,我得走开一下。我还有别的地方要去。不过,请不要急着离开。医生施密特先生想和你们谈谈器官捐献的可能性。你懂的,以防万一。"走到门口时,她停顿了一下。"哦,请尽快联系二楼的管理处。他们一直在询问有关病人医疗保险档案的事。在这一方面,他们挺——"她草草地说了一句,"固执的。"

她刚一离开,阿尔弗雷德就朝着布莱妮娅转了过去,牵起她的一只手。"我是不会让她接近你的,我保证。"他轻声说道。

微小的幸福
1946—1947

"把洞挖大一点。唉,对,就是这样。"

阿尔弗雷德挖着湿润的黑土,直到挖出一个直径 12 英寸左右的洞,然后从身旁的小桶中取出一捧骨粉,撒进了洞底。最后,他将树苗的根轻轻放进洞中,用挖出来的土填满空隙,伸出手掌将它压实。他直起身时,哈丁拍了拍他的后背。

"唉,对,就是这样。"他朝着阿尔弗雷德笑了笑,在阳光下微微眯起了眼,"你是个园艺高手啊,是不是,孩子?"

阿尔弗雷德微笑着以示回应。虽然哈丁的年纪还不足以做他的父亲,顶多长他十岁,但是他喜欢被人唤作"孩子"。这个男人温和耐心的举止、看到阿尔弗雷德犯错时轻声咋舌的样子以及公开表扬他做对了事情时的神情的确会令他想起自己的父亲——尽管两人的外形差得不是一星半点：哈丁是个身材矮小、皮肤黝黑的男人，长着一对毛毛虫般的眉毛，歪歪扭扭的牙齿上还残留着烟碱。他经常发出刺耳的大笑声，听上去就像在咳嗽。阿尔弗雷德与他共事已经两个月了。离开莫克林郊外的金根克里夫战俘营后，阿尔弗雷德便被派来这里，成了一名园艺工人。十八个月前，他被送到苏格兰时曾被分配从事繁重的农活儿，因此这算是个令人愉快的转变。

哈丁转身审视着他们种下的成行树苗。"唉，对，看上去不错，没有看到哪一棵是歪歪扭扭的，是不是，阿尔弗雷德？"

阿尔弗雷德点了点头。他的英语已经好到能够理解人们说的大部分内容了，能够主动使用的词汇量也不差，但他似乎就是长时间无法摆脱难为情的心理，投入有意义的对话中。他生怕会结结巴巴地说错什么，或是忘了精心编排的短语。不过哈丁似乎并不在意。阿尔弗雷德猜，他喜欢说话，而且显然对阿尔弗雷德的倾听能力赞赏有加。他大声地清了清嗓子，把一团小鼻涕虫那么大的唾沫吐在了地上，然后把手伸进衬衫口袋，掏出了香烟，敲出一支递给阿尔弗雷德。阿尔弗雷德摇了摇头。

"啊，我老是忘记。"他收回香烟，划了根火柴来点烟。

阿尔弗雷德在制服胸前抹了抹脏兮兮的双手。

"小心点儿。"哈丁透过一团烟雾劝他，"可别把你的补丁弄坏了，不然他们就不知道你是好人了。"

阿尔弗雷德手忙脚乱地试图用袖子将白色的补丁擦干净，却把它抹得比以前更脏了。他抬起头，看到哈丁正在咧着嘴笑。

"别放在心上。"他使了个眼色,"我逗你玩呢。"

阿尔弗雷德过了好几秒钟才明白这话意味着他在开玩笑。

"好了,这是今天的最后几棵了。"哈丁看了看表,"我送你回去之前,你想不想来杯啤酒?或是威士忌?"他朝着阿尔弗雷德近乎顽皮地咧嘴笑了笑。"离宵禁还有一个小时呢。"

但是阿尔弗雷德已经累了。他们从午饭时间起就一直在种树,双腿和后背都很酸痛。"不了。"他故意放慢语速回答,"不用了,谢谢。"

"那好。"哈丁用两只长了老茧的手指掐灭香烟,弯腰拾起那桶骨粉,"那就回家吧。"

阿尔弗雷德住在莫克林村曼斯菲尔德路上的一间小型招待所。这里曾是一间驿站,被征用后成了在村里生活、工作的战俘的住所。屋里阴冷潮湿,但和阿尔弗雷德过去一年半中住过的漆黑、拥挤的营房相比好多了。他在顶楼的房间比扫帚间大不了多少。屋内狭窄的床上铺着一张破旧的床垫,摆着一张木椅,地板上铺着破烂的地毯,角落里还立着一个洗手盆——都是些最基本的东西。屋里仅有的小型煤气取暖器除了贪婪地烧钱之外,是无法应对苏格兰的冬天的,但他至少不必和别人共享一个房间。这里是属于他一个人的。最棒的是,住在招待所里还能享用室内厕所。招待所的主人麦卡利斯特夫人是个胖乎乎的女人,永远乐呵呵的。她的欢快能弥补墙纸起泡、家具破旧的问题。

回到招待所,阿尔弗雷德嘟囔着与哈丁道了别,一进屋就闻到了刺鼻又刺眼的消毒水味。麦卡利斯特夫人喜欢的清洁方式就是将消毒水泼在所有东西上——地板、家具、浴室的陶瓷制品,甚至是碗盘和杯子——不仅让人时常难以呼吸,还会在她双手的皮肤上留下令人担忧的红色。尽管阿尔弗雷德在打扫卫生方面不是专家(不过,他在战俘营时曾经分担过倒尿盆的工作),但他有时的确想过这是否有可能对他的健康造成持续的影响。他试着不让自己深吸气,把头探进前厅,碰见了舒茨和霍尔兹多夫。他们也被归入了"反纳粹"一类,属于适合从战俘营迁移至村庄的战俘。

"嘿,我们的老三来了。"看到阿尔弗雷德时,舒茨尖叫起来。

"我们正考虑晚饭前玩把纸牌游戏呢。"霍尔兹多夫补充道。

"弗里茨还没有回来吗?"阿尔弗雷德问。弗里茨·玛索斯基是招待所里这群战俘中的第四个人,在村子郊外的仓库工地里干活儿。

霍尔兹多夫摇了摇头。"没有,他们今晚会让他一直干到宵禁。预报说明天有暴雨,所以他们今天想尽可能多做一些。话说回来,打一把怎么样?"他举起一盒纸牌。

但阿尔弗雷德拒绝了。他的《初级英语》课文已经学到了第九课——现在完成进行时。他想在晚饭之前学完。他抱歉地摇了摇头,朝着楼上的房间走去。一进到房间他就踢掉靴子,在床上躺了下来,感觉沉重的身体陷入了凹凸不平的床垫。他闭目养神片刻,却还是击退了睡意,拽着身子坐了起来。屋里的房顶很低,空气闷热,于是阿尔弗雷德伸手打开了倾斜天花板上的小天窗。

第九章,现在完成进行时。我一整天都在种树。

"好了,好了。"阿尔弗雷德轻声说。楼下的人不太可能听到他的说话声,但他还是压低了嗓门,以防万一。他从摇摇晃晃的小床头柜上拿起课本,轻轻翻开。

珍等了很长时间吗?

"不,珍等了只有十分钟。"

不对,应该是:不,珍只等了十分钟。

阿尔弗雷德叹了一口气。

来,跟我读:不,珍只等了十分钟。

"不,珍只等了十分钟。"

另一个声音插了进来:**啧啧,要是有人让我等上十分钟,我会觉得他很无礼。**

这话完全不相干。好了,阿尔弗雷德,彼得有车多久了?

"彼得有车两年了。"

不对!这是个陷阱,哈哈哈!应该是:彼得的车开了两年了。

阿尔弗雷德的脸皱作一团。事实证明,他那几个画外音女声对他学习英语很有帮助。要是没有她们不断督促他练习,他是无法取得现在这番成绩的。不过有的时候,就像今天这样,她们似乎认为这就是个大大的玩笑。

"我饿了。"他猛地合上书本,一股煎炸食物的香气已经飘到了楼上,"我饿着肚子就没法集中注意力。"

啧啧啧。总有借口……

画外音消失了。阿尔弗雷德把两只脚塞进拖鞋(这是麦卡利斯特夫人的礼物——她不喜欢男人们穿着靴子在屋里重重地走来走去),回到楼下去吃晚餐。住进招待所后不久,阿尔弗雷德就发现他们收到的士兵配给口粮比平民的要多——包括麦卡利斯特夫人的在内。所以一天晚上,四个男人以三比一的投票结果决定,大家会把每周分配到的肉、培根、面包、人造黄油、奶酪、茶和蔬菜集中在一起，和房东太太一起平分。此外，由于阿尔弗雷德不会抽烟，他也很乐意把自己分到的香烟分出去（当然，他试过抽烟，但是觉得很不舒服）。为了表示感谢，麦卡利斯特夫人会承担起每日为大家烹饪两餐的任务：一顿丰盛的早餐和一顿更加丰盛的晚餐。和自己的德国战友不同，阿尔弗雷德很喜欢这些难以消化的油腻食物。它们无疑能够填饱他的肚子，甚至还让他长胖了几斤。

第二天早上八点整，阿尔弗雷德站在招待所门口等待哈丁。他是不允许在无人陪同的情况下去村里闲逛的，于是站在那里靠着砖墙，享受着四月的阳光。在过去的几个星期里，这里的阳光已经开始能将他的脸和胳膊晒黑了。和霍尔兹多夫预测的不同，天气看起来并不像是暴风雨将至的样子，但他知道，这里的天气瞬息万变。一对年轻夫妇路过时与他点头打了个招呼。男子的左脚虽然跛得厉害，却自豪地搂着爱人的腰。

欧洲的战事结束已经将近一年。尽管竭尽了全力，阿尔弗雷德还是没能设法打听到乔安娜的下落。他给红十字会写过的几封信至今都如石沉大海。也许她真的对某个英俊的陌生人一见倾心，正忙着筹划自己的婚礼，或是为孩子们织毛衣。相比反复回想俄国军队在柏林实施了哪些暴行的传闻——尤其是针对女性——心怀这样的信仰无疑会轻松得多。

远处，他看到哈丁正快步朝他走来。

"抱歉，我迟到了。"他掷地有声地喘着粗气，"不想让你等我，但是我老婆把早饭烧煳了，我的钥匙还被我的一个孩子藏了起来。"

"我只等了十分钟。"看到哈丁突然一脸惊讶,阿尔弗雷德为自己的放肆咧嘴笑了笑。

"哎呀,这是我过去两个月听你说过的最长的一句话了!"他拍了拍阿尔弗雷德的后背,"我本来已经开始以为你有可能是个傻子呢。"

阿尔弗雷德脸红了。"不,我……"可他想不出还能说些什么。

"好了,我有个小小的奖励要给你。"哈丁的话填补了空白,"六月份就是花展了,这可是这片地区的盛事。我已经主动提议让你去帮忙了。"他朝着阿尔弗雷德的双手点了点头。"让你的园艺才能接收一下考验。好了,走吧,我们可不能让主管等着。"

穿过村庄、前往教区教堂的路并不长。阿尔弗雷德曾跟舒茨、霍尔兹多夫和玛索斯基参加过几次周日礼拜。这几个人都不是特别虔诚的教徒,却受到了格外热情的欢迎,因此坐在村民中专心聆听人们用这种温柔的语言又说又唱,已经成了一种抚慰人心的仪式。战争、轰炸、恐惧如今在阿尔弗雷德看来都很遥远,仿佛某种持续了很久的夜惊,在这个美好而灿烂的四月清晨终于只剩下一段不愉快的回忆。但与此同时,他也知道自己是幸运儿之一,不像刚刚看到的那个瘸腿年轻人。被俘之后,阿尔弗雷德听过一些他不愿相信的暴行故事——"暴行"这个词似乎都过于温和。想到所罗门和他的祖父母、纳德尔、戴着黄色补丁的梅尔茨小姐……实在令他难以忍受。来到英国后,在坎普顿公园的凯奇指挥部第一次接受审讯时,阿尔弗雷德就被归为了"反纳粹"类别。

他当然是了。尽管如此,他还不是穿上了国防军的军装、拿起了来复枪,准备朝敌人开火。但自从来到这里,他就受到了善意而热情的款待。这种宽仁的度量几乎是不可能存在的。他满心期望柏林的胜利者也能用同样的仁慈来对待乔安娜。

哈丁似乎读懂了他的心思。"你姐姐那儿有消息了吗?"他问。

阿尔弗雷德摇了摇头。

"我相信她会没事的。"哈丁说,"据我所知,那里还是一团糟。从新闻短片中拍摄的损坏情况来看,没有一座建筑能够幸存。"他停下来,一抹笑容偷偷爬上了他的面容。"也许她正在东奔西走地寻找邮局呢。"他模仿着女孩跑步的样子,假装把头发甩到后面,摆动双手。阿尔弗雷德勉强挤出一丝干巴巴的笑容。两人沉默不语地走完了接下来的路。

牧师约翰·德拉蒙德已经在教区牧师的住宅门外等待他们了。房前的花园布置得十分雅致,两条绿油油的草坪围绕在薰衣草的海洋之中。德拉蒙德是个身材魁梧肥胖的男人,一头白发已经开始谢顶,鼻子红红的,站在花海中格格不入。

"啊,哈丁先生。"看到阿尔弗雷德与哈丁走过来,他大声喊道,"这位就是我们年轻的园丁吗?"他迈步上前,握了握阿尔弗雷德的手。

"你好吗?"阿尔弗雷德问。

"哈丁先生对你可是赞誉有加啊。"德拉蒙德接着说,"说你可能就是我们的秘密武器。"他飞快地眯了眯眼睛,发现阿尔弗雷德一脸困惑,重新睁开眼睛大笑起来。"只是个玩笑,小伙子,只是个玩笑。不过我们真的非常重视花展。不能再让卡姆诺克的那群家伙扬扬得意了。"

"卡姆诺克是南边的邻村。"哈丁为阿尔弗雷德解释道,"上次在1938年比赛中获胜的就是他们。"

"哦。"阿尔弗雷德有些不知所措。他完全不知道他们在说些什么。

"好了,让我来为你介绍一下你的犯罪同伙吧。"德拉蒙德接着说。他朝阿尔弗雷德顽皮地笑了笑,用低沉有力的嗓音喊了一句:"伊苏贝尔!赶紧出来,丫头,来见见阿尔弗雷德。"

当三人一同转过身时,一个娇小的年轻女子从房子里走了出来,头上戴着一顶宽边草帽,身上穿着棉质的粗布裤子。

"这是我的女儿,伊苏贝尔。"德拉蒙德告诉阿尔弗雷德,"伊苏贝尔,这个年轻人是来帮你料理花圃的。"

伊苏贝尔朝着阿尔弗雷德点了点头。阿尔弗雷德不知该说些什么,反正用外语是想不出来的。

"阿尔弗雷德这孩子有点儿腼腆。"哈丁笑着表示。

"阿尔弗雷德·沃纳。你好吗?"阿尔弗雷德勉强挤出一句话,把手伸向女孩,感觉自己脸红了。他认出,他曾在星期日的礼拜仪式上见过这个姑娘,却没有近距离端详过她。她的头发是金色的——按照英语课本中教的,那应该叫作"略带红色的金发"——一双圆圆的淡褐色眼睛让她看起来有点受惊的样子。阿尔弗雷觉得她美极了。他咽了一口唾沫,马上想到了自己穿着这身不合体的粗糙制服看上去是什么样子。他的一条裤腿上还印着一个大大的白色字母"P"。但伊苏贝尔只是拘谨地握了握他的手,回敬了一个微笑。这个微笑既可以被理解为害羞,也可以被看作冷漠,他无法确定。

"你好吗,阿尔菲?"她回答。

这句话逗得哈丁爆发出一阵大笑。"阿尔菲!"他说,"真是个好名字!"

现在轮到伊苏贝尔满脸通红了。"哦,抱歉。这不是你的名字吗?"

"是的,是的。"阿尔弗雷德一心只渴望帮她掩饰尴尬,"请叫我阿尔菲。"

她勉强笑了笑,脸上的红晕逐渐消退了。德拉蒙德打破了短暂的沉寂。

"好了,愣在这里聊天有什么用,还有活儿要干呢!"他指了指牧师住宅的一侧。阿尔弗雷德看到一辆独轮手推车,上面摆了几十个花盆。"那些是报春花。"他说,"你们得趁它们干死之前把它们种好,然后也许就可以决定还有什么花能够与之相配了——考虑一下色彩、形状之类的。"他朝伊苏贝尔使了个眼色。"不过,这些事情我就留给专家来解决好了。"

伊苏贝尔朝着房子那一侧迈了几步。不确定自己是否应该跟上去,阿尔弗雷德还在原地一动不动。她转身朝着他笑了笑,帽檐遮住了脸颊的上半部分,令她丰满的粉色双唇和洁白的牙齿看上去更加明显了。"嗯,你要来吗?或许可以从给玫瑰施肥开始?"

德拉蒙德拍了拍阿尔弗雷德的后背。"好的,那这里就交给你了。"他转身望向哈丁,补充道,"哈丁先生,我请你喝上一杯如何?"

哈丁点了点头。"好啊,听上去不错。"

两人进了屋,留下阿尔弗雷德和伊苏贝尔站在花园里。伊苏贝尔引路绕到房子的背后，阿尔弗雷德则抬起独轮手推车的把手，跟了上去。

"堆肥。"她指了指紧靠住宅花园围栏边的一小圈木头花畦。围栏的另一边就是教堂。"铲子在那儿。"她接着说，"我从这里开始。"她在草坪上跪下来，开始动手从独轮手推车上卸下报春花。阿尔弗雷德站在一旁看了她一会儿。她苍白的皮肤如若凝脂，前臂被太阳晒得发粉。她肯定发现他一直在注视自己，因为她头都没抬便说："如果你想知道的话，他会一直盯着你的。"

她转向房子，朝着一扇小窗的方向挥了挥手。果真，德拉蒙德正站在那里张望。他也朝着伊苏贝尔挥了挥手，然后又朝着阿尔弗雷德挥了挥手。阿尔弗雷德回敬了一个微笑，拾起铁锹。

两人并肩劳作了几个小时。阳光愈发强烈，晒得阿尔弗雷德大汗淋漓。他偶尔能听到画外音女声中的一个在轻声嘲笑他，阿尔菲，阿尔菲，但他尽可能封锁了自己的思绪。鉴于伊苏贝尔的身材如此娇小，他为她的力气与耐力感到吃惊，但他知道战争使乔安娜变得多么坚强，知道磨难能使人发挥潜藏的能力。一时间，他很想知道在这里，在埃尔郡，战势曾是什么样子。除了一片祥和静谧，他想象不出这个地方还能有什么别的景象。

过了一会儿，德拉蒙德在窗口招呼两人停下来喘口气，于是伊苏贝尔从屋里端来一些冰爽的柠檬水，和他一起坐在门廊上的阴凉里喝了起来。两人就这样一言不发地坐了很长时间，仔细审视着上午的劳动成果。

伊苏贝尔打破了沉默。"阿尔菲，你想家吗？"她突然问。

阿尔弗雷德放下手中的玻璃杯。"想。"他缓缓答道，"有些时候想。"

"我敢说,你已经等不及要回去探望你的家人了。"

阿尔弗雷德耸了耸肩。乔安娜是他所剩的唯一一个亲人了。没有收到任何回信的他不确定她是否还活着。实际上,他连自己的家在什么地方都不清楚。但他不知道该如何表达,于是答了一句:"你父亲是个好人。"

伊苏贝尔笑了。"是的。如你所见,他的保护欲很强。我觉得他永远都不会允许我嫁人。"

"你母亲呢?"

"在我很小的时候她就去世了。我猜,这就是爸爸变成现在这个样子的原因。"她微微歪了歪嘴,叹息道,"我已经记不得她的长相了。不过他说我长得很像她,所以我猜自己每次照镜子时都能看到她。"

阿尔弗雷德很想说些圆滑文雅的句子,引出"那她一定很美"之类的话,可他不相信自己的舌头不会掉链子,害他看上去和他感觉的一样愚蠢和尴尬。于是,他咕哝了一声表示赞同。语言的障碍比以往任何时候都令他感到沮丧。于是他坚定地向自己承诺,要利用所有的空闲时间来学习英语课本。

伊苏贝尔在他们之间的地上发现了什么东西。"哦,看哪。"她说,"一只瓢虫。"

两人俯下身,凑过去仔细观察,脑袋差点碰到了一起。伊苏贝尔飞快地坐起身,两颊微红,啜着玻璃杯里的饮料久久没有放开。"我们最好赶紧回去干活。"她说。

这时,哈丁与德拉蒙德从小屋里一起走了出来,身上带着淡淡的麦芽酒味。

"看起来他们干得不错。"哈丁掏出一支香烟点燃,紧接着咳嗽了两声。

"没错。"德拉蒙德表示赞同,等待着哈丁喘上一口气,"好了,伊苏贝尔,你要不要给你的朋友做上几个火腿三明治?他肯定饿坏了。"

阿尔弗雷德望着她消失在了屋里。

"你觉得你——比如,星期二的时候——能让他再来一趟吗?"德拉蒙德询问哈丁。

"唉,好,我觉得我们可以安排一下。你说呢,阿尔弗雷德?想不想每周挑几个上午到这里来帮忙,一直干到六月?"

阿尔弗雷德微微耸耸肩、点了点头,努力克制着一想到能够再见伊苏贝尔就喜不自胜的感觉。"好的,我愿意。"他尽可能漫不经心地回答。

这时,伊苏贝尔端着三明治回来了。在把食物递给他时,她的手指轻轻掠过了他的手,两人都红了脸。阿尔弗雷德瞥了瞥德拉蒙德,但他似乎没有发现。

在接下来的两个月中,在花展到来之前,阿尔弗雷德每周有三个上午都会兴高采烈地去陪伊苏贝尔干活儿(虽然每时每刻都有花展委员会的资深成员普利斯顿陪护),按照教区委员会的设计帮她翻土、种花。

几个星期以后,阿尔弗雷德向伊苏贝尔承认,自己想要提高英语水平,于是她帮他练习不熟悉的单词和短语。在他犯错时,她经常捧腹大笑,却从不曾取笑他。他得知她喜欢骑马,迷恋加里·库珀[1],最好的朋友名叫詹妮斯,最爱做的事情莫过于去格拉斯哥的国王剧院看威尔·法伊夫[2]的默剧。

"其实只要能去格拉斯哥,做什么都可以。"

作为回报,尽管英语还不流利,阿尔弗雷德还是为她讲述了自己在冯·马克斯特恩庄园的成长经历,以及父母的去世、孤儿院的生活和战时的柏林。一次,伊苏贝尔红着脸对他说起自己很喜欢的小伙子罗伯特一直没有从战场上回来。她突然神往了一会儿,但很快就笑着问他,德国的未婚女子看上去是否真的都很像玛琳·黛德丽[3]。

阿尔弗雷德从哈丁那里借了一堆有关园艺的书,第一次为自己读书时曾经花了那么长时间学习拉丁文感到欣慰。他还踏踏实实地学完了《初级英语》第一册和第二册。到了六月初,他的《高级英语语法》已经学了一半,每晚睡前还时常精读英语成语词典。

(唯一没怎么派上用场的是《大众英语发音字典》。他经常查阅这本书,却无法将书中的内容和周围人所说的语言相匹配。)

尽管他很喜欢这份工作,并且自豪地注意到自己的专业水平越来越高,却很害怕花展的到来。这场名为"花开埃尔郡"的比赛是战争爆发以来第一场这样的活动。他在乎的不是输赢,而是

---

1 加里·库珀(Gary Cooper,1901—1961),美国著名男演员,外形帅气出众。曾获5次奥斯卡最佳男主角提名,夺得2次奥斯卡最佳男主角奖与1次金球奖最佳男主角奖;1961年获得奥斯卡终身成就奖。

2 威尔·法伊夫(Will Fyffe,1885—1947),英国男演员、歌手。在20世纪30—40年代活跃于英国音乐厅、舞台及电影荧幕,表演风格独特。

3 玛琳·黛德丽(Marlene Dietrich,1901—1992),德裔美国女演员、歌手,外形出众。曾获2次奥斯卡最佳女主角提名;曾获美国总统自由勋章、法国荣誉军团勋章。

这意味着他和伊苏贝尔共处的日子即将结束。换作其他任何情况，他们都会被看作一对恋爱中的情侣，早已摆脱了最初的羞涩。他们会评价彼此的习惯和爱好，就像是在评断未来在一起的可能，偶尔还会打情骂俏，趁人不注意找机会触碰对方的手或手臂，就为了体会肌肤相亲的感觉。不过，就目前的情况来看，谁也不敢挑明。毫无疑问，与敌人联姻是严令禁止的。

随着 6 月 14 日这一天匆匆到来，花展正式开启了。尽管付出了艰苦的努力，一等奖还是落入了欧文镇的手中，令德拉蒙德既恼火又失望。但在阿尔弗雷德看来，谁输谁赢并不重要。没有了花展，他就再也见不到伊苏贝尔了。

但没过多久，他就恢复了日常的工作。工作内容很多：种树、修剪矮树篱、清除墓地中的野草和枯萎的野花、为大片的草坪除草。如今，他只能在每周的星期日礼拜上和伊苏贝尔见上一面。除了她设法留下来、跟他在教堂门口简短聊上几句那几次，他们就很少见到彼此了。阿尔弗雷德全身心地渴望着她，还总是被一些奇怪的梦境折腾得筋疲力尽，对她的向往反倒更加强烈。

九月份，他被重新分配到田里帮忙秋收。到了十二月，他已经闷闷不乐、灰心丧气了。玛索斯基和舒茨都收到了遣送回国的命令，正好能够回去过圣诞节。刹那间，阿尔弗雷德回家的希望重新变得真实起来。他听传闻说，南方的战犯已经提出了留下的申请，但他们都是拥有专业技能的技术工人，对于英国重建惨遭纳粹空军摧毁的各个地区很有价值，也很有必要。一天晚上，他躺在床上，聆听着楼下的麦卡利斯特夫人哼唱着圣诞颂歌。

打起精神，阿尔菲。

"别这么叫我。"他一脸阴郁地回答。

哎呀,有点儿敏感,是不是?

别烦他,就让他沉浸在这种自怜中好了。发泄发泄对他有好处。

"这话你们说起来容易,太容易了。"他翻了个身。

别这样,阿尔弗雷德,我只不过是试图——

一阵敲门声打断了她的话。

阿尔弗雷德飞快地坐起身,生怕自己刚才说话太大声了。"进来。"他喊道。

房门被人犹犹豫豫地推开了。"阿尔弗雷德,亲爱的,我不知道你愿不愿意过来加入我们。"原来是麦卡利斯特夫人,"我做了些百果馅饼,你吃过吗?"

看到阿尔弗雷德没有马上作答,她走进来,坐在了他身旁的床上。"我知道在一年中的这个时候离家在外很不好受。"她把一只被化学制品弄红了的胖手放在他的大腿上,轻轻捏了捏。

"不是因为这个。"他难过地回答。

麦卡利斯特夫人轻轻地咯咯笑了两声。"啊,我懂了。"

阿尔弗雷德挑起眉毛。"你懂了?"

她笑了。令阿尔弗雷德吃惊的是,她开口时竟然唱起歌来:

> 我的心好痛——却不敢说
>
> 我的心为了某人而痛
>
> 为了她
>
> 我可以整个冬夜不睡
>
> 哦,亲爱的,为了某人!为了某人!

我可以漫游世界
为了某人

她拥有一副甜美年轻的嗓音。阿尔弗雷德愿意让她继续唱下去，可她停下来说道："你知道的，这是我们这儿的本地人彭斯先生写的。几百年前，他就住在这儿的对面。他最清楚该如何写情歌了。"

"麦卡利斯特夫人，我……"他的话卡在了喉咙里。

"是那个小姑娘，对吗？伊苏贝尔？"她轻声问道，然后咯咯笑了起来，"难道你觉得我们都不知道吗？哦，阿尔弗雷德，谁没有年轻过啊。"她拍了拍他的腿。"心的向往是不会在乎这身衣服的。我总是说，那是为了上帝的恩典。"

"我爱她。"他说话的声音比耳语大不了多少。

"我知道，你当然是爱她的了。不过听着，其实这话不该由我来告诉你；哈丁先生想让你知道，他们取消了禁令。仁慈的德拉蒙德牧师邀请你去和伊苏贝尔一起过圣诞。"她再次拍了拍他的大腿，站起身，"这说明，你永远都不知道未来会发生什么。"

但令人失望的是，未来会发生的事情并不是与伊苏贝尔和她的父亲共度圣诞。阿尔弗雷德的心依旧"苦不堪言"。平安夜的前一天，德拉蒙德收到了妹妹菲儿寄来的电报——她是个战争遗孀，住在阿伯丁，刚刚摔断了一条腿——于是他为自己和伊苏贝尔收好行李，登上了火车，留下阿尔弗雷德和麦卡利斯特夫人、克劳斯·霍尔兹多夫一起过圣诞节。元旦那天，一封来自红十字会的信进一步加重了阿尔弗雷德心中的苦闷。

亲爱的沃纳先生：

就您在1946年7月7日的来信中所提的要求，我们抱歉地通知您，国际寻人服务社未能找到乔安娜·冯·马克斯特恩小姐（即乔安娜·沃纳）的下落。您所提供的地址（德国柏林舍内贝格区巴巴罗萨大街39号）的建筑已于1945年3月在同盟国的轰炸中被摧毁。如果上文中提到的此人被登记在任何国际寻人服务社或红十字会的名单中，我们将立即通知你。

此致
敬礼

阿尔弗雷德没有把这封信拿给哈丁或麦卡利斯特夫人看，而是将它收进了自己的个人物品中——心中仍旧希望乔安娜能够突破重重困难，设法幸存下来——直到这封信在两年后的一把大火中被烧毁。

冬天来了又去。阿尔弗雷德身体越来越强健了。但不管麦卡利斯特夫人如何尽力把他喂胖，他还是那么精瘦。来年春天就是伊苏贝尔的二十一岁生日了，他却还是没有公开向她表白。他感觉自己对她的感情几乎就要爆发，但每每有什么看似完美的机会到来——星期日的礼拜仪式结束后共度的片刻，在村广场上开会的时候——他的勇气都会动摇。他不知道自己的情感若是得不到回应该怎么办。终于，他向伦敦的移民办公室提出了留在英国的正式申请，此后的一整个夏天都在等待回复，却什么消息也没收到。七月，伊苏贝尔随父亲去高地休了三个月的假，其间几乎天天阴雨不断。阿尔弗雷德悲哀地想，似乎连天气都在影射他的心情。

然而到了八月初，灰蒙蒙的天空突然氤氲散去，露出了炙热的白日。阿尔弗雷德和哈丁整日都在修缮当地学校的操场，想要赶在新学年伊始之际完工。他们穿过村庄，互相讲述着上学时的日子。战犯不得随意走动的禁令很早以前就取消了——虽然依照法规，阿尔弗雷德身着战犯制服还是不得出入酒吧和当地电影院——但是哈丁似乎很喜欢每晚送阿尔弗雷德回家，所以两人一直保持着这个习惯。在基马诺克路上，哈丁停在了一家报刊店的门外。

"我得去买包烟。"他说，"一会儿就好。"

他钻进了商店，于是阿尔弗雷德靠在墙边，用手帕抹了抹额头上的汗水。他感觉肚子越来越饿了，不知道麦卡利斯特夫人计划做什么晚餐。

就在这时：**阿尔弗雷德，进去买份报纸。**

"什么？为什么？"他低声问道。

进去买份报纸，里面可能有你想看的内容。

阿尔弗雷德没有心情辩解，以为这又是画外音女声的什么语言学习训练，他感觉怒火中烧。如今，他的英语已经近乎流利了。但他还是推开了店门。门上的小铃铛发出了清脆的叮叮声。哈丁和卖报人朝他看了过来。

"等一下。"哈丁边说边在口袋里摸索零钱。

"我……"阿尔弗雷德张开嘴,眼神紧接着瞥到了报刊架,这才意识到自己为何被叫了进来。所有报纸的新闻头条都是一样的,只是字体或措辞略有不同,宣布的是德国战犯海因茨·菲尔布莱奇与英国女友琼的婚讯。这是第一次有人举办这样的婚礼。大多数报纸都在标题下刊登了同一张照片:一对被白色栏杆隔开的情侣正在俯身亲吻彼此,身后的大型标志上写着"402战俘营"。

哈丁顺着阿尔弗雷德的目光看了过去,露齿一笑,说:"嘿,小子,可别让这种消息给你带来什么想法。"

阿尔弗雷德心中一慌,感觉脸都红了,赶紧摇了摇头:"没有,我——"

哈丁付完烟钱,走过来站在了阿尔弗雷德的身旁。"祝他们好运吧。"他望着照片中的夫妇,"是时候让他们允许爱情在播种的地方生长了。不管怎样,总比打仗要好。谁知道这份和平又能持续多久呢?"他用手肘轻轻推了推阿尔弗雷德。"走吧,小伙子,该送你回家了。"

一回到招待所,阿尔弗雷德就奔上楼梯,钻进房间,在洗手盆里匆匆洗脸、洗手,换上了一件干净的衬衫。下楼时,他在楼梯上碰到了麦卡利斯特夫人。

"茶十分钟内就能泡好。"她说。可他只是朝着她露齿一笑,冲向了前门。

"我还有事要做。"他脱口而出,"我会尽快的。"

"哦,这里有你一封信。"他听到她说。他停下脚步,一只脚已经迈上了人行道,赶紧转过身来。"给。"她把信封递到了他的手中。

撕开信，他几乎无法掩饰内心的激动。他要求留在英国的申请通过了。他抱起麦卡利斯特夫人，亲吻了她的嘴巴，然后冲出门去。在奔向牧师家的路上，他避开了遛狗的人和推着婴儿车的妇女，快步穿梭在自行车的车流中，丝毫不在乎任何路人的想法。来到小屋门前，他在门口站了一会儿，上气不接下气地演练着自己要说的话，尽量让自己冷静下来。按响门铃时，他的手一直都在颤抖。过了好一阵子，德拉蒙德才来应门。

"阿尔弗雷德！"他的脸上绽放出灿烂的笑容，脸色紧接着却沉了下来，"怎么了？出什么事了？你最好赶紧进来。"他将房门撑开，好让阿尔弗雷德进屋。

"德拉蒙德牧师。"阿尔弗雷德还是有些喘不上气，却并没有停下，以免心中的勇气在最后关头弃他而去，"我想……不对，是我希望……不对，该死！求你了，德拉蒙德牧师，我能否迎娶你的女儿？"这句话说得匆忙，一点儿也不像阿尔弗雷德计划中的那样，但至少他说出口了。站在原地，他几乎不敢眨眼，等待着一个答复。

德拉蒙德重重地吸了一口气，又吐了一口气。"我不能说我没有料到。"他终于开了口，"但是——"他停下来，目光望向了阿尔弗雷德身后的某个地方。阿尔弗雷德转过身，看到伊苏贝尔正站在厨房的门边，一只手举着一只盘子，另一只手握着洗碗布。从她双手微微颤抖的样子，阿尔弗雷德能够猜到，她已经听到了一切。

德拉蒙德继续说道："在这种情况下，我猜你最好亲自问问这个姑娘。"

诉说的终结
第三日

在我收拾晚餐的餐盘时,阿尔弗雷德就坐在厨房的餐桌旁。我两次撞到了厨房的一组橱柜——先是手肘,然后是屁股。我开始担忧。我很难无限期地把阿尔弗雷德留在这里,早晚都得通知某个人给他安排一个去处。

他读懂了我的想法。"别担心,朱莉娅,我不用叨扰你太久的。"

我转过身。这句特殊的措辞竟让我的心感觉一阵刺痛。"等我死了……""我活不了多久了……""你很快就能摆脱我了……"我讨厌爸爸说过的这些话。老实说,我讨厌他临终前说过、做过的很多事情。而这也让我讨厌我自己。

"我是认真的。"阿尔弗雷德说,"听着,我很清楚这话听起来如何,但是……"

"没关系,我们不必讨论这件事情。"

"不,我是认真的,没错。我们必须要讨论这件事情。"他听上去十分急迫,"求你了,朱莉娅。坐下。"

我将最后一个盘子放进洗碗机,坐了下来。"阿尔弗雷德,我很欢迎你再多住上一阵子。"我表示,"但我们的确得想个办法……"

"三天。"他说。

"只要你愿意——"

"不用了。我还剩下三天。"他缓慢却坚定地回答。

"阿尔弗雷德,我……"

"朱莉娅,请听我解释。"他的眼神在厨房里飘忽不定,仿佛是在寻找合适的措辞。终于,他开了口:"我还剩下三天的时间。"

我摇了摇头。"别这么说,阿尔弗雷德。求你了。我们可以等到假期结束,然后……"

"朱莉娅。"他伸出手,握住了我的手,"我知道这话听起来有多荒唐,但我需要你相信我。我还剩下三天的寿命,这就是我为何需要你来听听我的故事,这样你才能把它们讲给布莱妮娅听。我需要你相信我。"他重复道,语气更加急迫了。

我没有说话。

"我脑海里的声音——"他停顿片刻,用手揉了揉脸,再次开口时声音是颤抖的,"这是我脑海里的声音告诉我的。再等三天。求你了,朱莉娅。我知道这话听起来很离奇。"他再次伸过手来,捏了捏我的手。

"好吧。"我叹息着回答,把手抽了回来,"随便你怎么说吧。"

我们一言不发地坐了一会儿。"那我可以继续讲我的故事了吗?"他问。

"当然。"我低声回答。

几个小时之后,克里克斯大街上的保罗斯使徒教堂敲响了午夜弥撒的钟声。阿尔弗雷德讲完了他的故事,把脑袋靠在扶手椅的椅背上,看上去已然筋疲力尽。在我正准备提议去睡觉时,他提出了一个问题。

"我能问你件事情吗?"

"当然可以。"

"如果这不关我的事,请告诉我。"他俯身靠过来,"我想知道你为什么一个人过圣诞。"

我心头一紧,却还是勉强挤出了一丝微笑。"哦。"我朝着他的方向点了点头,"独自过圣诞的人不止我一个,对吗?"

"当然。"他的双手开始颤抖,被他夹在了大腿之间,"对不起,我不是故意……"

"没关系,阿尔弗雷德,这又不是什么大秘密。我单身——嗯,是离异——我去年一年半都在照顾我父亲。他两个月前去世了。"

"我很抱歉。"

我摇了摇头。"没关系。他年纪很大了,而且病得非常厉害,所以……我请了假去照看他。嗯,为了这种事情忙前忙后……我猜自己失去了与他人的联系……很难再培养友谊。他去世之后,我感觉自己累坏了，但更多的是释然。我需要休息一下，你能明白吗？前几个星期，我一直在想，等我的体力恢复过来，就能回去照顾他。不过当然了……"我耸了耸肩，望向阿尔弗雷德，这才意识到我是在自言自语。他已经睡着了，伴随着缓慢的呼吸轻声打起了呼噜。我为他盖上一条毯子，上床睡觉去了。

不存在的女儿
1948

阿尔弗雷德被一个无法名状的声音吵醒了。睁开双眼,尽管卧室里还是一片漆黑,他却感觉精力充沛,意识到已经快到早上了。他翻了个身,可伊苏贝尔那半边的床却是空的。他看了看床头的钟。现在是六点十五分,离他平日里起床的时间还有半个小时。楼下再次传来了噪声:那是一种断断续续的泼水声,仿佛每隔几分钟就有人把水泼进桶里。

"伊苏贝尔!"他呼喊着从床上爬起来,披上便袍。为了找拖鞋,他不得不打开灯;卧室里还没有铺地毯,所以地板是冰凉的。"是你吗?你为什么这么早起床啊?"

他飞快地走下楼,朝着厨房里传出的那个声音走去。

"阿尔菲,我……"

"伊苏贝尔,怎么了?"他走进厨房,看到她正跪在地上,朝着一只桶里呕吐。看到他走进来,她抬起头勉强一笑,紧接着却再次把头埋进桶里吐了起来。

阿尔弗雷德冲上前去。"伊苏贝尔,你病了吗?"他动手拢起她的头发,以免它挡在她的脸上,却被她推开了。她脸色苍白,脸颊上还沾着几缕被打湿的头发。"你冻坏了。"他接着说。透过她身上那件单薄的睡衣,他能感受到她冰凉的肌肤,于是跑进客厅,抓了一条毯子,将它披在她的肩膀上,看着她微微颤抖着再次呕吐起来。桶里的东西是一堆稀薄的棕色黏液。

"要不要我去叫医生?"他问道,可她摇了摇头。"那让我给你泡杯茶好了。"他无助地坚称。以为自己看到了她点头,他赶紧动手给水壶灌水。水龙头噼噼啪啪地响了几声,然后滔滔不绝地喷起水来。无助逐渐演变成焦虑,势不可当地迅速涌上他的心头,令他双手颤抖。伊苏贝尔一边咳嗽一边呻吟。阿尔弗雷德把水壶放在煤气炉上,等待着壶里的水烧开。她病了。要是他能多加留意,本该早一点发现兆头的。这话没错:过去几个星期,伊苏贝尔上床睡觉的时间越来越早。即便阿尔弗雷德几分钟后就爬上了床,她却已经睡熟。她一直抱怨自己头痛、疲惫,婚后近一年时间里似乎无休止的做爱也被草草的爱抚代替。他一边倒茶一边疯狂地胡思乱想她有可能染上哪种疾病——肺炎、白喉、肺结核、致命的食物中毒……突然,他的耳边响起了令人难以置信的笑声。那声音最初来自左手边某个遥远的地方,紧接着越来越响亮,直到停在了他的两耳之间,盖过了伊苏贝尔呕吐的声音。

嘻嘻，嘻嘻！哈哈，哈哈哈！哈哈哈！

他想要咆哮一声："闭嘴！你怎么还敢笑？"笑声却逐渐消失了。他蹲在伊苏贝尔身旁，把冒着热气的茶杯放在了她旁边的地板上。终于，她的胃似乎平静了。她跪坐下来，伸手示意他递来一条茶巾，用它擦了擦嘴。抬起头望向他时，伊苏贝尔的脸色苍白，布满了斑点。她痛苦地咽了咽唾沫，却露出了灿烂的微笑。"哦，阿尔菲。"她说话时已经破音了，"我本想把这个消息留到明天作为你的圣诞礼物，不过……阿尔菲，我们要有宝宝了！"

阿尔弗雷德俯身亲吻了她闻上去酸酸的嘴唇，开始放声大笑。小小的厨房里充溢着他欢快的声音。

他们居住的排屋公寓又小又拥挤，楼上是卧室和储藏间，楼下是包含厨房在内的客厅，但这已经是阿尔弗雷德的薪水所能负担的最好的房子了。它和弗朗西斯卡·冯·马克斯特恩的宽敞豪华公寓有着天壤之别，但阿尔弗雷德已经心满意足。自从1948年夏天正式摆脱了战俘身份，他每周能够挣到四英镑六先令，工作内容和以前差不多，但如今已经成了东埃尔郡地方议会的雇员，负责室外设施的维护。哈丁成了他的同事，而不是他的看守。

有了身孕之后，伊苏贝尔的配给额外增加了半品脱的牛奶和鱼肝油。众所周知，当地的菜贩威特罗先生还会为孕妇留些橙子。不过这些额外营养品的受益者往往是阿尔弗雷德，因为通常意义上的晨吐在伊苏贝尔的身上还不如称为"早中晚都吐"，这严重影响了她的胃口，害她不但体重没有增加，反而瘦得令人担忧。她憔悴的脸上那双眼睛看上去更圆、更大了。

"向我保证，你会吃点东西。"每天早上上班之前，阿尔弗雷德都会嘱咐她，她也会疲惫地点点头。可当他回家时，往往发现她躺在沙发上，额头上搭着一块湿布。在查看食品柜时，他发现她还是什么也没吃。康明斯医生告诉夫妻俩，这种程度的孕吐不太常见，但没什么好担心的。但阿尔弗雷德还是心急如焚。一个孕妇这样消瘦下去似乎不太对劲。他试图想象她腹中孩子的样子——要是母亲不吃东西，孩子怎么能长大呢？

后来的一天早上，他在阵阵的培根和鸡蛋香味中醒来，飞快地穿好衣服，来到楼下的厨房。伊苏贝尔正站在炉前，从烤炉下取出四片培根，放在盘子里。

"早安，阿尔菲。"她轻快地打了声招呼，走过去亲吻他的脸庞，双颊泛着红晕，"坐下，早餐就快做好了。"

"你感觉好多了吗？"他在桌边坐了下来。厨房里的气味闻起来美味极了。

伊苏贝尔轻轻咯咯笑了两声。"嗯，我感觉好多了。老实说——"她把一盘培根、鸡蛋和吐司放在了桌上，"——你最好赶紧吃，不然我就要吃了。"

令她衰弱的恶心一夜之间就消失了。接下来的几个月，她的腰围开始丰满起来，皮肤变成了柔软的粉红色，就连暂停了三个月的做爱也恢复了，虽然只是试探性的，而且基本上限于爱抚。一想到要插入被认为是"宝宝之家"的地方，夫妻俩就觉得不太自在。

"你觉得我们应该给孩子取个什么名字？"一天晚上，阿尔弗雷德趁两人躺在床上时问道。伊苏贝尔正背对着她躺着，蜷着身子靠在他的胸口和大腿上。他用一只手臂搂住她,手搭在她的肚子上。

"哦,这会带来厄运的。"她回答。

"什么会带来厄运?"

"在孩子出生之前就起名字。"

"那好吧。不过,你觉得会是男孩还是女孩?你感觉应该是什么?"

她吐了一口气,轻声笑了笑。"艾米说,这会是个小姑娘。"艾米·弗雷泽是个战争遗孀,就住在他们隔壁,家里有个活泼的三岁小孩。艾米只比伊苏贝尔年长几岁。"她把自己的结婚戒指吊着晃了晃,就像这样,看到了吗?"伊苏贝尔举起手,模仿着钟摆的样子,"当它这么左右摆动时就意味着是个女孩。"

阿尔弗雷德笑了。"即便那不是你的戒指也管用吗?"

伊苏贝尔耸了耸肩。"我的戒指已经摘不下来了,手指太粗了。"

两人捧腹大笑。"只是戒指吗?"阿尔弗雷德的手向下摸到了她的大腿上,开玩笑地捏了捏。

"哎呀,你这个流氓!"她说着推开了他的手。他等了一会儿,又悄无声息地把手放回了她的肚子上。两人就这样躺了片刻。就在他快要睡着时,她的肚子在他的手指下方动了动。起初,他以为是伊苏贝尔稍稍挪了个位置,但很快又感觉到一阵蠕动。先是微弱的扑腾,紧接着,她皮肤下的一个小鼓包移动了起来。

"伊苏贝尔。"他耳语道,不敢太大声地讲话,以免鼓包停止移动。不过从她缓慢均匀的呼吸来看,她已经睡着了。

鼓包又在移动了。他能想象出婴儿在柔软黑暗的洞穴里蠕动。那是一只脚吗，或许是手肘？他的心中萌发了一种幼稚的兴奋感，于是大大地撑开手指，想看自己能否捕捉到其他的动静。可那个鼓包渐渐缩了回去，他能感觉到的只有伊苏贝尔的肚皮温热的皮肤。

"真的是个女孩吗？"他轻声地问。

回应是那么缓慢，仿佛是从很远的地方传来的，以至于他不得不竭尽全力才能听到：拭目以待吧，阿尔弗雷德，拭目以待……

九月，阿尔弗雷德在哈丁的鼓励下轻松地通过了一系列考试。一天，他胳膊下夹着一只大信封回了家，这是他获得过的第一份正式学历——园艺学原理与实践的一级证书。他兴奋地将钥匙插进锁孔，准备带伊苏贝尔出门庆祝一番：先去外面吃上一顿难得的鱼肉晚餐，然后去趟酒吧，让她喝上一杯医生总是唠叨着不能喝的烈性黑啤。他一进门就高喊着她的名字，却没有听到回应。他以为她也许正在楼上打盹，于是一步两级地奔上楼梯，可她也不在这里。终于，他发现她正坐在昏暗的厨房中，面前的桌子上摆着一杯几个小时前就已放凉的茶。

"我叫你来着。"他这才觉察出屋里诡异的气氛，仿佛空气中充斥着成千上万充满恶意的电荷，"伊苏贝尔？"

当她抬起头时，他看得出她哭过。

"她不动了。"她低声说道。

"什么？"

"小家伙。她不动了。"她又轻声哭了起来，还用双手捂住了脸庞。

阿尔弗雷德蹲在她的身旁,一只手搭在她的膝盖上。"也许她只不过是在睡觉。她也不能整天动来动去的,不是吗?唉,她只不过是在睡觉,为大日子做好准备,就是这么回事。"他的话既是在安慰她,也是在安慰自己。

伊苏贝尔的双手垂到了大腿上。"我甚至还试过热水澡。"她伸手指了指房间角落里的浴缸,"我花了好久才把水弄热。这通常一下子就能把她叫醒,不会错。可是……"她又哭了起来,表情皱成一团,脸上满是斑驳的泪痕,"什么也没有。"

阿尔弗雷德努力压抑着涌上心头的恐慌,尽量稳住自己的声音,以掩盖内心的焦虑。"这样吧,我去接艾米。她经历过,她能让你平静下来。"

伊苏贝尔点了点头,却并没有抬起目光。阿尔弗雷德飞快地奔出家门,很高兴自己还能做些什么,赶紧按响了艾米家的门铃。他等了一分钟、两分钟、三分钟,然后开始大声地敲门。

"怎么回事——"他听到门开了。艾米的头发上绑着头巾,身后的儿子詹姆斯正抱着她的大腿。"我正——"说到这里,她停了下来,"阿尔弗雷德,出什么事了吗?"

阿尔弗雷德上气不接下气地解释了一番,期待她能够挥挥手,或是大笑一声,打消他的忧虑。相反,她的表情凝重了起来。"多长时间了?"

"什么?"他问道。她一把抱起詹姆斯,让他跨坐在自己的臀上。

"她上一次感觉到她动弹是什么时候?"

"我——我不知道。"他越说越紧张。两人冲回了隔壁。伊苏贝尔还坐在他离开她的地方,表情十分冷淡,仿佛她并不在那里。艾米轻轻扭开了电灯的开关。

"伊苏贝尔。"她唤了一句,把詹姆斯放在地上,在伊苏贝尔身边蹲了下来——和阿尔弗雷德几分钟前做得差不多,"没事的。别难过,这对谁都没有好处,尤其是你肚子里的小姑娘。"她轻轻摸了摸伊苏贝尔的肚皮,"你最后一次感觉到她动弹是什么时候?"

"我不确定。"阿尔弗雷德感觉她的声音已经不再伤心了,而是十分冷酷。这令他感到害怕。"好几天了吧,也许有一个礼拜了。我只是以为——"

艾米直起身子。"好的。我这就去安琪拉家一趟,打电话叫医生。阿尔弗雷德……你去给伊苏贝尔泡杯茶之类的。"

她抱起儿子,快步走出了厨房。

几分钟之后,她回来了。"康明斯医生已经在赶来的路上了。他说你得躺下,不要慌。"她勉强挤出一丝微笑,"来吧。"她把手伸进围裙的口袋,摸出一包香烟,抖了一根出来。"抽支烟吧,冷静一下。"

但伊苏贝尔拒绝了。"我觉得这会让我感到恶心。"她回答。

仅仅十分钟的工夫,康明斯医生就赶到了前门,但阿尔弗雷德却感觉恍如隔世。这位身材高大、谈吐优雅的英国医生戴着角质眼镜架,匆匆握了握阿尔弗雷德的手,便要求看看伊苏贝尔。

"在客厅里。"阿尔弗雷德说,"她已经按照你的吩咐躺下了。"

康明斯医生将一只手搭在他的肩膀上,捏了捏。"那就请带路吧。"

伊苏贝尔侧躺在沙发上。艾米坐在对面的扶手椅上抽烟，膝盖上坐着詹姆斯。康明斯医生一分一秒也不愿浪费，解开夹克的扣子，走到伊苏贝尔身旁，跪在她前面的地板上，咔嗒一声打开了黑色的箱子。

"请帮我把你的裙子掀起来。"说罢，他又补充了一句，"沃纳先生，我通常会请你离开房间，不过在这种情况下……"

伊苏贝尔掀起裙子，露出了宽大的棉底裤，上面还缝了一条松紧腰带。那是她用闲置的床单自己缝制的。她的羊毛长袜一直盖过了膝盖，吊袜带已经有一段时间无法围住她的腰了。她把底裤的腰带向下推了推，好让医生能够看到她的肚子，然后举起小臂捂住了眼睛。一道深色的线条沿着她腹部的曲线从肚脐一直延伸到了阴毛处。阿尔弗雷德已经好几个月没有看过她脱去衣服的样子了，替她感到很难为情，甚至有些尴尬。

康明斯医生拿出一只木质的皮纳德角[1]，提醒道："这可能会有点儿凉。"他将较宽大的那一头贴在了伊苏贝尔暴露的腹部上，俯身向前，通过另一头聆听起来。片刻之后，他又将角往左稍稍挪了挪，重新听了听。就这样，他在她的肚皮上不断地挪动角的位置，双眼紧闭，脸上没有任何的表情。就在这个时候，詹姆斯在母亲的大腿上啼哭起来，康明斯医生举起一只手，朝着男孩的方向狠狠瞪了一眼。艾米示意詹姆斯保持安静，他赶紧闭上了嘴巴。

壁炉架上的钟表发出的嘀嗒声令人发狂，在阿尔弗雷德听来似乎从没有如此吵闹过。一瞬间，他不知道自己是否应该移步去

---

[1] 皮纳德角（Pinard horn），一种长约20厘米（8英寸）的喇叭状听诊器，常为木质或金属材质，用于怀孕期间监听胎儿心率。

厨房，却又担心哪怕最微弱的动静都有可能阻止医生检测到婴儿的心跳。终于，皮纳德角被放在了紧贴伊苏贝尔左边胸脯的下方。医生点了点头。

"好的，听到了。"他说。阿尔弗雷德能够听出他话音中的释然。康明斯医生直起身，摘掉眼镜，捏了捏鼻梁，看向了伊苏贝尔。"心跳还在，但恐怕十分微弱。你的预产期还有两周？三周？"

伊苏贝尔将裙子重新拽好，清了清喉咙。"两周。"她的嗓音已经沙哑了。

阿尔弗雷德向前迈了一步。"但是你听到了，对吗？心跳？所以孩子没事？"

康明斯医生将皮纳德角放回了箱子。"我不想让你们过分担心，但是如果胎儿已经好几天没有动过，心跳又的确如听上去那么虚弱，我觉得你们应该考虑采取一些措施。还有，我不是产科医生，但我从心跳的位置判断胎儿还没有转过身来。"他牵起伊苏贝尔的手，捏了捏。"相信我，你是不会希望它的双脚先出来的。"

他站起身，系上了夹克的纽扣，然后从兜里掏出一包香烟，主动递了一圈，不过只有艾米接了过去。他点上了自己的那一支。

"我的建议是马上去医院。"他边说边吐出一团烟雾，"他们可以好好为你检查一番，再下定论。如果你愿意。我可以开车送你们过去。"

阿尔弗雷德跑上楼，飞快地收拾好一只小行李箱：伊苏贝尔的睡衣、一块香皂、毛巾、爽身粉、梳子和牙刷。他搀扶着伊苏贝尔坐进了康明斯医生的汽车后座，然后坐在了她的身旁。最近的医院位于七英里以外的卡姆诺克。他们只花了十五分钟就赶到了那里。康明斯医生先一步去向住院医生通报伊苏贝尔的情况,由阿尔弗雷德搀扶着她下车。她一言不发地遵从着他的指示,仿佛精神已经恍惚,一只手紧紧攥着自己的下腹。当两人走到入口的大门处时,伊苏贝尔突然抓住他,指甲掐进了他的手臂里。

"阿尔菲,我好怕。"她低声说了一句,话音未落就哭出了声。

阿尔弗雷德用一只手搂住她的肩膀。"我理解。"

一进医院,事情就飞速进展起来:一名护士用轮椅匆匆推走了伊苏贝尔;产科顾问医生寥寥解释了几句,说他要为伊苏贝尔进行检查,但如果康明斯医生的诊断是正确的,他们就没有时间可以浪费了,要马上为孩子接生。

阿尔弗雷德被留在了接待区,手里仍旧攥着伊苏贝尔的小箱子。他已经惊愕得哭不出来了,感觉身体里有种黏糊糊的恶心东西在涌动。他害怕自己若是挪动,哪怕只有一英寸,都会直接吐在医院的地板上。

他肯定在原地站了整整二十分钟,才意识到周围突然一阵喧闹,还差点儿被一个担架撞倒。"让开!""快,这里,一号手术室。"紧接着,他又看到另外两个担架被人从玻璃门外的救护车上卸了下来。

他听到右手边传来了一个声音。"先生,请让一让。你需要给急救员腾地方。"

阿尔弗雷德转过身,原来是接待台的护士。"到这来吧,先生。你可以在这里等待。"她牵起了他的手臂。他任由护士将自己引到一排木质长椅旁。它们让他想起了教堂的靠背长凳。"你可以在这里等待。"她又温和地重复了一遍。

"我的妻子……"阿尔弗雷德张开嘴,却破了音,他清了清喉咙,重新试了一遍,"要花多长时间?"

"我也说不好。"她回答,"沃纳先生,对吗?我相信她会没事的。担心也没有用,对吗?你就在这里等着,我去看看能否给你倒杯茶。"

她走开了。

等候区里吹着一阵阵过堂风,还弥漫着消毒剂的刺鼻气味。一个老妇人正坐在几码外的地方无声地哭泣,偶尔用手绢擤着鼻子。阿尔弗雷德把大腿上的箱子放到了地板上。

"你们在哪儿啊?"他沉默地呼喊,却听不到任何的回应,"求求你们了。告诉我,她是否会没事。"他以为自己听到了一声轻柔的呻吟,或是一声呜咽,于是闭上眼睛、屏住呼吸,让听觉蔓延开来,耳边响起的却是老妇人再次擤鼻子的声音。那个动静消失了。

护士并没有端着他的那杯茶回来:她要不就是忘了,要不就是太忙。阿尔弗雷德从接待区的骚动判断,米柯尔克路上应该是有严重车祸发生,造成了数人伤亡。他麻木地坐在硬邦邦的长凳上,被脑海中的画外音女声抛弃,努力平息着心中不断膨胀的自怜。于是,他转而试图想象伊苏贝尔正面带笑容坐在医院的病床上,筋疲力尽,怀中抱着他们娇小的、粉嘟嘟的宝宝。他把双手举到面前,用力揉了揉脸,揉到皮肤几乎刺痛起来。终于,外面的嘈杂声渐渐平息。护士回来了。

"沃纳先生,你的妻子已经做完手术了。请跟我来。"

阿尔弗雷德试图看清她的表情,可她已经飞快地转过了身。

他跟随她穿过一条长长的走廊,来到了一个小房间。门上的标志写着:恢复室。如果有什么区别的话,这里的气味比外面更加刺鼻。鼻腔里的味道刺得阿尔弗雷德感觉自己的眼睛都在流泪。屋内的光线很暗,有人拉上了窗帘。伊苏贝尔仰面躺在床上,脸色苍白,被汗水打湿的头发纠缠在一起。麻醉面具在她的口鼻周围留下了一圈红色的印记。角落里放着一台大型机器,上面装了两瓶氧气。

"她随时都有可能醒来。"护士告诉他,"不过她会感觉有点晕眩无力。缝针的地方也会疼痛。如果你们有什么需要,就来找我好了。"她说完便准备离开。

"孩子呢?"阿尔弗雷德问道,眼神却并没有离开伊苏贝尔。

"是个女孩。"护士轻声告诉他,"不过你们可能得暂时推迟给她起名的事情了。"

她轻手轻脚地离开了病房,留下阿尔弗雷德沉思了许久,不知道她这话是什么意思。恍然大悟的瞬间令人崩溃。他转身望向还未从麻醉中醒来的伊苏贝尔。尚且一无所知的她幸福得几乎令人嫉妒。他反复吞咽了几次,努力忍住眼泪,暗暗做出决定:没有哪个孩子不应该拥有名字。悄悄地,他在心中取了一个他希望自己的女儿拥有的名字。他母亲的中间名:布莱妮娅。

实际上,布莱妮娅被医生从母亲的子宫中取出后没能存活下来,可直到第二天一早医生查房时,阿尔弗雷德和伊苏贝尔才得知此事。一开始,伊苏贝尔只是飞快地摇了摇头,像是要甩掉耳朵里的水。阿尔弗雷德则听到远处传来了啜泣的声音。

哦，她走了，可怜的孩子！然后是一片静默。他的心开始痛苦地抽搐，以至于他感觉它就要爆炸了。

"她在什么地方？"伊苏贝尔突然问道，声音异常欢快，"我能看看她吗？"

医生一脸茫然地望着她，十分客气地告诉她："可是尸体已经被处理了。我很抱歉。"

伊苏贝尔哽咽着发出一声怪叫，放声大哭。此时此刻，阿尔弗雷德已经没有了眼泪。他坐在床上，将伊苏贝尔揽入怀中，紧紧抱住她失控颤抖的身体。过了许久，筋疲力尽的她才无力地躺下来，倒在了他的胸口上。

"我爱你。"阿尔弗雷德说，"我好害怕你也许会——"他停住了。他无法说完口中的话，于是把头埋进她的头发，嗅着她身上杏仁般的气味。"我们永远都拥有彼此。"他这样说着，却听出了自己话音中的无力。

她看了他片刻，目光因为悲痛而变得呆滞。再次低下头时，她把脸贴在了他的肩膀上。"可是阿尔菲。"她的声音是那样的不安，"这是不够的，不是吗？"

出走（Ⅱ）
1996

飞机上，妈妈萨宾正在你的身旁熟睡。喝了三小瓶杜松酒的她脸部松弛，露出了四十岁女人才会拥有的双下巴。你闭上双眼。吸气，一二三四。吐气，二二三四。你左边座位上的那个女人动了动胳膊，把你的手肘从共用的扶手上撞了下来，打断了你的呼吸练习。她向上伸出一只手，按下了呼唤铃。很快，空姐出现了。女人要了一杯水，而你选择再次闭上双眼。小女孩的声音正在你的耳朵里跑着调地歌唱。**啦，啦啦，啦，啦啦啊啊啊**。

吸气，一二三四。吐气，二二三四。歌声逐渐消失了，被湮没在发动机的噪声之中。空姐再次出现，将装着冰水的塑料杯放在女人的小桌板上，然后退到了帘子背后。

你曾经读到过，汉莎航空公司的空姐是行业内个子最高的，平均身高5英尺7.5英寸。十四岁的你也很高大，比家乡的那些女性朋友都要高。几个星期前，你站在镜子前抱怨此事，妈妈却说个儿高是件好事。我就希望自己能够再高一点，妈妈说。何况等我们到了德国，你一下子就能融入那里了。

你也是这样希望的。

六个星期前，你放学回家时发现妈妈喝得非常开心，脚步轻盈，走起路来微微摇晃。她正在清理厨房的橱柜。桌子上高高地堆着盘子、杯子、银器、香烛台和折痕都已泛黄的亚麻餐巾。

坐下，布莱，她边说边冲过来，接过你肩上的背包，将它丢到了地上。我有个消息要告诉你，大好的消息。

她从冰箱里取出一瓶仙粉黛葡萄酒，满上一杯——应该是又满了一杯。你觉得我们搬去欧洲最伟大的城市怎么样？哈？布莱？她抿了一大口酒。

你站在原地。我，嗯……

布莱，我找到了一份工作！在一家妇幼医院，其实还只是面试，但我已经到了第二阶段，而且他们那里急需助产士。凭借我的资历和经验——她挥了挥举着酒杯的手，金色的酒滴从杯边溅了出来——他们会录用我的。我相信。况且我们在这里也无处可去了，不是吗？嗯？这个该死的地方，这个该死的破烂国家。

酒醉的她不再高兴了。

你觉得好麻木，麻木而晕眩。这不只是药片的缘故。药片会令你满身臭汗、胸脯肿胀，让体育课成为你丢脸的痛苦时光。你揉搓着手臂上新的伤痕。妈妈注意到了，放下酒杯走了过来。

嘿，亲爱的。嘘，别这么揉。把你的手从胳膊上拿下来。她满口酒气，伸出双臂抱住了你，身上的热度和你的体温混合在了一起。我保证，我们会没事的。我们提过这件事情，对吗？

你提过。这事妈妈已经说了很多年了。自从你们第一次从旧金山搬来这里，也就是你父亲动身前往纽约后不久——反正他是这么告诉萨宾的。十年前，你和妈妈跟着他去了那里，但萨宾一直没有找到他。她在纽约的第一年还没有酗酒，并且一直在寻找。从那以后，自你四岁时起，妈妈就从未停止过计划你们的逃亡——去巴厘岛，去印度，去委内瑞拉，去多伦多。仿佛把一切抛在身后是件轻而易举的事情。但也许就是如此。你懂什么啊？

可学校的事怎么办啊？你问。

学校怎么了？你可以去那里上学啊。其实你也可以放个假，对吗？几个星期。她会意地微微一笑。给自己一个机会，先学好语言。不过你是个聪明伶俐的姑娘，很快就能学会。一切都会顺利的，萨宾笑着说。她的情绪瞬间明朗了不少，重新回到橱柜前忙碌起来，又停下手里的活儿，抬头看了看你。她的T恤衫已经被汗水粘在了后背上。回家可能是件好事，你觉得呢？

飞机在柏林的跑道上着陆时，你被颠醒了。你的嘴好干，四肢僵硬。

早上好，萨宾用干涩肿胀的双眼望着你。睡得好吗？

我猜是吧。

很好。我们要做的第一件事，就是去喝杯咖啡，然后去找酒店——不对，见鬼。首先我得弄清楚海关的文件。但也许我可以稍后再回来处理此事，所有的事。嘿，也许我们所有的东西都可以直接去买新的！等我拿到第一笔工资就买。你觉得如何？看啊，太阳在发光！它是特意为我们发光的。

可你没有在听。不，这么说不对。你在听，只不过不是在听母亲的话。准确地说，你是在聆听"外界的"声音。你想要做好准备。截至目前，你还很难分辨，因为机舱里到处都充斥着声音，乘客们的聊天声、咳嗽声、哈欠声。坐下，反正我们都要在入境检验处排队等待；别把你的书到处乱丢；我好想抽支烟啊；看着点儿你落脚的地方；我在使劲儿呢，它卡住了；出租车还是公交车；保重；谢谢您乘坐汉莎航空公司的班机。但这些全都不是你的声音。你小心翼翼地放开胆子去想自己的梦，梦中的你醒来时，那些画外音就消失了。消失得无影无踪。然后你就自由了，变成了一个正常人，而不是一个疯子。你可以思考、交谈、睡觉、阅读，脑海中都不会有任何声音闯入。就在这时，你听到了小女孩唱歌的声音。你倒抽了一口气，因为你差一点儿就做到了，差一点儿就自由了，却愚蠢地以为事情就是这么易如反掌。意识到唱歌的原来是坐在你后两排的一个"真实的女孩"，你又重重地喘了一口粗气。你还意识到，也许，也许你的妈妈是对的，你可以直接把这一切都抛到脑后。

萨宾正在你的身旁与一只小小的帆布背包做着斗争。

嘿，妈妈。你说。你的母亲转过身来，你给了她一个微笑。

从谷底到山巅
1948—1949

　　出院后一个星期，由于做了手术，伊莎贝尔仍旧动不动就浑身酸痛。上楼对她来说成了一件困难而又痛苦的事情，于是阿尔弗雷德在沙发上为她铺了一张床。三个星期之后，在她能够重新自如些行动时，她却开始抱怨阿尔弗雷德睡着后翻身过于频繁，害得她伤口直痛。于是换他搬去了沙发。回家时，他都会用一个吻来和她打招呼，她却要背过身去，声称身上痛疼或是感冒发作。在教堂里，若是他坐在她身旁时手臂碰到了她的肩膀，她便会缩回去，像是被刺痛了一样。

　　她的言语越来越冷淡，还总是充满谴责的意味（"你一定要把脏衣服丢在地板上吗？""洗手，你的手太脏了！别那么大声地嚼东西！"），展露出了他从未想象过竟能存在于她身上的一面。这些言语深深伤害了他。尽管阿尔弗雷德和伊苏贝尔从未提起过女儿——未来的许多年也不会提起——她的死却使两人之间出现了嫌隙。阿尔弗雷德越是努力阻止它将两人进一步割裂，伊苏贝尔就挣脱得越厉害，让嫌隙逐渐变成了一条裂缝，一道断层，一座不可逾越的峡谷。她是在怪我，他心想。尽管从理智上来说，他知道布莱妮娅的死是一场不幸，却还是被某种绝望的悔恨——准确地说，不是愧疚——折磨。他带她去看了康明斯医生。经过简单的检查，医生告诉阿尔弗雷德，他妻子的行为在这种情况下是完全正常的，于是给了她一些有助入眠的镇定剂。

面对妻子的冷淡，阿尔弗雷德变得十分积极。尚未耗尽的精力也许是因为他对她的欲望（虽然她在性方面对他非常冷淡，他却还是对她充满了渴求）；又或许是因为他希望让手和身体保持忙碌，将注意力从对女儿之死的哀思中转移出来；抑或是因为伊苏贝尔对他说过的那句几乎令他同样痛苦不堪的话："这是不够的。"他已经不再是个孩子了，不能再寻找某个藏身的地方，等待事情自行平息。相反，他让自己投身到了工作之中，即便议会无法支付加班工资，仍要每天劳动十六个小时。每晚爬上沙发之前，除非他已将体内的每一盎司能量都消耗殆尽，否则就只能断断续续地睡着，第二天早上醒来时还是筋疲力尽、双眼通红。画外音女声的缺席也加重了他的痛苦。他最后一次听到她们的声音，还是在伊苏贝尔的病床旁。他不禁感觉自己好像遭到了惩罚——他的妻子、脑海里的那些声音都在惩罚着他。几个月过去了，他别无选择，只能接受她们可能已经永远消失了。

哈丁有些难为情地对阿尔弗雷德低声坦白,他的妻子在生下两个健康的孩子之前也流产过一次,然而这话没能扫清阿尔弗雷德心中的阴郁。

"不过……你懂的,等她一恢复健康,我们就把事情抛在了脑后,试着再要一个孩子。抱着那些坏事不放手是没有好处的。"

当然,这个念头也曾出现在阿尔弗雷德的心中,但伊苏贝尔顶多只允许他触碰她的手臂,更别提身体了。就算与哈丁的友情再深厚,他也不愿意把这种事情说出来与他分享。

几个星期之后,某个星期日的礼拜过后,德拉蒙德也找到了他。"你们俩还年轻。"他们站在教堂的台阶上,"你和伊苏贝尔必须把这件事情忘记。要心怀信仰,阿尔弗雷德。"他把一只手搭在了阿尔弗雷德的肩膀上。

阿尔弗雷德没有回应。尽管他常去教堂,却还是无法理解任何有关信仰和上帝的理念。自从布莱妮娅去世以来,这个世界似乎比以往任何时候都更加没有神明之说。

停顿片刻,德拉蒙德接着说道:"请照顾好伊苏贝尔。她拒绝和我谈论……谈论她的感受。我担心这件事情会吞噬她的内心。阿尔弗雷德,女人在这种时候是最需要她的丈夫的。反之亦然。毫无疑问,我一直都在思念玛格丽特……"他的声音既低沉又疲惫。阿尔弗雷德只能去猜测,德拉蒙德有多想念自己的妻子。就在这时,德拉蒙德拍了拍他的肩膀,仿佛是在为他打气。"但她还有你,这正是我的安慰。"他说。

阿尔弗雷德望向了几码以外伊苏贝尔站着的地方。她的头顶上高耸着一棵巨大的榆树,树上的叶子都已掉光,看上去有些阴森。她站在那里,穿戴着做礼拜的衣帽,头发软绵绵地垂在肩头。她已经好几个星期没有烫卷、盘起过自己的头发了。此刻她戴着手套的手指不安地颤抖着,目光茫然地凝视着隔壁的墓地。离她很近的地方,一群孩子正在嬉戏,消耗着被困在教堂里时压抑的活力,但伊苏贝尔似乎没有意识到他们的存在。阿尔弗雷德这才猛然意识到,她该有多么孤独——没有母亲,没有孩子,丈夫还因害怕造成更大的伤害,不敢推倒她在自己身边筑起的围墙。他为自己的无能感到羞耻。

"还有一件事情。"德拉蒙德在两人迈下与教堂相连的石阶时说,"我还没有向伊苏贝尔提起,因为我不确定她会作何感想。"

"是什么事情?"阿尔弗雷德问,害怕已经令人绝望的局势会再次遭到重击。

"考虑到我的年龄,这也算不上是什么值得惊讶的事。"他说。

阿尔弗雷德的心中闪过了一个令人震惊的念头。"你……不会是生病了吧?"

德拉蒙德一脸困惑地大笑了一声。"没有!或者至少我希望没有。不是的,我申请今年秋天辞职,已经收到了确认函。"他回答,"我准备搬去阿伯丁郡,和伊苏贝尔的姑姑菲儿一起生活。"他又补充了一句,仿佛这是什么需要解释的事情:"我觉得会有一个优秀的年轻小伙儿来接替我的工作。"他又笑了,但是笑得有点勉强。两人走到了台阶底部的碎石小路上。德拉蒙德的表情重新变得严肃起来,疲惫不堪地叹息道:"看着你们两人都深陷痛苦,我的心里非常沉重。我不想插手,但是你们有没有想过……嗯,再试一次?在我离开之前,要是能够听到一个好消息，那该有多好啊。"

阿尔弗雷德在石子路上倒换着双脚。哈丁也给过他同样的建议。仿佛一个孩子是那么轻易就能被替换的。他知道岳父是出于好意，但对方并不理解失去如此珍贵的东西是种什么感觉，某种值得活下来而非死去的东西。

"我最好还是带伊苏贝尔回家吧。"他彬彬有礼地回答，把德拉蒙德留在了小路上。

许多个月过去了。在此期间，阿尔弗雷德的身体因为工作而变得肌肉发达、强健有力。泥土已经深深嵌入了他掌心皮肤的沟壑里，即便是用力洗刷也无法被磨去。然而他的心却越来越脆弱、越来越受伤，要不是那几个声音在某天晚上突然出现，他可能会想象自己的生命器官都已日渐衰弱。1949年5月初，冬季终于结束，天气还未回暖，但无疑暖和了许多，令阿尔弗雷德和哈丁的工作几乎变得愉快起来。这个冬天，地方议会扩大了阿尔弗雷德的工作职责，其中还包括为莫克林的一个新住宅区培植花园。那里的房子面积不大，但足够舒适，还配备了室内洗手间，是计划安置村镇外围某些新建工厂的工人用的。房子的需求量很大，一旦通过检查就会有人入住，速度之快令人惊讶，以至于地方上流传着委员会有人收受贿赂、贪污腐败的谣言。为了增加自己获得新房的机会，阿尔弗雷德申请并获批了英国公民身份。他吃惊地发现自己的心态竟然如此豁达。

春天到了。为了增补村民们的口粮，委员会将阿尔弗雷德招回来，和哈丁一起照料他们自早春开始种植的大菜园。冬季长时间的严重霜冻和厚厚的积雪冻坏了大量贮存着的土豆,因此政府又引入了一批配给。

当漫长的一天结束时,哈丁和往常一样宣布自己要去酒吧坐坐,邀请阿尔弗雷德同去。但阿尔弗雷德一如往常地拒绝了,打算直接回家。想到又要在伊苏贝尔痛苦而冷淡的陪伴下度过一个晚上,他就心情沮丧,但他还没有准备好与那种铁石心肠的中年男子为伍,用酒吧和啤酒来替代不幸的婚姻。于是他在室外一直待到日落时分,为一排又一排已经破土的种薯培土,确保红花菜豆稳稳地依附在茎干上。他在卷心菜和油麦菜间除草,一直干到胳膊、腿和肌肉发达的后背又酸又痛,干到感觉身体和精神都已透支,可以晚上躺在临时的床铺上不被绝望困扰,这才迈上短短的回家之路。

没错,他到家时已然筋疲力尽。伊苏贝尔已经回到了楼上——他只能猜测她正在收听小型便携式无线电或是阅读杂志,又或许已经睡了——于是他独自吃着放凉的肉和土豆做成的晚餐,配上一小杯啤酒咽下,然后脱衣服睡觉。他几乎一沾枕头就睡着了,几分钟后猛然因为肌肉酸痛痉挛醒了过来,如同一只梦到自己正在追逐兔子的狗,然后又重新陷入香甜而疲惫的睡眠。

一阵噪声、一个声音吵醒了他,令他瞬间回到了儿时那间漆黑的卧室,令他想起了脑海中的画外音叫他起来去救玛丽的画面。

阿尔弗雷德,醒醒。

快点,阿尔弗雷德,抓紧时间。

一时间,仍旧晕头转向、昏昏沉沉的他过了好一阵子才想起自己身在何处。月光透过客厅窗帘的缝隙照射进来,足以隐约映出光影斑驳的扶手椅、灶台、因为厨房里太过拥挤而被拿来堆放盘杯的餐具柜，当然还有他身下躺着的破旧沙发。

快点儿，阿尔弗雷德。蹲下！哦，天啊，躲到沙发后面！快！

阿尔弗雷德不假思索翻到沙发背后，重重地摔在了地板上。几秒钟之后，他听到了砖头砸破窗口飞进来的巨大响声。当他正打算从沙发后面探出头来看看是什么在发出巨响时，那个声音却催促他：

现在还不行！待在原地别动！

就在这时，阿尔弗雷德瞥到一只亮着光的瓶子紧随砖头一闪而过。它一碰到地面就被摔碎了，瞬间燃起一圈火焰，吞噬了房间中央的小地毯。另一只瓶子飞进来时，阿尔弗雷德跳了起来。从气味上判断，瓶子里被人灌了汽油。它从破碎的窗口飞进来，落在餐具柜附近，瓶口上还塞了一块破布作为导火线。紧接着又是一只。看到燃烧的汽油在地板上蔓延，蓝色的液体火焰舔舐着窗帘、墙纸和地毯，他惊恐地放声大叫。还没等他反应过来，大火似乎就已将他包围。火焰贪婪地吞噬着它们所能接触到的一切。那几个画外音女声在他脑海里惊声号叫。他听到了玻璃破碎的声音，紧接着是另一只瓶子打碎的声响，但这一次不是他所在的一楼，而是他的楼上。

伊苏贝尔。

阿尔弗雷德冲到房间的另一头，拼命地咳嗽起来，因为房间已经被呛人的浓烟吞没，但他几乎感觉不到热气正灼烧着他手臂上的毛发。爬上楼梯时，他听到破碎的窗户背后传来了一声吼叫:"纳粹婊子!"然后是笑声和更多的喊叫声。但他什么也听不清楚,因为他咳嗽得更厉害了。烟雾从小小的房子里冒了出来。他跑进卧室,看到伊苏贝尔躺在床上动了动,却没有完全醒来。他一眼就看出,这里还没有着火,玻璃也没有被打碎,窗帘背后的窗户也安然无恙。但他并没有停下来细想。

"伊苏贝尔!"他大喊,"醒醒!着火了!"

"什么?"她的左半边脸颊睡得满是压痕,整个人因为镇定剂的缘故依旧昏昏沉沉。过了好一阵子,她才彻底清醒,坐起身嗅了嗅:"阿尔菲,有烟味!"

"走,快点儿!"看到她还在犹豫,他一把扯下了她身上的毯子。

伊苏贝尔吓了一跳,但很快就下了床,一脸困惑地环顾四周。"我的拖鞋呢?"她问,"我就放在这里了啊……"

"没有时间找什么拖鞋了。快走!"他用一只手臂揽过她的双肩,领着她——几乎可以说是推着她——奔向了楼梯。楼下炙热的可怕橘色火苗在楼梯平台上就能一览无余。伊苏贝尔退缩了。

"不行,我们不能下去。"她像只受惊的动物般抓住阿尔弗雷德的手臂。

"没有别的出路了。"阿尔弗雷德说,"但你不会有事的,就……就在这里等着。"他奔回卧室,从床上抓起毯子和床单,把它们拿到角落的脸盆架旁,尽量打湿,然后抱着湿淋淋的一捆东西回到了楼梯平台。"给。"他将湿透的毯子裹在伊苏贝尔的肩膀上,自己则裹上了床单,"走,我们得快一点儿。"

在他牵着伊苏贝尔下楼时,楼梯似乎发出了阵阵呻吟。他能够感觉到脚底下木板的热度，心中唯一的念头就是赶在脚下的楼梯垮塌之前逃出去。伊苏贝尔在他的身后放声呜咽，紧紧攥着他的手，仿佛一个溺水的人。平台底部到前门之间的空间如今已经化作一道火墙。

"哦，上帝！"伊苏贝尔尖叫起来，"没有出路了！"

阿尔弗雷德甩开了自己的手。不容片刻思考，他跳起来穿过火焰，感觉火苗从皮肤上擦过，却并不痛苦，更像是几支温暖的羽毛擦过。他伸出手，抓到了房门的把手。火红炙热的金属烫得他的手痛得一下子缩了回去。他低头看了看手，只见被烫到的地方立马出现了一块红色的伤痕，阵阵作痛。在他身后，在火苗的背后，伊苏贝尔咳嗽着喘息起来。阿尔弗雷德飞快地用另一只手裹住湿乎乎的床单里，小心翼翼地拧开门把，光着脚踹开了房门。整个房间已经被舞动的火舌吞没——床单、地毯、沙发、他不久之前躺过的地方。他能听到瓷器在餐具柜里开裂的声音，还有起泡的墙纸咝咝作响地从墙壁上剥离的声音。伊苏贝尔已经开始尖叫了，被咳嗽呛得跪倒在地时才停下。他跳回火海之中，感觉到了大火的热度。火焰如同许多小小的舌头，舔舐着他的皮肤和毛发。他从地板上一把将她抱了起来。她脸色惨白，被烟熏得双眼都已充血。阿尔弗雷德停下脚步，吻了吻她的脸庞，最后一次跳过火焰，从敞开的房门冲进了冰冷的夜色之中。

站在外面的人行道上，夫妻俩都艰难地喘息着，弯着腰背，上气不接下气。待肺里吸够了新鲜空气，阿尔弗雷德直起身，却因为眼前的一幕，心中再度恐慌起来。原来，他早些时候听到的那只没有击中目标的瓶子打破的是隔壁房子的窗户。艾米家的窗户。

"待在这里。"他吩咐伊苏贝尔,并脱下了她肩头已经被熏黑了的湿毛毯。她的身体还在剧烈地颤抖,他最想做的无非将她搂在怀中,但他再次抬起头望向艾米家的顶楼窗户时,滚滚浓烟已经冒了出来。那是窗帘被火点燃了。

"你要做什么?"看到他将被单裹在肩膀上,冲向艾米家的前门,伊苏贝尔哑着嗓子喊道,"阿尔菲,不要啊!"

阿尔弗雷德没有理会她的呼喊,试了试房门。毫无疑问,门是锁着的,于是他后退几步,纵身撞了上去。在他肩膀的撞击下,房门痛苦地震动起来,但他试了一次又一次,直到门锁周围的木头终于裂开。房门猛然打开时,阿尔弗雷德跟跄了几步,差点摔倒在地板上。屋内又冷又安静,几乎有些诡异。他用毯子和床单紧紧包住下巴,奔上楼梯,冲进了弥漫的烟雾。他被呛得气喘吁吁,后退了一步,被烟雾和热浪刺痛了双眼。他用一只手抹了抹眼睛,打开通往前卧室的房门。突如其来的反向气流引得一大股火舌朝着他的方向喷薄而出。他顿时愣住了。门外,他听到有人正在呼唤他的名字:"阿尔菲!阿尔菲!"他在火焰中艰难前行,穿过烟雾,看到艾米正俯卧在床上。他不敢再多迈进卧室一步,只能蹲下来拽掉她身上的床单,然后抓住她裸露的脚踝,开始将她从床上拽向自己。在她眼看就要摔到地板上的那一刻,他正好接住了她。她已经失去了意识。阿尔弗雷德将她从房间拽到了狭窄的楼梯平台上,轻轻拍了拍她的脸颊,然后加大了力道。

"艾米!艾米,醒醒!詹姆斯在哪儿?"可她没有回应。于是他将她扛上肩头、背下楼,小心翼翼地迈着脚步,以免被绊倒。

"伊苏贝尔!"走到前门,他放声大叫,"伊苏贝尔,我——"

他抬起头，看到一小群人已经聚集在了街道上。他们都是被人从床上拽起来的，身上还穿着睡衣和拖鞋。伊苏贝尔坐在马路牙上，身上裹着一条厚厚的毯子，左右两边各坐着一个女邻居。其中一个女邻居的头发上还缠着卷发夹。住在马路对面的弗兰克·麦凯先生冲上前来，帮助阿尔弗雷德把艾米放在了地上。

"詹姆斯。"阿尔弗雷德边说边再度咳嗽起来。他的肺紧得生疼，仿佛正被一只大手用力攥着，阻止了新鲜空气的吸入。"他肯定——"

"消防队已经在赶来的路上了。"麦凯抬起头看了看这两栋毗连的房子，"火势蔓延得好快，不是吗？"

阿尔弗雷德没有时间解释汽油弹的事情。"她还有呼吸。"他指了指艾米，"但是她需要医生。我还得去找詹姆斯。"

他朝着敞开的前门退了一步，却被麦凯一把抓住手臂，转了回来。"伙计，你不能再回去了！"他说，"你得等待消防员。他们会把他救出来的。"

阿尔弗雷德挣脱了这个男人的手，再次冲进了房子。浓烟已经开始顺着楼梯向下蔓延，正缓缓滚落下来，仿佛是在试探着一次迈下一个台阶，看上去令人心惊胆战。他深吸一口气，尽可能飞快地奔上楼梯，却感觉自己的动作因为血流中缺氧而慢了下来。艾米卧室的对面就是储藏间。房门微微敞着。他心想，詹姆斯肯定就在这里，于是轻轻推开了房门。这个房间里也弥漫着黑烟。阿尔弗雷德的第一个念头是，没有人能在这里存活超过十分钟。屋里伸手不见五指，但隔着对面的艾米卧室里大火四处舔舐的声音，他觉得自己听到了些许的刮擦声。于是他伸开双臂，在房间里盲目地四处摸索。毫无疑问,这里的空间十分狭小。他被地板上摆着的某些玩具重重绊了一跤,再次咳嗽起来。他试图呼喊男孩的名字,嗓子却已又干又肿。于是他痛苦地咽了一口唾沫,试着将黏在上颚上的舌头扯下来。就在这时:

床底下!看看床底下!明白吗,你得趴下。现在就趴下!

弯着腰的阿尔弗雷德跪下来,伸出右臂,在自己身前的地板上扫来扫去。他的手碰到了什么硬邦邦的东西;那是詹姆斯的床腿。

"詹姆斯。"他哑着嗓子低声喊道,"詹姆斯,你在那里吗?"

有什么东西碰了碰他的手。他将手臂尽可能向远处伸去,很快摸到了詹姆斯光滑而冰冷的手指。"快过来,小家伙。我们得离开这里。"

他的面前传来了一阵飘忽不定的微弱咳嗽声。他还活着,阿尔弗雷德心想,全身的力气一瞬间消耗殆尽。

"沃纳先生?"他听到有人在说。詹姆斯的声音满是哭腔,但阿尔弗雷德已经动弹不得了。他把脸颊贴在地板上,心想要是能够永远躺在这里多好,隔着地板聆听楼下的时钟轻柔的鸣响。叮,叮,叮,三点的钟声响了。一氧化碳钻进他流淌的血液,令他进入了一种美妙的平静状态之中。他肿胀的眼皮缓缓合上了。

他走了,他走了……不行,阿尔弗雷德,不行!

别慌,我们还没有失去他。他还有呼吸,何况他的寿命还没有到头呢。

阿尔弗雷德!阿尔弗雷德!阿尔弗雷德!!!

他的手背感受到某种动静,这动静将他的意识拉了回来。那是有人在戳他,或是在挠他,紧接着还掐了掐他。是那个男孩。

阿尔弗雷德的呼吸很浅。尽管他满心渴望深吸上一口气,屈服于正在召唤他的睡意,却还是强迫自己伸出另一只手臂,直到紧紧攥住了一只小手。他拽了拽。詹姆斯从床底下钻了出来,脸色苍白,浑身发抖。阿尔弗雷德费尽全身的力气才站起来,却不知怎么设法将这个孩子夹在了胳膊底下。虽然双腿随时都有可能瘫软下来,他还是夹着男孩走到了楼下。刚一迈出前门,他就两腿一软,感觉身边的世界都旋转起来,瞬间晕倒在人行道上,脑袋磕在了一块石头上。

醒来时,他正躺在一张沙发上。沙发灰暗的花朵图案看上去十分眼熟,但他一时间没有认出来。他的右手缠着厚厚的绷带。伸出另一只手摸向脑袋时,他感觉到自己的左手也缠着绷带。他的头骨好痛。他试着坐起身子,却加剧了身上的疼痛。除此之外,他的肺还感觉压力很大,仿佛有人在他的胸口放了一块沉重的石头。

"躺下来,好吗?"

阿尔弗雷德转过头,双眼过了好一阵子才对上焦,看到哈丁正坐在他对面的椅子上。他朝着阿尔弗雷德咧嘴一笑,从耳后拔出了一支香烟。"这里不能抽烟。"他的话音中充满了向往,"牧师不让。"

阿尔弗雷德这才明白,他正躺在牧师的家里。"我……"他再次张开嘴巴,再次试着坐起来,又再次放弃。

"这里有为你准备的氧气,如果你需要的话。"哈丁指了指沙发旁立着的高压气瓶,"是康明斯医生带来的。我猜你只要吸些新鲜空气，就不需要去医院了。"他一脸渴望地看了看手中的香烟，但很快又把它塞回了耳后。

"伊苏贝尔。"阿尔弗雷德刚一开口，就立马咳嗽起来，仿佛有张砂纸在磨擦他的喉咙。

哈丁从椅子上站了起来。"来，孩子。"他拿起通过氧气管与罐子相连的面罩，将它举到阿尔弗雷德的嘴边。一股纯净而冰凉的空气涌进了他的肺里。

"伊苏贝尔没事。"哈丁轻声说，"有点儿发抖，不过也难怪。她已经在楼上睡下了。"

脸上仍旧戴着面罩的阿尔弗雷德睁大了双眼。哈丁明白了他的意思。"那个小孩也没事。老天呢，阿尔弗雷德，我永远也无法知道你是怎么鬼使神差地跑回那座房子里去的。"他叹息着摇了摇头，"不过弗雷泽夫人伤得有点儿重。他们已经把她送去卡姆诺克了，把她放进了一种高压——高压……"

"高压氧舱。"德拉蒙德用托盘端着茶和蛋糕走了过来。放下托盘，他走到了阿尔弗雷德的身旁。"她被放进了特殊的舱内进行肺部清理。不过预后是很乐观的。"他沉重地点了点头，"我们应该为她祈祷。"

"我们这儿出了一位大英雄啊。"哈丁接着说，从身旁的桌子上拿起一份折着的报纸。

阿尔弗雷德摘下脸上的面罩。在哈丁动手关掉罐子之前，氧气还在咝咝作响地持续从管子里冒出。"你看看。"他边说边把报纸递给了阿尔弗雷德。那是一份《埃尔郡邮报》的晚间版。阿尔弗雷德将它展开看了看，发现头版的底部印着一个篇幅不大的文章，标题写道《23 岁当地英雄阿尔弗雷德·华纳冒生命危险抢救婴儿》。

"这篇你看过了吗？"哈丁问德拉蒙德。

德拉蒙德点了点头，递给哈丁一杯茶。"不过他的名字被拼错了。"他回答。阿尔弗雷德低头看了看报纸。是的，上面写的是"华纳"。

哈丁耸了耸肩。"但你现在已经是个当地名人了。是不是？"他大笑着，低声补充了一句，"这也不是什么坏事。我的意思是，'华纳'听起来不那么德国。往好的方面想，这件事能直接让你上升到等房名单中的第一位的。"

三个男人沉默了片刻。阿尔弗雷德问："我能不能去看看伊苏贝尔？"

"你很快就能看到她了。让她睡一会儿吧。"德拉蒙德回答，"房子恐怕是保不住了，不过她还不需要知道这件事情。"他搅动着茶里的糖。"但别担心，你们可以和我在这里一直住到九月。在那之后，我的接任者就需要这个住处了。"

阿尔弗雷德设法坐了起来。氧气的确有助于减轻他肺部的压力感。"事发时，那里有几个男人。"他虚弱地说。

"没错。"哈丁回答，"麦凯听到他们说话了。他猜应该是有三个人在大吼大叫、满口脏话。"他停顿了一下。阿尔弗雷德看得出来，哈丁的茶杯正在茶托上颤抖。"这太丢人了。要是我——"

"把这件事情交给警察吧。"德拉蒙德打断了他，声音十分坚定，"我无法想象村里有什么人能做得出这种事情，不过……"

他的声音渐渐弱了下去。

阿尔弗雷德突然感到一阵疲乏,重新躺在了沙发上。他的右手隐隐作痛,肺部又开始收紧。就在他俯身去拿氧气面罩时,却看到伊苏贝尔正站在门口。她穿着一条白色的睡裙,头发睡得乱七八糟。

"哦,阿尔菲。"她尖叫着奔向他,把头埋进了他的胸口。

"轻点儿,伊苏贝尔。"德拉蒙德说,"让他好好养伤。"

听了这话,伊苏贝尔却把阿尔弗雷德抱得更紧了。"我还以为……我还以为……你跑回那座房子里时——"她哭了起来,"哦,上帝啊,阿尔菲。你去了那么久,我还以为你……"

阿尔弗雷德用没有受伤的那只手轻抚着她的头发。"嘘,伊苏贝尔,没事了。我出来了,不是吗?"

伊苏贝尔哭得更大声了。"再也不许这样了。"她的眼泪浸湿了阿尔弗雷德衬衫的前襟,"再也不许做这种蠢事了。我爱你,你这个傻乎乎的蠢男人。"她还在继续啜泣。哈丁找到个借口准备离开,临走时还朝阿尔弗雷德使了个眼色,偷偷取下了耳后的香烟。

"我去再泡一壶茶。"德拉蒙德也离开了。

伊苏贝尔终于冷静了下来。她坐在脚后跟上,轻抚着阿尔弗雷德的脸庞。"我是认真的。"她说,"你必须向我保证,再也不许像这样拿自己的生命冒险了。向我保证,阿尔菲。"

阿尔弗雷德既不情愿也不真心地做出了承诺。

那天晚上,待确定伊苏贝尔已经在他旁边的床上入睡之后,他呼唤着脑海中的画外音。他的心里有个疑问,从她们叫醒他要警惕有人纵火以来,就一直困扰着他。

"你们说的是英语。"听到——更准确地说,是感受到她们的到来时,他说道。

当然。

"可是——"

还是说你更喜欢别的语言?冰岛语?法语?意大利语?俄语?

阿尔弗雷德很早就已明白,这个问题对她们而言毫无意义。然而,一想到自己与祖国之间的最后一条纽带也被切断了,他的心就有些隐隐作痛。

"没事,英语也行。"他自言自语地望向伊苏贝尔,倾听着她轻柔的呼吸。

没错。其实这也没什么区别,不是吗?

火灾后两个星期,康明斯医生认为阿尔弗雷德的身体已经康复,便批准他回去上班。返回工作岗位的前一天,阿尔弗雷德早早起床,留下伊苏贝尔在几人同住的牧师住宅的卧室里熟睡,然后步行去了不远处的莫克林火车站,登上了开往基马诺克的火车。不到九点,他就来到了市政厅,口袋里装着由哈丁与其妻麦琪签字为证的单边契约。三个小时之后,他又乘坐火车返回了莫克林。现在,他已经正式更名为阿尔弗雷德·华纳。

第四日
在英格兰

故地重游
第四日

　　圣诞节晚餐过后,我们出门去散步。我平日里的散步路线是穿过人民公园。这座狭长的公园朝西延展,一直通往维尔莫斯多夫。但阿尔弗雷德迫不及待地想要带我去他战时那些年住过的地方转转。我承认,听他提起往事之后,我也很想亲眼去看看。我们从慕尼黑大街出发,很快就走到了格鲁内瓦尔德大街的主干道。一路上,我们经过的许多廉租房阳台上都装饰着彩灯。有些彩灯亮着雅致的白色,其他的则闪烁着艳俗的红色、蓝色、黄色和绿色。起初,阿尔弗雷德是在漫无目的地四处闲逛,似乎很难分清方向。但没过多久,他就指向了一排店铺。

　　"那里!就是那里!肯定就是那里了。"

那是一座丑陋的五层建筑的底层。我猜它建于20世纪50年代。底商的几间铺子和一家咖啡馆远离公路，围绕在一座小小的水泥广场旁。几个木槽将广场与人行道区分开来。据我所知，它们在春夏两季是用来栽种开花植物的。

"那里是做什么的？"我问。

阿尔弗雷德走向了广场。"药店。"他咧嘴一笑，说道，"它还在这里。还有……"他又迈了几步，"面包房。我有没有告诉过你，我过去几乎每天都要到这里来。"他并没有给我作答的机会。"这家是裁缝铺……"（如今已经成了电器维修店。）"那家是文具店。"（如今是间网吧。）"隔壁是假发店。"（现在是泰式按摩店。）他停顿了一下，"哦，那是以前的事情了。战争开始的时候，它成了一家女袜店。那里还有几家店铺，不过我猜已经被咖啡馆占据了。"他看上去兴奋得像个孩子，仿佛重新找回了自己以为已经彻底丢失的心爱玩具。

然而对我而言，这是我第一次不安地感觉事情有些不大对劲。"可是阿尔弗雷德，你知道这座建筑是战后的吧？"我小心翼翼地问。

他缓缓朝我转过身来。"也许我已经老了。"他回答，"但我不傻。这当然不是原本的建筑了。他们肯定在战后重建时决定对店面进行了更换。"说到这里，他一声不吭地继续迈开了脚步。我也快步追了上去。我们肩并肩走了一会儿。街道上几乎空无一人。在罗森海默大街上，阿尔弗雷德停下脚步，指了指人行道的鹅卵石间镶嵌的两块小铜匾。

"这是什么？"他问。

"绊脚石。"我回答,"是为那些被遣送前曾住在这里的犹太人特别定制的纪念匾。"

阿尔弗雷德一言不发,望着它们看了许久,然后再次毫无预兆地沿着街道迈开了脚步,仿佛他是一个人出来散步的。

"你最后一次到这里来是什么时候?"我赶到他的身旁,开口问道。

"1944年。"他回答,仿佛这是什么明摆着的事情。

"真的吗?你从那时起就没有回来过吗?"

"没有。我们从没有来过这里,伊苏贝尔害怕坐飞机。"

街道的另一边,一个男人正在对着手机愤怒地讲话。我们又走了一小段路,直到那个男人的咆哮声逐渐消失在了远方。

"她去年去世了。"他补充道。

"哦。我很抱歉。"

又走了几分钟,他在下一个十字路口再次停下了脚步。

"贝希特斯加登纳大街是这个方向,对吗?"

"是的,左拐。"

"那我们走吧?"他问,"我——我想去看看。"

我们拐向了左边。阿尔弗雷德加快脚步,仿佛急着要赶去什么地方。

"20,22。"他边说边抬头看着建筑上的街道号码,"没错,24号。"他突然停了下来。

我一下子就明白了他一直在寻找什么。我们面前的人行道上镶嵌着四块边缘结了霜的铜质绊脚石。

古斯塔夫·埃塞克·布朗斯特恩故居

生于 1862 年

1943 年被驱逐出境

于奥斯维辛遭谋杀

玛格丽特·布朗斯特恩故居

母姓雅各布松

生于 1864 年

1943 年被驱逐出境

于奥斯维辛遭谋杀

汉斯·罗森茨威格故居

生于 1905 年

1942 年被驱逐出境

于里加遭谋杀

克拉拉·罗森茨威格故居

母姓萨斯坎德

生于 1913 年

1942 年被驱逐出境

于里加遭谋杀

我用一只手捂住了脸。手指贴在温热的脸颊上感觉好冰。"哦,阿尔弗雷德。"我说道,"我很抱歉。"

我们一言不发地在那里站了许久。当阿尔弗雷德终于抬起头时，他的双眼已经湿润了。"我有没有提起过，他们某天下午曾邀请男孩们来喝咖啡、吃蛋糕？"他问。

我摇了摇头。老实说，我为自己几分钟之前曾经怀疑过他感到羞耻。

"嗯，人还真是健忘啊，对不对？"他继续低声地说，"那肯定是1936年或者1937年的事情了。多么难得啊！其实我们都被布朗斯特恩夫人吓坏了。我还记得，我们五六个男孩都是盛装出席，在一张天鹅绒面料的古董沙发上坐成一排，就像电线上落着的许多只小鸟。我们面前的桃花心木矮脚桌上，布朗斯特恩夫人在象牙白色的蕾丝桌布上摆了蛋糕。我们每人都有一只陶瓷咖啡杯和一只杯托，杯子里是满满的黑咖啡。毫无疑问，这一切对于孩子来说过于繁复了——蛋糕太油腻，咖啡又太苦——但我猜布朗斯特恩一家更习惯招待成年人。在布朗斯特恩先生和夫人严厉的目光下，我们害羞地吃着萨赫蛋糕和奶油长形泡芙，谁也不敢出声。"阿尔弗雷德咯咯笑了起来，"后来，我们中的某一个人——我想是戴维——嗫了一口咖啡，打了个喷嚏，正好把咖啡喷到了桌子对面，弄得蛋糕、长形泡芙和蕾丝桌布上到处都是。哦，简直就是一场灾难！我们全都是这样想的。不少人已经快要笑疯了。但布朗斯特恩夫人只是把咖啡杯小心翼翼地放在杯托上，说了一句：'保佑你。'我觉得那个女人永远不曾失态。"

他停下来微微鞠了一躬。

在返回公寓的路上，我们沉默不语地迈着步子。阿尔弗雷德看上去累坏了，于是我让他搀住了我的手臂。不知不觉中，我开始细数回家的短短路途中有多少块绊脚石。一共有58块。走到我家的大楼时,我拿出钥匙,为阿尔弗雷德撑开门。他向前迈了一步,停了下来。"朱莉娅,恐怕之前我对你不太诚实。"

"哦?"

"是的。我告诉你,我从没有带伊苏贝尔来过这里,因为她害怕飞行。"

"她不害怕吗?"

"哦,害怕,当然。一想到要坐上飞机,她就吓得要死。不过——"他挥了挥手,"不过其他的交通方式肯定还是有的。事实上,曾有很长一段时间,是我一直没有鼓足回来的勇气。"

知遇
1949

站台上拉响汽笛时,阿尔弗雷德在自己的座位上坐了下来。新的身份证已经被他妥善地塞进了夹克衫的口袋。和他一起坐进包厢的是个一脸倦容、身穿破旧夹克和裙子的女子,身边还带着一个小女孩。另一个男人的打扮和阿尔弗雷德差不多:破旧的西装和磨坏了的皮鞋。包厢里散发着陈年的烟味和汗臭,可当阿尔弗雷德准备打开窗户时,那个胖女人却告诉他,窗户已经被卡死了。于是他拿出被自己带上火车的《米德尔顿园艺指南》读了起来,试图忽视脑海里喋喋不休的兴奋交谈声。

哦,阿尔弗雷德·华纳先生。听起来真英式。

伊苏贝尔会怎么说?她会高兴吗?

谁知道呢？他本该先告诉她的。

为什么，他又不需要她的允许！

诸如此类。

就在火车驶离车站时，包厢的门突然打开了。

"……但是，这真的太荒谬了。你不能指望我的妻子这样出行。我们可是有头等车厢车票的！"

原来是个英国青年正用与他年龄不符的权威语气与列车员交涉。他也许比阿尔弗雷德年长几岁，戴着硬挺的灰色小礼帽，看上去很昂贵的羊毛外套下是炭灰色的华达呢套装，一看就惹人生厌。包厢门另一边的走廊上站着一个女人，穿着打扮和这个男人一样优雅，正朝着包厢里张望。

"我要提出正式投诉。"男子接着对列车员说。他瞥了瞥包厢里，一脸不悦。"至少给我们找一个单独的包厢吧。"

"抱歉，先生。"列车员回答，"但正如我解释的那样，恐怕列车已经满员了。如果给您带来不便，我深表歉意，但实在是没办法了。"

"别小题大做了，塞缪尔。"女子说罢从他的身边挤过去，坐在了阿尔弗雷德对面的空座位上，坐下前还小心翼翼地抚平了身后的裙子。她的头上戴着一顶深绿色的毡帽，颜色和她的外套一样。帽子斜向上卷成了一个超大的蝴蝶结。

她的丈夫在门边站了片刻，但列车员动手关上了包厢门，于是他快步迈回了包厢。他一脸怀疑地看了看打着补丁的长凳，却还是在妻子的身旁坐了下来，身上的发乳味道和烟味、汗臭惨杂在一起，让人闻了很不舒服。

"荒唐至极。"他还在抱怨。

"是的,这话你已经说过了。"他的妻子回答。她在包厢里四处看了看,沉默不语却彬彬有礼地朝着其他乘客微微笑了笑。这个微笑看上去像是排练过的,是留给比自己阶级低的其他人的。不过她那双和发色一样深到几乎黝黑的眼睛里却隐约闪过了一丝调皮。阿尔弗雷德微笑着以示回应。

"该死的头等座车票。"她的丈夫还在说,"这地方确实是英国乡下,连火车都运营不好。"

"哦,亲爱的,别再这么烦人了。"她不耐烦地说,"距离敦夫里斯郡只有几个小时的车程,要不了我们的命。"

男子闭上嘴巴,摘掉帽子,将脑袋靠在靠背上,不过看上去一点儿也不轻松,手指在腿上不安地敲来敲去。大约十分钟过后,火车突然一阵颠簸,停了下来。阿尔弗雷德从书页上抬起目光,望向了窗外。太阳已经从低垂的一条云带中钻了出来。田野在他的注视下泛着深深浅浅的紫色,朝着地平线延伸出去,与天空融为了一体。

"好吧,我受够了。"男子边说边站起身,"我要去看看这趟火车到底出了什么问题。没有像样的包厢,现在又来了这么一出。"

在他离开时,他的妻子不耐烦地短叹了一声。阿尔弗雷德继续读起了书。身旁的小女孩已经睡着了,脑袋枕在阿尔弗雷德的大臂上。这份重量出乎意料,却又令人愉快。阿尔弗雷德尽量试着小心翻书,以免打扰到她。

"啊,米德尔顿先生。"对面的女子说了一句。

阿尔弗雷德抬起头,发现她正在和他说话。"抱歉,你说什么？"他压低了嗓门问道。

她指了指他的书。"米德尔顿先生。"她说，"我记得自己战时曾在无线电广播里听到过他发言。'为胜利掘土'之类的。"

"啊，是的。"他回答。他知道那场园艺活动，但无疑从未听过米德尔顿先生的广播。

女子朝着他再度露出了微笑。"抱歉，我不是有意要打断你看书的。请继续。"

阿尔弗雷德回敬了她一个小小的微笑。毋庸置疑，她是个很有魅力的女子，身上散发的更多是英气而非美艳，搽了粉的肌肤洁白无瑕，双唇被涂成了宝石红色——一时间，有个想法令他心绪不宁。他告诉自己，魅力是分不同类型的，伊苏贝尔的自然美是不需要涂脂抹粉的。他低下头，继续看书。这段时间以来，自从他和伊苏贝尔进入了市政委员会的等房名单，他就一直在规划他们的花园。空间自然阔绰不了，但他有志在房边打造一座小型的蔬菜香草花园，也许还会种上一两株攀缘植物，也许是西番莲科或者适应力强的毛茛科。当然，还有他最爱的薰衣草。

就在这时："你是个园艺师吗？"又是那个女子在问。

"嗯。"阿尔弗雷德回答，"我略知一二。"他可以补充称自己是个园艺工人，而不是园艺师，但他没有。

"哦，真的吗？那我能问你一个问题吗？我不是故意要打扰你的，但我也许可以听听你的意见。你看，我有几座花园——面积都不大，但是足够宽敞——可我的首席园艺师是个极其保守的家伙。况且英式花园看上去就只有草坪和草本花坛——没有……体系构架！"她满怀激情地介绍起来，"我是真的非常想在花园里做些试验。这倒不是说我是什么专家。我顶多是个痴迷的业余爱好者。"

业余爱好者遇到了工人，啧啧。那你的看法是什么呢，亲爱的阿尔菲？

阿尔弗雷德没有理会脑海中的画外音，清了清嗓子："你可以考虑通过在树上种植攀缘植物和玫瑰加入几个维度——我指的是水平维度——如果你有树的话。依照预算不同，你可以尝试艾伯丁或蔓生玫瑰，视情况而定。我不了解你的花园，但在一个地方填满各种各样的灌木，然后在花园的其他区域里种植与它们分别对应的东西，应该效果很好。"他开口时还曾犹豫不决，但很快就发现，自己形容的正是他渴望拥有的那种花园，没有理会脑海中"**哦，听听他！他这是在卖弄！**"的喊声。

女子仔细地聆听着，不时点着头。当阿尔弗雷德意识到自己喋喋不休说了很久时，赶紧用一句话收了尾："是的，嗯，这只不过是一个想法。"

"太令人钦佩了！"她说，"我会记住的。谢谢你的建议，先生……"

"华纳。"阿尔弗雷德回答，"阿尔弗雷德·华纳。"当新名字从他的嘴里脱口而出时，他努力想要忍住不咧嘴微笑，却没有忍住。

"很高兴认识你，华纳先生。"她答道，伸出一只戴着手套的手，"爱丽丝·辛格-科恩。"

火车猛地一颠之后，再次动了起来，飞快加速到外面的帚石南田野重新变成了模糊不清的一片紫色。阿尔弗雷德俯身向前，握了握她的手。他想，对于一个女子来说，这种手劲异常有力。

犹太女子，真想不到。你要承认吗？承认你是德国人？

"不。"他坚定地在脑海中回答，"别烦我。"

辛格-科恩夫人把头歪向一侧，望着他，微微眯起了双眼。"不知道你需不需要一份工作？"她问，"自从我们从伦敦搬来这个被塞缪尔快乐地称为'陶器区'的地方，我就在不遗余力地为家里的首席园艺师克拉克斯顿先生寻找一名得心应手的助理。一个真正在乎花园的人。我们现在雇的那个家伙连杜鹃花都认不得，更别提把花名拼写出来了。"

"哦。"阿尔弗雷德应了一声，在座位上挪了挪。他害羞地在包厢里四处张望，为她的直言不讳感到有些不自在。不过她看上去十分坦然，仿佛这里只坐了他们两个，而一个女人主动向陌生人提出工作邀约是这世上最自然不过的事情。

"其实——"他犹豫了一下，不知道自己是否应该称呼她为"夫人"，"其实我，嗯，其实我在这里已经很稳定了，谢谢。"

她耸了耸肩。"好吧，问问也无妨。"她轻快地回答，然后打开手提包的扣子，开始在里面胡乱翻找，"顺便提一句，华纳先生，你的口音很不一般。"她用怪异的眼神看了看他，令阿尔弗雷德心头一沉。她张着嘴笑了起来。"不过话说回来，我是分不清高地和低地口音的——仔细想想，中部地区的口音也一样。"说到这里，她不拘小节地笑了起来，笑声与她优雅的外貌格格不入。她继续在包里掏来掏去。"该死。"她最后丢下一句，"他一支烟也没留给我。"她朝着阿尔弗雷德露出了询问的表情。

片刻之后，他才明白过来。"哦，抱歉。"他回答，"但我不抽烟。"出于某种奇怪的原因,他感觉自己脸红了。

"那挺好。"她站了起来。阿尔弗雷德在她的表情中寻找着讽刺的蛛丝马迹,但她只是对他露出了和此前一样难以捉摸的微笑:"很高兴认识你,华纳先生。"

火车停靠在莫克林时,她和丈夫都没有回来。也许他们找到了更喜欢的包厢。反正阿尔弗雷德带着新名字回到家时已经几乎彻底忘记了她。很久以后,他才有理由回想起他们见过的这一面。

那年的夏天十分干燥,热得不合季节。七月的到来带来了夜间雷雨和急需的雨水。阿尔弗雷德与伊苏贝尔的婚姻虽然没有以往的激情,但也令他重获了丧女之后一直渴望的温暖。伊苏贝尔还没有准备好再次怀孕,不过夫妻俩又躺在了一张床上。眼下,这对阿尔弗雷德而言已经足够。听到改名的消息,她的反应既吃惊又高兴;事实上,他们还决定和德拉蒙德、哈丁及其妻子一起举办一场小规模的庆祝仪式。哈丁喝多了,无意间提议两人应该试着生几个男孩,起名为"华纳兄弟",坏了这个夜晚的气氛。

后来的那个星期天,德拉蒙德在礼拜仪式后把阿尔弗雷德叫进书房,要和他"简单聊上几句"。伊苏贝尔正在厨房里准备午饭。

"进来吧,阿尔弗雷德,请关上门。"他伸手示意阿尔弗雷德坐下。

注意到德拉蒙德一脸忧虑的表情,阿尔弗雷德猜到他要说的话也许与警方针对纵火案的调查有关。

"有什么消息了吗?"他问,德拉蒙德却露出了茫然的眼神,"关于火灾的事情?"

德拉蒙德摇了摇头。"没有。有人说是市政住宅的新租客,不过都是些闲言碎语。要是无法仔细描述那几个男人的长相,警察就做不了什么。"他在办公桌背后重重地坐下,从夹克的口袋中掏出了几份文件。"我叫你来,是为了这个。"他边说边把文件放在了桌上。

阿尔弗雷德一下子就明白那是什么了。

"这些是从募捐箱里拿出来的。"德拉蒙德接着说,"这些衣物配给券足够弥补你和伊苏贝尔在火灾中的损失了。"

阿尔弗雷德拿起配给券,不知该说些什么。"这——"他张开嘴巴,却看到德拉蒙德正眉头紧锁。他应该感到高兴才对吧?"出什么事了?"他问。

德拉蒙德叹了一口气,把手伸进胸口的另外一个口袋。"募捐箱里还有别的东西。"他缓缓地说,"我苦思冥想了很久,不知道该不该把它拿给你看,但还是决定你应该知道。给。"

他将一张折叠的纸片递给了阿尔弗雷德。阿尔弗雷德从他的手中接过纸片,打开看了看,感觉德拉蒙德的目光正紧盯着自己。纸片上的笔迹十分潦草,用生硬的大写字母写着:

阿道夫的婊子新娘

阿尔弗雷德抬头望向德拉蒙德。对方只是摇了摇头说:"人之善与人之恶联系得如此紧密。"他从椅子上站起身,"当然了,我得把它交给警察。我无法想象谁能做出这种事情……"

阿尔弗雷德也起身随着德拉蒙德走出了书房。来到走廊,德拉蒙德将一只手搭在了阿尔弗雷德的手臂上。"我觉得我们最好不要把此事告诉伊苏贝尔,暂时不要。"

阿尔弗雷德点了点头。"是的，当然。"

"希望这是最后一次了吧。"

可悲的是，这并不是最后一次。尽管阳光灿烂的炎热天气令大部分村民都情绪高涨，警方在调查纵火犯或字条作者的身份方面却明显没有任何进展。

伊苏贝尔也在为父亲即将离开的事感到烦心。虽然她很少提起此事，但阿尔弗雷德看得出来，她的心里十分焦虑。因此，某天晚上回到家，当他发现她正在厨房里哭得梨花带雨时，并没有感到吃惊。她站在水池旁，用力刷洗着烧煳了的平底锅锅底。"我就把土豆留在锅里五分钟的工夫，去把洗好的衣服拿进来。"她号啕大哭，"厨房里就都是烟了。"

来不及换掉脏兮兮的工服，阿尔弗雷德就强迫她放下平底锅，将她搂进怀中。她还是哭个不停。"没关系。"他轻声安慰她，"土豆有什么好哭的啊。"

她掷地有声地吸了吸鼻子。"不是的，阿尔弗雷德，不是这件事情，是——"

"嘘，我知道，我都知道。"他为她不再把难过埋在心里感到释然。

她抬起头，用哭红的双眼望着他。"所以——所以你也看到了吗？那扇门？"

"什么门？"

"哦，阿尔菲，糟糕极了。"她用一只手捂住嘴巴，眼泪再次夺眶而出。"伊苏贝尔，看在上帝的分儿上，你在说什么啊？"

233

"这里。"她牵起他的手，领着他穿过厨房的门走进花园，几乎不太情愿地转过身，面对着小屋。没有必要指明是什么令她如此伤心了。有人在厨房门的绿色油漆上胡乱刮出了这样的字迹：

德国佬滚回家！

下面是：

纳粹的婊子

阿尔弗雷德在花园四周扫视了一圈，却一个人也没有看到。这种事情很有可能是在夜色的掩护下发生的。但是一想到这也有可能是在伊苏贝尔独自在家时发生的，他心中一惊，握紧了攥着她的手。"回屋里去。"他吩咐道。

她匆匆回了屋，留下他仔细查看。就他观察，刮痕是新的，也许是用钥匙或改锥划出来的。至于罪魁祸首，就没有其他的线索了，这让他心里惴惴不安。他不是在为自己感到心惊胆战，而是在担心伊苏贝尔。自从火灾以来，目睹她的情绪日渐紧张已经够让人难受的了——听到房门重重关上或是电话铃声响起，都会令她畏缩——但要是她出了什么事……

那天晚上，他一直抱着伊苏贝尔，直到她睡着才躺下。焦躁不安的情绪令他难以入眠。他心想，要是让他来决定，他会离开这个村子。尽管他过去这几年在这里颇受欢迎，尽管按照哈丁的话来说，他几乎感觉自己已经是个"当地小伙子"了，但离开似乎算不上是什么难事。可他能去哪里呢？他肯定是不能回家的。他心想，伊苏贝尔永远也适应不了，他也一样。他闭上双眼，试图让脑海里那些令人晕眩的思绪旋涡停止旋转。

一个全新的开始，阿尔弗雷德。这就是你和伊苏贝尔需要的。

你们都还年轻，去哪儿都能安定下来。只要你们拥有彼此。

"可这里是她的家啊。"他争辩道，"她出生在这里，她不认识其他任何地方。这就像是把一朵花连根拔起。"

这朵花可比你想象中吃苦耐劳得多。阿尔弗雷德，没有付出就没有收获。

"事情没有那么容易。"他肯定大声地把话说出了口，因为伊苏贝尔在他的身旁醒了过来。

"阿尔菲？"

"嘘，亲爱的，接着睡吧。"他轻声说道。

"我没有睡着。我睡不着。我一直躺在这里思考呢。"

"这对你可没有好处。"

"但是你也睡不着啊！翻来覆去的，感觉就像是睡在一条船上。我能做的就是不晕船。"

"抱歉。"

"哎，不用抱歉。就像我说的，反正我也醒着。阿尔菲？"

阿尔弗雷德翻了个身，面对着她。她的头发被精心卷成了小卷，用发卡固定着，扑在他脸上的口气闻起来像是薄荷的味道。"你在想什么？"他问。

"我不知道。我是说，我知道，但是——"她眨了几次眼，"阿尔菲，我好害怕。"

他伸出一只手，摸了摸她的脸。"我知道。"他说。

伊苏贝尔在他的抚摸下闭上了双眼。两人静静地躺了一会儿。

"你有没有——你有没有想过离开？"他终于提出了这个问题。

她睁开双眼。它们一如既往圆乎乎的，看上去十分脆弱。

"我是认真的,伊苏贝尔。"他接着说,"我也害怕,担心你的安全。火灾,今天的后门,还有别的事情。"

他把募捐箱里被人塞了字条的事告诉了他。她继续用他捉摸不透的眼神凝视着他。于是他接着说了下去。"告诉我,伊苏贝尔,你的父亲离开之后,这里还有什么可让你留恋的?"

"你想要我离开我的家乡。"她轻声回答。这不是提问,而是对事实的陈述,几乎是一种谴责。

"不——"他开口答道,缩回一只手,用胳膊肘撑起身子,"我的意思是,没错。我想我们应该离开了。伊苏贝尔,亲爱的,你不觉得我们也能在别的地方安家吗?"

她垂下目光,沉默许久,以至于他以为她可能又睡着了。可她再次眨了眨眼。

他接着说:"不久前我收到了一份工作邀请。我从基马诺克坐火车回来的时候。一个英格兰女人说她在寻找一个园丁。"

"你是怎么告诉她的?"

"你觉得呢?我说我在这里很稳定,谢谢。"

说罢,夫妻俩都陷入了短暂的沉默。

伊苏贝尔从发夹上扯下一缕头发,开始将它绕在手指上捻动。"但你现在想要离开了。"

"我不想离开,伊苏贝尔。可是——"他停顿了一下,努力思索合适的措辞,"这可能是重新开始的一种方式。"

"这个英格兰女人。"她低声问道,"她是个什么样的人?"

"和蔼可亲,彬彬有礼。"他答道,想起了女子苍白的皮肤和不羁的笑声,"她说她叫爱丽丝·辛格-科恩。"他吃了一惊——

自己竟然如此轻易就记住了她的名字。

"听上去是个上流社会的人。"伊苏贝尔说,"还有点异国风情。"

"不,是犹太人。"

"哦,但还是——"

"是犹太人,不是外国人。"阿尔弗雷德的口气比预期中的还要坚定,语气紧接着软了下来,补充道,"不过你是对的,凭借这个名字,想要找到她应该更容易。"他说得越多,决心就越坚定。那个女子看上去是认真的,对吗?从以往的经验来看,他无疑应该相信自己的直觉——还有脑海里的画外音。

伊苏贝尔转过身,背对着他。"好吧,阿尔菲,你觉得怎么对就怎么做吧。"

阿尔弗雷德抓住她的肩膀,将她往回拉,感觉她的肌肉都是紧绷的。"别这样,伊苏贝尔。"他严肃地说,"我不会做任何让你不高兴的事情,如果这意味着——"

她重重地舒了一口气,被他抓着的地方放松了下来。"你是对的,阿尔菲。"他把一只手放在她的脸上,感觉她流下了眼泪,"我只想过得快乐,而不是心惊胆战。"

他将一只手臂从她的肩膀下伸过去,把她紧紧拉到胸前。"伊苏贝尔,我为这一切感到抱歉。我很爱你。"

他就这样抱着她,直到她的呼吸变得缓慢而均匀。没过多久,他也睡着了。

联系辛格-科恩夫人的过程比他预想中的更加直截了当。查号台的一个年轻女子确认,她那里有一位塞缪尔·辛格-科恩先生被列为斯塔福德郡马奇庄园的居民。如果他愿意,她可以将电话接通。伊苏贝尔在他的身旁点了点头,脸上挂着坚定的表情。这个电话是阿尔弗雷德在德拉蒙德的办公室里拨出去的。他宁愿一个人拨打这个电话,因为昨晚的决心早已消失得不见踪影。可他不能把伊苏贝尔赶出去,只能坚持到底。

隔着噼啪作响的电话线,一个女子的声音夹杂在其他线路的模糊声响中出现了。她介绍自己是辛格-科恩先生的秘书乌尔科洛夫特小姐。阿尔弗雷德结结巴巴地声称自己是爱丽丝·辛格-科恩夫人的一个熟人,想和她说话。短暂犹豫片刻,乌尔科洛夫特小姐答道:"好的,请稍等。"一阵听不太清的无声状态过后,她将他转接给了辛格-科恩先生的私人专线。

阿尔弗雷德感觉自己的脸热了起来。那个女子可能已经连他是谁都不记得了。在等待电话接通的过程中,想到自己即将做的事情有多傻,他差点儿挂断了电话。然而当她终于接起电话时,他心中的不确定却一下子烟消云散了。

"华纳先生!"她轻快地打了声招呼,"真想不到!"

"你好,辛格-科恩夫人,我,嗯,是这样的——"

"你那里的夏天也这么炎热吗?有点儿阳光固然是件好事,但是再下几天雨也不错。这么热的天气害得草坪上的东西一团糟。"

"嗯,这里也很热。辛格-科恩夫人,我打电话来其实是想问问……不知道你还记不记得,在火车上——"他犹豫了。伊苏贝尔牵起他空着的那只手,捏了捏。他只想快点儿结束这一切,于是飞快地接着说了下。"在火车上,你问我是否需要一份工作,这是个很好的提议——"

她的反应并不是他所希望的。"哦，天呢，华纳先生，这太尴尬了。我们上个星期刚刚雇了一个新来的小伙子。"她叹了一口气，舌头啧啧作响，"在我看来，他并没有带来多大改善，但克拉克斯顿先生似乎很喜欢他。哦，老天，我感觉糟透了。不过你也知道，我在火车上确实是一时冲动才那么说的。我不太习惯给我不认识的人提供工作。"她又叹了一口气。

阿尔弗雷德咽了一口唾沫，两颊发烫。他挣脱了伊苏贝尔的手，转过身去。"没关系，辛格-科恩夫人，很抱歉打扰你了。"

一段漫长的停顿。线路噼里啪啦、嗞嗞作响。一瞬间，阿尔弗雷德以为她可能已经挂上了电话，却听到她的声音又响了起来。

"不，等等。"她说道，"这样吧，我会和我的丈夫谈谈。这个新来的男孩笨手笨脚的，一点儿园艺天分也没有。"

"可我不想——"

"没事，没有关系。"她再次停顿片刻，开口时声音压得很低，"这都是因为我愚蠢的错误。听着，华纳先生，我无法向你保证，但我一定会和我的丈夫谈谈此事的，还有克拉克斯顿先生。我会尽快回复你，把你的电话号码留给乌尔科洛夫特小姐吧。听上去如何？"

"你真是太好了，辛格-科恩夫人。"阿尔弗雷德回答，满心希望这段对话终于能够结束，"那再见了。谢谢你。"

"再见，华纳先生。"

两天之后，乌尔科洛夫特小姐打来电话，邀请阿尔弗雷德参加正式面试。

出走（Ⅰ）
1996

天气很热。自从管理员今天早上最后一次抄完表，空调就一直关着。房间的热浪中——不，是里屋，这里已经不再是你的房间了——你缓慢地费力穿行，数着从房门到窗户、从墙壁到墙壁的步数，试图将房间的尺寸、形状和感觉都印在你的记忆中。为了让表停止走字，电源已经被切断了。

嘀嗒，嘀嗒，嘀嗒——

没有灯光，没有凉爽的空气，就连外面也是接近100华氏度。

华氏度，换算成摄氏度是多少，哈？哈？来吧，布莱妮娅，算算看——

减30，除以2，出入不大，但比这里还要热。

所以，100华氏度减30除以2，对吗？我在等着呢……

70，除以2——35！35摄氏度。这里曾经是床，架子上摆着你的书，墙上粘着小块的透明胶带，你妈妈用指甲都抠不下来。

你又在啃指甲了，对吗？

一块用萨宾的旧尼龙裤袜做成的圆形地毯。之前的租户留下的白色三聚氰胺床头柜。

戳到你的痛处了吧。我能看到一根倒刺……快，把它扯下来。

在顶着粉色灯罩、印着白色独角兽的灯旁，你握紧拳头，抑制住去抠手指周围皮肤的冲动。这里立着你的吉他架，上面却没有吉他，是两年前夏令营时留下的。地毯上有一块圆形的烧焦痕迹，是萨宾留下的——尽管你几年前就在门上贴了"禁止吸烟"的标志。

布莱！布莱妮娅！动起来！你在哪里？你的妈妈喊道。

你站在房间中央，被热浪包围。是时候动身了。你缓缓离开房间，沿着黑黢黢的短小走廊走去。萨宾的身边包围着纸箱、画框、永远也无法在搬家中活下来的盆栽植物、垃圾袋和更多的纸箱。她靠在厨房的墙边抽着烟。从她嘬着香烟、小口吐出烟雾的样子，你能看得出她很紧张。你讨厌那股味道，讨厌它会黏在你的衣服和头发上。你学校里的一些朋友也会抽烟，但是你绝对不会，永远也不会。

是啊，她好恶心。你得看着点她。

她是我妈妈！你在脑海中回答。接受与承认，这正是上一个咨询师建议你要做的："我承认你的存在，但我不会受你的影响。"

萨宾转过身，看到了你，在墙边站直了身子。你在那里干吗？

我这儿需要你。他们随时都会来。她吸了一口烟，燃烧的烟头差点烧到手指，抽搐了一下。她无助地左顾右盼，寻找着能够掐灭香烟的地方。见鬼，她的嘴里念叨着。我就知道不该把烟灰缸收起来。走到窗前，她打开窗户，把烟头轻轻弹了出去，然后给了你一个抱歉的耸肩。啊哦。

自私的贱人。

和脑海里那个声音顶嘴会让你害怕。你试过，但你害怕她，她也知道。她怎么会不知道呢？她就住在你的脑袋里啊。

萨宾一脸困惑地左看看、右看看，仿佛突然之间不知道发生了什么。布莱，把那个盒子拿来。她指了指地上的纸箱。你看了看里面。那里装满了书籍，沉得要命。

这里的书太多了，你说。箱底会漏掉的。

你的妈妈说，不会的。我们还能放几条毯子进去（**看到了吗？笨蛋**。**自私鬼**）。无论如何（**有其母**）我们必须这么做。（**必有其女，对不对，布莱妮娅？**）我没有剩下别的箱子了。（**哈？**）

你的妈妈和画外音女声同时在说话。什么？

几条毯子，你的妈妈说。你屋里还有更多的东西吗？快点儿，布莱，集中注意力。我不可能一个人把什么事情都做了。

你站在那里，犹豫不决。萨宾走过来站在你面前，看着你的脸，将一绺头发捋到你的耳后。她温柔地笑了。我们会好的，亲爱的。

门铃响了，是搬家工人，激动。他们来了！！

新生活与新生命
1949—1950

阿尔弗雷德和伊苏贝尔在辛格-科恩先生拥有的一排房子里租了一间半独立、带家具的小屋。房子坐落在一个名叫柴克立的小村里，距离马奇庄园只有一英里的距离。这里有着被涂成绿色的窗框、需要修理的人字形屋顶排水沟和一个看上去十分坚固的烟囱，发灰的砖结构上还有人造木梁。令阿尔弗雷德十分欢喜的是，一支淡紫色的紫藤花覆盖了大部分的砖墙。它紧贴着房子的正面，坠着紫色的小花。房租比他们之前的要高，但阿尔弗雷德被承诺的工资将是原先的两倍，于是伊苏贝尔很快就计划起了注入一些个人风格——窗户上的网眼帘，配套的花朵图案床单，壁炉架上的陶瓷小装饰——阿尔弗雷德很高兴她能带着如此乐观的情绪看待他们的新生活。

来到这里的第三天早上,也就是阿尔弗雷德要去马奇庄园开工的那一天,有人敲响了前门。阿尔弗雷德正在楼上的浴室里剃须。他将小窗打开一条缝,朝外望了望。外面停着一辆灰色的宾利——街道上唯一的一辆车。他飞快地洗掉脸上的剃须皂,套上了一件衬衫。等他下楼时,伊苏贝尔已经为辛格-科恩夫人打开了房门。夫人穿着紧身的夹克和裙子,显得纤腰盈盈一握,一头黑发用发卡固定着,在头上绕成了一个个精巧的发卷。

"你肯定就是华纳太太了。"她朝着伊苏贝尔灿烂一笑,伸出了一只戴着白色手套的手,"我是爱丽丝·辛格-科恩。"

伊苏贝尔犹豫片刻,赶紧在印花棉布裙子上抹了抹手,伸了过去。她手上的皮肤微微发红;阿尔弗雷德推断那肯定是洗衣服时被热水烫的。"很高兴认识你。"她答道。注意到阿尔弗雷德的出现,她转过身朝他露出了诧异的表情。

阿尔弗雷德用手指迅速地捋了捋头发。"你不进来坐坐吗?"他问。

辛格-科恩夫人飞快地摇了摇头。"不了,我不想给你们添麻烦,只是想顺路过来打声招呼,表示欢迎。你能接受这份工作,我说不出有多高兴。"

三人沉默不语地原地站了一会儿——阿尔弗雷德和伊苏贝尔被笼罩在狭窄走廊的一片昏暗之中,辛格-科恩夫人则沐浴在大门另一边的夏日艳阳之下。阿尔弗雷德和伊苏贝尔异口同声地开了口。阿尔弗雷德说的是:"您太客气了。"伊苏贝尔却在问:"您确定不进来喝杯茶吗?"

"你们太热情了。不必了,很不巧,我没法儿留下。"辛格-科恩夫人回答。紧接着,她似乎改变了心意,朝着房子迈了一步,将房前生长的紫藤花散发的蜂蜜香气都带了进来。"我正要去汉立赴一个九点钟的约会呢。"

她并没有进一步解释,反倒是在狭小的走廊里四处张望起来,望向了通往客厅的门。阿尔弗雷德看着她将破旧的楼梯地毯、磨损的橱柜上悬挂的廉价商品油画、褪色的窗帘布和沙发看在眼里。尽管屋里这些东西在他和伊苏贝尔搬进来前就已经有了,但他知道,辛格-科恩夫人会将它们的俗丽和他联系在一起,所以心里有些不太舒服。不过,她的表情并没有露出任何评头论足的迹象,相反只是说了一句:"你们知道吗,这些房子都属于我的丈夫,可我却从没有走进过其中任何一间。"她朝着伊苏贝尔微微一笑。"你身上这条裙子真漂亮。"她补充道。

伊苏贝尔的脸红了,用指尖揉搓着棉布裙的料子——浅黄色的底布上印着蓝色的小花。阿尔弗雷德觉得她很紧张。

"那好,我就不耽误你们了。"辛格-科恩夫人终于开口道别了,还说她很期待在适当的时候与阿尔弗雷德探讨所有有关园艺的问题。至于是什么时候,她并没有说。就在快要走到车边时,她回头说了一句:"哦,华纳先生,你需要顺路去宅邸吗?"她问,"我们在进城的路上会路过那里。"

伊苏贝尔飞快地答道:"哦,不用了,谢谢你,辛格-科恩夫人,阿尔弗雷德还没有吃早饭呢。"

辛格-科恩夫人翻了个白眼。"当然了,我真傻。那么——"她等待司机为自己打开车门,"稍后见。再会,华纳太太。"

听着汽车远去的声音,伊苏贝尔狠狠瞪了阿尔弗雷德一眼。"你告诉我她是个老太太。"她没好气地说。

"没有,我可没这么说。"阿尔弗雷德回答,为她的话和说话的语气吃了一惊。

"哦,那就是你让她听上去像个老太太。"

阿尔弗雷德皱起了眉头。"我不觉得——"

可伊苏贝尔打断了他。"你身上这条裙子真漂亮。"她模仿起来。

他把一只手搭在了她的手臂上。"伊苏贝尔,你怎么了?"

她耸耸肩,甩掉了他的手。"看看她那条时髦的裙子和丝绸的长筒袜。我知道,就算猪会飞了我都买不起那么华丽的东西。还有,你看到她在屋里张望时的那副表情了吗?"

阿尔弗雷德耸了耸肩。出于某种原因,他不想把自己也倍感尴尬的事告诉她。"我觉得她挺可爱的。"他说。

"这还用说。"伊苏贝尔回答。她穿过屋子钻进厨房,随手甩上了身后的房门。

阿尔弗雷德在昏暗的走廊里站了一会儿。他知道伊苏贝尔是个注重家居整洁的人。尽管不太确定,他猜她可能是在为褪色的窗帘和没有扫过的地板感到尴尬。那也许……

老天,阿尔弗雷德。醒醒吧!她是在吃醋!

"吃醋?"

第二个声音:"哦,他有的时候真是个蠢货。啧啧啧,她当然是吃醋了啊!"

"可她为什么要吃醋呢?"

你心里很清楚。我们知道你在想些什么,阿尔弗雷德。一直

都知道。

第三个女人的声音加入了进来：别对伊苏贝尔那么严厉。她只不过是有点儿失落，仅此而已。背井离乡。你得承认，辛格-科恩夫人的态度确实有点显得高人一等。

啧啧啧，我可不承认，她这是与人为善。

你也看到她给伊苏贝尔的那个眼神了。我可不觉得那是什么善意。

就是。

不是。

没错，就是……

阿尔弗雷德没有理会她们的争吵，而是走进了厨房。伊苏贝尔正在厨房的餐桌旁，面前摊着他们的配给供应本。厨房和走廊里一样昏暗，朝北的房间只有通往花园的后门上开着一小扇窗。阿尔弗雷德打开灯，但低瓦数的灯泡几乎无法给房间带来什么光明。

"我得把这些带去食品办公室。"伊苏贝尔头都没抬地说，"变更一下地址。"

阿尔弗雷德走过去，坐在她的身旁，把两只又大又暖的手放在她的一双小手上。从这个角度俯视，他看得到她眼睛下面的蓝色阴影——自从两人搬来这里，她就没有好好睡过觉。离开莫克林之前，她把自己的一头金发剪成了短款波波头。由于水池里热水的湿度，她的头发卷了起来。他这才突然明白，她肯定觉得自己和爱丽丝·辛格-科恩的优雅比起来有多不讨人喜欢。

"对不起，伊苏贝尔。"他说。

她把手从他的手里抽回来，将配给供应本堆叠在一起，十分克制地低声问了一句:"为了什么啊?"

阿尔弗雷德不知该说些什么。他伸出手轻轻摸了摸她的头发,感觉指尖下柔软的发丝如同一只小鸟的绒毛。

"很抱歉让你不高兴了。"他终于答了一句。

伊苏贝尔吸了吸鼻子,一脸憔悴地笑了笑。"我没有不高兴,阿尔菲。唉,我也不知道。只不过……我猜我是想家了,就是这么回事。"她抬起头来看着他。太阳短短一晒,她的脸颊和肩膀上就会出现夏日雀斑,雀斑在厨房昏暗的灯光下显得十分苍白。她望着阿尔弗雷德的眼神和两人相遇那天一样纯洁而娇弱。一想到自己正是她不快乐的原因,他的心猛地跳了一下。

他站起身,把她从椅子上拽起来,将她娇小纤细的身体搂入怀中。在他的手中,她只有他胸口高的双肩是那样脆弱,让他再次想起了一只小鸟。"你想家了,我亲爱的。"他说,"我知道那种感觉有多难过。但我也知道一切都会过去,只是需要一些时间。"他亲吻着她的头顶。她的头发闻上去散发着杏仁香皂的味道。

带着稍许沉重的心情,他出发开始了自己第一天的工作。路程很短,步子轻快些十五分钟就能走到。一路上,脑海里的画外音都在他的听觉边缘没完没了地低声喋喋不休。沿着出村的乡间小路步行,道路两旁种着整齐的高大树篱,但凑近了就会发现,里面夹杂着像纸一样干瘪的棕色叶子。这是夏天太热的结果。一辆汽车从他的身旁加速驶过,卷起团团尘土,于是他走在路上一直十分谨慎,尽可能地紧靠着树篱。没过多久,灌木篱墙逐渐消失,露出了大片的草地。草地上零落的几只绵羊正在炎炎烈日下困嗒嗒地吃草。终于,穿着沉重的外套、汗流浃背的他来到了一座大门前。他认出,这正是他第一次到访时乘车穿过的那扇铸铁双开门,门上的旋涡状装饰会让人想起孔雀开屏的画面。他站在门前,四处寻找拉铃的把手,却什么也没找到,于是走上前推了推一侧的大门。门轻易就被推开了。他迈上了碎石小路。马奇庄园的建筑是白色的,干净时髦,拥有棱角分明的几何结构,完全没有华丽的装饰,就矗立在前方的车道顶端。

走到前门,他按响门铃,注意到右手边的门框上有一个小小的银色圆柱形物体。十多年来,他第一次看到这种东西。就在他本能地伸手去触摸时,有什么东西勾起了他痛苦的回忆。不过,在这种感觉还没有演变为更加强烈的怀旧之情前,他就听到屋里传出了脚步声。一个黑头发的年轻女仆打开了房门。她穿着黑色的裙子和衬衫,戴着一顶蕾丝帽,还系着围裙。

"那是门柱圣卷。"她朝着圆柱形物体点了点头,语气有些烦闷,好像经常会被人要求做出解释。

"我知道。"阿尔弗雷德垂下手臂,"我叫阿尔弗雷德·华纳。我是来找克拉克斯顿先生报到的。"

"这边走。"女仆答道,却并没有把他让进屋,而是领他沿着和房子一样长的石板平台绕了一圈。"顺便说一句,我叫艾玛。"

"很高兴认识你。"阿尔弗雷德说。

两人来到房后。艾玛指向了五十码开外的一座小型附属建筑——某种平顶小屋。"克拉克斯顿先生就在那里。"她说。

阿尔弗雷德环顾四周,忍不住低声吹了个口哨。现在他明白辛格-科恩夫人在提到自家花园时为何要用复数而非单数了。在他的眼前,一大片翠绿铺展开来,与其说是花园,不如说是一座公园，其中还掺杂着几片圆形的多年生植物。那些植物虽然十分漂亮，却让花园显得过于单调。他左手边的一排针叶树充当着庄园的边界，右手边看似是一道长长的石墙。他深吸了一口气。要把这里变成他在火车上向辛格-科恩夫人形容的那种花园，需要付出大量的劳动。不过，眼前的这片空间并没有令他泄气，反倒给他带来了某种兴奋的期盼，如同艺术家站在一张空白的画布前。

"你来还是不来？"艾玛不耐烦地问。她已经走到他前面好几码的地方了。

"来，当然来。"阿尔弗雷德回答，快步追了上去。

"别担心。"待他赶上来，她说道，"到了春天，他们就会雇上几个当地小伙子来割草。"

克拉克斯顿从小屋里钻了出来，一只手提着铲子，另一只手抱着一小撮灌木。灌木的根被整齐地包在麻袋里。他朝着阿尔弗雷德微微点了点头，嘟囔着打了声招呼。接下来的两个多小时里，他几乎没有和阿尔弗雷德说过一句话，只是指出哪里的草坪需要浇水，并递给他一把修枝剪，简要地吩咐他摘掉玫瑰的枯花，还让他清扫干净平台上的小路。这样的差事让人又热又渴。尽管脑海里的画外音女声一直在他耳边欢快地歌唱，阿尔弗雷德却发现自己越来越难过。不过，就在他开始思索从莫克林搬来柴克立到底是不是个好主意时，他看到爱丽丝·辛格-科恩从房子后门的落地窗里走了出来。

"啊，华纳先生，我看到你已经投入工作了。"她笑着大声说道。

他拘谨地朝她笑了笑，以示回应。克拉克斯顿从小屋里走了出来。

"我还在教他工作的窍门呢。"克拉克斯顿说,"他有很多事情要学。"

"很好,很好。如果你有空,就随我一同到露台上去吧,我们来讨论一下我的计划。"她带路穿过草坪,朝着屋后的露台走去,并在那里的桌子上画了一张花园的鸟瞰草图,用石头压住草图的四角。

"这张图恐怕不是按比例的。"她说,"但应该能让你对各种可能性有个概念。"

从到岗的那一刻起,阿尔弗雷德就已经开始在脑海中勾勒花园的图景,心里很高兴能站在这里,将整座花园的布局尽收眼底。"这是什么?"他在花园的南边画了一条线。考虑到另外三面的曲线,这条线直得出奇。

"那是一堵砖墙,是迪恩庄园的界墙。"她说,"这些全都是。"她伸手在草图上画了一道。"曾经是那个庄园的一部分。"她解释称,几个世纪以来,面积可观的迪恩庄园一直归沃辛顿家族所有。战后,他们卖掉了其中的几片地。"我猜他们已经没有财力再继续经营它了。"她接着说,"所以当我丈夫看到它上市销售时,直接就入手了。房子是去年才完工的,至于花园嘛……"她叹了一口气。发现阿尔弗雷德正紧盯着自己,她莞尔一笑,"我把它们看作一块空白的画布。"

克拉克斯顿的鼻子发出了吵闹的呼吸声。他皱着眉头,双臂时而交叉在胸前,时而又张开。

爱丽丝·辛格-科恩抬头看了看他。"干吗这么闷闷不乐呀,克拉克斯顿先生?"

他重重地吐了一口气。"如果你不介意我这么说的话,还有好多工作要做呢。"

"没错,克拉克斯顿先生。"她答道,然后看了看阿尔弗雷德,脸上露出了微笑,"所以能够拥有这么优秀的帮手是件好事,对吗?哦,对了,华纳先生,请随意使用图书馆。"她朝着房子点了点头,"你在那里能够找到一大片的园艺藏书区。"

说罢,她卷起纸,朝两人微微点了点头,回屋去了。

阿尔弗雷德和克拉克斯顿沉默不语地走回了小屋。走到那里时,克拉克斯顿面向宅邸转过身,看到爱丽丝·辛格-科恩又出现了,此刻正靠在一张木质的日光浴床上,转过脸面向着太阳。

"我猜一片完美的英式草坪对他们那种人而言还不够好。"他朝着宅邸的方向轻轻点了点头。

阿尔弗雷德不太确定他所说的"他们那种人"指的是上层阶级、犹太人、城里人,还是利用乡绅的日益没落而占尽便宜的暴发户。不过他什么也没有问,决定自己还是不知道为好。

尽管阿尔弗雷德满怀希望,伊苏贝尔的思乡之情却并没有消散,反而通过他以前从未在妻子身上看到过的笨拙显露了出来。她时常撞上家具,屁股撞到厨房的桌子,肩膀撞到门,有一次还从几级台阶上摔了下来。除了几道瘀青的痕迹,她倒是从未受过什么严重的伤,但经常抱怨英格兰的房子不太一样,家具的尺寸也都不对:碗柜太高,楼梯太陡,房门打开的角度奇奇怪怪,就连有一次烫伤了她手臂的煤气炉喷出的火焰也太热。只要有可能,阿尔弗雷德都会尽力迁就她——即便知道她的抱怨是蛮不讲理——希望她安定下来只是时间的问题。

然而冬去春来,当秋冬的劳作开始为马奇庄园带来改观时,伊苏贝尔的笨拙却逐渐演变成了不安。下班回家时,阿尔弗雷德经常发现她会在门阶上等待。房子已经打扫得一尘不染,晚餐也已上桌。

"阿尔菲,我好无聊。"一天晚上晚饭后,她说道。两人坐在客厅里,壁炉的炉床上烧着煤火。尽管天气已经暖和了起来,夜晚还是又潮又冷。伊苏贝尔正在织补阿尔弗雷德的一双袜子,他则读着从辛格-科恩的藏书室里借来的一本书——宾根的希尔德加德所著的《自然史》,皮面装订本,书页还是崭新的。这本书完全是他偶然挑选出来的,书中对不同植物治愈能力的描述激起了他的兴趣。近来,爱丽丝·辛格-科恩曾提议扩建果菜园,融入更多的草本植物。阿尔弗雷德已经想出了一系列的可能性。这些想法似乎令他脑海里的画外音女声很是高兴:

蓍草——具有细微却卓越的疗伤能力。

欧芹——能够令人的思想变得严肃,还能退烧。

莳萝——性干热,能够抑制肉体的欲望……

伊苏贝尔的声音打断了他的思绪。"阿尔菲!"

"抱歉,你说什么?"他心不在焉地问。

"我好无聊,阿尔菲。"伊苏贝尔又说了一遍,眼神却并没有从手里的针线活儿上移开,"我一直在想,也许我可以去找一份工作。"

阿尔弗雷德把书放在了大腿上。"一份工作?哪种工作?"

她耸了耸肩,把针扎进棉布料,引着它绕过被她放在袜子里的木蛋。"我不知道。什么工作都可以，一份能让我离开家的差事。也许……"她停顿片刻，望了望他，"也许在辛格-科恩先生的工厂里。贝尔生下双胞胎前就是在那里工作的。"

贝尔是伊苏贝尔结交的一个当地女人，是个煤矿工人的妻子。

"我不知道，伊苏贝尔。"阿尔弗雷德缓缓答道，为这个提议感到有些困惑。她以前从未提过想找工作的事情。老实说，他都不确定该怎么去理解这句话。"工厂里的工作，我不懂。那会很辛苦吧，整天都要站着，你不会——"

"但贝尔做的是画师的工作。"伊苏贝尔打断了他的话，"为瓷茶杯画图样。这不是什么辛苦的活计。我能做。我画画很好。"

"哦，我不知道你若是没接受过训练，这种差事能否做得来。不然这样的工作所有的女孩都会想要的。"

"但你能问问他吗？我是说，辛格-科恩先生。你能至少问问他？"

阿尔弗雷德叹了一口气，探过身去握她的手。她短暂犹豫了一下，把针线活儿放在一边，将手放在了他的手里。

"我们过得很安逸，不是吗？"他轻声问道，透过她的眼睛紧盯着她，"我赚不了什么大钱，但足以维持我们安逸的生活。你什么都不缺，不是吗？"

听到这里，伊苏贝尔垂下了目光。尽管两人谁也不曾提起，但他们无疑是有所欠缺的。夫妻俩已经有一段时间没有采取过避孕措施了，可伊苏贝尔每个月的月经还是会准时到来。阿尔弗雷德捏了捏她的手。"也许是季节的缘故。"他轻声地说，"春天到了，谁都会蠢蠢欲动，对吗？"

她咽了一口唾沫，也捏了捏他的手。"嗯，我猜是这样的。"她把手悄悄地从他手中抽回来，拾起了针线活儿。

可到了五月，伊苏贝尔去工厂工作的打算就变得不重要了。一天早上，她有些害羞地告诉阿尔弗雷德，她的月经迟了，得去特伦特河畔斯托克的医生那里证实自己是不是怀孕了。听说她上一次怀孕时的遭遇，医生吩咐她尽可能多休息、多喝橙汁，还告诉她剖腹产将是不可避免的。

和上一次的孕期相比，伊苏贝尔的孕吐情况缓和了不少，导致她预测这一胎是个男孩。她和艾米·弗雷泽仍旧保持着密切的联系，两人几乎每周都要给彼此写信。艾米声称，只有女孩会让母亲孕吐。不过，这是艾米和阿尔弗雷德唯一一次提起伊苏贝尔怀过布莱妮娅的事。事实证明，这是一段令人紧张的日子，即便给伊苏贝尔带来无尽疲惫的头三个月已经过去，即便她的头发变得浓密而有光泽，皮肤泛着玫瑰色的红光，圆滚滚的肚子隆起，她还是丝毫也不肯放松。阿尔弗雷德试过用电影票诱惑她走出家门，或是带她去草木繁茂的郊外散心，都被她用疲惫的笑容拒绝了。

"我真的觉得我不该出门，阿尔菲。"她说。她的双手从没有远离过她的肚子。

阿尔弗雷德几乎不敢去想象这个孩子的出生会是怎样的场景，于是把伊苏贝尔上一次怀孕时期待的所有欢愉与希望都牢牢憋在了心里；任何有关父亲的概念，通过简单而原始的性交行为创造出另一个人类的神奇感觉，他都会尽可能地忽略。就连近来会唱着陌生的外国歌曲小调闯入他梦境的画外音女声也被他忽略了。

对孩子和伊苏贝尔未来遭遇的恐惧征服了他。就连二十四岁的他本应十分旺盛的性欲也只是零星地出现——在他早晨醒来看到伊苏贝尔如今肿胀的雪白乳房从睡衣里微微露出时,或者更加令人羞耻的,在他看到爱丽丝·辛格-科恩的紧身铅笔裙下紧致的臀部曲线时。

第五日
轰鸣与回响

一场争吵
第五日

午饭时，我注意到阿尔弗雷德的毛衣上有一块污渍。

"洗衣机你可以随意使用。"我告诉他，"或者直接把你想洗的衣服放在脏衣篮里就好。"

他脸色一沉，满满一叉白汁肉块剩菜悬在了盘子和嘴巴之间。"天呢，我是不是臭了？"他低声问道，一只手微微颤抖起来。

我看到一粒米从他的叉子上掉落下来。"不，一点儿也不。我只是觉得……你就带了那么小的一只行李箱，早晚会需要干净的衣服。"

听到这里，他长叹了一声，却并没有回应。

"我是说，圣诞节明天就结束了。"我轻声继续说道。现在似乎是提出问题的最佳时机。"事情多多少少会恢复正常。嗯,我……很欢迎你再多住上一阵子,直到把事情解决,或者等到布莱妮娅……"我的话没有说完。

阿尔弗雷德放下了刀叉。"你一直都不专心。"他冷冷地说。

"什么?"我为他犀利的语气吃了一惊。

"我信任你,朱莉娅。"他提高了嗓门,"我信任你。我对你的要求就只有专心聆听我的故事。可你什么都没懂!"他站了起来。"我明天就要死了,而布莱妮娅……布莱妮娅……"他的头剧烈颤抖起来,"你让我失望了,朱莉娅。"

"什么?"

"你让我失望了。"他重复道,"更糟糕的是,你让布莱妮娅失望了。"他的话音好像正在空中徘徊。

在我还没来得及控制住自己之前,一股突如其来的怒火涌上了我的心头。"我让你失望了?"我边说边从椅子上站了起来,"你怎么能这么说呢?在我为你做了那么多之后!我给你做饭、洗衣、收拾烂摊子。在你连续好几个小时失踪时,我急得就快要发疯了,可你还是像对待孩子似的对待我。为了你,我让自己的生活都停摆了!我本应该和朋友出去听音乐会、看电影、参加派对。但是,啊,不——我做的任何事情对你来说都不够好!"我用一只手捂住嘴巴,感觉自己马上就要泪崩,一下瘫倒在了椅子上。

窗外,雪花化作冻雨,在我们一言不发地对坐时重重砸着窗玻璃。最后,还是我开了口:"对不起,阿尔弗雷德,事情太混乱了。我——"

"不,朱莉娅,应该道歉的人是我。"他站起身,走进客厅,回来时手里拿着一只大大的马尼拉纸信封。"给。"他把信封塞进了我的手里。

"这是什么?"我问。

"你需要知道的一切,在我——呃,身故之后。"

我接过信封。

"都在里面——我的银行业务明细,律师姓名,我喜欢的下葬地点。你知道的,各种各样的手续。"

我清了清嗓子。"好的。"

他伸出手,用手指轻轻擦了擦我的脸颊。"你会明白的,朱莉娅。"

宠溺
1951—1955

1951年1月15日，胖乎乎、粉嘟嘟的约翰·卡尔·华纳通过剖腹产出生了，体重8磅2盎司。术后的伊苏贝尔恢复速度惊人，快得她从麻醉中醒来几个小时之后，阿尔弗雷德就发现她坐在了床上。她看上去脸色有些苍白，却神清气爽。婴儿狼吞虎咽地吮吸着她的乳头。看到阿尔弗雷德走进病房，护士飞快地用一块平纹细布盖住了孩子的脑袋，但伊苏贝尔似乎丝毫也没有注意到。

"你还好吗？"阿尔弗雷德俯身亲吻了她的前额。她潮湿的发丝正垂在脸前。他还能闻到手术中的碘酒味道。他掀开细布，望着自己的儿子。这孩子长了一头浓密的黑发，肤色粉得近乎泛红，正干劲十足地用鼻子大声喘着气，吮吸着伊苏贝尔丰满乳房里的乳汁。

"他是不是你见过最美的小东西?"她耳语道,眼神几乎片刻未曾离开过孩子。

"是啊,伊苏贝尔。"他将她的一绺头发轻轻别到她的耳后,"真的……好美。"

他们沉默不语地注视着他看了许久,直到这孩子精疲力竭地睡着,张开嘴唇,嘴角还流着一丝细细的口水。一辆手推车嘈杂地经过。他抽搐了一下。

"我能不能抱抱他?"阿尔弗雷德低声问道,还伸出了双臂。可伊苏贝尔把他身上的毯子裹得更紧了,摇了摇头。

"他正睡得香呢。"她继续低头凝视着婴儿,"我想要一直抱着他,直到他们把他抱回育婴室。"

阿尔弗雷德收回手臂,有些失望,因为他的心中也洋溢着对孩子的喜悦、疼爱与柔情,但他明白,不管自己怎么想,伊苏贝尔的感受都要比他强上一千倍。他一直待在母子俩身旁,直到护士宣布探视时间结束,这才吻别了妻子和儿子。

出门的路上,病房的护士从办公桌旁站了起来。"华纳先生。"她说,"不知道你能否和你的妻子谈谈养伤的问题。"

"养伤?"他问道。

她朝着病房看了看,压低了嗓门。"就是母乳喂养的事。在正常情况下,撇开卫生问题不谈,我会允许她继续这么做的。但是考虑到手术之类的问题,这样做就不太理智了。我们试着和她谈过,但她恐怕有些不讲道理。这又不是还在战争年代!"她微微摇了摇头,"也许你可以和她谈谈。"

然而,在他第二天来探病并提起此事时,伊苏贝尔却不愿听劝。"我完全有能力喂养自己的孩子。"她说,"我就是他需要的一切。"阿尔弗雷德不得不承认,她也许是对的。

到了夏天,马奇庄园的花园已经初见雏形,小约翰也能自己坐起来了。秋末,残留的草坪上铺满了发黄的树叶,约翰已经会爬了。1951年的圣诞节,当外面的世界蒙上了一层平淡无奇的薄雪时,这个男孩犹豫着迈出了摇摇晃晃的第一步。

"他是不是很聪明,阿尔菲?!"伊苏贝尔尖叫道,"你是不是最聪明的小伙子呀,约翰尼?!"她伸出两只食指,让约翰将自己胖乎乎的粉红色小手抓住它们,绕着圣诞树走了一圈。"不到一岁就会走路,这很特别。"她抱起他,亲吻了他圆嘟嘟的脸颊。"好了。"她放下孩子,"让我看看你能不能一路走到爸爸那里去。"

可约翰却一屁股坐在地上,嘤嘤地哭了起来。

"他累了,亲爱的。"阿尔弗雷德说,"让他上床睡觉去吧。"

伊苏贝尔跪在约翰面前,再次伸出了手指。"加油,约翰尼,走到爸爸那去。"

约翰一脸愁容,哭得更急切了。

"不,他还不累。"伊苏贝尔重新把孩子抱了起来,将一只手指放到他的嘴边,撬开了他的嘴唇。"他在长牙呢。你看,牙床都是红肿的。哦,小可怜,可怜的小家伙。"她嘟囔道,"阿尔菲,你能去把琴酒拿过来吗?"

阿尔弗雷德从胡桃木的边桌上取来一瓶琴酒,递给了伊苏贝尔。她用琴酒浸湿手帕，开始用它揉搓约翰的牙床。男孩很快就停止了哭闹，最后在她的怀抱中睡着了。突然一阵风吹过，震得窗框咯吱作响。伊苏贝尔打了个哆嗦。阿尔弗雷德起身往炉火里加了点煤。现在是傍晚时分，但十二月的天空已经几乎没有一丝光亮了，于是两人打开了角落里的落地灯和圣诞树上的灯。他们之前吃过的火鸡晚餐还让屋里残香弥漫。阿尔弗雷德坐在伊苏贝尔对面的扶手椅上，看着她注视着孩子。她在孕期里增加的体重已经完全瘦了下来，身上那条浅蓝色的连衣裙用一条上宽下窄的短裙卡住了腰，看上去非常时髦。这是她少有的几条不曾被约翰黏糊糊的手、嘴或呕吐物弄脏的裙子。

此时此刻，看着她用柔软的小手轻抚着儿子的脑袋，仔细修过的眉毛随着孩子缓慢的呼吸同步起伏，阿尔弗雷德忍不住为她对孩子的关爱感到惊讶。早些时候，约翰一直是个难以取悦的婴儿。他会无缘无故地连续哭上好几个小时，无穷无尽的精力几乎令阿尔弗雷德感到绝望。然而，伊苏贝尔却能为这个孩子付出无穷无尽的耐心与温柔。前几个月里，她熬过了每晚只睡三个小时的日子，甚至在孩子饿哭之前就会醒来，却依旧能够保持愉快得几乎反常的情绪。显然，这个孩子在她的身上引发了深刻的变化。阿尔弗雷德有时似乎觉得，正在努力跟上变化的人是自己。

但他已经心满意足。他找到了一位好妻子，也让儿子拥有了一位好母亲。所以他还有什么好渴望的呢？他突然感觉昏昏欲睡，于是闭上了双眼。尽管他听不大清，也感受不到，那几个画外音一直都在他的听力可及范围之外嘟嘟囔囔。突然间，他几年来第一次发现自己想起了从未存活下来的那个女儿。这份思念强烈到几乎令他心痛。不过在他意识到这一点之前,睡意就将他匆匆带走了。

1954年的夏天,粮食的配给量终于彻底提升了。

"我们要去公园里野餐。和苏与米克一起。"伊苏贝尔告诉阿尔弗雷德,"以示庆祝。"

"提醒我一下好吗?"

伊苏贝尔开玩笑地拍了他一巴掌,显然心情不错。"苏·卡特莱特,在教堂里认识的。总之,我们计划下个星期天三点去野餐。他们有两个孩子,比约翰尼稍大一点。会很有意思的!"

接下来的这个星期天,他们聚集在了学校后面的一片草坪上。当地人称这里为"公园"。这是个凉爽的阴天,不过人人都精神振奋,也许是在期待新的消费主义自由有可能带来的承诺。伊苏贝尔烤了足够喂饱整整两只足球队的司康饼和果酱馅饼。长相平凡、脸上带着半永久微笑的苏带来了美味得令人惊讶的冷羊肉卷和燕麦饼。阿尔弗雷德认出,自己曾在当地的小酒馆里见过米克,于是咧嘴一笑,和他打了声招呼。除了3岁的约翰,另外两个孩子是8岁的萨利和4岁的威廉。米克把自己带来的啤酒和汽水分给了大家。

"敬经济紧缩的结束。"他举起杯。

"敬暴饮暴食的开始。"阿尔弗雷德随声附和道。

不太可能。

他没有理会这个声音。他脑海里的画外音女声今天格外不安。(那天晚上他沉思)最小的那个调皮捣蛋,仿佛是要挑起什么麻烦。

相反，他拿着啤酒瓶和伊苏贝尔的柠檬水碰了碰杯，对她笑了笑。此时此刻，孩子们已经开始抱怨肚子饿了。于是苏宣布野餐正式开始。卡特莱特家的两个孩子可以随便吃自己想吃的东西——主要是果酱馅饼和司康饼——但伊苏贝尔坚持要让约翰先吃点正经食物，三明治或是一片烘肉卷。

"过来，坐到这里来。"她拍了拍自己的大腿，"好了，宝贝，你想吃什么？烘肉卷？还是三明治？你看，我可以为你把恶心的腌菜都刮掉。"

约翰勉强坐在她的大腿上，咬了两口喂到嘴边的烘肉卷。她拿出一条手帕，舔了舔一个角，擦了擦约翰的嘴。苏和米克交换了一个眼神。这一幕被阿尔弗雷德看在眼里，一时间为儿子感到难为情。过了一会儿，趁母亲还没来得及阻止他，约翰一把抓过几个果酱馅饼，朝着操场对面另外两个孩子玩耍的地方跑了过去。

大人们也随意地吃起了野餐，身边的几个野餐篮很快就空了。一片沉默之中，米克在毯子上躺了下来，用胳膊肘支起身子，点燃一支香烟，抬头看了看低垂的黑色天空。"这个夏天没什么好写信告诉家里人的事情。"

"就是啊。"苏表示赞同，转向伊苏贝尔，"还是说你更喜欢炎热的天气，伊苏贝尔？"

"嗯。"伊苏贝尔含混不清地答了一句。过去的二十分钟里，她一直紧张地望着正在操场边玩耍的孩子。她站了起来。

"约翰！"她喊道，"约翰尼！远离小溪！听话！"

苏看了看几个孩子。"哦，别担心，他们不会有事的。那条小溪只有一码宽。威廉和萨利喜欢在上面跳来跳去，最糟的不过是把袜子弄湿。"

一直等到约翰离开水边，伊苏贝尔才重新坐下。"众所周知，几英寸深的水也有可能淹死小孩。"她用一种不必要的冷淡语气回答，让阿尔弗雷德吃了一惊。

"哦。"米克说，"萨利是个游泳健将，如果有必要，她会去救他的。"

阿尔弗雷德在米克的脸上寻找着讽刺的蛛丝马迹，却什么也看不出来。很快，两个男孩各自拾起一根长长的树枝，猛地敲打蒲公英毛茸茸的花头。伊苏贝尔满心忧虑地瞥了他们一眼。

"他不会有事的。"感受到她的紧张，阿尔弗雷德低声告诉他。

"我觉得他不该拿着树枝玩。"她说。

"男孩和树枝。"米克欢快地答了一句，"这个世界上最自然的结合。你知道吗，我小的时候也会——嘿！看招！"

约翰在萨利的追逐下飞快地穿过众人，奔向伊苏贝尔，一路打翻了米克的啤酒，还用脚踩扁了毯子上一块吃了一半的三明治。

"冷静。"米克扶起酒瓶说道。

"她掐我。"约翰带着哭腔对母亲说道，伸出了一只手臂，"你看。"他的皮肤上有一道红印。

"他试图偷看我的裙底。"萨利愤愤不平地说，"用他的树枝。"

威廉在她的身后扑哧一声笑了出来。

"好了，萨利。"米克说了一句，然而伊苏贝尔已经站了起来。

"你掐他了吗？"她问萨利，声音微微有些颤抖。

萨利把胳膊抱到胸前。"他试图偷看我的裙底。"她重复道。

"但你有没有掐他？"伊苏贝尔严厉地问，脸涨得通红。

萨利紧紧抿住嘴唇。

阿尔弗雷德拉过约翰的手臂揉了揉。"没伤着,亲爱的。"他对妻子说,"他们只不过是闹着玩。"

"就是的,小男孩就是小男孩。"米克补充道。

伊苏贝尔突然伸手抓住了萨利的手腕。"他只不过是个小男孩。"她怒气冲冲地低声说。

苏站了起来。"没事的,伊苏贝尔。"她脸上的笑容此刻已经烟消云散,"如果你不介意,我的孩子我自己来教育。"她朝着萨利伸出一只手。伊苏贝尔放下了女孩的手腕。"你的孩子你来教育。"苏补充道。

"好了,好了。"米克说,"大家都冷静。来——"他从其中一只野餐篮里取出一只平底玻璃杯,在里面倒了半杯啤酒。"我给两位女士做杯柠檬汁啤酒,你们觉得如何?"

伊苏贝尔摇了摇头,坐下来把约翰抱到大腿上。

大家一言不发地坐了片刻,直到孩子们再次站起身笑着跑开,似乎已经忘却了争吵的原因。伊苏贝尔目不转睛地追随他们盯了很长一段时间。阿尔弗雷德和另外两人开始回忆他们在粮食配给时期想念的所有食物。这时,西边的几朵乌云中传来了低沉的轰隆雷声。

"希望雨水能带来一丝清凉啊。"苏说,"这种天气对于马奇庄园的草坪来说肯定非常糟糕,是不是,阿尔弗雷德?"

"我们当然需要一些——"阿尔弗雷德刚要开口,就被一声尖叫打断了,紧接着是一声号叫。大人们的头同时转向了孩子们正在奔跑的地方。约翰带头朝着他们跑来,脸色苍白,一脸惊恐。

"妈咪!"他大喊,"她要打我!"

没错,萨利一只手举着树枝,差点就要打到他了。当她跑过来时,他们看到她的脸上挂满了泪珠。

"怎么搞得——"米克开口问道,还站了起来。

"约翰,宝贝。"伊苏贝尔也站起来,张开手臂。约翰抓住她,被她紧紧抱入怀中,狠狠地瞪了萨利一眼。

"他打我。"萨利哀号着说,"他用树枝打我。"她半转过身,伸出一条腿给大家看。只见她的小腿上有一道可怕的红色鞭痕,边缘已经开始肿胀。

"妈咪,她又掐我来着。"约翰告状,"她掐我掐得好厉害,我才打她的。"

几个大人此刻已经全都站起来了。苏和米克站在萨利的两边。苏把一只手放在萨利的腿上,她却抽搐着挣脱了。"别碰!"

阿尔弗雷德问约翰:"你为什么要打她?"

"她又掐他来着。"伊苏贝尔回答,"她掐了一个年纪还不到她一半的男孩。"

"看看她的腿!"苏尖叫起来,"他可能年纪还小,但已经足以知道不该用树枝打人了。"

"妈妈,他又偷看我的裙底来着。"萨利用平淡的声音说道。

伊苏贝尔把约翰拉近自己的身旁。"他不知道自己在做什么。他还是个小孩。"

"这就是你要说的,对吗?他不知道自己在做什么?"苏的嗓门仍旧很高,"他在用树枝袭击她的时候知道他自己在干什么!"

"是萨利仗势欺人!"伊苏贝尔尖叫道,"我真想——"

"你想干什么？"米克朝着她的方向扬起了下巴。

阿尔弗雷德转向他。"别这样，米克，我们都冷静一下。他们不过是群孩子。"

空气中弥漫着浓重的雨水味道。远处邻近的田地里，一群牛正朝着树林的遮蔽处移动。苏向前迈了一步，站到萨利面前。"不，我倒想知道她想干什么。"

伊苏贝尔挺起肩膀。"我真想好好揍她一顿。"

"哈！"她苦笑了一声，"揍我的孩子？原谅我直话直说，但我觉得你应该先从自己的孩子揍起。这个小变态。"

"嘿。"阿尔弗雷德向前迈了一步，举起了一只手掌，"注意你的语气。"

此时此刻，三个孩子只能闷闷不乐地站在那里，生怕自己挑起了什么事端。

"他才不是什么变态呢！"伊苏贝尔尖叫道，"他才三岁。"

"那他就是个妈宝。"苏压低嗓门，用威胁的语气说道，"问问大家好了。这小子被惯坏了，一点儿规矩也没有。"她望向丈夫，寻求肯定。他沉重地点了点头。

声音的碎片开始在阿尔弗雷德的脑海里蹦来蹦去。

约翰——宠坏了——变态——没规矩。

"你有什么话要说吗，米克？"他脱口而出。

"我要说。"米克向前迈了一步，好让阿尔弗雷德闻到他口气中的啤酒和泡菜味道，"我要说你的儿子显然觉得殴打女孩是没有问题的。他怎么会有这种想法？"

一股怒火猛然涌上阿尔弗雷德心头。他感觉自己攥紧了拳头。

好了，阿尔弗雷德，别让他激怒你。别做什么有可能会让你后悔的事情。

打架！打架！打架！啧啧啧，让这个混蛋见识一下你的厉害！

他的心已经跳到了嗓子眼儿里。两个男人一言不发地面对着彼此。最终还是苏开了口。"别让他得逞。"她对米克说。

米克举起一根手指，指着阿尔弗雷德的脸。"要不是这里还有女人和孩子，我就揍你了。"

大家安静下来。苏弯下腰捡起了自己的野餐篮。

"今天本是多么美好的一天啊。"她平静地说，"走吧，孩子们，我们要回家了。"

阿尔弗雷德开口想要说些什么，却想不出任何能够挽救局面的话。他的心还在怦怦直跳。一直等到卡特莱特一家走到听不见的地方，他才对伊苏贝尔说："我还以为你们是朋友呢？"

她对此的反应是牵起了约翰的手。"显然不是。"

回家的途中，一家三口被雨淋了。拖着沉重的脚步返回小屋的路上，伊苏贝尔一言不发，阿尔弗雷德却怒火中烧，既尴尬又愤怒，为事情竟然这么快就失控感到难以置信。他希望自己短时间之内不会再碰到米克·卡特莱特。

相反，在伊莎贝尔的眼中，阿尔弗雷德在野餐时的行为却将他提升到了英雄的地位。接下来的几个星期，他白天回家时会发现伊苏贝尔正在客厅的窗户前等待，而约翰永远都在她的怀里。"你英勇的爸爸回来了。"看到他迈进房门，她会充满柔情地低声这样说，然后吻一吻他的脸颊，再抱起约翰，让他也给爸爸一个吻。"爸爸是个伟大的勇士。"她会说，"这里唯一可以掐你的人就是我。"她在房间里追逐着高兴得又喊又叫的约翰，对他又掐又挠，直到他笑得眼泪都从脸颊上滚落下来。

这令阿尔弗雷德颇感难堪。他认为，捍卫家人是一回事，但让一个男孩认为在野餐时发生的一切——约翰的行为和他的行为——不知怎么变成是值得鼓励的，就完全是另一回事了。任凭事情失控是不对的。约翰应该意识到这一点。显然，伊苏贝尔对局势有着完全不同的看法：她的儿子，快乐的源泉，天真的载体，是不可能犯错的。

但某些事情已经开始引起了阿尔弗雷德的注意。他发现，尽管约翰的腿又胖又壮，伊苏贝尔还是会抱着他走上很远的路，而不是让他——强迫他——走路。她还会把他挂在自己的臀部上，好像他只有几磅重似的。他还第一次注意到（他怎么到现在才发现？），当他们带着他到村里其他的小孩——二十多个年纪在一岁至十二岁的孩子——聚集的游乐场去玩时，若是这孩子踢掉了别人的沙堡，或是站在滑梯的顶端不让别人过去，伊苏贝尔会多么迅速且乐意站出来维护他。

注意到这些，阿尔弗雷德很不高兴。晚上，在身旁的伊苏贝尔入睡后，他仍会睁着眼睛躺在床上，等待约翰迈着"嗒嗒嗒"的脚步例行跑进他们的卧室，钻进两人之间的床上。他召唤着脑海中的画外音女声。

阿尔弗雷德，你得坚定立场。你是孩子的父亲。

"我知道。"他闷闷不乐地默默答道，"可我觉得伊苏贝尔的看法和我是不会一致的。"

她被母爱蒙蔽了双眼——她没有恶意，却害了孩子。

"你们难道不明白吗?她失去过一个孩子,还记得吗?"

当然记得,但你也一样啊。你现在要对这个孩子负责。

没错。和她谈谈,阿尔弗雷德。

他试图与伊苏贝尔讨论此事,却是徒劳。

"他还是一个小家伙。"当阿尔弗雷德指出孩子完全可以走路,不需要无时无刻被抱在怀里时,她会这样说。或者,当约翰从到家里来做客的其他孩子手中抢夺玩具时,她会说:"我承认他有点儿缺乏耐心,但这只不过是因为他好奇。"他喜欢掉眼泪的原因是他"敏感",他大发脾气是"兴高采烈"的一种表现。她还会假装不曾注意他对别的孩子拳打脚踢的侵犯行为,或是为他辩护:"事情又不是他挑起来的。他有权自我保护。"

事情就这样延续了下去,直到约翰四岁生日前不久的一天晚上,阿尔弗雷德回家时发现孩子拿了一把刀,砍断了房前的紫藤花根。数十年缓慢而微妙的生长过程就这样被一举摧毁了。他这才大惊失色、满腹愧疚地意识到,他其实并不喜欢自己的儿子。刹那间,敏锐而强烈的感觉转瞬即逝,却留下了一丝淡淡的失落。对阿尔弗雷德来说,要不是他某天目睹了一件奇异的事情,这可能标志着他又开始了一种全新的心痛:他无意中听到约翰在自言自语。

无治之症
1995

治疗师说的第一句话是"请脱下你的鞋子",因为她有时会让人躺在地板上,作为治疗的一部分,而让他们躺在布满街道污垢的地毯上是不卫生的。你脱下鞋,穿过房间,坐在治疗师为你指明的那张椅子上。你低头看了看地毯。它是泥土的颜色,上面粘着许多毛茸茸的灰点,可能带有数十亿个细菌。你希望自己不必躺在那上面。

治疗师的年纪和你妈妈差不多大,三十五岁左右,或是更大一些。不过她不如你的妈妈好看,门牙会从下嘴唇里龇出来,说话时口水还会在嘴角上积聚起白色的小点。她会不时地伸出弯曲的舌头,舔掉口水。她的舌头又红又亮,像肝脏一样。她穿了一条蓝色的羊毛裙,戴着长长的串珠项链。只要她一动,项链就会发出枯骨般轻柔的咔嗒声。

治疗师说,首先,我喜欢让客户跟我聊聊有关他们自己的情况。起初,你并没有意识到她指的是你,因为客户应该是银行账户或保险的持有者。治疗师翘起二郎腿,身子微微前倾,项链咔嗒作响。所以,她说,大家对你有点担忧,尤其是你的妈妈。

你知道妈妈担心你疯了。这让你感到既难过又愧疚,还很丢脸,让你想用剃须刀刀片将自己的大腿划开,这样就不会感觉如此难过、愧疚和丢脸了。

这正是你的儿科医生把你送到这里来的原因,治疗师说,让你来和我稍微聊一聊,看看我能否把问题解决。她从身旁的矮桌上拾起一根铅笔和一个记事本。你今天到这里来感受如何?她问道,手中握着铅笔悬在记事本上,准备开始写字。程度范围从一到十。

你说呢,我不知道。

治疗师写了些什么。你有朋友吗?你点了点头,然后开始编造姓名,却不知道自己为何要编造这些东西——玛琳、霍莉、伊苏贝尔和海蒂——但你无法阻止自己。你过去也曾有过真实的朋友。杰西、爱莎和汉娜。不过你没有告诉治疗师。你不知道自己为何要向治疗师谎称朋友的名字。你来到这里之前发过誓,说你会尽力阐述事实,集中注意力,努力变得更好。你也向妈妈保证过。妈妈把预约看诊的事情告诉你时移开了眼神。你看得出来,她正努力不让自己哭泣,但这其实比她掉眼泪还要糟糕。

男朋友呢?治疗师问道,手中的铅笔晃了一下。你的脸涨得通红，摇了摇头。治疗师笑着说，这没什么不好意思的。

她在座位上向后靠了回去。布莱妮娅，要想解决问题，你得跟我谈谈，告诉我出了什么问题，否则我是帮不了你的。

你心里有些想把脑海里发生的一切都告诉治疗师——比如你第一次用剪刀在手臂上划来划去，感觉有多奇妙，可那个女人的声音如今总是强迫你这么做；或是你早上是如何哭着醒来，止都止不住；或是因为脑海里那个小女孩的声音，你有时在数完卧室窗外的树上长着多少片树叶之前就下不了床；或是那个诉说着你有多蠢的声音，让你趁没人的时候尽量用力地掐一掐邻居家的小孩。不过那样的话，治疗师就会知道你有多邪恶、多疯狂了，还有可能把你关起来。如果你告诉她任何事情，那些声音会惩罚你的。

你这才意识到，自己并没有专心聆听治疗师在说些什么。这种情况时有发生，因为你发现自己有时很难集中注意力。这在学校里尤其是个问题。比方说，老师正在解释越南战争对全球经济的影响，你的心思就会飘向坐在前一排的佐伊·斯图尔特肩头的头皮屑，心想佐伊的眼睛颜色真的好深，深得几乎是黑色的。脑海里那个画外音女声还会让你去思考，一夜之间变成瞎子是什么感觉：某天早上醒来之后，一切都变成了漆黑。一切。那些又瞎又聋的人——

——然后你就惹上麻烦了，因为你一直在聆听那些声音，琢磨着头皮屑和又聋又瞎的事情，没有注意听讲。近三个月来，校长已经找你妈妈谈过至少五次了。校长说，这孩子不是个捣蛋鬼，反倒一直是个乖乖女。还说，我知道这个年龄容易出现问题，但她必须在课上更加专注地听讲。顺便说一句，她看上去好像瘦了不少,还是说只是她的婴儿肥消失了?

治疗师告诉你,偶尔感到困惑是没有问题的。你却觉得这样不行,治疗师显然不知道困惑是什么感觉。但你没有把话说出口。一言不发。治疗师接着说,我看得出,你会咬指甲,布莱妮娅。你已经不会割伤手臂了,而是转为划破双腿,因为这样做更容易隐藏伤疤——虽然脑海里的声音强迫你把大腿上割得很深,有时会疼上好几天——你有点狼狈,却很高兴。

也许你在学校里被人欺负了?治疗师问。

你什么话都可以告诉我。我不会把你在这里说过的事情告诉任何人的。治疗师说。来吧,试一试。

可你一句话都挤不出来。这就像是在你不需要拉屎的时候试着蹲马桶。这个想法让你的心中一片慌乱,担心要是自己开口说些什么,那几个女人的声音就会强迫你骂脏话,或是说出什么和"屎"押韵的话。你最近听到脏话时,就会发生这种事情。她会让你满脑子都在琢磨这个词,还有所有跟它押韵的词。比如滚蛋、垃圾、恶心、鸭子、妖精、纨绔子弟、讨厌、狼吞虎咽、运气。这就是你一句话都不敢往外挤的原因。

好吧,治疗师说,我和你实话实说吧,布莱妮娅。如果你不配合,到这里来就没有任何意义。你是在浪费我们彼此的时间。

换作别的时候,画外音肯定会将你的思想向相反的方向扭转,让它如同胶水一般,粘在某样东西上,害你想不到其他任何事情。比如现在,你的注意力全都集中在治疗师嘴角的唾液上,看着它从一个小点开始,随着治疗师说了几分钟的话,逐渐变成一大滴。紧接着,一条如同青蛙舌头般的红色舌头突然弹了出来，将它舔掉。说话，说话，唾液，舌头——说话，说话，唾液，舌头。

治疗师看了看表说，天呢，看看几点了。她笑了笑，像是发自内心地在为什么感到高兴。我们就到此为止吧，好吗？她说。伴随一阵轻柔的敲门声，你的妈妈进来了。她问了问时间到了没有。治疗师回答，是的，我们聊得很好，对吗？布莱妮娅，你介不介意在外面等候，让我和你的妈妈好好聊聊？

于是，你走到候诊室里坐下，凝视着对面墙壁上的那张画，画中的阳光正从画的边缘渗透出来。你等待着画外音在你的耳边响起。

海滩与图书馆
1955—1958

　　阿尔弗雷德、伊苏贝尔和约翰踏上了前往海滨的旅程，要在科尔温湾的一家小型简易旅馆里住上三晚——这是他们全家第一次外出度假。房间十分狭小，也不太干净，但价钱便宜，何况他们打算大部分时间都待在室外的沙滩上。事情发生在他们住在这里的第二天。伊苏贝尔和阿尔弗雷德各自租了一张帆布躺椅，约翰则在他们身旁玩着沙子。天气很好，不眠不休的青灰色大海上时不时吹来一阵凉爽的微风。不过大部分时间里，空气都是静止的，让人能够感觉到炙热的七月阳光暴晒着皮肤。伊苏贝尔穿了一条漂亮的花朵棉布连衣裙，戴着宽边草帽，阿尔弗雷德挽起裤腿，脱到只剩背心，还用打结的手帕做了一顶帽子。他感觉十分平和：能够坐在这里无所事事、读读报纸、偶尔眺望一下地平线的感觉很好。伊苏贝尔带了一本小说，封面上画了一个阿拉伯酋长，怀里紧紧拥着金发女子。她时不时就会叹息一声，或是猛地吸上一口气。不过，她眼下正从帆布躺椅上坐起来。"我要去买个冰激凌。"她声称，"约翰尼，你来吗？"

可是男孩摇了摇头。他正玩着某个男孩昨天堆砌的沙堡剩下的残垣。（不到一天的时间，约翰就摧毁了海滩上所有小孩的沙堡，还朝他们一把把地丢沙子，成功让他们疏远了自己。）他正试着挖出一条从沙堡通往水边的路，用双手铲着湿润的沙子。

"我会盯着他的。"阿尔弗雷德说。伊苏贝尔犹豫了片刻，穿过沙滩，朝着海滨步行大道走去。

阿尔弗雷德望了望约翰：他的身上只穿了一条短裤，肩膀上的皮肤已经微微泛红。阿尔弗雷德记在心里，要让伊苏贝尔趁他晒伤之前给他穿件上衣。他的目光回到了报纸上，却昏昏欲睡，读不下去。折起报纸，他闭上双眼，把脑袋靠在椅背上。就在这时，他的耳边响起了约翰说话的声音。只有两个字——"我懂"——声音很小，但足以让阿尔弗雷德清清楚楚地听到。他以为儿子是在对自己说话，于是睁开双眼抬起了头。但阿尔弗雷德正全神贯注地看着自己的沟渠。就在这时：

"不对！不是这样。"他的声音仍旧很轻，五码之外的人都听不到。

阿尔弗雷德坐起身来。

"我在——"

一阵短暂的停顿。

"那好吧。"

看着儿子,一种陌生的感觉涌上了阿尔弗雷德的心头。他屏住呼吸,尽力去偷听。不可能,这孩子只有四岁半啊。阿尔弗雷德竖起耳朵,但除了嗡嗡声和起伏的海浪拍打沙滩的声响,还有二十码开外一群玩耍的小孩兴奋的尖叫声外,他什么也听不到可要是我在这里挖,它就——"

阿尔弗雷德向前探出身子,不想打扰这个孩子。

"哦,是的,我懂了。"约翰拿起小铲,开始挖掘第二条河道,"没错。"他似乎是在遵从什么指示,防止河道坍塌。

一阵突如其来的风吹得阿尔弗雷德的手臂直起鸡皮疙瘩。

"约翰。"他低声叫道。约翰皱着眉头,继续挖着。"约翰。"阿尔弗雷德又叫了一声,音量更大了一些。

约翰抬起头,望向了他。他的眼睛是灰色的,和阿尔弗雷德一样,但圆乎乎的眼形遗传自母亲。

"你在和谁说话?"他问道,尽量让自己听起来既温柔又诱人。

约翰盯着他看了看,移开了目光。"没有谁。"

阿尔弗雷德从帆布躺椅上站起来,走过去蹲在约翰身旁。"约翰尼,你在和谁说话?"他的语气很平静,仿佛能够感觉到心脏正在胸口里猛烈地跳动。

约翰紧紧抿着嘴唇。

"你在和脑海里的某个人讲话吗?"

一时间,约翰似乎就要开口了,但紧接着就矢口否认。"不是的。没有谁。"他叹了一口气,"我在挖沟呢。"他说:"你看到了吗?这样大海就能在城堡四周围成一道护城河了。"

"看到了。很好。"阿尔弗雷德将一只手搭在约翰的脑袋上,摸了摸他的头发。他不想吓到他。两人沉默不语地坐了一会儿。约翰还在沙子里继续挖沟。但很快,阿尔弗雷德就再也忍不住了。

是你吗?他在心里默默地问,是你在和约翰说话吗?

一股海浪重重地砸在沙滩上,逗得附近的孩子发出了阵阵的尖叫与欢笑。

是你吗?他在脑海中怒吼,却没有收到任何的回应。于是他凑到了约翰身旁。"约翰尼,你懂的,儿子,有些人能——"

"我回来了!"伊苏贝尔举着三只圆筒冰激凌,"快点儿,它们就快化了。"她把手举到嘴边,舔了舔从指间滴落的奶油。

约翰站起来,从她的手中接过一只圆筒。"妈咪!"

"怎么了,约翰尼?"

"等我长大结婚了,我会娶你。"

伊苏贝尔弯下腰吻了吻他的鼻子。"我觉得你爸爸会有意见的,是不是,阿尔菲?"她低头望向正跪在沙地上的阿尔弗雷德。

"没错。"他答道,然后又补充了一句,"我觉得他被晒伤之前最好穿上衣服。"

接下来的几年,阿尔弗雷德一直带着五味杂陈的心情注视着儿子,期待自己在沙滩上目睹的那一幕会再次发生。他反复诘问脑海中那几个画外音女声,是不是她们在对约翰说话,因为这似乎是查明真相最直接的方法。然而她们对此始终保持着令人沮丧的沉默。他会趁约翰独自玩耍时在他的卧室外徘徊,希望能够再次抓到他自言自语,还会在睡前故事中编造王子、会说话的仙子和木头仙女的角色（在某种程度上，这是受他自己初次听到声音的经历启发）。然而这一幕并没有重演，至少是没有当着阿尔弗雷德的面重演。随着时间的流逝，他开始好奇这一切是否全都是他的想象，或是他赋予了事情某种并非真实存在的意义。约翰入学后长成了一个身体健康的普通小伙。虽然阿尔弗雷德知道自己应该对此心怀感激，心中本该充斥着骄傲的地方却隐隐作痛，取而代之的是令人厌恶的失望。

1958年7月，一个潮湿的下午，天早早就黑了。阿尔弗雷德一直等到克拉克斯顿下班回家，才在马奇庄园的侧门边脱掉沾满泥土的靴子，准备去图书馆一趟。果园里有三棵李子树感染了他不认识的某种真菌。他希望能够找到一本说明如何进行治疗的书。迈进屋内，他差点儿撞上了艾玛。她正在擦拭门厅里装饰的众多镜子之一。

"抱歉。"他边说边走进门，"我要去图书馆一趟。"他补充了一句。

"随你的便。"她耸了耸肩答道，"不过他们稍后请了几位客人，是从伦敦之类的地方过来的朋友。所以，别把屋里弄得乱七八糟。"

"我不会久留的。"他蹑手蹑脚地穿过门厅，为自己脚上只穿了袜子感到十分难为情。在溜进图书馆的橡木大门时，他听到艾玛嘴里念叨了一句："他们为什么就不能像普通人一样，只装一面大镜子啊，该死，我永远也不会知道。"

屋里很黑，所以阿尔弗雷德更加敏锐地闻到了这里的气味。他等了几秒才扭开电灯，嗅了嗅被刺鼻的蜂蜡和家具抛光油味道削弱的旧书和陈腐烟斗味,仿佛这是什么启动仪式(撇开寡言无礼这一点不说,艾玛在打扫卫生方面可谓是尽职尽责)。阿尔弗雷德不想打破这些气味带来的幽暗宁静,决定关掉灯光刺眼的巨型之字形吊灯,反而只打开最靠近园艺书架的一盏维多利亚风格小台灯。台灯的边缘装饰着珍珠,散发出的亮橙色光芒足以映出书脊上的名称。阿尔弗雷德很快就找到了两本看上去派得上用场的书——雷蒙德·布希的《木本果的种植》和爱德华·巴克尔的《李子及其种植》——将它们从书架上取了下来。紧接着,他又在爱丽丝·辛格-科恩的那部分书架表面扫视了一圈(他对这里的藏书已经了如指掌,一眼就能看出有没有加入什么新书)。在他正要拿着园艺书转身离开时,目光却被一本不认识的书吸引了。埃及蓝的书脊上写着几个银色的浮凸文字,但阿尔弗雷德在这个角度是看不清的。他拽来一只脚凳,凑近瞧了瞧。书名上写着《冰岛神话综合介绍》。他用手指顺着书脊摸了摸。毫无疑问,这是一本老书,蓝色的书皮都已磨损,书角露出了带绒毛的硬纸板。奇怪的是,他以前从未在这里见过这本书……

……可你又从没有好好找过。

"找什么?"

没错。

"你这话说得完全不着边际。"

一阵短暂的停顿,其间充斥着断断续续的爆裂声,像是在一条信号不好的电话线上等待对方接起电话。紧接着——

你得更仔细地看一看,阿尔弗雷德。

嘘,你说得已经够多了。

他愣在那里的时间肯定比想象中还要久,因为他突然意识到房间的另一边正传来真实的人类交谈声。那是两个女人在说话。阿尔弗雷德没有听到她们进来,愣在原地,指尖仍旧触摸着那本书。两个女人继续聊着天,仿佛他并不在这里。她们显然没有注意到他。

"你能想象吗,在这种乡下?"

"完全没有办法。当然,这里很美,但我不知道他们是怎么忍受下来的。"

她们说的是德语。两人正为辛格-科恩夫妇怎能忍受乡下的生活感到好奇。阿尔弗雷德屏住了呼吸。他好像已经一百年没有听到过德语了。尽管为自己的偷听行为感到有些羞耻,他的心里还是渴望再多听听这种熟悉却又陌生的语言。他缓慢地转过身,借着昏暗的光线,隐约看到了两个身穿优雅昂贵服饰的年长女子。

"要是有几个孩子就好了。"其中一人说。

"孩子只有小的时候才好玩。"另一个回答,"何况爱丽丝年纪也不小了。"

她们肯定就是艾玛所指的客人。阿尔弗雷德尽可能悄悄地从凳子上迈下来,不知道如何才能走出去,却又不会让她们以为自己一直都在偷听。可他脚下的地板令人颤抖地嘎吱一响,吓得其中一个女子掷地有声地倒吸了一口气。

"有人在那里吗?"她带着颤音问道。

"哦,我不想吓到二位。"阿尔弗雷德走到灯光下,"非常抱歉。"他飞快地致歉道,自然流利的德语脱口而出。其中一个满脸皱纹、皮肤晒得很黑的女子挑起了眉毛。不过,趁她还没来得及进一步质问，阿尔弗雷德就已将两本园艺书抱在怀里，匆匆离开了。

那天晚上，他重重地倒在床上，花了好一阵子才找到一个能够缓解后背疼痛的姿势。这样的疼痛已经困扰了他好几周。伊苏贝尔背对着他，轻声打着鼾。他感觉脑海中的画外音女声正在他意识的边缘大发雷霆，试图抓住他的注意力，迫不及待地要和他聊些有的没的，但在她们的声音成型之前，他就已经睡着了。

时钟倒数
第五日

"啊,我正想和你们谈谈呢!"

我和阿尔弗雷德望向了小隔间的房门。一个留着胡子的小个子年轻人穿着白色的外套走了进来。他用力握了握我的手,然后又握了握阿尔弗雷德的手,仿佛是想以此弥补自己身高的不足。

"有什么变化吗?"阿尔弗雷德问。他听上去充满了迫切的希望。的确,和上次相比,布莱妮娅看上去已经好多了,张开的嘴巴里原先插着的那根通往呼吸机管也被拔掉了。此时此刻,她看上去就像是陷入了深沉的睡眠。

"恐怕没什么改变。"医生回答,"不过她的生命体征和我们期待的一样好,现在已经有了自主呼吸。这是好事,但她仍旧处在昏迷状态中。"他叹了一口气。"不过世事难料——她也许明天就能醒来，也许是下周，又或许……永远都不会醒来。"他似乎沉思了片刻，紧接着说，"啊，不过我这里的确有些有意思的事情想让你们看看。"他从布莱妮娅的病床床脚处摘下病例。"我们今天早上做了一次机能性磁共振成像——这是治疗脑部受损的标准流程——发现了一些奇怪的事情。"他扯出几张彩色影像，上面显然是布莱妮娅的大脑。阿尔弗雷德和我都凑上去仔细查看。图片十分引人瞩目，看上去就像是布满靛蓝和紫色斑点的蝴蝶，身上还带着亮黄色的小点。

"成像显示的是初级和次级听觉皮层的活动。"医生继续说，"这一点在昏迷的名人身上实属罕见——"接下来，他发表了一番演讲，内容都是类似"形态句法处理""颞上回"和"弓状束"之类的名词，最后还提到了"近似于说话时能够看到的成像，不过实际上却没有人在与她说话"。

我不太理解他刚才说了什么，于是看了看阿尔弗雷德，可他正凝视着房间的左上角，显然思绪已经飘远。

"还有更奇怪的。"医生的话还在继续，"前脑内侧束的某些部分——我就不给你们详说了——似乎同时也很活跃。"

我一脸茫然地看着他。

"你们懂的，就是大脑的愉悦热点[1]。不过话说回来，大脑是非常——该怎么说呢——是非常复杂的。"

"这是什么好的迹象吗？"我问。

---

[1] 热点（hotspot），医学名词，大脑中反应活跃的区域。

他耸了耸肩。"我们只能等等看了。正如我说的,昏迷中的病人无从了解。抱歉,我还有别的事情。"他把病历本夹回原位,转身离开了。就在他朝着门口迈开大步时,阿尔弗雷德猛地缓过神来。"你是在说,她还能很好地处理语音吗?"他问。

医生转过身。"我猜可以这么说。奇怪的事情总是会发生。"说罢他便离开了。

驱车回家的路上,我们俩的话都不多。现在是节礼日的下午五点。尽管路上车不多,结冰的道路还是需要我全神贯注。我时不时便会望向阿尔弗雷德,但他一路上都在直视前方。我不愿去想他的脑海中正在上演什么,也不愿相信他只剩下一天的生命了。

告白
1958—1960

阿尔弗雷德的三十二岁生日带来了某个完全出人意料的麻烦。那是一个星期天。伊苏贝尔答应让他游手好闲一天，还说会"好好款待他"。他十点左右才从床上爬起来，把她端上来的早餐盘放在一旁，穿上一身休闲装，胡子都没刮。经过楼上的平台窗边时，他向外望了望。屋外正静静地落着雨。从后花园向山上蔓延的草坪笼罩在一片透明的雾气之中。穿上伊苏贝尔送给他的新拖鞋，他蹑手蹑脚地走下了楼。这双鞋是用勃艮第红色的皮子做成的，外观和脚感都比他自己买过的任何东西更舒适。他把餐盘放进厨房，却因为自己动手干活儿遭到了伊苏贝尔温和的斥责。

"你走开吧，去沙发上舒舒服服地坐着。"她从他的手中接过餐盘,"别抢我的工作了。"

她的头发上沾着面粉,面前的厨房餐桌上摆着的圆形生日蛋糕装饰着光滑的白色糖霜,还用蓝色的字写着"爸爸生日快乐"。

"约翰呢?"他问。

"我告诉他,如果他去上主日学校,就能吃到两块生日蛋糕。这样你就能清净一下了。"

贿赂是伊苏贝尔喜欢的教养手法,却令阿尔弗雷德心生厌恶,他觉得这会适得其反。但他现在不想争辩,反而俯身给了她一个吻。就在这时,门铃响了。

"是贝尔来接我去教堂了。"伊苏贝尔边说边解开围裙。她看了看后门上方的墙壁上悬挂的时钟,现在是十点一刻。"她来早了。"伊苏贝尔用双手抚了抚头发,扬起一小团面粉,"不过她也许是来祝你生日快乐的。"

她离开厨房去开门。阿尔弗雷德还想再来一杯茶,便把灌满的水壶放在了炉子上。这时,他听到门厅传来了一个熟悉的声音。但那不是贝尔,而是爱丽丝·辛格-科恩。

"你丈夫在家吗?"他听到。

"嗯,是的。他一直都在,就在厨房里。我去叫他。我能帮你把外套脱下来吗?"伊苏贝尔问道。

"不用了,谢谢。"她回答。

阿尔弗雷德轻轻摸了摸下巴上的胡楂儿,瞬间有些后悔没刮胡子。也许她是来祝他生日快乐的,他心想,但她以前从没有这样做过。他打开厨房门,走进了门厅。看到爱丽丝·辛格-科恩站在那里,他当即就意识到,一定是出了什么问题。和往常一样,她的穿着打扮无可挑剔,脸上却没有化妆,还带着他以前从未见过的严肃表情。

"今天是阿尔弗雷德的生日。"伊苏贝尔显然没有意识到他从爱丽丝·辛格-科恩身上觉察到的紧张情绪,"你也一起来吃块蛋糕吗?"

爱丽丝·辛格-科恩并没有看向伊苏贝尔,而是一直紧盯着阿尔弗雷德,用几乎快要失控的声音说:"我不会耽搁你太久的,华纳先生。我是来通知你,你被开除了。你有两个星期的时间腾空住房,但我不想再在马奇庄园看到你了,再也不要。"

她向后退了一步,撞上了伊苏贝尔。伊苏贝尔的目光从这个女人身上飞快地瞥向阿尔弗雷德,目瞪口呆地问道:"什么?阿尔菲?辛格-科恩夫人?"

"我——辛格-科恩夫人,怎么……?"他结巴起来。可她并没有停下来听他讲话,而是转过身,沿着小道冲向了汽车,笨手笨脚地摆弄着钥匙。她是自己开车过来的。阿尔弗雷德还没来得及赶到前门,她就开着车离开了。

"阿尔菲,出了什么事情?"伊苏贝尔脸色苍白,浑身发抖,"离开这里?她的话是什么意思啊?"

"我不知道。"他回答,"但我会去弄明白的。"他穿上鞋,从门边的衣钩上抓过夹克衫,跑到房后去取自行车。

他蹬得相当卖力,而且越是卖力,心中就越是愤怒。事实上,他不记得自己曾经如此愤怒,感觉白热化的怒火已经从他的五脏六腑一路蔓延到了他的眼后。雨还在继续下。骑行在湿滑的马路上,他必须当心滑倒。他想起了伊苏贝尔悲痛的表情,想起了爱丽丝·辛格-科恩的话带给她的恐惧。这个女人怎敢扬言要将他和他的家人赶出家门！他不知道要对她说些什么，但他是不会任人宰割地放弃这一切的。

来到铸铁的大门前，他停下车，猛地甩开门，一路朝着宅邸骑去。为了抵抗碎石路的摩擦力，他不得不用力蹬着踏板。灰色的宾利车就停在房子外面。他一个甩尾，把车停在了门前的台阶上，任由自行车摔倒在地、扯响了车铃。艾玛打开了门。

"有人约你来的吗？"她问道，脸上的表情暗示他是个不速之客。况且他身上的夹克衫已经被雨水浸透，鞋子上还沾满了泥巴。

"她在什么地方？"阿尔弗雷德边问边向前跨了一步。

"辛格-科恩先生去伦敦了，夫人在楼上，她没说你要来。"

"我需要见她。"他说完便从她的身边挤了过去。

"请自便。"艾玛耸了耸肩，"不过要是你能脱掉鞋子，我就感恩戴德了，反正清理这些淤泥的人又不是你。"

阿尔弗雷德犹豫了一下，脱掉脚上的鞋子。他冲出家门时竟然忘了穿上袜子。

艾玛低头看了看他裸露的双脚。"嗯，很好。"她嘲讽地说了一句。

阿尔弗雷德奔上楼梯，一次迈过两级台阶。他以前从未这样上过楼。来到一座宽敞的巨大平台，他停下了脚步。这里和楼下的门厅一样杂乱，有五六扇门都敞着。他转过身，靠在了栏杆上。艾玛正用一只巨大的羽毛掸子动作迟缓地为几件装饰品除尘，大概是在等待什么麻烦爆发。

"左手边第二扇门。"她头都不抬地说，"不过如果我是你，会敲敲门。"

"谢谢。"阿尔弗雷德迈开大步穿过平台,走到门边敲了敲。在等待回应的过程中,他努力整理着思绪,却想不出任何理由——绝对没有理由——会让她想要开除自己。在花园的事务上,他们偶尔会产生分歧:几个星期前,他曾一反常态地站到了克拉克斯顿那一边,反对她添置人工水景的计划。因为要想值得这个效果,就要付出大量的维护努力。但这无疑并不是开除他的理由!她是个冰雪聪明的女子,不是什么情绪无常、心血来潮就会解雇员工的富人。还是说,他一直都错看她了?他又敲了敲门,等待着一句"进来"。相反,房门打开时,突然出现在他面前的爱丽丝·辛格-科恩却一脸苍白。

"我告诉过你了,我不想再在这里见到你。"她的声音中透露出了一丝无奈,仿佛知道自己的话不会带来任何不同。她穿着某种家居袍,靛蓝色的丝绸上绣满了银色的小星星,脚上穿着配套的拖鞋,看上去既悲哀又疲惫。她把脑袋的一侧靠在房门上说:"请你离开,华纳先生。"

"不行。"他的语气十分轻柔。看到她这般倦怠、沮丧,他心中炽热的怒火一下子就平息了。"我需要知道是为什么。"

她短暂闭上了双眼。"离开,求你了。"

但阿尔弗雷德轻轻推开了房门。踌躇片刻之后,她迈到一旁,允许他走了进来。房间比他预想中的狭小不少。一张挂着象牙白色生丝布帘的四柱床占了大部分的空间。窗户的对面是一张梳妆台,上面摆满了小瓶小罐、刷子和香水瓶,后部还连着一面三折镜。爱丽丝·辛格-科恩在梳妆台前坐了下来。阿尔弗雷德光着脚,穿着湿乎乎的夹克衫,仍旧站在房门附近。

"我想要知道为什么。"他说,"我已经为你工作超过八年的时间了,从未请过病假,总是能够按照要求完成任务。我的妻子——"他停顿了一下,好让自己平静下来,"小屋是我们的家。我们一直都是按时缴纳房租的。"

爱丽丝·辛格-科恩直起身,径直望向了他。"上个星期,我丈夫的亲戚——姑姑和表妹——来看他,她们问起了自己在图书馆里遇到的一个英俊德国青年。"

阿尔弗雷德感到一种灼热的感觉涌上了心头。她继续用平静的声音说道:"我不知道她们在说谁,于是她们描述了一下这个男人。"

阿尔弗雷德开口想要说话,却被她用一个愤怒的眼神打断了。"我不太明白,但她坚称你说话时的口音无可挑剔。我想起了一件事情。还记得吗,在火车上?我曾对你古怪的英语口音感到好奇?"

阿尔弗雷德咽了一口唾沫,点了点头。"我——"

她举起一只手。"让我说完。所以我让乌尔科洛夫特小姐做了些调查。过程非常容易。我不愿相信。我一直很喜欢你。我不太确定哪件事情更糟糕:是发现你曾是德国的战犯,还是你这些年来一直都在骗我。"她的最后一句话脱口而出时比前几句都更响亮。

"辛格-科恩夫人。"阿尔弗雷德朝她迈了一步,"我没有⋯⋯我是说,很抱歉让你觉得我骗了你。我不是有意要撒谎的,只不过⋯⋯这似乎不是什么重要的事情。"意识到自己的话听上去有多空虚,他停了下来。这当然重要了。

爱丽丝·辛格-科恩站起身。"你好大的胆子！"她尖叫起来。与此同时，那几个画外音也混进了他的脑海，毫无秩序地乱喊乱叫起来，让他无法听清它们在说些什么。"这似乎不是什么重要的事情？"她嘲弄着他的口音，脸色愈发苍白，看上去就快晕厥过去。"我失去了十二个亲人！"她的声音逐渐分崩离析，仿佛已经很难忍住眼泪。可她还在继续。"十二个人，包括我三岁的侄女。她被装在箱子里，像牲口一样被运去了……运去了……"她没有说完。

屋子里充斥着令人心痛的沉默。阿尔弗雷德脑海中的声音冷静了下来，只剩下微弱的喃喃自语。就在这时，他的耳边响起了这样一句话：

关上门。告诉她，告诉她，你不是他们中的一员。

阿尔弗雷德几乎呆头呆脑地走到了门边。外面的楼上平台上，艾玛正在过分体贴地整理小边桌上坠着的蕾丝布料。他发现了她的眼神，于是她红着脸望向了别处。他关上房门，转过身。爱丽丝·辛格-科恩已经坐回了椅子上，不再挺直后背，看上去是那样的渺小而脆弱。

"我不是那种人。"他谨慎地低声解释起来，"几年前，我还是德国公民。没错，我曾在国防军中短暂服役。那时我十八岁，还没有——"他停下来，猛然想起自己曾坐在院子阴凉的角落里教所罗门如何使用弹弓。那个时候，两人的膝盖上都结着脏兮兮的血痂，肚子永远都吃不饱。"是犹太人救了我的命。"他低声说道。

她抬起头，却并没有说话。阿尔弗雷德接着说："我很小的时候父母就去世了。我是被柏林的一家犹太孤儿院收养的。

他们救了我的命。"

爱丽丝·辛格-科恩开始非常缓慢地摇头,仿佛正沉在水中。阿尔弗雷德闭上双眼,集中精力。回忆慢慢浮现,如同上钩的鱼儿,起初还在挣扎,随后以无法遏制的势头迅速浮出了水面。他用柔和而低沉的嗓音唱起了《万古磐石》。

再次睁开双眼时,他看到她用双手捂住脸颊,哭了起来。她的哭泣是无声的,瘦削的双肩在丝绸袍子下颤抖。他走过去蹲在她的身旁,这才注意到赤裸的脚趾间有一块柔软的地毯,踩上去感觉怪怪的。

"很抱歉让你难过了。"他伸出手臂,强烈地想要拥抱和安慰她,却再次收回了手臂。

告诉她,一个声音低语道。他知道自己欠她一次信心的飞跃。

"我能听到声音。"他的话十分轻柔,以至于他都害怕这些声音会被雨水敲在窗玻璃上的声音掩盖。"我能听到声音。"他用更加清晰的声音重复了一遍。她的双手从脸上滑落到了大腿上。"在我的脑海里,谁都不知道,就连我的妻子也不知道。"这已经不是他第一次想象伊苏贝尔——可爱而健忘的伊苏贝尔——若是知道此事会作何反应了。他羞愧地心想,这又是一个他很早之前就该分享的秘密。"我从很小的时候起就能听到那些声音,它们正是我会被犹太人收养的原因。我本来是要被送进救济院的,但犹太人接纳了我,挽救了我的生命。像我这样的人也会被纳粹谋杀。"

爱丽丝·辛格-科恩再次开口时,声音十分微弱。"你能帮我拿支烟来吗?"她指了指床头柜上的一只银色盒子。蹲得大腿都已麻痹的阿尔弗雷德站起身,照做了,还帮她点了火。她深深地吸了一口。

"我必须得说,这实在是令人难以置信。"她缓缓地回答,"我真希望你能早点告诉我。"

"我也是。"阿尔弗雷德说。他是认真的。

"我真的不愿相信我错看了你,华纳先生。但你必须理解,我需要一些时间来考虑你对我说的话。"

"是的,我明白。"

她站起身,按灭抽了一半的香烟。"我稍后再给你打电话。"她走过去打开了房门。

艾玛已经消失得无影无踪。阿尔弗雷德在门边停顿了片刻,捕捉到了爱丽丝·辛格-科恩的眼神。他能看出自己给她带来了巨大的伤痛,因而心中满怀歉意。两人对视了片刻。阿尔弗雷德知道,她懂了。

"我没有把此事告诉我的丈夫是对的。"关上房门前,她说,"他会想杀了你的。"

在马奇庄园的房间里与爱丽丝·辛格-科恩独处时,阿尔弗雷德丝毫没有察觉到时间过去了多久。回到家,发现几近疯狂的伊苏贝尔还在等他,他才吃惊地发现自己已经离开两个小时了。他的头隐隐作痛,累得已然麻木,仿佛好几天都没有睡觉了。

"哦,天呢,阿尔菲,我还以为你永远都不会回来了!"伊苏贝尔尖叫一声,冲过去搂住了他的腰。她紧紧拥抱了他一下,松开手问道:"你和她谈过了吗?她怎么说?"

阿尔弗雷德脱掉湿透的外套。"儿子呢?"他问。

"他吃了半个蛋糕。"她回答,"我——我拦不住他,因为我太担心了,他又一直抱怨个不停。不过我后来把他送去了隔壁的珍家。我告诉她,我有点不舒服。我不想让约翰尼知道出了什么事情。"

"她发现了。"他说,"她发现我曾经是个战俘了。"

伊苏贝尔发出了一声呻吟。"所以我们必须要离开了吗?我们能去哪里啊?"她惊慌失措地环顾四周,"哦,老天,阿尔菲,这太可怕了!"

"不,我把一切都解释清楚了。"他回答,"她说她需要考虑一下再做决定。"

阿尔弗雷德和伊苏贝尔待了好几个小时,等待电话响起。为了平复紧张的心情,伊苏贝尔喝了三杯琴酒,阿尔弗雷德则在狭小的客厅里来回踱步,在心里标记好了房子自带的家具,还有他们为了让这里成为一个家带来的家具。这天晚上,当电话终于响起时(伊苏贝尔没有力气把约翰抱上床,于是他困嗒嗒地坐在地毯上看着——或者只是用眼睛望着——电视里播放的《扶手椅剧场》),阿尔弗雷德一直等到第四声铃响时才接起听筒。

"你好?"

"华纳先生,如果你愿意的话,明天早上来上班吧。"

他等待着,想要看看她还会不会再说些什么,心中有些期待她会宣称他的工资即将被扣除,或是他要经过试用期,但她什么话也没有说。于是他道了一句:"谢谢。"

"晚安,华纳先生。"

"晚安。"

噩梦
第五日

那天下午,趁阿尔弗雷德在我的卧室里打瞌睡,我终于能够动手为学生的试卷打分。即便是在状态最好的情况下,这也是件无趣的差事,但我早晚都得将它处理好,也希望它能够稍稍分散我的注意力。但我连两篇论文都没看完,就听到卧室里传来了阿尔弗雷德的声音。我听不清他说了什么,但他听上去十分不安。我穿过走廊,轻轻敲了敲房门。

"阿尔弗雷德?"没有人回应,于是我走了进去,"阿尔弗雷德,一切都好吗?"

他正站在窗边,披散着几缕白发,胡乱挥动着手臂,看上去十分痛苦。"那约翰怎么办?"他在说,"她需要知道。约翰,约翰。"说到这里,他转过身紧盯着我。"今天是星期几?"他问,声音惊慌失措,"星期几?"

我穿过房间,来到他站着的地方,把一只手搭在他的肩膀上。"今天是星期一,26号。出什么事了,阿尔弗雷德?过来坐下。"我把他领到床边,"好了,冷静。"

他用鼻子重重地喘息起来。"我没有时间了。"他说,"时间不多了……她们说……但那又怎么样?她需要知道约翰的事情!"

我在他的身前蹲了下来。他的双手正在剧烈地颤抖,于是我不得不把自己的手按在上面,阻止他发抖。"一切都没事了,阿尔弗雷德。你可能做了个噩梦。深呼吸几次。好的,就是这样,没事了。记得医生今天说了什么吗?布莱妮娅已经好多了。她已经摘掉呼吸机了,随时都有可能醒来。你还记得吗?"

他渐渐停止了颤抖,眼神望向了我。"是的,是的。听上去的确充满了希望,对不对?"

"没错。"我撒了谎,"非常有希望。我们明天再去看她,也许情况就会大有改观。好了,你为什么不躺一会儿呢?来吧——"我拉开被套,扶着他钻进被窝。"你好好休息。我去给咱们做点午餐。我把剩下的白汁鸡块热一热如何?你喜欢那道菜,对吗?"

他把脑袋放在枕头上,闭上了双眼。"然后我就能继续讲故事了吗?"他问。

"当然。想讲多久,就讲多久。好了——"我拍了拍被子,"吃饭的时候我来叫你,好吗?"

红玫瑰与白玫瑰
1965—1967

1965年10月,约翰·德拉蒙德去世。这并非完全出人意料,因为他在去世前的两年里已经多次轻度中风。伊苏贝尔独自去苏格兰参加了葬礼,留下阿尔弗雷德第一次独自带着约翰。他也想随她同去,但自从克拉克斯顿两个月前退休以来,他就成了马奇庄园的首席园艺师。他的新助手、十七岁的达菲德·阿瑟热情勤奋,却仍旧十分依赖阿尔弗雷德的指导。

"要确保约翰尼完成作业。"阿尔弗雷德将伊苏贝尔送到了车站。分别时,伊苏贝尔嘱咐他。穿着黑色的外套,她看上去既虚弱又脆弱。

"别担心我们。"他回答。在两人收到德拉蒙德去世的消息之前，她就没怎么睡好。约翰最近在学校里麻烦不断——反应迟缓，不完成作业，和老师顶嘴——要是他继续行为不检，还会面临被停学的威胁。阿尔弗雷德和伊苏贝尔拿出了一系列的惩罚措施，却似乎远远达不到渴望的效果。

"天黑后他哪儿也不能去。"伊苏贝尔接着说。她的声音里还掺杂着疲惫和昨晚的眼泪，"如果马克·多纳霍打电话找他，就告诉他，约翰被禁足了。"

阿尔弗雷德温柔地将她拉过来，吻了吻。"一路平安。我星期天来这里接你。"

她含糊地点点头，登上了火车。

约翰这个星期过得平淡无奇，每天放学后都会按时回家，上楼做作业。每天晚上，吃完伊苏贝尔为他们准备的加热砂锅菜之后，他还会尽职尽责地洗好碗盘。父子俩独处的最后一天晚上，阿尔弗雷德主动提出放宽"不许看电视"的规定，但约翰以自己累了为由表示拒绝，早早就上床睡觉了。阿尔弗雷德也没有熬夜，但不习惯独自入睡的他很难进入梦乡。似乎过了好几个小时，他终于睡着了，却被一阵耳语声惊醒。

起来，起来。

他呻吟着翻了个身，心想现在不可能已经到了早上。卧室里一片漆黑，就算是十月的黎明也比现在明亮许多。他仰面躺着，等待着听到更多的声音。可他什么也没听到，不知道自己是不是在做梦。穿上拖鞋，他穿过走廊来到浴室，却看到约翰卧室的房门半开着，于是他停下了脚步。约翰睡觉时总是关着门的。近来，他对隐私看重得几乎有些过头。阿尔弗雷德稍稍推开房门，橙色的街灯透过窗帘的缝隙照了进来。阿尔弗雷德一眼就看到，床铺上是空的。

"约翰。"他低声唤了一句，然后提高了音量，"约翰，你在吗？"

没有回应。一阵恐慌之情突然在他的胸膛里蔓延开来，还伴随着愤怒的刺痛。他不相信约翰竟敢趁着夜色溜出卧室，可他还能去哪儿？他快步走下楼梯，试着让自己冷静。也许儿子是去喝牛奶了。也许他会在厨房里撞见他。还是梦游？他小的时候曾经梦游过一两次。不过楼下和楼上一样，鸦雀无声。阿尔弗雷德看了看表。两点四十分。怎么办？坐上车，在村子里到处乱开吗？打电话给马克·多纳霍家？可这无疑会吵醒马克的父母，还会让他面临被人看作傻瓜的风险。一个连自己的儿子都管不住的傻瓜父亲。他心中的恐慌开始被怒火掩盖。他在客厅里踱起了步子。他不能给伊苏贝尔打电话，不想让她产生不必要的担心。他是不是应该回去睡觉，一直等到早上？但要是约翰正躺在某个地方的阴沟里、需要帮助怎么办？

"我该怎么办？"他终于开口呼唤起来。她们马上就来到了他的身边。

你找的地方不对。

"什么？"

你没有好好去找。

"这不是明摆着吗。"他火冒三丈，却没心情陪她们解谜，"那他去哪儿了？"

啊,阿尔弗雷德。这取决于你。你需要更加努力,再努力一些。啧啧啧,你还以为我们给他的线索已经足够多了。

还没等阿尔弗雷德来得及回答,外面就传来了某种声响。他快步走到屋后,打开后门,想着可能会看到一只狐狸或是什么夜行动物正在花园里闲逛,却什么也没看到。房子边缘的草坪一片翠绿,与村边围绕的山峦融成了一片。那个声音又来了——是不太清晰的刮擦声,紧接着是一阵呻吟,或是啜泣。声音是从花园的小屋里传出来的。阿尔弗雷德飞快地冲出门。柔软的草坪为他的步子带来了缓冲,之前的愤怒与担忧很快化作了释然。月亮被云挡住了,但他不需要太多的光线就能在花床与菜地间穿梭。就算是在睡梦中,他也能走得出去。小屋的门敞开了一两英寸。他振作精神,以防有什么动物——或者更糟,一个入侵者——突然出现,然后缓缓拉开了门。约翰正坐在小屋的角落里,背靠着割草机,双手捂着脸颊。

"约翰?"阿尔弗雷德走上前去,"你在这里做什么?我担心得快要疯了。"意识到约翰在哭,他的语气一下子就软了下来。"嘿,儿子,出什么事了?是不是因为你的外公?"

他弯下腰,在小屋的霉味中闻到了一股扑面而来的刺鼻果味。"你喝酒了吗?"他问。

可约翰并没有回答,反倒开始在自己的脸庞四周挥舞手臂。"她们——"他开口说道,"她们——"

"你喝酒了吗,约翰?"

约翰继续胡乱挥舞手臂,嘴里嘟囔着阿尔弗雷德听不清的内容。显而易见,这孩子已经烂醉如泥了。

"来，你起来。"阿尔弗雷德说。看到约翰纹丝不动，他迈步上前，试图将他拉起来，却被约翰用力甩开了手臂。

"别碰我。"他含混不清地骂道，随手捡起身边的一只瓶子，"你们他妈的能不能别来烦我？！！"

这句脏话令阿尔弗雷德火冒三丈。"站起来，你应该为自己感到羞耻！"他不得不控制自己的音量，"你到底以为自己在做些什么？起来，快点儿！"

他一把将约翰拽起，将瓶子打翻在地。约翰跟跟跄跄，不过还是找到平衡，站在了阿尔弗雷德面前，身子微微晃来晃去。

"约翰·华纳，你可真丢人。幸亏你的母亲没在这里看到这一幕，这会让她心碎的。"

约翰的表情暂时软了下来，但紧接着抬起头，紧盯着阿尔弗雷德左肩上的一个点，唇边露出了邪恶的微笑。"我会告诉那个愚蠢的婊子，我是在梦游。"他回答。

阿尔弗雷德失控地扬起手臂，扇了约翰一个巴掌。这一巴掌的力道并不算狠，却足以令约翰失去平衡。他向后跟跄了几步，摔倒时转了个身，头部向下撞在了割草机上。这是阿尔弗雷德第一次动手掌掴儿子，手掌一阵刺痛。约翰愣了一会儿，仍然瘫倒在地，过了片刻才直起身子。阿尔弗雷德看到，他的右边眉毛上方被划破了一道口子。紧接着，伴随一阵突如其来的怒吼，他低下头朝着阿尔弗雷德冲了过来，径直撞向了他的肚子。父子俩跌跌撞撞地从小屋里摔到了漆黑一片的草坪上。外面下起了小雨，草坪上十分湿滑，尽管气喘吁吁，但阿尔弗雷德是清醒的，动作比儿子协调许多，不费吹灰之力就将他仰面按倒在地。他感觉既迷惘又愤怒，听到脑海中那几个画外音女声正在呻吟和尖叫。他觉得自己的脑袋可能就要碎了。他把约翰在地上按了很长时间，可男孩却大笑着努力挣扎，歇斯底里地号啕大哭。终于，约翰停止了挣扎，一动不动地躺在草地上。他的脸是湿的，面色苍白，眉毛上方渗出鲜血的伤口似乎正在发光。他与阿尔弗雷德目光相遇了。

"别把我说的话告诉妈妈。"他低语道，"求你了。"

起初，伊苏贝尔回家时，阿尔弗雷德并没有把这场意外告诉她。她看上去一脸苍白，闷闷不乐，所以他并不想让她徒增烦恼。但没过多久，他们就再次收到了学校寄来的通知信，说约翰因为持续品行不良被停学两周。那天晚上，在伊苏贝尔刷洗晚餐的碗盘时，阿尔弗雷德把自己发现约翰在小屋里喝得酩酊大醉的事告诉了她，不过省略了约翰对她的评价和后来的那番打斗。

"他被宠坏了。"阿尔弗雷德说，"事情不能再这样下去了。"

伊苏贝尔在茶巾上擦了擦手。"他是在为外公的事情感到难过。"她并没有转过身面对着他。

"哦，得了吧，伊苏贝尔。这在你父亲去世之前就已经开始了。假装不知道是没用的。"

她没有回答。阿尔弗雷德起身走到她的身旁，将一只手搭在了她的肩膀上。"我不想惹你生气。我知道现在时机不好，但我们得在一切为时已晚之前对约翰做些什么。"

伊苏贝尔轻轻哼了一声。"为他做些什么？就好像他是一只需要绝育的猫吗？"

她转身走进客厅。阿尔弗雷德跟了上去。

"你明白我是什么意思。"他的话比他的心情冷静不少。他终于要解决这个问题了，打算誓不罢休。

"我什么也不明白。"她打开电视，坐了下来。阿尔弗雷德正要开口说话，却被她瞪了一眼。那个眼神仿佛是在告诫他：小点声。

她的目光激怒了他。他将电视的音量调小，站在她的面前，挡住了她的视线。"这么多年了，就是你在纵容他的不良行为，是你惯坏了他。他总是能够得偿所愿，而且你——"

"你怎么能这么说？我才没有惯坏他呢！我爱他，就像一个母亲应该做的那样！你怎么能说自己的儿子被惯坏了呢？"

"他惹麻烦的时候，你总是喜欢跳出来为他辩护。"

"为他辩护是我的职责。"她回答，"是做母亲的责任。"

"伊苏贝尔，这是帮不上忙的。"

"哦，听听你自己说的话吧！就好像你是什么完美的父亲一样。"

阿尔弗雷德尽量不去理会她声音中的怨恨。她的头脑不太清楚，他告诉自己。她很累。他们应该考虑一个晚上，再进行一次非情绪化的理智对话。阿尔弗雷德心想，只要伊苏贝尔休息好了，就能同意他的看法。但显然伊苏贝尔还不打算休息。

"你对他的爱远不如我。"她酸溜溜地说，音量微微有些提高，"其实你恨他。我从你望向他的眼神中看得出来，在你以为没人注意到你在盯着他看时。"

他感觉那些声音一拥而上，如同耳边吹过的一阵疾风。不过他屏蔽了它们。这是他一个人的斗争。

"你说的不是爱。"他发现他很难平复自己的声音,"伊苏贝尔,你的爱令他窒息,因为你无法忍受失去我们的小女儿。"他停住了。字眼就这样从他的口中溜了出来。但这是事实,在这么年过后,在假装事情从未发生、假装布莱妮娅从未活过——虽然只有宝贵的短短几分钟——之后,他莫名感到一阵解脱,仿佛痛苦地刮掉了身上经年的污垢。

伊苏贝尔的脸因为疲惫松懈下来,仿佛刚刚被人打了一巴掌。她摇了摇头,缓缓眨了眨眼睛,许久没有说话。终于,她开口了。"你不知道那是什么感觉。"她的声音轻得几乎听不见,"你不在那里。"

阿尔弗雷德不解地紧盯着她。"我当然在了。"他的声音沙哑了,"他们把她死了的消息告诉我们时,我就在你身边啊。你怎么能忘了呢?"

备受打击的阿尔弗雷德和伊苏贝尔很久不曾提起此事。伊苏贝尔回来后几周,他们收到一份通知,意外得知德拉蒙德为她留下了五千英镑的遗产。无须过多的讨论,他们很快决定用这笔钱购买一座房子。于是,在德拉蒙德去世后三个月,他们搬进了新家。这座半独立住宅距离之前的房子只有一街之隔。起初,搬家和刚刚成为屋主的自豪之情似乎赋予了他们重新开始的机会。阿尔弗雷德开始频繁地产生再要一个孩子的念头,因为他们无疑都还年轻。他想要一个女孩,长着一头金色鬈发,拥有和伊苏贝尔一样天使般的脸庞,被他甩到肩膀上时还会发出女孩子气的咯咯笑声。他会教她如何用玫瑰花瓣或薰衣草花蕾制作香水。这个小女孩最后会变成一个特殊的小孩。

与约翰关系的进一步恶化令阿尔弗雷德对另一个孩子的渴望变得更加强烈。尽管约翰在学校里的问题似乎已经得到了缓解,他在家里的行为却变得越来越不稳定。他的胃口一夜之间消失了。第一个发现此事的人无疑是伊苏贝尔。为了让他多吃一些,她经常在厨房里辛苦工作几个小时,就为了准备约翰最喜欢的食物,但全部都是徒劳。

"你的母亲花了好几个小时才做出这些。"有一次,看到约翰无精打采地在盘子里的牛排腰子上戳来戳去,阿尔弗雷德低声告诉他。

伊苏贝尔摇了摇头。"我不介意。不过,约翰尼,求你吃点东西吧,你已经瘦得皮包骨了。"

约翰把椅子从桌旁推开。"为什么大家就不能让我一个人待着呢?"他哭着离开了厨房。他们听到他爬上了楼梯,紧接着传来了把他自己锁在卧室里时,钥匙发出的刮擦声和撞击声。

这就是另一回事了。他开始行事鬼鬼祟祟,一放学就把自己锁在屋里,偶尔离开卧室便会显得焦躁不安,环顾四周时双眼急促地抽动,有时还会莫名其妙地抽搐一下。阿尔弗雷德不喜欢这样。儿子表现得像是不怀好意似的。但他很难确切地指出任何具体的不当举动,而且他最不想做的就是和伊苏贝尔大吵一架。一天晚上,在全家人搬进新家后几个月,尽管阿尔弗雷德努力维持和平,又一场争执还是爆发了。

伊苏贝尔想方设法,把约翰哄出来吃晚饭。他来到厨房的餐桌旁，在阿尔弗雷德的对面坐了下来，紧张兮兮地在他身边打量了一圈。他曾经圆鼓鼓的脸颊如今已经变得既憔悴又苍白，下巴和前额上的痘印显得更加青灰了。桌上放着一大碗炖兔肉，浓郁的香气令阿尔弗雷德的肚子馋得咕咕直叫。

"闻上去就好吃。"他对伊苏贝尔说。她心不在焉地笑了笑，眼神自从约翰坐下之后就不曾从他的身上离开。

"吃吧，约翰尼。"她拿出长柄杓，舀了满满一勺倒在儿子的盘子里，"你会喜欢的。"

"不要太多。"约翰回答。但她没有理会他的话，又把勺子放进碗里，舀了满满一勺。仿佛是被针刺了一下似的，约翰飞快地伸出手臂，挡住了她的手。

"我说了——"他恶狠狠地说道，但伊苏贝尔把勺子丢回碗里，一把抓住他的手腕，轻轻倒吸了一口气。

"这是什么？"她将约翰的胳膊拽到了桌子对面的阿尔弗雷德面前。两三条丑陋的红色伤痕从袖口一端的皮肤处隐约露了出来。

约翰抽回手臂，把它抱在了胸前。"没什么。"他含混不清地回答。

但伊苏贝尔并不满意。"给我看看，约翰，快点。"

约翰十分犹豫地将手臂伸展开来，在伊苏贝尔解开他袖口上的纽扣时抽搐了一下。阿尔弗雷德探过头来。只见约翰卷起的袖子下清清楚楚地露出了三条平行的长长伤口。

"老天哪，儿子。"他惊呼，"你受伤了，出了什么事？"

约翰咽了一口唾沫，摇摇头。"没什么。我是说，我被划伤了，被一只猫。"他说起话来结结巴巴。

"一只猫？上帝啊。这是什么时候的事情？看起来已经感染了。"伊苏贝尔答道，"哦，你这个可怜的小家伙。"

"是啊。"约翰的话突然变得流利起来，"就是一只猫。在我放学回家的路上。它正在酒吧外玩耍。我过去摸它，就被它抓伤了。"

伊苏贝尔松开他的手臂，却将他拉近身边，把他的脑袋按在了自己的腰上。"你这个可怜的家伙。我觉得我们应该找个医生看看。你觉得呢，阿尔菲？"

但阿尔弗雷德确信这孩子是在撒谎。他的语气和脸上的假笑不太对劲。于是他回答："你说的一定是哈利家新养的猫。那只姜黄色的。"

约翰点了点头。"是的，就是那只。"

"项圈上挂着一只小铃铛？"

约翰又点了点头。阿尔弗雷德深吸了一口气。"约翰，你为什么要对我们撒谎？"

伊苏贝尔吃惊地扭过头。"什么？"

"哈利养了一只新猫，但是是黑白相间的颜色。整个村子里就没有一只姜黄色的猫。所以——"他继续凝视着约翰，"——你为什么要撒谎？"

"我从不撒谎！"约翰吼道，他抬头看了看伊苏贝尔，"妈妈？"

伊苏贝尔缓缓坐了下来。她抛给阿尔弗雷德的眼神是冰冷而坚定的，开口时声音却在颤抖，"你为什么要这么做，阿尔菲？"

"你这话是什么意思？"他为她竟会这样斥责自己感到震

惊,"做什么?"

"歪曲他的一切所作所为。让所有事情变得……邪恶、有毒。他到底为什么要编造这种事情,嗯?他能有什么理由呢?"

阿尔弗雷德摇了摇头。"我……我不知道。他可能打架了之类的,不想给自己惹什么麻烦。"

"没错,往最坏的方面想,你一直是这么做的。"她转向此刻正默默坐在那里的约翰。只见他正心事重重、焦躁不安地四下打量。阿尔弗雷德讨厌他这种眼神。"约翰尼,咱们上楼去,我给你包扎伤口。"

阿尔弗雷德被独自丢在了厨房里。他做了几次深呼吸,却无法缓解内心的恼怒。终于,他从衣钩上抓起外套,走出了家门。他开始漫无目的地向西迈进,几乎没有注意到雨下得很大。他走得越远,心情就越沮丧,感觉自己就快要窒息了。他停在一片草坪上,放声咆哮起来:"这是怎么回事啊?我做错了什么?他在撒谎!我知道!"

他能感觉得到,那几个画外音女声出现了。他以为其中一个打算说些什么,最终却是一片沉寂。他就这样漫无目的地走了大概几个小时,在村子和周围的田野、草坪间曲折前行。一阵突如其来的倦意涌上了他的心头。他知道自己必须回家去了。

就在他走到村外大约一英里的地方时,耳边传来了一辆汽车靠近的声音。于是他迈下马路,身体紧靠着灌木篱墙。汽车从他身边驶过时,车头灯扫过灌木,顷刻间将它们从黑色变成了绿色。紧接着,他听到车子停在了他身后几码的地方。他转过身,看到车子的后门打开了,一个女人探出头来。

"华纳先生？"原来是爱丽丝·辛格-科恩。阿尔弗雷德走到车旁，弯下了腰。

"你好。"他说。

"我看着像你。"她说，"你这么晚还在外面啊？"

"我在散步。"

"冒着大雨？"

他耸了耸肩。

"那要不要我们送你回家？"

"哦，谢谢你的好意，但我要去的方向正好相反。"

她挪到了另一边的座位上，身上的丝绸连衣裙动人地滑动起来。"这不成问题，来吧。"她拍了拍身旁的座位，"上车吧。"

阿尔弗雷德犹豫片刻，还是爬到了她的身旁。车里充斥着她身上浓郁的香水味。"谢谢。"他答道，"我不是有意要——"

"胡说。"她打断了她，"真的不麻烦。"她探身吩咐了司机几句，然后转身望向阿尔弗雷德，一脸诧异。"其实，如果你不太累的话，我能否邀请你回庄园一趟？我刚逃过迪恩礼堂的一场晚宴，那里的人太啰唆了，食物也难以下咽。所以我说我偏头疼发作，先离开了。"她朝他露出了调皮的微笑，"现在我饿坏了，但我真的很讨厌一个人吃饭。请说你愿意陪我一起。"

阿尔弗雷德想了想，肚子里饿得咕咕直叫，仿佛它也受邀参与了这番对话。等他回到家，炖兔肉应该都凉了。他心中幼稚且邪恶的那一部分真希望伊苏贝尔能够看到他现在的样子，被另一个女人邀去共进晚餐。他点了点头。"好的，那太好了。"

回到马奇庄园，爱丽丝·辛格-科恩直接将他领进了厨房。

"我不知道我们还能找到什么。"她边说边打开冰箱,"啊,太棒了!厨师留了些肉饼。我来把它加热一下,还是你可以吃凉的?我向你保证,它冷热都好吃。请坐吧。"

阿尔弗雷德在巨大的长方形餐桌旁坐了下来。"凉的就好,辛格-科恩夫人。"他答道。

她将肉饼从冰箱里拿出来,放在了桌上。"哦,请吃。"她做了个鬼脸,"阿尔弗雷德,不必客气,从现在开始叫我爱丽丝就好。"她冲他微微一笑,紧接着皱起了眉头。"好了,餐具在哪儿?"

吃完肉饼,爱丽丝向后靠在椅子上,点了一支烟。"我们刚搬到这里时,塞缪尔曾想过雇用一个犹太厨师。但我面试的前三个人对食物的想法都很古怪,于是我还是决定择优录取,即便这会让我成为一个糟糕的犹太人。"她发出了一声怪笑,摁灭了香烟。

就在阿尔弗雷德打算感谢她这一餐的招待,起身离开时,她却说:"我们去呼吸一下新鲜空气吧。"

穿过厨房,她用力推开了通往花园的双开门。阿尔弗雷德跟了上去。雨小了。蒙蒙细雨笼罩着地面,让两人几乎看不到菜园和药草园。爱丽丝又点了一支烟。

"我真的好爱花园。"她说。

"是啊,我也是。"

爱丽丝嘬了一口烟,突然露出了痛苦的表情,一只手飞快地捂住了前额。"该死。"她骂了一句。

"还好吗?"

"我觉得我开始头疼了。"她干巴巴地笑了一声,"我猜这就是对我装病的惩罚吧。"

"我建议你喝上一杯菊花茶。"他回答,"只不过它现在还没有开花。不过,等等——"他走出去,绕着药草园走了走,弯腰拾起一根鲜绿色的欧芹茎干。"来,试试这个。"他将它递到她的手上,"试着嚼一嚼,应该马上就能有所缓解。"

爱丽丝咬了一口欧芹,嚼了嚼,做了个鬼脸。"苦的。"

阿尔弗雷德笑了。"你的母亲没有告诉过你,良药苦口吗?如果它的味道是苦的,就意味着它对你有益。"

爱丽丝把剩下的欧芹丢回了花园里。"你知道吗,你会被当成女巫烧死的。"她取笑道,眼神望向了远方,"宾根的希尔德加德,你听说过她吗?"

"当然。"

"嗯,奇女子。"她转过头看着他,"她也能听到声音,对吗?"

"没错。"

"我能不能问问——你现在听得到什么声音吗?"

"听不到。"他回答,"不过她们一直都在不远处。"老实说,他现在就能感觉到她们就在他听觉的边缘。即便是听不出她们声音的时候,他的潜意识也往往能够觉察到她们的存在。

两人沉默了片刻。爱丽丝靠在门框上。"你知道吗,我刚搬来这里时曾经恨透了这个地方。"她耸起半边肩膀,披肩滑落下来,露出了苍白的皮肤。"老实说,现在还是很恨。"她停下来抽了口烟。阿尔弗雷德凝视着漆黑的花园,不知道伊苏贝尔有没有注意到他不在身边的床上。

爱丽丝说:"今晚的晚宴上,塞缪尔提到要为商机搬去以色列！你说怎么样？！"她短促地笑了一声。

"他想离开？"

她叹了一口气，举起一只手在脸前挥了挥。"我不知道，也许他觉得那里的天气有益于丰产吧。他的想法有时非常奇怪，但你永远也不知道。"她在门框上掐灭了香烟，"我在那种天气下应该会变成甜菜根吧。"

"我——"阿尔弗雷德张开嘴，却欲言又止。他从未想过辛格-科恩夫妇有一天会离开。

她微微有些发抖。他拾起几乎已经滑落到她腰上的披肩，将它搭在了她的肩膀上，感受自己粗糙的手指划过她柔软的皮肤。她害羞地朝他笑了笑。"谢谢。"她说。

"以色列，好远啊。"他把心里的想法大声说了出来。

"是啊，但也许……"她的声音弱了下去，迈回了厨房，"老实说，其实没有谁想要我们。"

阿尔弗雷德关上门，走过去，站在爱丽丝身后，想要开口告诉她"我想要你"，却被耳边的瑟瑟声拦住了——**嗖嗖嗖，嗖嗖嗖，伊苏贝尔。**

爱丽丝转过身，抬起头望向他。他注视着她，发现她的脸缓缓泛起了红晕。她抬起一只手，像是要触摸他的脸颊，却再次垂下手臂，移开了视线。

她说："听着，阿尔弗雷德。我真的得在萨缪尔回家前上床睡觉去了，不然他就知道我又在撒谎了。很感谢你来陪我。"

阿尔弗雷德点点头，道了一句晚安，然后离开。回家的路似乎比以往更加漫长。这条路线如此熟悉，他肯定已经走过一千遍。

但他每走一步，都像是潜入深海的潜水员正在漆黑的海底移动，越走越失落。

卧室里，伊苏贝尔盖着被子，像个胎儿一样蜷成了一团。他脱掉衣服，在她的身边躺了下来。

不要听
1994

　　四个星期。变成一个疯子只需要四个星期。

　　第一个星期：你的妈妈出门去了，她说她很晚才能回来。听话，布莱，别等我！她忘了做晚饭，于是你做了个花生酱果冻三明治，坐在电视前吃了起来。你调换着频道，停在了音乐电视频道上。电视的声音短暂失真，像是遭到了某种静电干扰，紧接着——

　　布莱妮娅！布莱妮娅！

　　低语声，是从厨房里传来的。你把音乐电视频道的声音调整为静音，大声喊了一句："妈妈？"尽管那不是她的声音。你屏住呼吸，等待着，五脏六腑紧绷起来。静音的电视闪着乱七八糟的光芒。

布莱妮娅，你能听见我的声音吗？

她没在听。

谁在那里？你颤抖着声音问。你从沙发上缓缓滑了下来，踮着脚尖走进厨房。厨房里空空如也。你的左边突然吹过一阵疾风。

妈妈？你又叫了一声。是谁？谁在那里？

此时此刻，声音又从小书房里传了出来。那是某种哼鸣，某种嘘声，某种哀号。你听到有人在呼唤你的名字，一遍又一遍，还是不同的声音。

你惊慌失措地爬回小书房。"闭嘴！别烦我！"你调大电视的音量，直到"野兽男孩"的声音充斥了整个房间。你蜷成一团哭了，嗓子里发出了忧郁的哭腔，直到咚咚咚的敲墙声让你赶紧把它调小。

第二个星期：几何课上。用圆规和直尺在现有的这条线上画一条垂直线。

叭，叭，黑羊黑羊，你有毛吗？

那是一个小女孩的声音。你抬起头。别的学生都在安静地坐着，低着头。

是的，先生。是的，先生。

她的声音像蜂蜜一样甜，让你恶心。你拿起圆规，开始浑身出汗。垂直线。把长钉放在纸上，调整铰链。

满满三包。

你画了一个圆，很好，现在你还得再画一个圆，对吗？还是要用直尺？你没法儿集中——

玛丽，玛丽，正好相反。

你恶狠狠地说，闭嘴！

布莱妮娅！罗伯森先生当着全班的面瞪了你一眼。请保持安静。

你的花园长得怎么样了？

上个星期，你没有把声音的事情告诉妈妈。否则她就会知道你已经疯了。垂直线。两条线以正确的角度相交。你感觉脸上的肌肉在抽搐，眼看就要哭出声来。你的双手垂在了大腿上，其中一只还握着圆规。

银色的铃铛和鸟蛤壳。

你举起圆规，把针扎进了牛仔裤里。直直地。你按了下去。牛仔布料被压力扎穿时发出了微弱的"啪"的一声。然后是刺骨的疼痛。

漂亮的小姑娘全都……

歌声渐行渐远。你按得更用力了，双眼开始流泪。歌声消失了。你揉了揉腿，回到了几何课的学习上，感觉一颗心悬在嗓子眼儿里怦怦直跳。

第三个星期：你说，别出门了，妈妈，求你了。

为什么？她正在镜子里检视自己的发型。你感觉不舒服吗？

不是的，我——你咬着指甲周围的皮肤。

别咬手，小鸽子。妈妈将你的手从嘴里拉了出来。你看，我一个小时就回来，也许要两个小时。我得走了，要迟到了。

她紧紧拥抱了你，身上散发着烟、麝香和可怕的椰子发辫发蜡味道。

妈妈？

她往后退去，隔着一臂距离搂着你，脸上露出了微笑。嘿，我一直在想，也许我们今年夏天可以一起去度假。海洋世界，你觉得怎么样？我今天收到了一张传单，上面有张打折券。嗯，小鸽子？好了——她打开前门——我真的得走了。乖乖的，别等我了。

你等待着，那些声音出现在了黑暗之中。

布莱妮娅。

闭嘴！你低语道。你以为只要你不理她们，她们就会消失。

如果你把我们赶走，还会有其他人来的。

你是天选之子。

我恨你们！你尖叫起来。滚开！我恨你们！

第四个星期：**你是个粗鲁的的姑娘。是人类可怜的借口。**

这个声音是新的。你用随身听播放着布鲁斯·斯普林斯汀[1]的歌曲，但也无济于事。你在床上蠕动起来，将一只手从多力多滋的包装袋里拿出来，在床单上擦了擦手指。

你吃得太多了，知道吗？你好胖啊，令人恶心的猪。你的身上臭死了。

这个声音源自你的脑袋，源自你的内心深处。你调大音乐的音量，却被刺得耳朵直痛。

把耳机摘掉！快点儿！！！你竟敢无视我。

---

1 布鲁斯·斯普林斯汀（Bruce Springsteen，1949— ），美国摇滚乐歌手，东大街乐队（the E.Street Band）主唱，曾获格莱美、金球奖、奥斯卡奖等20多项大奖；被美国第44任总统奥巴马授予总统自由勋章。

你摘掉耳机,想起了什么,赶紧坐起身。你跳下床,来到了书桌前。它们就在这里的某个地方。你打开一只抽屉——没错——拿出一把剪刀。回到床上。

布莱妮娅,你要做什么?

你坐下,低头看着左臂的内侧,苍白而又柔软的肌肤。你害怕了,心中却又充满动力。你用剪刀划过手臂的内侧,猛地吸了一口气。那种痛令人震惊,太棒了。你闭上了双眼——

啊!住手!求你了!

她的声音清晰而绝望。你坐得更直了,几乎能够尝到口中有鲜血的味道。你又平行地划了一刀,划得更深了,还加大了力气。

啊!不要,布莱妮娅。住手!啊!别——

她突然闭嘴了。你把剪刀放在了身旁的床上,一颗心怦怦直跳。疼痛令你恶心。伤口四周的边缘阵痛不已,不过现在已经平静下来了。一片祥和。你坐在那里等待,感受鲜血从切开的地方渗透出来,一动不动。过了很长时间,你深吸了几口气,心跳不再加速——

哈,哈哈哈!哦,布莱妮娅,这很有意思嘛!太——哈哈哈,咦!你竟然以为,你竟然真的以为你——哈哈哈——能伤害到我!

你低声嘟囔了一句,不。

哦,不错嘛。嘿,听着。我刚刚想到一个很好玩的小游戏,只有你和我,怎么样?

你开始浑身发抖。

怎么样?

你点了点头,好吧。

乖孩子。好的,在这个游戏中,我会给你一个谜语。你知道什么是谜语吗?如果你解开了,你就赢了。但如果你没有解开,嗯,让我想想——我知道了!如果你没解开谜语,就得在另一条胳膊上深深地割上几刀。如何?我们得对称,是不是?好了,请听题……

跗骨幽灵
1968—1969

　　1968年10月，一个湿冷的早晨，阿尔弗雷德在工作时晕倒了。或许是因为在愈发寒冷的室外工作，或许是因为他晚上很少能够睡足五个小时，或是出于对儿子的担忧——或者最有可能的，是上述所有原因的累积。不管是出于何种原因，阿尔弗雷德站在六英尺高的梯子上用大剪刀修建树篱时，被一阵突如其来的倦意击倒了。那种感觉先是始于双脚，然后迅速向上蔓延至全身，耗尽了他所有的精力。他发现自己很难呼吸，每一次努力浅浅地吸气都会带来尖锐的疼痛，仿佛许多把刀正在扎向他的肺部。他费了好大的力气才伸出一只手臂，将剪刀丢在地上，然后小心翼翼地缓缓爬下梯子，一只脚踩在了潮湿的草坪上。他的耳边传来了悠长的呻吟——哦——然后他就失去了知觉。

在耀眼的白色灯光和刺鼻的消毒水味中,他短暂清醒过来,发现自己已经被送进了医院。他的眼皮沉得睁不开,但隐约能够看出伊苏贝尔正在他的上方探着身子。他张开了嘴。

"安静,阿尔菲。别说话。你在医院里。他们认为你得了肺炎。"

他浑身开始剧烈地发抖,血液像火山岩浆一样在身体里涌动。闭上双眼,他又睡着了,下一次醒来时,感觉心情平静了许多,却还是无法深呼吸。他已经闻不到任何消毒水的气味了,即便是闭着双眼,也能看出灯光昏暗了许多。这似乎很奇怪,但也许他们把他从病房挪去了某个单独的房间。他缓缓睁开眼睛,发现自己正躺在某个大约6英尺乘8英尺的小隔间里。隔间中没有窗户,房门被一道白色的窗帘所替代。他浑身都已被汗水浸透。背对着他的那个女人转过了身,阿尔弗雷德痛苦地倒抽了一口气。

"乔安娜!"

乔安娜紧挨着他,轻轻坐在了病床上。她穿着一件深蓝色的夹克,翻领上戴了一枚花朵胸针,头发已经斑白,双手却还像少女一样光滑而雪白。他伸出手碰了碰她的手臂。

"你来了。"他轻抚着她夹克的布料,"我以为你已经死了。我以为——"他发现自己哭了。

"嘘,我的小鸽子。"她拿起一块湿布,轻轻沾了沾他的前额。她的触摸令他发抖。"别太累了。"

"你为什么不给我回信?"他问。他感觉舌头在嘴巴里含混不清,同时口渴至极。

"可我回了啊。我每一封都回了,你看。"她从包里拿出厚

327

厚一叠书信,上面还系着白色的绸带。

他充满疑惑地看了她一眼,脑中掠过一阵悸动的疼痛。"可是——"他又昏过去了。

几分钟之后,他满心惶恐地再次醒来,生怕她不过是自己的想象。但她还在,就坐在他床边的椅子上。她在看书,但他看不到封面。附近的某个地方,一只钟表在响亮地嘀嗒作响。

"乔安娜。"他说,"你又找到我了,你来了。"

"是的,我来了。"

"你看上去气色不错,老了一些。"

她微微一笑,"嗯,你也不怎么年轻了。"

他试图大笑,却气喘吁吁、痛苦万分地咳嗽起来。他一把抓住了她的手腕。"乔安娜。"他迫不及待地说,胸口火辣辣的,"我有事情要告诉你。"

"什么事?"

"我本该许多年前就告诉你的。我——"他从左向右扫视了一圈,但除了他俩之外没有别人。于是他低声说道,"我能够听到声音。"

一个温暖的微笑在她的脸上绽放开来。她伸出手,轻抚着他的脸颊。"是啊,我的宝贝。我们都能听到声音。所有人都能。"

阿尔弗雷德皱起了眉头。"所有人?"

"是啊。"她指了指隔间的一个角落。他之前没有注意到的三个金发小孩正在那里安静地玩着娃娃。"是不是,孩子们?"

他们抬起了头。是一个男孩和两个女孩。三人都点了点头。"是的,妈妈。"其中一个答道。他们又玩了起来。

阿尔弗雷德面带微笑,重新陷回了枕头。"真好。"他说,"他们叫什么名字?"

"你知道他们叫什么啊。"乔安娜的声音听上去有些恼怒,"埃米尔、玛丽和布莱妮娅。"

阿尔弗雷德再次痛苦地咳嗽起来。

"我设法逃了出来。"乔安娜迫切的低声说道,"在他们把墙修起来之前。"

"墙?"

"是的。你没听说吗?他们修了一堵墙,就在城市的中央。"她的一只手在空中划过。

他试图坐起身,却怎么也坐不起来。"我不明白。"他虚弱地回答。

"你只是太累了,"她说,"还生着病。你得休息了。"

他用尽全身的力气,支起身子,坐了起来。忽冷忽热的感觉在他的体内涌动。他浑身发抖。"这些孩子是谁?"他质问。

乔安娜站起来,探过身,轻而易举便将他的双臂推了回去,按在床上。她的身上散发着苹果的味道。"阿尔弗雷德,你需要休息,要懂事。"

他试图短暂挣脱她的束缚,却是徒劳,他的肌肉太柔弱了。"我不明白。"他设法开口,却突然被倦意吞噬,再次昏睡过去。

他被脚步声和硬挺布料的沙沙声吵醒了。他仍旧能够感觉到乔安娜正按住他的手臂,睁开双眼时看到的却是一袭白衣的医生正在抓着他的左臂,护士则抓着他的右臂。两人急迫地耳语,但他听不清他们在说些什么。

"乔安娜？"一阵恐慌袭上心头，他开口询问，左耳边却响起了高亢的耳鸣声，"乔安娜在哪儿？"

"我在这里。"她喊道。过了好一阵子，他才发现那个声音的来源——她正站在白色的窗帘附近，被一个阿尔弗雷德隐约有些眼熟的男子从后面抱着。

他努力挣扎。"乔安娜！"他大喊，但按住他的那几只手臂太过强壮。他扭动身子苦苦挣扎，努力挣脱了右臂。与此同时，乔安娜声嘶力竭地大喊："放开我！喷，阿尔弗雷德，阿尔弗雷德！救我！"他朝着左手边的医生猛地挥动拳头，挣脱的手臂却被医生一把抓住，牢牢按在了他的胸口，令他几乎无法呼吸。他竭力望向房间的另一边，可乔安娜已经消失了。他感觉肩部有被针扎入的刺痛，随后渐渐失去了意识。

三天之后，他的烧退了，被转入了大病房。伊苏贝尔每天都会一脸倦色，忧心忡忡地前来探望他，一遍遍地诉说自己有多担心。有次她还带来了约翰，但约翰只是坐在椅子上，紧张兮兮地在病房里四处打量。

第一次醒来时，阿尔弗雷德发现自己的体温恢复了正常，头脑也清醒了，呼吸起来不再痛苦。他以为乔安娜不过是自己想象的一部分，是高烧制造出的残忍幻觉。可随着日子一天天过去，他的头脑和肺部又恢复了清爽，他开始怀疑是脑海中的声音将她带到了这里。出于某种他无法理解的原因，她们将她带了过来，然后又将她重新夺走。她们就是不肯顺其自然。他感觉遭到了背叛。如今，那些声音又不愿回应他的召唤了。他想要乔安娜回来，哪怕只有一个小时也好。

他渴望和她聊聊，哪怕只是一句道别。此生第一次，他开始憎恨脑海里的声音。心中的悲哀已经将他吞噬。几天来，他被动接受着医院里的例行程序：醒来、吃饭、医生查房、吃药、伊苏贝尔探病。伊苏贝尔来的时候，他似乎很难听得进去她说了些什么。

终于，十天过后，他出院了。他已经不再需要住院治疗，却被得知彻底康复还需再过几周，也许甚至是几个月。医生告诉他，他的左耳遭受了严重感染，但耳部不适或轻微的听觉丧失应该会随着时间的流逝恢复。伊苏贝尔赶来接他回家。他将仅有的几件随身物品连同一份出院摘要放进了她带来的小包里。出去的路上，病房的护士拦住了他。"巴恩斯医生想在你离开之前找你简单谈一谈。"她说。

"哦？"

"是的。他……他是一个专家，会在二楼的14号办公室里等你。"

巴恩斯医生是个高个男子，一头黑发，手指又细又长。他的指关节大得不成比例，他还在重复地弯折它们。他的白大褂下穿着一件开领衬衫和蓝色牛仔裤。

"你感觉怎么样了？"阿尔弗雷德和伊苏贝尔走进巴恩斯的办公室，刚在他的对面坐下，就被问道。伊苏贝尔拉扯着夹克上的一颗纽扣，抬起头时，阿尔弗雷德给了她一个安慰的微笑。

"好多了，谢谢。"他回答。

"我听说你几年前曾被烟熏到中毒。这次得了肺炎，你可能还需一段时间才能彻底康复。"

"是的。"阿尔弗雷德有些不耐烦，这些话为他签署出院许可的医生都已说过。"是的，我明白，不过——"他伸手握住伊苏贝尔的手,轻轻捏了捏,"我已经感觉好多了。"

"很好,很好。"巴恩斯向后靠去,椅子发出了轻微的吱嘎声,"那好,华纳先生——或许我可以叫你阿尔弗雷德?"

"请便。"

"太好了,阿尔弗雷德。你被送进这里时,情况十分严重。你还记得吗?你刚来这里的那几天?"

阿尔弗雷德转头看了看伊苏贝尔,可她一直低着头,不肯望向他的视线。慢慢地,他开始逐渐明白巴恩斯是哪种专家了。

巴恩斯俯身探了过来,座椅又发出了吱吱的响声。"我们都很担心你。你的体温好几天都保持在105华氏度。"

阿尔弗雷德清了清嗓子。"是的,我知道。这些事情沃特金斯医生半个小时前刚刚为我解释过了。他还为我开了四周的病假,之后我肯定会好起来的。所以,巴恩斯医生,我们到底能为你做些什么?我想回家了。"

巴恩斯点了点头。"好的,好的。我相信你会好起来的。很好,阿尔弗雷德,那我就有话直说了。你有没有经历过,嗯,严重的意识混乱,或是迷失过方向?"被他拽动的纤长手指发出了令人作呕的轻微爆裂声。他接着问道:"或许甚至是出现幻觉,听到或看到什么不同寻常的事情?嗯?"

阿尔弗雷德的双手开始在大腿上颤抖,假装用咳嗽来掩饰。终于,他开口答道:"我不明白你的意思。"他的声音在脑海里模糊不清地响了起来。

"是这样的,许多病人在体温超过一定水平时都会经历这种情况。但你的例子十分极端,是我和同事们前所未见的。我担心这是一种——"他停顿了一下,"我就和你实话实说好了。阿尔弗雷德,这看上去很像是间歇性的精神失常。鉴于发病的严重程度,我猜这事情已经不是第一次发生了。"

"我懂了。"阿尔弗雷德缓缓地答道,试图忽略咳嗽发作时胸口里的摩擦声。在他的身旁,他能听到伊苏贝尔正在啃咬指甲。

巴恩斯继续说道:"阿尔弗雷德,如果我没有说错,那你就需要治疗。以我的经验,这种情况只会恶化。视而不见是无法令它自行消失的。在治疗这类问题方面,我们最近有了不少突破。"

阿尔弗雷德深吸了一口气,该来的还是来了。他能做的就是肯定巴恩斯的怀疑,这样他就自由了。自由,几乎是一种解脱。脑海里的声音绝不是他要来的,而是在他六岁时不请自来的。那时他还十分年幼,年幼到无法保护自己,没有人给过他任何的选择。这一刻,他能听到她们中的一个正在低声地哭泣,心中怒火中烧。她们背叛了他。他感觉好累,身心俱疲。巴恩斯注视他的眼神充满了期待和诱惑,是阿尔弗雷德能够跨越的一座桥梁。通过最简短的词语、最不起眼的手势……突然之间,他的肺一下子收紧了,几乎无法呼吸。

就在这时,伊苏贝尔开了口。"巴恩斯医生,我觉得我的丈夫没有任何问题。"她的声音微弱却坚定,打破了凝重的沉默,"我明白你担心的原因,但我可以向你保证,这种事情以前从未发生过。反正自我们结婚以来没有。我——我不想让他服用任何不必要的药物。"她朝着阿尔弗雷德伸出一只手。他握住了它。

巴恩斯掷地有声地叹了一口气。"很好,阿尔弗雷德。我不想说服你做任何事情。但是如果你……"他从办公桌的抽屉里掏出一个小小的处方本,飞快地写了些什么,"这是我同事的名字,人很好。"他把那张纸递给阿尔弗雷德,然后从椅子上站起身,把他们送到了门口。"谢谢你们过来一趟,我希望你能很快康复。"

阿尔弗雷德和他握了握手。房门在他的身后关上时,他将那张纸撕成碎片,塞进了口袋。

当两人到家时,约翰正在看电视。起初,阿尔弗雷德害怕他又被学校停学了,紧接着才想起今天是星期六。约翰在两人进门时跳了起来。

"嗨,爸爸。"他打了声招呼,"你感觉怎么样了?"他走过去,接过阿尔弗雷德的包,父子俩的手短暂触碰了一下。约翰的脸看上去和比他年幼的男孩一样,柔软、富有弹性。一瞬间,阿尔弗雷德知道,他已不是那个棱角分明的十六岁少年了。

"我好多了。"阿尔弗雷德回答,"谢谢。"

约翰尴尬地站在房间中央,一只手拎着包,耸了耸肩,仿佛这样就能摆脱身上的孩子气,重新披上青春期的冷漠盔甲。

"我要上楼去了。"他提着包离开了客厅,"我给自己做了烤面包抹豆子,还配了茶。"

伊苏贝尔在他身后关上了房门。"他一直都很担心你。"她说。

那一晚,阿尔弗雷德的睡眠断断续续,梦境鲜活而荒诞,却总是在他醒来的那一刻便烟消云散。凌晨时分,当晨曦的微光悄悄钻进房间,他再一次惊醒过来,心跳加速。

半明半暗之中,伊苏贝尔的声音传了过来。"阿尔菲,怎么了?"

"没事。"他回答,"对不起,我吵醒你了吗?"

"没有。"

一阵长久的沉默，阿尔弗雷德的心跳渐渐恢复了正常。他闭上双眼，以为伊苏贝尔肯定又睡着了。

"阿尔菲？"她的声音十分轻柔，却没有一丝睡意。

"什么事？"

"那个医生，那个精神病医生——"

"嗯？"

他听到她翻到了一侧。"阿尔菲，我知道你会自言自语。"她用十分低沉的声音说道。

他一直紧闭着双眼。"是发烧的缘故。"他说，"我做了一些非常……令人不安的梦。"

"不，阿尔菲。我不是说你住院的时候。我是说——"他听到她深吸了一口气，"你会对话。我听到过。许多次。通常是你在花园里、以为身边没人的时候。第一次，是火灾后回家时——"她说的是莫克林，"爸爸出去了，我去楼上小睡，却睡不着。我听见你在和某人说话，于是走到平台上，看到你正坐在沙发上自言自语。"

他没有作声。

"但你不只是在自言自语，而是在进行一段真实的对话。我坐在那里听了好一阵子。"

"你从没有提起过。"

"我能说些什么呢？"她听上去十分疲惫，不是困倦的那种疲惫，而是心力交瘁，"我以为那只不过是……只不过是某种应激反应。你懂的，应对火灾带来的震惊之类的。但我后来又碰到过一次。我本打算问你来着，可是——"

"可是什么？"他有些喘不过气来，感觉两肺的底部有种发痒的阵痛。

她耳语道："你为什么从来不告诉我？"

"这就是巴恩斯医生想要见我的原因吗？"他问。他的一颗心再次加速跳动起来，"是你告诉他的？"

"当然不是了！我简直不敢相信你竟会这么想。"她坐起身，剪影在昏暗的光线下模糊不清，让他无法看清她脸上的表情，"二十年了，阿尔弗雷德。二十年了，我什么话也没说过，不知道自己是否应该感到担忧，担忧我嫁的男人可能有些……精神失常。我一直在等，等你对我坦白。有些时候，我以为发疯的人是我。我孤独得要命。"她掩面哭了起来。

阿尔弗雷德坐起身，伸出一只手臂揽住她的肩头，将她拉进了怀里。"我很抱歉。"

"你生病的时候会开始怒吼……好可怕。后来他们告诉我，他们想让你去看精神病医生。我心想：就是这样了！他们已经发现了，准备把你送走了。"她的声音里充满了恐惧，"没有你，我该怎么办？"

出院后，阿尔弗雷德过了六个星期才全面康复。那段时间里，伊苏贝尔一直在他身边忙前忙后，把早餐端到床上，确保壁炉里的火永远燃着，坚持要他随时随地都裹着毯子，还会无休止地为他泡茶。偶尔，他还会发现她在紧盯着自己，脸上带着会意的微笑点头，好像是在说："没关系，你的秘密很安全，你现在可以无拘无束地和她们说话了。"

但她从不曾把话大声说出口。此外，阿尔弗雷德也不会那么做。这不仅是因为，迄今为止，与脑海中的女声交流一直是件私密得几乎令人痛苦的事情，让他当着伊苏贝尔的面和她们开诚布公地交谈，感觉就像是告诉他可以在她面前大便一样。更重要的是，他不想和她们说话，不愿原谅她们带来了乔安娜，然后又将她粗暴地夺走。所以当她们出现并呼唤他的名字——

阿尔弗雷德！阿尔弗雷德！

在他勉强走完两英里的路却还未筋疲力尽时对他的康复状态评头论足——

干得漂亮！你已经好多了，是不是？

在厨房里提出有益的建议——

当心，阿尔弗雷德！牛奶要溢了。

提醒他如约看诊——

别忘了两点钟去看病。

他都会忽视她们。几天来，她们呼唤、叫喊、吆喝着他的名字，却被他拒之门外。他需要离开她们独处。过了一阵，她们放弃了，留下一片彻底陌生的沉默。阿尔弗雷德不知道是该感到兴奋还是害怕。

这样的沉默并没有持续很长时间。

一天晚上，她们的声音在阿尔弗雷德和伊苏贝尔并肩躺在床上时响了起来。自从他生病以来，已经很久没有和伊苏贝尔做爱了。但他感觉自己已经恢复了健康和强壮，一看到她微张的双唇、毯子下臀部的曲线和隆起的苍白胸脯，顿时春心荡漾。他把手悄悄伸进被单里，放在了她温暖的大腿上。就在这时——

咿咿咿咿！！！

震耳欲聋、令人头晕目眩的尖叫让他猛地将手从伊苏贝尔的大腿上抽了回来。伊苏贝尔动了动。阿尔弗雷德缓缓躺了回去，耳膜仿佛着了火。过了好几分钟，一切才归于平静。耳鸣的声音渐渐平息，让他怀疑刚刚的声响是否只是一只叫得格外响亮的夜猫。他慢慢伸出手，轻抚伊苏贝尔的脸颊。她又动了动，脸上露出了微笑，眼睛却依旧紧闭着。她深吸了一口气，仿佛是在嗅闻他的气息，然后凑上来，将手伸进了他的腹股沟。

肮脏恶心的荡妇！你喜欢这样，对不对，阿尔弗雷德？你喜欢自己的妻子是个荡妇。

这是阿尔弗雷德不认识的一个声音。他确定它并不是那几个女声之一，却又是从他的脑海里传出来的。他一把抓住了伊苏贝尔的手腕。

可他宁愿去搞爱丽丝，对不对，阿尔弗雷德？搞她紧实的犹太人屁股。

"怎么了，阿尔菲？"伊苏贝尔耳语道，"对不起，我以为——"她把手抽了回去。

阿尔弗雷德一言不发，心跳加速，两只手紧握成拳头，用指关节按压着太阳穴。出什么事了？谁在和他说话？他用指关节加大了压力，直到痛感穿透了他的头骨。

最终，伊苏贝尔转了过去。阿尔弗雷德清醒地躺了好几个小时，在第一道模糊的晨光悄无声息地照进房间时，才迷迷糊糊地睡去。

第二天早上，那几个声音在阿尔弗雷德刮胡子时再度出现了。

嘿！

他的手一滑，剃须刀在皮肤上划出了一道小口。

你这个愚蠢、没用的可怜男人。

血顺着他的脸颊,滴落在洗手池里。

"你们想干什么?"他低声问道。

但是没有人回应。

接下来的三天里,那几个声音一直在对他发起无情的袭击,残忍地大声奚落、嘲讽着他。回头想想,三天的时间对于一个男人的一生来说似乎不算什么,如同一眨眼的工夫。然而这三天的光阴给阿尔弗雷德带来的绝望却是他以前不曾经历过的。它们不让他睡觉,也不许他吃饭,甚至让他没办法正常地和伊苏贝尔交流。

"你还好吗,阿尔菲?是不是胸口不舒服?"一次,伊苏贝尔在早餐桌旁问他。这是新的声音出现后的第三天早上,"你看上去脸色好苍白。"

伊苏贝尔皱起眉头,把一只手搭在了他的手上。"去躺会儿吧,阿尔菲。我泡杯茶,给你端到床边。"

喔哦,她想让你上床,这个粗鲁的荡妇。

阿尔弗雷德狠狠咬了咬舌头,以至于都尝到了鲜血的味道。他站了起来。"不用了。我……我觉得我还是出去走走好了,呼吸点新鲜空气。"

趁伊苏贝尔还没来得及反对,他就快步冲出了后门。他穿过湿漉漉的草坪,无论怎么努力也无法屏蔽脑海中的笑声和叫喊声,于是将自己锁在了棚子里。他一动不动地站在里面,在不均匀的浅浅呼吸中等待着。他的眼睛慢慢适应了昏暗的光线,目光落在了自己上个星期刚刚清理、磨好的园艺剪刀上。那个时候,这些声音还没有出现，他也没有和那几个女人的声音断绝关系。他迈步向前，拾起了剪刀，用一只手指摸了摸冰凉的刀刃。

动手啊，阿尔弗雷德。动手啊，还是说你不够男人？

刀刃足够锋利。他只需施加一点压力，就能划破颈动脉。不出几分钟的工夫，他身体里的血就会流干。一股寒意接触到他的皮肤时，他颤抖起来。

动手。动手。动手。动手。动手。动手。动手。动手。动手。动手。动手。动手。

他把刀斜架在喉咙上，左手边突然吹过一阵风，耳边传来的轻柔呻吟声令他停住了脚步。他能感觉到棚子里有一个熟悉的存在，心猛地一跳，手中的剪刀掉了下来。

"你们在哪儿？"他低声问道，"你们在吗？对不起，对不起，我忽视了你们。对不起，我想过把你们赶走。"他跪倒在地，发现自己竟然在啜泣。"真的对不起。"

一阵咝咝声过后，传来了噼里啪啦的响声。

老天哪，阿尔弗雷德！你有的时候真蠢。

别对他太严厉，这样做不好。

他双腿颤抖着站了起来。"你们去什么地方了？我……我没有——"他的声音再一次哽咽了。

嘘，阿尔弗雷德，不要哭。我们不可能把你留给别人。我们共同经历了太多，不是吗？

是啊。好了，擦干你的脸，去吃早饭吧。伊苏贝尔还在等着呢。

他点了点头，用袖子抹了抹脸。她们又回来了。她们又给了他第二次机会。他对此心怀感激。

父亲的葬礼
1988

今天的天气好冷,所以你妈妈戴上了羊毛帽,穿上了带毛领的长外套。你环顾四周,却看不到这里还有别的小孩。对面,就在坟墓大坑的另一边,一些人正以泪洗面。两个男人还牵着手。好冷。你浑身发抖。妈妈向下伸出一只手,紧紧攥住你戴着手套的手。她哭得正凶,鼻子又红又肿。你感觉自己也悲从中来,却怎么努力也哭不出来。真的不行。

事后,当人们将棺材放进坑里时,人们聚集在了你和妈妈身旁。一个你从未见过的女子走了过来。

他是个好人。

节哀顺变,孩子,另一个人边说边轻轻拍了拍你的脑袋。

你需要去尿尿。妈妈，我们什么时候回家啊，你问道。你拽了拽妈妈的手，她却在和别人说话。

是的，你妈妈说，我也是星期四才知道。乔希打来了电话。她放开你的手，掩面哭了起来。他就这么走了，你懂的，什么话也没有交代就把我们丢在了加利福尼亚。我和布莱妮娅自从来到这里就一直在到处寻找他。要是我知道乔希清楚他的下落，就不会——她停下来擤了擤鼻涕——现在我也得去接受检测了。她的声音几乎只剩下耳语，但她已经不哭了。布莱妮娅也一样。她可是他的亲生女儿！

你转过身。有些人已经离开了。你看到了一棵几乎全黑的树，树枝宛若手臂，末梢如同伸向天空的手指。这种树爬起来应该很有意思。你仔细端详了一会儿，试图记住它的形状和生命力，这样回家后就能把它画下来。那是一棵白蜡树吗？还是山毛榉？秋天，你跟随学校秋游时去了展望公园，学习如何通过树叶分别树的种类。但现在已是一月，树叶都掉光了。总之布鲁克林的大部分树都不一样。很多事情都不一样。起初，你很讨厌这里，讨厌这里的寒冷。你现在还是讨厌寒冷，也还是需要尿尿。

你妈妈还在和别人交谈。大人们呼出的气在空中形成了白色的烟雾。你从地上捡起一根嫩枝，假装那是一支香烟，装模作样地吞吐起来。你喷出的气也是白色的烟雾。这时，你听到附近有人在哭，是一个小孩。你站着的地方挤着好几个墓碑。哭声就是从那里传来的。你有点害怕地凑了上去，哭声却停止了。你又向前迈了一步，意识到自己正踩在其中一座坟墓上，脚下正躺着某个死去的人。你飞快地跳到了一边。哭声又开始了。

哦，哦，哦。

是一个小女孩。你缓缓地向前挪动。声音是从其中一块石碑的背后传出来的。

这不公平，不公平。哦，哦。

有人吗？你轻声问道，不想吓到那个女孩。你摸了摸石碑，然而飞快地把手抽了回来。那种被苔藓覆盖的松软手感令你毛骨悚然。你在外套上擦了擦手，绕过去看着石碑的背面。

什么也没有。

有人吗？

哭声消失了。石碑背后没有什么小女孩。你的嘴巴好干，一颗心在胸膛里狂跳。你浑身发抖，恶狠狠地低声说着"走开"，即便那里什么人也没有。你突然感觉满心恐惧，于是跑回了妈妈身旁。

你在这儿啊，亲爱的。妈妈拥抱了你。过来，是时候跟爸爸道别了。她跪了下来，你也跪了下来。你的心停止了狂跳，你能感觉到它漏跳了一拍。你爸爸躺着的那副棺材已经被放进了墓穴里。来。妈妈给了你一枝白花。把它丢下去，亲爱的。它被你丢到了棺材顶部落着的其他花朵之中。

你不记得爸爸长什么样子了。你试着回忆，看到的却是戴夫的脸。戴夫与你和妈妈一起住在希姆劳特街上。你的妈妈是在戴夫来修理前屋的屋顶时认识他的。你喜欢戴夫，因为他会带你去吃热狗，即便妈妈说吃肉是不对的。有些时候，要是妈妈没有按时叫你起床，让你错过了校车，戴夫还会用他的皮卡车送你去上学，给你听广播里的乡村音乐。

343

你喜欢上学。每一天都是由同一个时间开始的,从周一到周五;除了连堂课,所有的课程时长也都一样。在你努力时,老师们会对你说些好听的话。你大部分时间都很努力。虽然你只不过是个一年级的学生,却已经在读三年级的书了——《夏洛的网》和《长袜子皮皮》。你想读从学校里带回家的那些书,可妈妈却说你太聪明了,不该只读这些,因为你上一年级之前她从未教过你阅读和写字。相反,她会给你读自己最喜欢的赫尔曼·黑塞的书。你不理解书中的故事。戴夫问,你又在给她读那个叫"海尔曼"的德国人的书了吗?你和戴夫都笑了,妈妈却没有笑。她说,不是"海尔曼",应该是"赫尔曼",所以和"德国人"这个词不押韵。戴夫却把双手插进头发里,将发丝立了起来,嘴里还念叨着"小心,布莱妮娅,海尔曼来抓你了",追得你满屋跑。你笑得太过用力,感觉就快要尿裤子了。妈妈生气地吼了一个你听不懂的词语,离开房间,重重甩上了房门。

春天,你放学回家后戴夫已经不在了。妈妈说,我不想谈起这件事情,你以后再也见不到戴夫了。

离开的，回来的
1969—1972

阿尔弗雷德的生活又恢复了正常。他回到了工作岗位，康复的身体虽然仍有些虚弱，但已经足够专注于面积日渐扩大的草药园的工作。达菲德承担起了繁重的体力劳动，阿尔弗雷德则用各种香草做着试验。他种下了一座结状的厨房花园，中间是柔软芬芳的洋甘菊草坪，四周围绕着迷迭香、欧芹、鼠尾草和百里香。除此之外，他还在阅读材料的启发下开辟了一片"精神花园"，试验种植能够应对头痛、胃痛和皮肤擦伤的各种活性草药，先在自己身上测试，信心增强后还制作了各种各样的饮茶和可以咀嚼的干燥块根。

脑海中的画外音女声对他一直格外仁慈和宠爱，仿佛她们也和他一样，为短暂的分离已经结束松了一口气。尽管如此，被阿尔弗雷德称为"其他人"的声音已经给他造成了严重的伤害，害他过了好几个月才彻底不再害怕它们会卷土重来。

1969年5月的某天下午，阿尔弗雷德回家时听到了伊苏贝尔的笑声。一开始，他满心期待那是约翰摆脱了忧郁的情绪，正和母亲在厨房里谈天说地。可进屋之后，他却看到一个女人正坐在伊苏贝尔身边的桌旁。她留着很短的头发，身穿巧克力色的衬衫和芥末黄色的喇叭裤。她的脸上带着一种目中无人的潇洒表情，看上去与众不同——对于生活在村子里的女人来说肯定十分少见。阿尔弗雷德进门时，她在椅子上转过了身。

"你肯定就是阿尔弗雷德了。"她兴高采烈地说，然后朝着伊苏贝尔使了个眼色，微笑着补充道，"我听说了你很多的事情，太有意思了。"

伊苏贝尔咯咯笑了起来。"我才没有告诉过她那种事情呢。"她说。

"顺便说一句，我叫阿米莉亚。"女子对阿尔弗雷德说，"住在22号。"

阿尔弗雷德在裤子上擦了擦手。"阿尔弗雷德。"说到这里，他改变了伸出一只手的念头，"阿尔弗雷德·华纳。"

"阿尔弗雷德·华纳，我也很高兴认识你。好了，我得走了，搬家工人随时都有可能过来。"

"很开心能够认识你。"伊苏贝尔说，"你星期四的晚上有空过来吃晚饭吗？"

"听上去不错，伊苏贝尔。"她朝着阿尔弗雷德点了点头，"那我就让自己放纵一下，星期四见了。"

"她刚刚搬来。"阿米莉亚离开后，伊苏贝尔解释道，"你知道的，我觉得能给新来的人做顿饭换换口味，是件好事。"

星期四的晚上，阿米莉亚带着葡萄酒和几张黑胶唱片来了。大家一边吃饭，一边聆听着唱片中的音乐。

"我们吃晚饭的时候通常是不听音乐的。"伊苏贝尔伴着琼·贝兹[1]甜美的背景音说道，"不过这很好。我们应该经常这么做。"

为了这顿晚饭洗了澡、刮了胡子的约翰（阿尔弗雷德怀疑他这么做不是被威逼就是被利诱的）表示了赞同："是啊，我们通常是在电视前吃饭的。"

"我们才没有那么做呢！"伊苏贝尔瞪了他一眼。

"我真傻。"约翰的语气十分单调，"这是当然。我们才没有那么做呢，费尔克拉夫小姐。"

伊苏贝尔放下叉子。"约翰，是费尔克拉夫太太。"

阿米莉亚摇了摇头。"其实两者都不是。"她回答，然后又补充解释了一句，"我离婚了。不管怎样，请叫我阿米莉亚。"她把一只手放在了约翰的手臂上。他的脸涨得通红。

阿尔弗雷德打算转换一个话题，不想让约翰毁了伊苏贝尔的夜晚。"阿米莉亚，你为什么会到柴克立来呢？"

她含糊地挥了挥手，"哦，离婚之后，我觉得在乡下住上一

---

[1] 琼·贝兹（Joan Baez，1941— ），美国民谣歌手、作曲家，曾参加民权运动及和平示威活动；与美国传奇歌手鲍勃·迪伦（Bob Dylan）有过恋情，曾受到苹果公司创始人史蒂夫·乔布斯（Steve Jobs）的追求。

回应该不错。在尤托克西特找到更长久的住处之前,这里只是我租住的地方。我在尤托克西特有一份兼职工作,在兽医院里做接待员。"

"我的妈妈就从来没有工作过,是不是,妈妈?"约翰问。

伊苏贝尔难为情地微微一笑。"哦,你们懂的……"她的声音渐渐弱了下去。

阿米莉亚说:"约翰,为一个家庭养育孩子、做饭打扫也是一份工作,即便她拿不到薪水。"

约翰的脸又红了,什么话也没有说。阿尔弗雷德很高兴她能开口纠正他。

吃完饭,阿米莉亚靠在椅子上,点了一支烟。"伊苏贝尔,你做的菜很好吃。"她仰起头,朝着天花板吐着烟,"非常感谢。"

"能请你来做客,我很高兴。"伊苏贝尔站起身,开始清理碗盘。阿米莉亚起身帮忙,但伊苏贝尔摇了摇头。"请坐,你是客人。"

"胡说。"阿米莉亚答道,"如果有我帮忙,能快很多。但我不会留下来帮忙刷盘子的。"她大笑起来。

阿尔弗雷德转向了约翰。"快点儿,懒骨头,去帮姑娘们打扫干净。"

阿米莉亚放下手中的盘子。"阿尔弗雷德,我们可不是什么姑娘,我们是女人。"她的语气中夹杂着怒气,可当阿尔弗雷德望向她时,她的脸上却挂着微笑。

阿尔弗雷德显然无法和伊苏贝尔一样喜欢阿米莉亚。

她好粗鲁，就是的。

胡说，她只不过是自信。伊苏贝尔能有一个朋友是件好事。你难道不同意吗，阿尔弗雷德？

"嗯。"阿尔弗雷德掐着番茄苗上的侧芽。那个声音唱着歌回答——

阿尔弗雷德不喜欢她，阿尔弗雷德不喜欢她……

"你错了，我不是不喜欢她，只不过——"

只不过什么？

他直起身子，感觉自己抻到了下背，于是伸展着想要放松。"我喜不喜欢她无所谓，伊苏贝尔喜欢就行了。你是对的，她能有个朋友很好。"

可是？

"可是什么？够了，别再提阿米莉亚了。"他不想提起，伊苏贝尔每次去见阿米莉亚后回家时，都会带着一股咝咝作响的犀利怒气。他觉得，自己最好干脆采取视而不见的态度。回到屋里，厨房中正弥漫着烤肉的香气。伊苏贝尔从炉边转过身，朝他露出了微笑。

"我做了烤肉。"她弯下腰，为烤肉浇上卤汁。她用一条蓝色的丝巾将头发绑在脑后，后脖颈上渗出了细细的汗珠。她耸耸肩。"我觉得今天不会太热。"

"闻上去真香。"阿尔弗雷德脱掉靴子，从沥水板上拿起一只茶匙，开始刮擦靴底的泥土。

"阿尔菲？"伊苏贝尔叫了他一声。

"什么事？"

"我只是想说，从现在开始，你每个周二就得自己泡茶了。我要和阿米莉亚去上夜校。"她说，"在斯托克的一所学院。"

"真的吗？"一颗鹅卵石卡在了其中的一条凹槽里。他捣鼓了半天才把它撬出来，还打飞了勺子。伊苏贝尔走过去，将勺子捡起来。

"你在听我说话吗？"她的声音突然变得尖锐起来，充满了质疑的意味。

阿尔弗雷德放下靴子。"抱歉，亲爱的。你说——"

"政治哲学。每个星期二的七点至九点。"

"政治哲学？"

伊苏贝尔走到水池边，开始在水龙头下冲洗勺子。"没错。别那么吃惊，你觉得我太笨还是怎么着？"

"不是的，"他回答，"只不过你以前从没表现过对那种东西感兴趣。"

"也许那是因为你从来没有问过我，从来没有问过我关于任何事情的意见。"

阿尔弗雷德摇了摇头。他不想争辩。"如果你想吵架，就换个人好了。"他朝着客厅走了过去。

那年夏天，约翰在高考中取得了令父母吃惊的好成绩，拿到了曼彻斯特大学地质学专业的录取通知。伊苏贝尔泪流满面却十分勇敢地接受了这个消息。1969年9月末，约翰离开后的一天，她走进他过去几年住过的卧室。阿尔弗雷德站在那里，看着她将儿子留下的童年物品一一打包收拾起来——故事书、被打火机烧毁了面容的超空人[1]玩偶、毛绒玩具、一大堆岩石和化石、不要的黑胶唱片。她像博物馆馆长一样小心翼翼地将这些东西装进纸箱，仿佛它们都是什么无价之宝，有一天会被主人重新要回去。某一刻，她把一只浅蓝色的兔子娃娃拿到鼻子底下嗅了嗅，露出了微笑，仿佛偷偷想起了什么。想到儿子竟然这么快就从婴儿长成了一个男人，阿尔弗雷德突然有些无所适从。

你是无法让时间倒流的，阿尔弗雷德。

"我知道。"他沮丧地默默答道。

他已经走了。

"我不知道哪件事情更引人注目。"为了阻止心中的感触继续放大，阿尔弗雷德大声地对伊苏贝尔说，"人类在月球上行走，还是我们的儿子考上了大学。"

"人是会变的。"她用平淡的语气答道。

一个星期二的晚上，阿尔弗雷德在碗里打了几个鸡蛋。伊苏贝尔走进来，隔着他的肩头看了看。

"法式面包？"她问，"给我做几个，好吗？"

阿尔弗雷德抬起头。"今晚没有福柯[2]或者萨特[3]了吗？"他没有读过那些书，但在伊苏贝尔的床头柜上看过它们的封面。

---

[1] 《超空人》（又名《红船长》）（*Captain Scarlet and the Mysterons*），32集科幻动画，由Century 21 Productions制作，ITC发行，1967年至1968年于英国ITV电视台播出。

[2] 米歇尔·福柯（Michel Foucault, 1926—1984），法国哲学家、思想家、历史学家，后现代主义及后结构主义代表人物之一。代表作品：《疯癫与文明》《知识考古学》。

[3] 让-保罗·萨特（Jean-Paul Sartre, 1905—1980），法国哲学家、文学家、社会活动家，西方社会主义倡导者，存在主义代表人物之一。与女权运动开创者西蒙娜·德·波伏娃（Simone de Beauvoir）为情侣关系。代表作品：《存在与虚无》《辩证理性批判》。

"阿米莉亚这周去伦敦了。"她平静地说,"她去参加反战的示威游行了。"

他打开煤气炉,在平底锅里放了一小块黄油。"她做这种事情是不是年纪大了些?"

"哪种事?表达自己反对不道德战争的立场?"

"天呢,伊苏贝尔,你知道我是什么意思。来,把面包递给我,好吗?"

她从包装袋里取出四片面包,递给了他。他把每片面包都放进蛋液里泡了泡,铺在平底锅中。屋里香气四溢。伊苏贝尔走过来,站在他的身旁。"你已经成了厨艺高手了,是不是?"她笑着问。

"自食其力嘛。"他回答,"吃完饭后我开车送你去斯托克怎么样?也许我还能和你一起听听课呢。"

伊苏贝尔沉默了片刻。面包在平底锅里咝咝作响。她用手肘推了推他,提醒他给面包翻个。"不用了,谢谢,阿尔菲。"她终于开了口,"这是我想自己做的事。我要为了自己去做。"她把一只手放在胸口,以示强调。

"只不过阿米莉亚不在这里陪你。"他不假思索地回答,望向她时,她已经满脸通红。

第二天早上,他道了歉。

"得了吧。"她边说边给面包抹上黄油。一晚的睡眠显然也没能缓和她的心情。

他把水壶放在炉子上,等待水烧开。

再道歉。说啊。告诉她,她是个多么优秀的妻子和母亲。

"你别管。"他嘟囔着。

别把气撒在我们身上啊。

"够了！"他在耳边飞快地挥了挥手，仿佛是在驱赶什么烦人的小虫。

伊苏贝尔的视线从面包上抬起来，挑起了半边眉毛。"我猜你又在偷偷对话了吧。"她冷冷地说。

"伊苏贝尔，我……"水壶烧开的声响淹没了他的话。他灌满茶壶，走到餐桌边，坐在她的身旁。"伊苏贝尔，求你了，别这样开始新的一天。"

可她耸耸肩，站了起来。"我还有事要做呢，不是整天坐在这里自娱自乐。"

"可我从没有说过——"

还没等他说完，她就离开了厨房。

第二天晚上，情况也没有得到改善。阿尔弗雷德刻意避开了所有冲突，但伊苏贝尔似乎一心就想吵架。就连把晚餐的餐盘放在他的面前时，他都能感觉到她心中的怒火。他决定尽量少说些话，等到她坐下来再开始吃饭。她做的是他平日里喜欢吃的猪肝配土豆泥，可当他第一口咬下去时却觉得味同嚼蜡，难以下咽。吃肉时，他感觉她的眼神一直在紧盯着他。

"有什么问题吗？"

"没有。"他咽下嚼了一半的肝，"完全没有。"

两人继续沉默不语地吃饭。吃完饭，伊苏贝尔说了一句："要是能偶尔说上一句谢谢就好了。"

"你说什么?"

"谢谢我每天给你做饭。"她的声音低得吓人。

他叹了一口气。"谢谢你,伊苏贝尔,谢谢你每天为我做饭。"

这还不够——或许远远不够,为时已晚。伊苏贝尔接着说:"你不尊重我,阿尔弗雷德。"

"我当然尊重你了!"

"不,你不尊重我。"她的话听上去就像是实事求是,"老天啊,你连报纸都不让我读!"

"这是胡说八道!"

"哦,真的吗?"她的脸有些红了,"你坐在那里看报纸时,给我读过多少次你觉得我可能'感兴趣'的内容吗?嗯?而不是让我自己决定?"

阿尔弗雷德摇了摇头。"见鬼,伊苏贝尔,这太荒唐了。"

可她说的其实没错,不是吗?

"你还拒绝让我去找工作,还记得吗?在约翰出生之前?"她站起来,开始叮叮咣咣地清理桌上的碗盘,迫不及待地表达着心中的想法,"你把我拽到这里来,期待我成为你的小主妇,乖巧、安静、顺从、依赖。处境不妙你就逃去酒吧,留下我来收拾残局。好吧,我受够了!"

"这些话都是阿米莉亚说的吧!"

说得好。

伊苏贝尔把盘子重重丢在了沥水架上。"哦,这还用问吗,因为我没有独立思考的能力。"

"你有吗?因为眼下事情看起来可不像那样。"

"你知道吗,阿尔弗雷德,你就……滚吧。"她怒气冲冲地离开了。

"你要去什么地方?"他在她的身后喊道,"现在已经是半夜了!"

"去阿米莉亚家,她给我留了一把备用钥匙。"她走出了家,门都没有关。

圣诞节前十天,邮递员送来了一封信和一张明信片。二者传达了共同的信息,用的却是不同的方式。信是从曼彻斯特大学寄来的,内容通知阿尔弗雷德和伊苏贝尔,约翰已经连续旷课四周了,并警告他们若是拿不出书面证明来说明他旷课的正当性,他就会被勒令休学。明信片是约翰自己寄来的,上面画着金门大桥上的日落,还写着"来自加州旧金山的问候"字样。在明信片的背面,约翰写道:

嗨,妈妈,嗨,爸爸,

我知道这是一个惊喜。我现在还不能解释为什么,但已经不得不离开。我要去寻找更加广阔的人生。

爱你们的约翰

阿尔弗雷德回家后才听说这个消息。伊苏贝尔穿着晨袍,红着眼坐在沙发上。阿米莉亚坐在她的身旁。看到阿尔弗雷德进门,伊苏贝尔跳了起来,但宣布这个消息的却是阿米莉亚。

"约翰退学去了美国。"她脱口而出,还同情地朝着伊苏贝尔点了点头。

阿尔弗雷德看向了伊苏贝尔。"什么？"

"没错。"伊苏贝尔已经哭了好几个小时，声音都已嘶哑，"你看。"她拿起明信片和信，递给了他。

阿尔弗雷德飞快地读了读。"你为什么不给我上班的地方打电话？"他问道，整个人目瞪口呆。他能猜到约翰做得出许多事情，但不是这种事情。他不明白脑海中的画外音为什么保持沉默，为什么没有给过他任何的警告。他又问了一遍："你为什么不给我打电话？"

阿米莉亚站了起来。"别欺负她，阿尔弗雷德。她受的打击已经够大了，心里一直很难过，对不对，伊苏？"她把一只手搭在了伊苏贝尔的手臂上。

阿尔弗雷德清了清嗓子。她简称他妻子名字的方式令他恼火。"谢谢你，阿米莉亚，谢谢你照顾她。我觉得现在最好让我们私下讨论这件事情。"

"他还年轻。"阿米莉亚回答，"就像我对伊苏说的，他可能只是想去冒险，看看这个世界，体验一下外面的生活。天知道，我像他这么大的时候就是这样的。"

伊苏贝尔又哭了。

"我觉得——"阿尔弗雷德张开嘴，却无法厘清思绪。他又看了看明信片，望着上面粗制滥造的日落景象。约翰是怎么想的啊？他怎么能如此自私？阿尔弗雷德突然想到了自己还是约翰这个年纪时的样子——柏林的最后一个盛夏在他的面前铺展开来，尽管身边充斥着战争带来的痛苦和不幸，他却依然无忧无虑、幸福快活，可他失去了青春、被送去杀人。回忆沉沉地压在了他的心头。他用颤抖的手将明信片扔在了地上。约翰哪知道什么是"更加广阔的人生"?

"我觉得你现在应该离开了。"他专横地用一只手臂揽住了伊苏贝尔。

阿米莉亚伸手捋了捋自己的短发。"也许我是该走了。"她终于表示,"你没事吧,伊苏?"

"她会没事的。"阿尔弗雷德说。

阿米莉亚没有理会他,而是轻轻吻了吻伊苏贝尔的脸颊说:"你知道去哪里找我。"

阿尔弗雷德的问询毫无进展。约翰自十月末以来就没有上过学。警方礼貌而坚定地告诉阿尔弗雷德,他们无法提交失踪人口报告,因为不仅他的父母收到了有关他行踪的提示("他给你们寄了一张明信片,不是吗?"),而且他现在已经到了法定年龄。最近,法定的成年人年龄刚刚从二十一岁降至了十八岁。("我不是说自己对此表示赞同。"警察说,"但你们确实收到了。")

接下来的六个月时间里,他们还收到了另外两张明信片,都是从加州寄来的。一张来自洛杉矶的上面写道:"生活真美好!爱你们的,约翰。"另一张是从蒙特利寄来的,上面写道:"对不起,真希望你们能在这里。约翰。"

后来的几个月中,阿尔弗雷德和伊苏贝尔的争执还在继续,并在某天晚上的一连串口角中达到了高潮,理由竟是阿尔弗雷德挤了太多的洗洁精。

"到处都是泡泡!"伊苏贝尔走进厨房时尖叫起来,"你到底在做什么啊?"

"在洗碗啊。"阿尔弗雷德回答,然后又补充了一句,"我以为这是你想要的,帮点忙,做点家务。"

"帮点忙,做点家务。"她缓缓重复了一遍。

"是的。"他继续用洗碗巾擦拭着已经洗净的盘子,"我以为这是你想要的,不是吗?"

伊苏贝尔的声音低沉到近乎是在咆哮:"你竟敢把这种事情推到我的头上,阿尔弗雷德·华纳。"

阿尔弗雷德手一松,盘子又滑进了肥皂水里。他转过身面对着她:"伊苏贝尔,我不知道你在说些什么。"

她瞪了他一眼。"是啊,你不知道,是不是?"她离开了房间。

知道也不对,不知道也不对!

这正是阿尔弗雷德的想法。不久之后,伊苏贝尔又对他打呼噜的事怨声连连,害得他最终跑去约翰以前的卧室,睡在了一张行军床上。伊苏贝尔说,二十多年之后,她终于能够好好睡上一觉了。

这段婚姻已经变得痛苦不堪、令人疲惫。1970年4月的一天,阿尔弗雷德下班回家后,发现等待他的竟是伊苏贝尔的一封信,第一感觉反倒如释重负。

亲爱的阿尔菲:

一切都已分崩离析。我做了大半生的妻子和母亲,有时觉得——不,是我知道——自己一败涂地。我现在明白了,这样的失败是我试图成为另外一个人的结果。但我现在必须掌控自己的生活,去成为我想要成为的人。这不是一个冲动的决定,我已经想了很长时间。请不要担心。我将和一群女性生活在一起,她们会理解我,陪伴在我的身边,就像我会陪伴在她们身边一样。

还有,阿尔弗雷德,请不要联系我。

伊苏贝尔

阿尔弗雷德将信丢在桌上,心中荒谬的释然很快变成了恐慌。他奔上楼,跑进卧室。据他所知,她只带了几件衣服,但衣橱上的旅行箱不见了。她的床头柜上,就在那盏小小的玫瑰色台灯旁,孤零零地摆着她的结婚戒指。他冲出家门,奔向了阿米莉亚家,按响门铃后用两只拳头重重地砸着房门,却无人回应。

"阿米莉亚!"他大吼,"伊苏贝尔!"

他跑到屋后,把双手拢在窗户上,向里望去,却没有看到任何生命的迹象。一股怒火涌遍了他的全身。他挥动拳头砸着玻璃,玻璃被他砸裂了,却没有被打碎,令他莫名感到自己无能为力。

"她去哪儿了?!!"他朝着黑暗大吼大叫,但无人回应。绕回屋前,他注意到街道另一边的窗帘拉上了。某个邻居家的狗疯狂地吠叫起来。阿尔弗雷德在夜色中气喘吁吁地站了一会儿,然后回家了。

来到楼上,他尽可能多抓了几件伊苏贝尔的衣服,将它们拿到楼下,塞进了垃圾袋里,然后拾起那封信,将它撕成了碎片。怀着满心愤怒、震惊与难过,他拿上一瓶琴酒,走出门,坐在后院草坪中央,在一轮满月下把自己灌得酩酊大醉。

"我不应该被这样对待。"他对着黑暗说。

那你应该怎样,阿尔弗雷德?

"我不知道。不是……但不是这样的。"他胡乱挥舞着手臂。

别忘了,你骗了她许多年。

"我知道,但是我不想伤害她。她怎么能就这样一走了之?"

我知道这很难。但是——

"但是什么?我做错了什么?"

有些问题是没有答案的。

说到这里,她们再次离开了他。酒瓶空了,于是他跟跟跄跄地走回家,将伊苏贝尔的衣服从垃圾袋里取出来,整整齐齐地叠好,放回了原来的地方。他再一次注意到她带的东西有多少——这是不是意味着,她很快就会回家,还是说她已经抛弃了过去的生活?一时间,他简直无法呼吸。他弯下身子将双手支在大腿上,大口喘着粗气,仿佛整个世界都折叠在了他的身上。待呼吸恢复均匀,他才手脚并用地缓缓跪下,双手颤抖着用透明胶带将伊苏贝尔的信粘了起来。

第二天早上,虽然他晕头转向,仍有些宿醉,还是驱车赶往尤托克西特。他曾听伊苏贝尔说过,阿米莉亚工作的兽医诊所就在大街的尽头。迈进诊所的大门时,头顶的一只铃铛叮叮当当地响了起来,引来一阵叽叽喳喳、汪汪呜呜的尖叫声。坐在周围的五六个宠物饲主低声安慰着生病的动物。阿米莉亚坐在高高的接待台背后,厚实的针织毛衣外套着一件白大褂,正在接电话。抬起头看到他,她的脸上闪过一丝痛苦的表情,但很快就打起了精神，看上去就像是一直都在等待他似的。他穿过了候诊室。

"伊苏贝尔去了什么地方？"他放声质问，"我的妻子去哪儿了？"

她举起一只食指，比了个"请不要这样"的口型，然后对着电话里说："好的，十一点把它带来，但你可能还要在这等上一会儿。再见。"她放下了听筒。

"你好，阿尔弗雷德。"她的话音充满了警惕。

"伊苏贝尔去哪儿了？"

"是这样的，我明白你很难过，但是——"

"难过？！！我可不只是难过。"

阿米莉亚站了起来。她是个高大的女子，站起来能和他的视线平行。"请别这样，阿尔弗雷德。别在这里。还有二十分钟我就可以休息了。"她看了看表，"街角有家咖啡馆。我会去那里和你见面的。"

"我的时间不多。"她来时就这样宣称。

"她去哪里了？"阿尔弗雷德问。他点的咖啡已经冷了，陈年的烹饪油脂味道令他想吐。

阿米莉亚清了清喉咙。"她离开可不是我的缘故。"

"是啊，我猜是因为我。"

"我没有那么说。"她挥手示意女服务员过来，点了一杯咖啡，然后点了支香烟，"事实上，我还曾试图说服她放弃。可是阿尔弗雷德——"她直勾勾地盯着他。"她的处境非常糟糕。"

"这话是什么意思？"他的声音出口时比预料中响亮得多。

阿米莉亚畏缩了一下。

安静，阿尔弗雷德。控制一下你自己，不然她就要离开了，那你就永远也找不到伊苏贝尔了。

"抱歉。"他说了一句，"阿米莉亚，求你了，告诉我她在哪儿吧。"

阿米莉亚在座位上挪了挪，将抽了一半的香烟掐灭，又点了一支。"我发誓不会说的。"

阿尔弗雷德把手肘支在桌子上，揉了揉脸。他能感觉到血流中还有琴酒的有毒残留物，嘴巴里又酸又臭。女服务员端来阿米莉亚的咖啡，将它粗鲁地放了下来。棕色的液体从杯子的边缘泼溅到了桌面上。

"她说，她需要离开，好好思考一下。你得明白，约翰离开的事实给她带来了多么大的打击，让她认为自己活到现在做的一切都是错误的。她什么也不曾做错。"她的眼神突然犀利起来，"她一辈子都在照顾别人，现在只不过是需要休息一下。"

"她在什么地方？"

阿米莉亚等了许久才回答，开口时声音十分低沉。"好吧，但你必须发誓，不要试图把她带回家。这不仅是因为我承诺过会保密，而且老实说，我觉得要是你在她做好准备之前就试图带她回家，你就会永远失去她的。"

阿尔弗雷德咽了口唾沫，点点头。他脑海里的画外音女声也低声表示了赞同。

"她在伯明翰，和几个女人住在一起。那里有一个合作性组织，是为需要其他女性陪伴的女子设立的。"

"你是说公社吗?和某种嬉皮士在一起?"

"你想怎么叫就怎么叫吧,阿尔弗雷德。正如我说的,我试过说服她放弃。"她站了起来,"我会把具体的地址告诉你。"她停顿了一下。"但就像我说的,我觉得她还没有做好准备。"她耸了耸肩,"祝你一切顺利,阿尔弗雷德。"

几个星期过去了,他假装什么事都不曾发生,假装她不曾离开,或是只不过是离开几日,好让头脑清醒过来,然后随时都会回家。每天早上醒来,他都要试图忽略浴室的架子上少了她的牙刷、面霜,然后下楼去吃早饭,有点期待她会在夜里回来。骑车上班的路上,他还会强迫自己哼支小曲或是吹个口哨,屏蔽那几个女人在他的脑海中抱怨、哀号的声音。他心知谣言在村子里传播的速度有多快,因此也会避开酒吧,不想听到别人说些关于他妻子的闲言碎语,或是开什么下流的玩笑。

然而,他的否认很快就被愤怒的自怨自艾代替,随之又演变成为令他精神麻木的悲哀。他渴望坠入人生中可能达到的最低点,满心期待事情从此以后只会变得更好。脑海中那几个女人的声音比以往更加吵闹了。她们都在用安慰、鼓励和责备的话来让他鼓起勇气。

爱过、失去过是最好的。

她可能明天就会回来了,谁知道呢!

打起精神。

你还年轻……

然而更多的时候,这些声音都会被他屏蔽。因为他反而希望这种麻木的感觉能够在自己的身上蔓延，让他忘记伊苏贝尔身上的味道，她的笑声，她娇小、柔软而熟悉的身体，她肚子上那道泛着贝母光泽的伤疤，她深色的乳头，还有肩膀上的雀斑。他做不到，也忘不掉，更无法想象没有她的人生。他仍旧热切地爱着她。她肯定也爱过他，对吗？

就像热切地想念伊苏贝尔那样，对儿子的回忆也开始令他感到痛苦。或者更加确切地说，是缺失的记忆。他这才猛然意识到，自己有多轻视组成约翰童年的那些小事。那些在当时看起来微不足道的事情加在一起，却构成了他儿子的本质。他记不起约翰说的第一句话，记不起他同学的名字，也记不起拥抱他是什么感觉。心中残留的模糊记忆令他感到羞愧，任凭他在偌大的悲哀中随波逐流。

一天，他在上班的途中发现，阿米莉亚家的门口停着一辆搬家的货车。几个人高马大的男子正将箱子和家具搬到车上。他的情绪有了新的转变。尽管住在距离阿米莉亚这么近的地方，近来他和她的轨迹却很少相交。醒着的时候，阿尔弗雷德大部分时间都待在马奇庄园的花园里。只有在这里，他才能抑制住崩溃的内心。阿米莉亚似乎大部分夜晚都不在家。阿尔弗雷德没有再去尤托克西特找她。首先，在她告诉他自己曾经试图说服伊苏贝尔放弃时，他是相信她的。另一方面，她代表了他与伊苏贝尔之间残存的唯一一条纽带，因此他一直害怕激怒她，心里默默期待她会适时告诉他伊苏贝尔下落的细节。

现在她离开了，就意味着伊苏贝尔也彻底消失了。一种新的恐慌笼罩了他。勉强熬过一天之后，他口干舌燥，脑袋剧烈地抽动。幸亏达菲德没有在意他频繁地钻进花园棚屋。他把自己锁在屋里，用力地喘息，疯狂地和脑海里的女声对话。在呼吸平复下来之前，他一直将脑袋埋在两腿之间。这一天结束时，他已经累得头晕脑涨了。然而，就在他甩开腿跨过自行车准备回家时，爱丽丝走了过来。太阳就快落山了，余晖在她的脸上投下了一片灰粉色的光。

"我能不能简单和你聊上几句？"她问。

"当然。"阿尔弗雷德把自行车靠在墙上，然后走上楼梯，脱掉鞋子，随她来到室内。她领着他穿过晨用起居室，扭开了一盏小小的蒂芙尼台灯。台灯散发出了温和的彩色光芒。

"你想喝点什么吗？吃点什么？"她问。没等他回答，她就走到巨大的桃花心木酒柜旁，拿出了一瓶法国白兰地。"我要喝上一杯。"她说，"请和我一起吧。"

"好的。"阿尔弗雷德回答，"谢谢你。"

爱丽丝把他的酒递给他，坐了下来。"你最近工作都很卖力，花园看起来美极了。"

阿尔弗雷德勉强朝她笑了笑。他知道，爱丽丝听说了伊苏贝尔的事情——所有人都有耳闻。"这能让我忙碌起来。"他回答，"我不想在别的地方浪费时间。"

听到这里，她轻轻叹息了一声，听上去近乎猫叫。"哦，亲爱的阿尔弗雷德，我恐怕有个坏消息要告诉你。好几个星期了，我一直想要告诉你，却不知道该怎么说。"

"一切都好吗？"他问，心知她说什么都不可能让他感觉更加糟糕，可他错了。

"是的，也不是。"她举起双手，杯中的白兰地摇摇晃晃，却因为吹玻璃工的精妙设计并没有溢出杯壁。"我们要离开英格兰了。"

"哦。"阿尔弗雷德嘬了一口白兰地，马上就感受到了它的热辣。他的胃里其实空空如也。

"哦？"爱丽丝重复道，"这就是你要说的吗？"她放下酒杯，双手交叠在大腿上。"抱歉，阿尔弗雷德，我不是故意要发火的。只不过……塞缪尔已经动手把事情办好了。他卖掉了工厂，卖掉了房子，突然决定要做个犹太复国主义者。看在上帝的分儿上。"她用力吸了吸鼻子，"所以他留下我在这里收拾行李，我九月就要去特拉维夫找他了。"

阿尔弗雷德一言不发。他能说些什么呢？

"沃辛顿家买下了房子。天知道，有个亲戚死后给他们留下了一笔必要的资金。他们想把迪恩庄园变成某种酒店，然后搬到这里来。"她环顾室内，"这就是生活，不是吗？总之，迪恩庄园会被重新合并。我相信这附近的很多人都会感到高兴。"

"我就不会，爱丽丝。"

她把头歪向了一旁。"我知道。抱歉，阿尔弗雷德，我和伊丽莎白·沃辛顿谈过了，她说他们不需要你。我还说你是个有价值的人，她如果能找到和你的技能相匹配的人就算走运了，可她……非常固执。"她听上去很不高兴，心力交瘁，"不过我们会给你一笔不错的离职补偿金。塞缪尔没有别的优点，就是大方。"

阿尔弗雷德喝干了杯中的白兰地。他不在乎什么离职补偿金。他就要失去自己的花园，失去爱丽丝了。他几乎没有听到脑海中那几个女人的声音。

离职补偿金？她觉得自己这么容易就能把你买通吗？

她能做的只有这么多了。她又不是真的很想离开，不是吗？

哦，别烦他了。我们说这些的时候，阿尔弗雷德的心都碎了。

他没有理会她们。一杯白兰地下肚，他有些头昏，还有些恶心，感觉这么多个月来一直保护着他的麻木被刮掉了，留下他光溜溜地暴露在外。爱丽丝凝视着他，一双黑色的眼睛正在提出他读不懂的问题。她已经年近五十，一头黑发间已经冒出了缕缕银丝，高高的颧骨下方，凹陷处的皮肤也已开始下垂，眼神却依旧保有他们初次相遇时他见到过的那种精神。这让她看上去更加美丽了。

"抱歉。"他又说了一次。

爱丽丝摇了摇头。"我也是。"她的回答意志消沉。

两人沉默不语地对坐了片刻。门外，黑暗正在蔓延，将屋内的角落都笼罩在黑暗之中。爱丽丝起身走到床边。阿尔弗雷德能在漆黑的玻璃上看到她的脸庞倒映在漆黑的玻璃上。她推开窗户，一股刚刚烧过的篝火味道飘散进来，带来了芬芳的木头气息。"我在以色列到底能够做些什么呀？"她听起来就要哭出来了，"我不是什么谨遵教规的人，只会在赎罪日的时候去犹太教堂。我对合礼的食物或戒律能了解多少？它们有六百多条呢，拜托！"她发出了哽咽的奇怪笑声。

阿尔弗雷德站了起来。她看上去如此脆弱和悲哀，如同他自身痛苦的映像。他走到她的身旁，轻轻将她转过来，将两只手指放在了她的嘴上。他能够感觉到她双唇的柔软和上面涂抹的口红的黏腻。"没事的。"他说罢将手撤了回来。

"我好害怕，阿尔弗雷德。"她仰起头，注视着她。两条细细的皱纹从她的鼻翼两侧一直延伸到了嘴边。那是微笑线。她的喉咙平滑而白皙，令他无法想象地中海的阳光将它晒黑的样子。她踮着脚站起来，亲吻了他，嘴巴上满是白兰地热辣却醇香的气息。阿尔弗雷德闭上双眼，吻着她，犹豫片刻之后才发现，自己正愈发地用力，直到能将她的双唇分开。他的双臂拥着她的后背。她的后背很结实，摸起来十分舒适。他的双手上下抚摸，感受着她裙子下的肌肉微弱的运动。

就在这时，房间外传来了脚步的声响。爱丽丝抽身离开，用手背擦了擦嘴巴。

"是艾玛。"她低声说。

阿尔弗雷德也退了一步。"对不起。"他说，"对不起。"他逃离了房间。

回到家，他在黑暗中坐了许久，仍旧感觉春心荡漾，却也为缺乏自控感到羞耻。他的心中五味杂陈，仿佛那些情感正被月亮来回拉扯，令他头晕脑涨。他不知道这样坐了多长时间，但许久之后，前门传来了一阵敲门声。他从扶手椅上站起身，这才注意到门外噼里啪啦的雨声。

"我能进来吗？"是爱丽丝，几缕湿漉漉的头发垂在她的脸颊两侧，"我浑身湿透了。我借了厨子的自行车。"

阿尔弗雷德牵起她的手，将她领进屋里，心中的潮水瞬间平息，取而代之的是单纯却强烈的渴望。客厅冰冷空荡的篝火前，两人开始做爱。感受到爱丽丝正浑身颤抖，阿尔弗雷德将她抱到了楼上。她的身体和他想象中的一样轻盈。

沉默中，两人从容地脱掉了彼此的衣服。爱丽丝肚子上的皮肤仍旧紧致得令人惊艳，洁白无瑕。他将伊苏贝尔剖腹产的疤痕的样子抛之脑后，一只手顺着她的两腿之间向上摸索。她轻柔地叫了一声。他想象不出还有什么声响能比这更性感、更令人愉悦。两人花了很多时间在彼此身上探索。爱丽丝用双手抚摸着他的肚子、双肩和上臂，她嘴里发出的轻柔赞许声告诉他，她很喜欢他的身体。

她先睡着了。阿尔弗雷德注视着她，尽量不去思考未来的事情。

自从共度了第一夜之后，爱丽丝几乎每个晚上都会到他家来。她会一直等到他下班后离开马奇庄园，不到半个小时之后就来与他相聚。两人就像是过家家一样：她会做些简单的饭菜，和他一起吃饭、看电视或听音乐、玩拼字游戏——仿佛他们需要一些家庭的表象来证明他们每晚的激情行为是正当的。

"爱丽丝，留在这里陪我吧。"一天晚上，他说道。她正穿上衣服准备回家。她满心不情愿地缓缓套上长筒袜，将它们固定在吊袜带上。

"今晚不行，也许星期六可以。艾玛要去她的妹妹家过夜。"

"我不是说过夜。"他回答，"我是说——留下。留在这里，留在英格兰，和我一起。"

"你知道这是不可能的。"她说。

"为什么不行？"

她俯身亲吻了他。"阿尔弗雷德，不要毁掉这一切，求你了。"

这段婚外恋持续了六个星期。到了爱丽丝离开的这一天，阿尔弗雷德主动提出要开车送她去机场，却被她拒绝了。

"我不擅长那种事情。"她的话音中带着哭腔，"你懂的——泪流满面的道别之类的。"

十个月之后，在他心不在焉地看新闻时，有人敲响了他家的门。他站起身，掸掉衬衫上的面包渣，走去开门。是伊苏贝尔，手里还提着一只小小的红色旅行箱。她的头发已经长过了肩膀，身上穿着深蓝色的牛仔裤和他没有见过的米色土耳其长袍。她没有微笑，也没有哭泣；事实上，她的脸上几乎没有流露出任何的表情，看上去既熟悉又陌生。

"我回来了。"她低声说，"如果你还愿意要我。"

阿尔弗雷德将房门拉开，迈到一边，好让她进来。

回暖

1972—1987

  毫无疑问,消失了十个月的伊苏贝尔变了,但在某种程度上,阿尔弗雷德很难说得清楚。她似乎已经摆脱了身上所剩的少女气息,取而代之的是某种坚韧,让他花了点时间才习以为常。

  "我不想让你觉得我在孤立你。"第一天晚上,她握着阿尔弗雷德为她泡的热可可说,"但我在离开的这段时间里发现了很多有关自己的事情,需要整理一下思绪。"

  阿尔弗雷德沉默了片刻。当他打开门发现是她站在夜色之中,如同童话中孤独的公主,过去几个月中经历的所有愤怒与绝望都在他的心中一闪而过,让他不知自己是想出手打她一顿,还是将她揽入怀中。于是他什么也没有做。相反,他钻进厨房,忙忙碌碌地做了一杯热饮。她满怀感激地接过饮料,与他相对无言地坐在客厅里。电视仍在背景中嗡嗡作响。

给她点时间。

你愤怒,你受伤,但你必须让她知道,你还爱她。

她们是对的,他的确还爱着她。于是他开口问了自己真正关心的唯一一个问题:"你会留下吗?"

伊苏贝尔吹了吹热巧克力,嘬了一口,答道:"我想要留下,阿尔菲,我真的愿意。但我们必须等等看。"

没过多久,她就上床睡觉去了——在约翰曾经的卧室里。第二天一早,阿尔弗雷德下楼时发现她正在厨房里煮粥。

"所以。"她刚冲完澡,头发湿乎乎的,腰间还系着一条旧围裙。屋里的气息是如此的熟悉,以至于阿尔弗雷德刹那间有点好奇她的离开是否只不过是自己的想象,"马奇庄园怎么样了?"

他大笑起来。她的离开绝不是他想象出来的——他已经八个月没有去过马奇庄园了。

她一脸疑惑地盯着他。"什么事这么好笑?"

他把事情告诉了她:爱丽丝如约支付了足够他生活一年的一大笔离职补偿金。但她离开后几周,随着日子浑浑噩噩地一天天过去,阿尔弗雷德醒来和睡去的节奏开始越来越不规律,几乎也懒得剃须,有时连睡衣都懒得脱。因此,他脑海中的画外音女声决定,是时候让他去找一份新的工作了。她们会在早上七点钟的时候尖叫着催他起床,没完没了地骂到他去洗澡、剃须、换上得体的衣服,然后指挥他坐进车里、驱车向南,来到了一个名为斯通的小镇。阿尔弗雷德毫无异议地照做了,脑子里空空如也,无法反击。

哦，等你看到我们找到了什么再说！

正适合你，阿尔弗雷德。

"闭嘴！这么吵我没法儿开车。"他愤怒地嘟嘟囔囔着。他行驶在狭窄的乡间小路上，碰到路口便会放慢车速，期待会遇到迎面而来的车流。靠近马奇庄园的黑色铸铁大门时，他扭过头，直到车子驶过才转回来。夜里下过一场大雨，但此刻的阳光灿烂而炙热。他咒骂着脑海中那几个人竟然让他穿上了厚重的灯芯绒外套。

请在下一个路口左拐。

阿尔弗雷德拨动转向灯，在路口转过弯，紧接着——

马上向右急转。快点儿！

阿尔弗雷德猛地将方向盘掰向右边，发现自己驶上了一条树木林立的土路。昨夜的雨水让道路变得十分湿滑，泥泞不堪。开出几百码后，他来到了一座建筑门前。那是一座巨大的谷仓，或者是农场的附属建筑，边上支着长长的波纹塑料延伸物。谷仓的大门上挂着一块手写的标志，上面用千变万化的旋涡体写着"草药滋补有限公司"。一切突然变得明朗起来。阿尔弗雷德在最近的当地报纸上读到过这个地方。两个牛津大学的毕业生在这片土地上建起了一家制造公司。报道的内容很短，仅此而已。

一个穿着褪色 T 恤、牛仔裤和威灵顿高筒靴的年轻男子正站在门边抽烟。阿尔弗雷德停下车，熄灭了引擎。迈出车门时，他朝着男子露出了微笑。

"有什么事吗？"男子有些怀疑却口齿清晰地问道。

"你好。"阿尔弗雷德打了声招呼,不知该从何说起。他猜脑海中的声音把他带到这里,是为了让他来找工作,可那个年轻人看上去并不热情。他朝着他的方向迈了几步。

小心——!

然而为时已晚。他一脚踩进水坑,右脚湿透了。男子咧嘴一笑,掐灭了香烟。

"你是来找工作的吗?"他的语气现在和善多了。

"是的。"阿尔弗雷德飞快地答道。

男子朝他迈了几步,伸出一只手。"很高兴认识你,我叫埃利斯泰尔·马库斯。"

阿尔弗雷德握了握他的手。

"等一下。"埃利斯泰尔接着说,"我去找雨果,他才是老板。"他走回去,拉开谷仓的房门。"雨果!有人来找工作!"

过了一会儿,另一个人出现了。很明显,这两人即便不是双胞胎,也是兄弟。名叫雨果的男人也生着同样的黑发,只不过被一块蓝色的头巾挡住了。不过两人都拥有一样的方形下巴和窄而直的鼻子。唯一不同的是,埃利斯泰尔没有那么自信,好像不太确定自己纤长的手脚能派上什么用场。

"你是来找工作的吗?"雨果问阿尔弗雷德。

阿尔弗雷德重复了一句"是的",不过这一次没那么犹豫了。他还是不知道自己来这是为了寻找什么工作,因为脑海里的画外音女声一直保持着沉默。

"雨果·马库斯,你好吗?"他也握了握阿尔弗雷德的手,但比弟弟更加用力。和兄弟俩身上随意到有些肮脏的衣着相反,两人的礼仪倒是同样无可挑剔。阿尔弗雷德猜测,他们可能更熟悉西装打扮。

"请到办公室里来吧。"雨果接着说,并将他领进了屋内。

办公室位于谷仓的一角,由一道木板制成的临时围墙与建筑的其他部分分隔开来。少了玻璃窗格的窗户上覆盖着透明的塑料挡板,透着斑驳的光线。大大的桌子上整齐地覆盖着成叠的文件和文件夹,还有一摞书。

"请坐。"雨果边说边在桌子背后坐下,皱了皱眉头,"抱歉,我好像还不知道怎么称呼你。"他说。

"阿尔弗雷德·华纳。"阿尔弗雷德在他的对面坐了下来,"这可能听上去有点奇怪,不过——"

雨果在自己面前挥了挥手。"这里的一切都很奇怪。"他发出了低沉却悦耳的笑声,"埃利斯泰尔和我——你可能已经猜到了,我们是兄弟——我们一直在为找人填补职位的事情恼火。你不会相信有多少怪人都自称对化学无所不知。"他探过身,"你不会也是其中之一吧?"

"我——"阿尔弗雷德张开嘴,为右脚上湿漉漉的袜子感到尴尬,"我是来找园艺工作的。"

雨果直起身,眉头皱成一团。"园艺工作?"

"是的。"阿尔弗雷德接着说,"我最近失业了,心想——"

雨果温和地打断了他的话。"天啊,真是抱歉,我觉得这其中肯定有什么误会。我们要找的是药剂师,加工过程中的药剂师,蒸馏、分馏、发酵之类的加工,制作草药产品的。"他一脸歉意地看了看阿尔弗雷德,"你不知道我在说些什么,是不是?"

阿尔弗雷德缓缓摇了摇头。就在他想知道怎样才能最好地摆脱尴尬的局面、询问脑海里的那几个女人到底想要做什么时,他听到身后传来了一阵敲门声。雨果歪过头,视线越过阿尔弗雷德的肩头,望向了他的背后。

"不好意思,现在不行,我一会儿去找你。"他的目光回到了阿尔弗雷德的身上,"真对不起,就像我说的,这其中肯定有什么误会。"

就在这时,阿尔弗雷德听到了一个声音。"华纳先生,是你吗?"

他转过身,看到一个姜黄色头发的男子正站在门口,原来是达菲德。

"华纳先生!"他的脸上绽放出灿烂的笑容。他一直不习惯直呼阿尔弗雷德的大名,"见到你真好!"

"你们二位认识彼此?"雨果问。

阿尔弗雷德点了点头,正要解释,却被达菲德抢了先。他显然满怀兴奋能在这里见到他。"是的,马库斯先生。我是说,雨果。华纳先生是我在马奇庄园工作时的上司。他要来这里工作吗?你要来这里工作吗,华纳先生?"

雨果站了起来。"达菲德,其实我正在对华纳先生说,我们要找的是药剂师,而不是另一个园丁。"

达菲德的肩膀垂了下去,却又挺了起来。"可他是个专家。告诉他,华纳先生。"他向前迈了一小步,"他在草药方面无所不知,还有——"他扮了个鬼脸,"她叫什么名字来着,华纳先生?那个研究草药的女士?"

他的热情洋溢逗笑了阿尔弗雷德。"宾根的希尔德加德。"

他回答,紧接着转向了雨果。"如果浪费了你的时间,我很抱歉。"他说,"如你所言,这其中肯定有什么误会。"

雨果双臂交叉。"你读过宾根的希尔德加德?"

达菲德正要开口作答,却被阿尔弗雷德用眼神制止了。"是的,我对她的作品十分熟悉。"

"不幸的是,她的配方不是很具体。"

"我喜欢把她的作品作为灵感,而非操作指南。"阿尔弗雷德回答。

雨果的双唇渐渐展露出了笑意。"我们在种植芦荟方面遇到了一点儿小麻烦,你有什么想法吗?"

"也许土壤太过湿润了?"阿尔弗雷德主动提问。他知道达菲德浇水时总是太过慷慨。

雨果缓缓点了点头。阿尔弗雷德望了望达菲德,看到他的耳尖红了。达菲德已经三十岁了,却还是会让阿尔弗雷德想起他最初遇见的那个身材瘦长的少年。

"你做园丁多少年了?"雨果询问阿尔弗雷德。

阿尔弗雷德吐了一口气。"超过二十五年了。"真的已经这么久了吗?

"嗯。"雨果将一只手指放到嘴边,敲了敲嘴唇。终于,他说道:"你介不介意在这里稍等片刻?我要去和埃利斯泰尔简单聊上几句。"

他留下阿尔弗雷德和达菲德在办公室里。达菲德仍旧乐得合不拢嘴。"多好啊,是不是?你我又能一起工作了。"

"你来这里多久了?"阿尔弗雷德问。

"只有三个星期。马奇庄园的工作结束时,我伤心透了,何况詹妮思又怀着身孕。但我在报纸上看到了招聘广告,他们当场就录用了我。辛格-科恩夫人还为我写了一封很不错的推荐信。"他低头看了看靴子,"很遗憾她不得不离开,我真的很喜欢她。"

"是啊,我也一样。"

两人沉默不语地站了片刻。木墙的背后,他们能够听到两兄弟正在低声交谈。

"所以这地方生产的是草药制品吗?"阿尔弗雷德问。

"没错。他们想利用大自然来制作医药产品,不过也有美容产品,给女士们用的。詹妮思说这太疯狂了,是不可能长久的,可谁知道呢,对不对?"他把双手插进了口袋,"好歹是份差事。"

雨果和埃利斯泰尔一前一后回来时,两人都转过身来。

雨果坚定地开口说道:"我们简单地聊了聊,想要为你提出一些建议。如你所见,我们刚刚起步。"他展开双臂以示强调,"还没有计划雇用超过绝对必要的员工。两个园丁可能太多了。"他望向达菲德,达菲德紧张地瞥了瞥阿尔弗雷德,"不过不必担心,达菲德,我们先雇用的是你,所以会留用你的。"

达菲德低声"哦"了一句。他耳朵上的红色已经蔓延到了脸上,但看上去如释重负。

"言归正传。"雨果接着说,"华纳先生,你的专长听上去很有价值,所以我们想要提出一个星期的试用期。如果可以,那么——"

"听上去不错。"阿尔弗雷德回答。

"我们付不起太多的工资。"埃利斯泰尔表示,而后腼腆一笑。

阿尔弗雷德这才意识到，他之前以为的不友好其实是害羞。

"没关系。"阿尔弗雷德回答。确实没关系。

"那就好。"雨果说，"让我带你参观一下吧。"

第一个星期结束后，阿尔弗雷德得到了一份固定的工作。在马奇庄园时，草药是他的专业领域和职责所在，所以他花了许多时间指导达菲德剪切与切割的艺术，还教会了他如何分辨可食用植物及其有毒的近似体。达菲德表现出了阿尔弗雷德以前从未注意过的敏捷与聪慧，令他为两人在马奇庄园共事时自己从未对他的技能表示过鼓励而感到有些羞愧。

雨果和埃利斯泰尔最终还是设法雇用到了一名药剂师——吉利安。吉利安是个刚刚毕业的化学专业学生，她虽然拥有一等学位，却因为性别很难找到工作。截至目前，四十六岁的阿尔弗雷德是几人中最年长的，因而获得了其他人的尊重与仰慕，这让他很不习惯。对传统医药略知一二的埃利斯泰尔总是十分渴望得到阿尔弗雷德的建议。他敬重阿尔弗雷德的权威与经验，还会满怀热情地深入阅读阿尔弗雷德推荐的书籍。

总之，这是一份辛苦却又令人满意的工作。多年过后，与詹妮思早期的预测正好相反，这家公司获得了蓬勃发展。十八年后，阿尔弗雷德退休时，公司已经雇用了三十名全职员工。

伊苏贝尔回家后的那些日子里，阿尔弗雷德一直在等待她坦白自己去了哪里，消失期间又做了些什么，但她的持续沉默却令人沮丧。阿尔弗雷德费了很大力气才压抑住心中的怒火，没有说出"要是你再不准备跟我说话就再次离开好了"之类的话。他等待着。

这就对了，阿尔弗雷德！时间会抚平一切创伤。

啧啧啧，除非你一直揪着伤疤不放。哈哈。

两个月之后，她终于打破了沉默，但方式和他预料中的不太一样。

"我今天偶然碰见了詹妮思。"一天晚上，在《加冕街》的某一集渐进尾声时，她开口说道。（阿尔弗雷德从未看过这个电视剧，伊苏贝尔却对纷繁复杂的剧情了若指掌，令他吃了一惊，这才意识到她消失期间也并非生活在另一个星球，而是某个仅仅五十英里以外的地方。）

"达菲德的妻子？"他问。

"是的。她正带着几个孩子在外面散步呢。"她朝着他露出了一脸神往的微笑，"你见过她家的双胞胎了吗？真是太可爱了。"

詹妮思和达菲德已经生育了四个子女，最近一胎是两个红头发的双胞胎男孩，令达菲德喜出望外。

"我觉得邀请他们过来吃晚饭是个不错的主意。"伊苏贝尔接着说，"你觉得如何？"

"我觉得很不错啊。"阿尔弗雷德回答。他站起身，将电视的音量调小。"其实。"他补充道，"如果你愿意，为什么不把雨果和埃利斯泰尔也请来呢？我知道他们都很想见见你。"他感觉她已经打开了一条门缝，自己要做的就是充分加以利用。

伊苏贝尔耸了耸肩。"当然。为什么不呢？当然还有吉利安了。她听上去是个非常有趣的年轻女孩。两周后的星期六如何？"

"我知道阿尔弗雷德为何把你当作一个秘密藏起来了。"雨果将勺子放回盘中,"这是我吃过最美味的火焰冰激凌了。"

晚餐桌旁的另外几位客人也赞同地嘟囔了几句。伊苏贝尔和蔼地笑了笑。阿尔弗雷德觉得她近来的坐姿很直,这肯定与她每天那些看似毫不费力地把身体打成结的练习有关。

"是啊,太好吃了。"詹妮思把两只手按在了肚子上,"我觉得未来一个星期我都要减肥了。不过——"她把椅子推开,站了起来,"恐怕我们得走了,如今的保姆真是贵得可怕。"

"感谢你们的邀请。"达菲德也跟着站起身来,"这一餐太美味了。"

詹妮思与达菲德的离开让其他几位客人不知自己是否也该离席了。伊苏贝尔挥了挥手,招呼雨果和他的女友凯特,还有埃利斯泰尔和吉利安坐下。"时间还不到十点呢。"她开始清理碗盘。

阿尔弗雷德站了起来。"让我来吧。"他说道。伊苏贝尔笑着坐了下来。钻进厨房,他听到大家又开始聊起天来。他们先是聊了聊詹妮思和达菲德,笑称这对夫妇似乎一心想让他们的红头发子女遍布整个斯塔福德郡。后来,就在阿尔弗雷德端着几杯咖啡走进餐厅时,他听到凯特问了伊苏贝尔一句:"你和阿尔弗雷德有孩子吗?"他停在门口,望着伊苏贝尔。她的眼角浮出了几条细纹——只有阿尔弗雷德知道,这是她早年前的痛苦留下的阴影。"没有。"她低声回答,"没有孩子。"

"好了。"阿尔弗雷德试图用欢快的语气招呼大家,"我们挪到客厅里去吧。"

来到客厅,雨果和凯特在唱片集中翻找起来,最终选定了甲壳虫乐队的《左轮手枪》。沙发和扶手椅上坐不下所有的人,所以伊苏贝尔匆忙将几个垫子丢到了地板上。阿尔弗雷德在其中一个垫子上坐了下来,将后背靠在了沙发上。

"所以。"雨果又拾起之前放下的话题,"阿尔弗雷德,你一直把她藏在什么地方了?"

"雨果,他没有把我藏在任何地方。"伊苏贝尔回答,"我去伯明翰住了一段时间。我需要离开一阵子。"

埃利斯泰尔和雨果交换了一个眼神。凯特似乎稍稍畏缩了一下,但伊苏贝尔继续说了下去。阿尔弗雷德觉得,她似乎需要一群观众来聆听自己的故事,才能感觉到安全。"我去和一群女性生活在了一起。她们中有些人是因为丈夫虐待成性才离家出走的,你们知道吗?烟头烫伤的痕迹、流血的嘴唇、受了心理创伤的孩子之类的。看上去糟糕极了。"她深吸了一口气,又将它吐了出来,"我猜我需要……去看看。"

"为什么?"面对伊苏贝尔的大方坦言,吉利安显然是唯一一个不会感到尴尬的人。

"为了意识到我的生活有多优越。"她捏了捏阿尔弗雷德的手臂,"为了意识到我的丈夫有多特别。"自从回家以来,这是她第一次这样触碰他。

吉利安探过身子。"斯托克有一家女子避难所。"她说,"他们在寻找志愿者,如果你感兴趣的话。"

"哦,别提了,吉利安。"雨果的声音听上去十分烦闷,"仅此一次,我们别聊什么妇女解放运动、血色星期天或是尼克松的话题了。放松一下吧。"

吉利安怒视着他,可伊苏贝尔却说:"别这么说,听上去很有意思。谢谢你,吉利安。"

阿尔弗雷德突然想起他早些时候开始煮的咖啡,正要建议大家来上一杯,哪怕只是为了缓和一下紧张的气氛,可雨果跳起来拿起了自己的外套。

"我想我们都需要放松一下。"他边说边从外套的口袋里掏出几支大麻烟卷,"你们介意吗?"他朝着伊苏贝尔和阿尔弗雷德的方向问道。(阿尔弗雷德知道他们会在公司的温室里种植大麻——只要他们不让他去照料,他就没有意见。)

"抽吧。"伊苏贝尔的语气令阿尔弗雷德吃了一惊。约翰还住在家里时,她一直是个坚定的禁毒主义者。

埃利斯泰尔点燃烟卷,吸了一口,然后将它递给伊苏贝尔。她毫不犹豫地接过来,将烟头放到嘴边,长长地嘬了一口,然后朝着吉利安点了点头,递了过去。

烟卷几乎转了整整一圈。当雨果将它递给阿尔弗雷德时,他摇了摇头笑了。"我就不用了,谢谢。"

"来吧,老头子。"雨果说,"不会要了你的命的,何况这也是草药。"他的笑声听起来就像是在吠叫。

屋里已经被香甜的泥土般的气息填满了。阿尔弗雷德看了看伊苏贝尔,她正闭着眼睛,脑袋靠在扶手椅的一侧,看起来十分平静。

"为什么不呢?"趁自己还没改变心意,阿尔弗雷德答道。不管他的骨头疼得有多频繁,他还不算个老头,年纪还不满四十八岁。他飞快地嘬了一口烟卷,吐出几缕细细的烟雾。至少口感比香烟好多了，但雨果已经示意他把烟卷递回去了。

"你得把烟憋上一会儿。"他边说边做起了演示，深吸一口烟卷、屏住呼吸，再把嘴巴窝成一个〇形，吐出烟雾。"你看，就像这样。"他用尖细的鼻音说道。

阿尔弗雷德再次接过烟卷，深深吸了一口，屏住了呼吸。

哦，老天呢，这是个好主意吗？

我觉得不是……

啧啧啧，别这样！玩得开心一点！

大麻烟灼烧、刮擦着他的喉咙，但他努力压抑住了咳嗽。过了一会儿，他的心跳开始加速，却并没感到不适——而是正好相反，感觉……

又轮到你了，阿尔弗雷德。

这么快？他从雨果的手中接过烟卷，吸了一口。他从未想过，过瘾的感觉会是这样。其实没有什么不同，他的头脑十分清晰，只不过……

融化的感觉，对吗？

"是啊，没错。"他在脑海里回答。

吸完第三口，《埃莉诺·里戈比》的断奏声充斥了整个房间。他听到凯特示意所有人保持安静。"嘘，我特别喜欢这首歌。"她说，"它太……"

这太美妙了！啧啧啧——阿尔弗雷德，你应该经常参加这种活动。

"好怪啊。"他回答，"这让我……"

想不出该用什么词了吗？没关系。

"这是首悲哀的歌。"他对那个声音说。

我知道。这就是从 C 大调到 e 小调的转换。

"歌词也是,太悲哀了,真令人心碎。"

就在这时,有人轻柔、持续地拍着他的肩膀。"阿尔菲,阿尔菲。"是伊苏贝尔,"他们都回家了,你睡着了。"

他努力坐起身,四肢却感觉相当沉重。"抱歉,我——"

她轻轻笑了起来,躺在他的身边,将自己的身体窝在他的身旁。"你又在和那些声音说话了。"她低声说,"不过别担心,大家都恍惚了,没有人注意。"她停顿了一下。"不过这很有趣。现场评述《埃莉诺·里戈比》。"她咯咯笑了起来。他还没反应过来,也跟着咯咯笑了起来,直到两人都笑到难以呼吸。紧接着,他们亲吻了彼此——温柔而纯情。没过多久,伊苏贝尔就在他身旁的地板上睡着了。

两个月后,伊苏贝尔在斯托克的女子收容所里找到了一份志愿者的工作,在那之后一年又得到了一份全职工作。她身上的女孩子气已经彻底消失,随之不见的还有波动的情绪与暴躁的个性。尽管阿尔弗雷德有时也会怀念自己在莫克林第一次亲吻过的那个伊苏贝尔,那个笑声灿烂、喜怒无常的女孩,但他知道若是能够回到过去,自己要娶的人还会是她。这无疑就是幸福婚姻的标准。

就在阿尔弗雷德和伊苏贝尔最后一次收到约翰的明信片十五年后,他突然回来了。

散了吧
1986

你第一次画得不对。你又试了一次——一个圈代表脑袋,然后是腿。不对,你记得,脑袋和腿之间还有什么东西来着。是肚子!你在脑袋下面又画了一个更大的圆,然后是与之相连的双臂和双腿。

嘿,布莱妮娅,你在做什么?

爸爸在你身边的地板上蹲了下来。

我在画画,你说。

真不错。想来点果汁吗?今天可真热啊。

嗯,好呀,谢谢。

爸爸去了厨房。

手指——一根、两根、三根、四根、五根——你大声数着。很快，你就画出了许多个人。

给你果汁。他把杯子放在你身旁的地板上，走到沙发边坐了下来。窗帘已经拉上了，不过这是个晴朗的日子，所以小书房里的光是黄油花的颜色。你嘬了几口果汁，又甜又冰。

嘿，布莱妮娅。妈妈下班回家以后，我们可以一起到沙滩上去，你觉得怎么样？想不想去沙滩上玩？

你用手背抹掉上唇残留的果汁。想。你点了点头。你们住的地方紧邻海滩，你却只去过几次。我能吃到冰激凌吗？

当然。爸爸笑着点燃了烟斗。烟味闻起来又呛又甜，让你头晕脑涨。

但我得先画完这张画，你说。

你画的是什么呀？拿过来给爸爸看看。话音伴随着烟雾从他的嘴里冒了出来。

你拿起画，将它递给了爸爸。这些人是公主。这些人是王子。

那一个呢？

那是妈妈，她是王后。

这是我吗？

你点了点头。

我是国王，对吗？

不对，你是王子。

不是国王吗？

你摇了摇头。你是个王子。

只是个王子吗？他的声音听上去困嗒嗒的。

嗯哼,不过你是最棒的王子。

爸爸笑了。最棒的王子,我喜欢。他轻轻摸了摸你的头发,闭上了双眼。

你爬到他的大腿上坐下。是的,爸爸,那些女士就是这么告诉我的,你是王子中最棒的。他的眼皮黄黄的,微微颤抖,上面布满了蜘蛛网般的蓝色血管。你伸出手指摸了摸他的一只眼皮,他却睁开了眼睛。

那些女士?他问,缓缓眨了眨眼睛。

嗯哼,她们说的。

你微笑地看着他,他却一把抓过你的双肩,用力捏住它们,然后朝你吼叫起来——这些都是你编造出来的,布莱妮娅,没有什么狗屁女士——他抓着你的肩膀晃得太过用力,震得你的牙齿噼里啪啦地乱响。你哭了。

晚上。妈妈,你今天生了个宝宝吗?

你正躺在浴缸里。妈妈用一块法兰绒布揉搓着你的腿。数不清的肥皂泡泡掩盖了你的身体,其中一些泡泡上还映着彩虹。

是的,亲爱的,是个小女孩。粉粉的,红红的。

你能带一个回家吗?

妈妈笑了。她拿起了一只塑料杯。亲爱的,把你的头往后仰。

温暖的洗澡水从杯子里涌了出来,流过你的头发,灌进了你的耳朵。你猛地把头向前抬起。现在肥皂水又流进了你的眼睛里。妈妈!

你必须仰着头,布莱妮娅,对不起。

毛巾！毛巾！

妈妈递给你一条毛巾——你揉了揉脸。

但我不能带一个回家，亲爱的，妈妈说。那些宝宝不是我的，他们属于生他们的女人，我只是帮忙她们接生而已。

你想要一个宝宝，一个妹妹，能和你一起玩。

妈妈把洗发水挤在手里，揉搓着你的头发。你喜欢妈妈为你揉脑袋的方式。可就在这时，她停住了。

这是什么，宝贝？她摸了摸你之前被爸爸抓过的一只肩膀。这是瘀青吗？她掀起你的头发，看了看另外一只肩膀。布莱妮娅？

你把双膝抱到了下巴处。

布莱妮娅，跟我说说，这些瘀青是怎么搞的？

你非常小声地回答：爸爸因为那些女士的事情跟我发火来着。

这是爸爸弄的？

嗯哼。

妈妈在水里涮了涮沾着洗发水的手指。等一下，亲爱的，我这就回来。她起身离开了浴室。

你把身子翻过来，假装自己正在游泳，前后挪动，满是肥皂水的身子在浴缸的底部滑来滑去。好有趣。肥皂水从浴缸的四周溅了出去。你听到妈妈在怒吼。

你这个混蛋，竟然动手打了孩子？

萨宾，不是你想的那样。我没有打她。是她在发疯。我只不过是试着——

发疯，哈？发疯的是她吗？

你翻回来，将脑袋沉进了水里。现在只有你的脸还浮在水面上了,耳朵都没在了水中。你听不到他们在说些什么,耳边只有混乱的水声,听不出什么清晰的边界。你在那里躺了一会儿。水越来越凉,泡泡也几乎消失了。于是你坐了起来。房门被人猛地打开了,撞在了浴缸的一侧。是爸爸。你打了个哆嗦。

怎么搞的!你不能把一个四岁的孩子一个人留在浴缸里。

他把你抱出来,用毛巾裹好。

我的头发,你说,里面还有洗发水呢。

但爸爸直接抱着你穿过小书房,让你坐在了沙发上。妈妈站在门边。房间里关着灯。电视里的光闪烁不定,却没有打开声音,里面播放的是《猫和老鼠》。

比如什么?比如我现在成了一个坏家长?妈妈的声音很低,但你听得出来,她已经气坏了。你本不该告诉她的。她走过来将你抱起,放在她的大腿上,用毛巾揉搓着你的脑袋,但力道有点太大了。

嗷,妈妈,你弄疼我了!

对不起,亲爱的,对不起。妈妈紧紧抱住你。毛巾里很暖和,你把它掀到头顶上,像是戴了顶帽子。

爸爸走来走去,好像需要散步,却又不知道该去哪里。他走到窗边,转身,走回门旁,再转身,走向床边。他停下脚步,拾起了金属小烟斗。

这里不行,妈妈对他说。她的声音低沉而疲惫。你把一只手指伸进嘴里,啃起了指甲。

别对我指手画脚,爸爸说,但他并没有点燃烟斗,而是摇了摇头,飞快地朝着房门走去。对不起,萨宾。这日子过不下去了。

他的儿子，她的父亲
1987—1988

约翰坐在客厅的沙发上，双手捧着一杯茶，仿佛是为了让身体暖和过来。这是一个炎热夏日里的午后，窗户都敞着，但吹来的微风却并没有让热气得到丝毫的缓解，只是撩动着网状的窗帘。

"拜托吃点东西吧。"伊苏贝尔把咖啡桌上的一盘三明治推到了靠近他的地方。尽管她一直都在躲着太阳，手上还是长出了状似拼图的棕色斑点，"我做了点三明治。"

约翰摇了摇头。"我在飞机上吃过了。"

"可是——"

"不用了，妈妈，真的。"他口中的"妈妈"听上去有很重的美式口音。

伊苏贝尔望向阿尔弗雷德寻求帮助,但他不想再增加房间里的尴尬气氛,于是他说:"我猜约翰正为一顿像样的家宴积攒胃口呢,对吗?"

约翰笑了,疲倦却又释然地叹了一口气。"是的,爸爸。"

阿尔弗雷德倒是自顾自地吃起了奶酪火腿三明治。他发现,伊苏贝尔切掉了面包皮,就像约翰小的时候她会为他做的那样。老实说,他也想让约翰吃点东西。一个小时之前,当他应声打开房门时,第一眼差点没有认出自己的儿子。站在他眼前的这个男子留着一头灰金色的头发,身材高挑却瘦得令人心疼。他脸上的皮肤绷得紧紧的,显得下巴方正,眼睛圆润得几乎不太自然。阿尔弗雷德的脑海中闪过了奥斯维辛集中营幸存者的形象。就在这时,男子走上前,叫了他一声:"嗨,爸爸。"阿尔弗雷德一时说不出话来。

"我能进来吗?"约翰问。看到阿尔弗雷德点了点头撑开房门,约翰转向出租车停靠的地方,挥手示意司机可以离开了。

一个小时之后,约翰——这个无疑已经过了青春期,不再粗鲁无礼的三十六岁儿子——坐在他们的客厅里,拒绝了妈妈端来的三明治。屋里一片寂静,充斥着质问与责备的氛围,但阿尔弗雷德和伊苏贝尔似乎谁也不愿先一步开口。也许他们都在害怕这会将他们的谈话引向不好的地方。

终于,伊苏贝尔起身打破了沉默。"那好,我去楼上为你收拾出一张床铺。恐怕我家里只剩一张折叠床垫了。你的房间,嗯……"她的声音弱了下去,随后快步离开了客厅。

阿尔弗雷德和约翰同时开了口。

"你的旅途还顺利吗？"

"你看上去气色不错。"

父子俩同时开口寒暄惹得两人都紧张地笑了起来。阿尔弗雷德探过身子。

"你确定不想尝尝妈妈做的三明治吗？"他问。

约翰摇了摇头。

"再来一杯茶吗？"

"老实说，我感觉有点儿恶心。"约翰回答。

阿尔弗雷德微微一笑。"那我正好有个办法。跟我来。"他起身走进厨房，约翰紧随其后。阿尔弗雷德从壁柜里取下两只玻璃大罐，然后给水壶灌满了水。

约翰打开其中的一只罐子，闻了闻。"这是什么？"

"这里是蓍草，那里是香脂油。"阿尔弗雷德回答，"我们可以用这个给你泡制一种茶，对治疗恶心很有效。"

他们等待着水壶烧开。洗碗机发出的柔和砰砰声和嗖嗖声打破了沉默。

约翰说："你知道吗，爸爸，你听上去不再像个苏格兰人了，你已经被中部人给同化了。"

"你听上去像个美国佬。"阿尔弗雷德回答。父子俩捧腹大笑，这一次没那么紧张了。

阿尔弗雷德把开水浇在了茶上。"让它泡个五六分钟，对肠胃不适有奇效。"

"谢了老爸。"他咧嘴一笑，扯得脸上的皮肤绷得更紧了，看上去又老了十岁，"你简直就是宾根的希尔德加德本人了。"

阿尔弗雷德笑了笑。"其实你不是第一个这么说的。"

两人听到伊苏贝尔走下了楼。她把头从厨房的门口探进来,回避着约翰的眼神。"要是我今晚得做饭,现在最好去买点东西。"她说,"我大约一个小时以后回来。"

听到前门关上的声音,阿尔弗雷德说:"给她一点时间。她会转过弯来的。"

"她还是很漂亮。"

"是啊,没错。"阿尔弗雷德用茶匙搅了搅草药,将它们捞了出来,"许多年前,她曾经离开过我一阵子。"他脱口而出。"就在你离开后不久。"

"真的吗?为什么,出什么事了?"他听上去是由衷地感到惊讶,"你出轨了吗?"他尽量让这话听上去像在开玩笑。

阿尔弗雷德摇了摇头。"没有。其实我并不知道她为什么要离开。"他看了看约翰,"也许她要去寻找更加广阔的人生吧。"

约翰皱起了眉头。

"这是你写在寄给我们的第一张明信片上的。"阿尔弗雷德说。

约翰做了个鬼脸,说:"上帝啊,我那时候真是个混蛋。"阿尔弗雷德注意到,他说的又是美音,而非英音。约翰从牛仔裤的口袋里掏出一包香烟。"你不介意我抽支烟吧?"他问。

"我当然介意了。你是我的儿子,这对你的身体有害。"

约翰的脸上露出了痛苦的表情,却什么话也没有说。

"如果你非得抽的话,就去外面抽好了。"阿尔弗雷德拿起茶杯,和儿子走到花园里,坐在了屋后摆着的一张木头长凳上。碧空如洗,烈日当空。阿尔弗雷德的身上微微冒汗。

"对你来说没有很热吧?"他问。

"哦,不会。"约翰回答,"我喜欢热点。去年搬到纽约时,我曾经以为第一个冬天会要了我的命。"

"那你现在住在纽约吗?"

约翰点了点头,掏出几张纸,开始卷烟。他的手指很瘦,指关节大得不成比例,泛黄的指甲有棱有角。他注意到了阿尔弗雷德凝视的目光。

"你不想问我些什么吗?"他听上去既焦虑又像是在挑衅。

阿尔弗雷德沉默了片刻。从哪里开始问起呢?他应不应该质问他为何要离开?为何要让父母伤心?他这些年都做了什么,没有书信、没有电话,除了几张破烂的明信片之外,没有一点活着的迹象?他应不应该告诉他,他们一直在为儿子伤心难过?最终,他摒除了声音中所有的训斥意味,开口问道:"我猜我真正想要知道的是,你过得快乐吗?"

约翰长叹一声,嘴里发出了扑哧的声响。"我觉得我有过得意的时候。"他嘬了一口茶,"真好喝。"

"你打算待多久?"阿尔弗雷德问,他意识到他希望约翰说的是:永远。

约翰点上烟:"一周吧,如果你们允许的话。"

"当然没有问题。"

"我是和一个名叫杰姬的朋友一起来的。她去曼彻斯特探望一个表亲了。我得给她打个电话,让她知道。"

阿尔弗雷德望向了花园的对面。几只蝴蝶正围绕着夏日的紫丁香上下翻飞。旁边的忍冬看上去很渴,深绿色的叶子微微耷拉在艳丽的洋红色花朵中。他今晚一定要多浇点水。

"杰姬。她是……？你们俩是……？"

约翰笑了。"不是的。她是纽约的一个好朋友，事实上，她是我最好朋友的妻子。"

"那你呢？你有没有——"

约翰突然长时间地咳嗽起来，刺耳沙哑的声响让阿尔弗雷德确定儿子的健康状况绝对不容乐观。终于，他停止了咳嗽，往地上吐了一坨绿乎乎的黏液。"抱歉。"他说。

"你还好吗？"阿尔弗雷德问。

约翰没有作答，反倒表示："没有，我一直没有结婚。我——我谈过一阵子恋爱，但是……"他的声音弱了下去。

阿尔弗雷德指了指马克杯。"有用吗？"

约翰又嘬了一口，点点头。"爸爸？"

"什么事？"

"和我交往了一阵子的那个女人。"他望向阿尔弗雷德，眼神呆滞，瞳孔放大，"她——我们有了一个孩子。"

阿尔弗雷德感觉一口气涌上了嗓子眼儿。"你是说，我有孙子了？"

约翰耸了耸肩，肩膀上的骨头透过他的T恤衫看上去十分显眼。"是的。"他的声音很轻，"一个小女孩。可是……"

"可是什么？我们能不能见见她？她多大了？"

约翰把手肘支在大腿上，将脑袋埋进了双手之间，指间夹着的香烟显然正在颤抖。"该死，爸爸，我——我做了很多疯狂的事情。"他用手捋了捋头发，坐起身，"没什么值得我骄傲的。

是毒品……之类的事。"

"但你的女儿呢？"

他摇了摇头。"日子过不下去了。萨宾和我——萨宾就是她的妈妈——我们在孩子三岁的时候决定分手。"

"所以她和妈妈生活在一起？"

"是的。至少我猜是这样的。我已经两年多没有见过布莱妮娅了。"

阿尔弗雷德的心猛地抽动了一下。"布莱妮娅——这是她的名字吗？"

约翰给了她一个温暖的笑容。"是啊。我记得小时候你曾经告诉过我，如果我出生时是个女孩，就会起这个名字。你说那是我祖母的中间名。"

阿尔弗雷德的前额上冒出了一串串的汗珠。炎热的天气令他感到有些头晕。

约翰一下子慌了。"我理解错了吗？"

阿尔弗雷德摇摇头。"不，你理解得完全正确。"他觉得自己就快要哭出来了。

"我一直在试图寻找她，自从我——"约翰停下来，似乎陷入了沉思，"我们是在我还住在旧金山时分手的。那时的我有点儿……犯傻。毒品，你懂的，你以为它们能给你答案，结果只会把一切搅得更遭。老天啊——"他摇了摇头。"我就不和你细说了，但情况很不好。对于一个孩子来说很不利。"

一切似乎都静止了。空气又闷又热，就连蝴蝶也不四处飞舞了，累得停在了灌木上。耳边听得到的只有墙壁另一边的洗碗机注水管中微弱的潺潺水声。

"现在呢？"

约翰深吸了一口气。阿尔弗雷德能够听到儿子的肺里发出了呼啸的声响。"现在我猜自己得到了报应。"

这一点也不突然——事实上，阿尔弗雷德感觉一切都指向了这一刻——约翰靠向父亲，把头枕在他的肩膀上，哭了出来。"爸爸，我要死了。"

"他得了艾滋病。"黑暗中，阿尔弗雷德对伊苏贝尔说。

他没有听到她那边的床上传来丝毫的回应，转过身，发现她正仰面躺着，因为痛苦与悲哀而面目扭曲，喉咙深处压抑着低沉的哭泣。他将一只手臂伸到她的脖子下面，将她揽过来，紧紧抱在了怀里。

阿尔弗雷德不知道伊苏贝尔会有什么反应，担心她会用过去这些年来积攒的母爱让约翰觉得压抑，也担心约翰会再次逃跑。可她并没有，而是温和、冷静地用审慎的语气让他解释了自己的用药情况和副作用，以及医生对于病情和可能的并发症作何判断。她会为他泡茶，在他发抖时递上毛毯，却一次也没有在他抱怨没有胃口时坚持要他吃饭。

第一天晚上，阿尔弗雷德不忍心把孙女的事情告诉她。随着日子一天天过去，那个正确的时刻——那个能让他交给她一个孙女，却又同时将她夺走的时刻似乎永远也不会到来了。趁伊苏贝尔去理发，他再次和约翰聊起了这个话题。伊苏贝尔本想取消预约，因为她不想错过与儿子相处的每分每秒，但约翰坚持要她赴约，还承诺事后会带全家人出去吃饭，并保证会把盘子里的东西全都吃光。她听完笑了笑，不情愿地离开了。

"有什么方法能够联系到她吗？"阿尔弗雷德询问约翰。他们正步行穿过村后的其中一片田野。玉米秆已经超过六英尺高了。阿尔弗雷德还记得，约翰有段时间很喜欢在这里玩捉迷藏，惹得农夫非常恼火。

"我试过了，爸爸。"他回答。尽管天气很热，他却穿上了阿尔弗雷德的厚羊毛衫。"萨宾从未要过抚养费。我觉得她对我的离开很生气，因为这样就只剩下她和布莱妮娅相依为命了。可自从……自从我被确诊以来，就给我们共同认识的所有人打过了电话，可——"他的下巴在颤抖，然后深吸了一口气，咽了咽唾沫，过大的喉结在嗓子里升起又落下，"——毫无希望。"

阿尔弗雷德用一只手臂搂住约翰的肩头。他比儿子还要矮上一两英寸，却感觉自己高大不少。两人开始踏上短短的回家之路。

"你还记得我们打架的那一次吗？"约翰问。

阿尔弗雷德没有回答。他宁愿自己已经忘却。

"你知道的，就是你发现我在棚屋里喝醉的那一次。"约翰接着说道，身体微微颤抖，"爸爸。"

"我不想——"阿尔弗雷德开了口，却被约翰打断了。

"爸爸。"他停下脚步，长长的双臂垂在身体的两侧，"我得让你知道，对于发生过的事情，所有乱七八糟的一切，我都不怪你。只不过……我不觉得自己是个正常人。我是说，普通人，和你还有妈妈一样的普通人。"

阿尔弗雷德转过去面对着他。看到即将死去的儿子,他的心都要碎了。

离开的日子到了。约翰要求打电话叫辆出租车,他们却坚持要送他去机场。约翰的朋友杰姬已经在那里等待他了。她拥抱了他,然后又给了伊苏贝尔和阿尔弗雷德一个简短而令人意外的拥抱。杰姬已经办好了登机手续,就在约翰前往柜台时陪着伊苏贝尔和阿尔弗雷德等他。

"你们现在和解了吗?"她问。

"是的。"伊苏贝尔轻声答道。

杰姬点了点头,前后活动着双肩,仿佛是在强调什么。

"杰姬,亲爱的。"伊苏贝尔用沙哑的嗓音问她,"你们会打电话来的,对吗,等到……"

"当然。"她低声回答。

八个月之后,杰姬打来了电话。

起舞
第五日

到访孤儿院是阿尔弗雷德的主意。夜晚又湿又冷,但我带了两条厚厚的毯子,让我们两人裹在身上。我还在离开公寓之前给保温瓶里灌满了香料热葡萄酒。

我们坐在柏林大街对面的一座矮墙上,就在孤儿院的对面。这里和我根据阿尔弗雷德故事中的描述想象得一模一样:新巴洛克风格的白色外立面,刷成了红色的窗棂(这个时节没有天竺葵),山墙上的铭文——全都在这里。我啜着红酒坐在那里,看着阿尔弗雷德为我指出他宿舍的窗户、教室、绕着建筑通往后院的围墙。

"祈祷室在另外一边的三层。很遗憾没法亲自带你去看看,那里很美。"

我们一到这里就去前门试了,但毫无疑问,门是锁着的。大门右边的一块信息板告诉我们,这座建筑曾于2001年经过大规模的翻修,如今作为一座公共图书馆、私立学校和祈祷室重新开放。我在脑子里记下,一月开学的时候一定要带我的学生到这里来一日游。

"看上面——"他指向了二层的一扇窗户,"那里是男生的公共休息室。你知道的,有些时候,和我们同龄的男生少年团游行经过时,我们竟然会站在窗边欣赏他们时髦的黑色制服。"他摇了摇头。"你能想象吗?"

"也许你只是想要有个归属。"

他打了个哆嗦。"是的,是的,我猜是这样的。"

"走吧,阿尔弗雷德。"我打了个哈欠,招呼道,"太冷了,也许我们该回家了。"

他把腿上的毯子裹得更紧了。"再多待一会儿吧,求你了,朱莉娅。"

我们又坐了一会儿。我喝完了剩下的香料热红酒,阿尔弗雷德则压低了嗓门自言自语——或是和脑海里的声音对话。我又打起了哈欠,正要提议回家,身后的建筑里有人打开了窗户。一阵悠扬的摇摆乐飘荡出来。我一直很喜欢摇摆乐抑扬顿挫、标新立异的韵律,很快随着音乐跺起了脚。我感觉阿尔弗雷德正注视着我,转过身时发现他在朝着我微笑。

"怎么样?"他问。

"什么怎么样?"

"你懂的。"他朝我使了个眼色,"我能邀请你跳支舞吗?"

"哦。我觉得不——"

"来吧,朱莉娅,为了我。这也许是我最后一次跳舞了。"

还没等我反应过来,他的手就揽住了我的腰。他用左手牵起我的右手,将我领到人行道上,仿佛那里是一座舞池。他身体的韵律感很好。我能从他轻捏着我的手,微微按住我后腰的动作中感觉得到。我开始无拘无束地舞动,迈步向后,再迈步向前。尽管我已经十分疲惫,双脚却似乎还能自行移动,这让我吃了一惊。阿尔弗雷德伴着音乐引导我旋转,浑身上下散发着一个比他年轻许多的人才有的活力与毅力,直到我哭笑不得,紧接着就只剩哭泣。于是他放慢速度,握住了我的双手。

"抱歉。"他说,"我不是要故意让你伤心的。"

他掏出一块手绢,递给了我。这块手绢竟然十分干净,还散发着淡淡的紫罗兰香气。

老之将至
1990—2005

两人在一起的最后几年在平淡中一闪而过。那时，阿尔弗雷德已经退休，伊苏贝尔还没有病倒。夫妻二人的感情进入了一段平静期，仿佛在经历了尘土飞扬的漫长路途之后，过去四十多年间在两人身上作乱的某种东西终于平静下来，填补了原本空白的空间。实际上，在阿尔弗雷德因为什么事回首过去时，时光便会在他的脑海中涌现：圣诞节、生日、前往康沃尔和湖区的周末旅行、去苏格兰的那一两次——反复回想这些画面，它们会越来越难以区分。新的记忆几乎没有形成；旧的记忆就会被抓起来，像救生圈一样被抱紧。全家合影变得十分重要，照片捕捉到的瞬间被灌输了某种完美的印象——约翰的第一条游泳裤、阿尔弗雷德装饰圣诞树时的抓拍、伊苏贝尔坐在爸爸的手臂上在牧师宅邸外的留影。

其实,"无法形成新的记忆"正是伊苏贝尔的健康每况愈下的最初征兆。诚然,衰老带来的反常行为已让两人都备受困扰——比如将老花镜、钥匙、图书馆的书籍放错地方——但没过多久,伊苏贝尔的健忘就开始变得越来越令人不安,让夫妻俩都惊恐不已。一次,在驾车前往超市的路上,她坐在他身旁忽然变得十分紧张。当他询问出了什么事情时,她竟然问道"我们要去看医生,对吗",声音中充满了恐惧。于是阿尔弗雷德回答"是的",然后驾车驶过乐购,往城里开去。等他把车停好时,她已经把看医生的事情忘得一干二净了。

屋瓦需要更换时,她给承包商付了两次款,花掉了五百英镑。阿尔弗雷德只好扬言要报警,才成功把钱要回来。尽管知道这不是她的错,他有时还是忍不住火冒三丈。

"要是你不记得关掉炉子就别做土豆。"有一次,土豆被她忘在锅里烧干了,还在厨房里引发了一场小型火灾,惹得他对她大吼大叫。

伊苏贝尔一脸痛苦地站在角落里,看着他浇灭火苗、扭开窗户、放掉黑烟。"我们已经老了,阿尔菲。"她的声音颤颤巍巍,"老人有权时不时忘记一些事情。"他很后悔自己对她提高嗓门。

事故发生后不久,因为他回家时闻到了煤气味,于是将煤气炉换成了电炉。安装新炉灶的年轻人花了一个多小时的时间,和善且耐心地向她解释使用方法。离开时,他告诉阿尔弗雷德:"伙计,给她一两天的时间。炉子出不了多大问题,难以应对的是世界的变化。"

那天晚上,阿尔弗雷德醒来时发现伊苏贝尔那边的床是空的。他发现她正穿着睡裙站在厨房里,紧盯着新炉灶。一抹月光映照出她娇小脆弱的身形,让她看上去几乎像鬼一样。

"阿尔菲。"她的声音在颤抖,"家里有人来过,他们拿走了我们的炉灶。"

阿尔弗雷德走上去,双手扶住她的双肩,想要安慰她,却突然意识到她的眼神,仿佛刚刚暂时从深切的混乱中醒来。片刻间,她明白过来,被吓了一跳。虽说幸运的是,她直到去世前还能自己洗漱、穿衣、进食(在有人鼓励时),疾病还是以残酷无情的速度吞噬着她的大脑。77岁时,她已经认不出镜中的自己了,也记不得自己有没有过孩子,不知道自己的名字,不清楚现在是哪年、星期几。但她直到最后都认得阿尔弗雷德。即便她已经无法连贯地说话,他也能从她的内心深处看出,在她浑浊不清的双眼背后,她依然认识自己,深爱自己。

2004年,伊苏贝尔死于中风,就在他身旁的床上。

将近一年的时间,阿尔弗雷德都是一个人生活的。他拒绝雇用帮手,自己做饭、打扫。尽管已经注意到房子愈发破损,他还是选择了视而不见。当炉灶上的那层油脂用最大的力气去冲刷、用漂白剂浸泡也洗不掉时,他觉得炉灶的热量能够杀灭一切危险的细菌,于是便不再去管。当他再也无法弯下腰清理浴缸、后背剧烈疼痛时,他以为浴缸里的肥皂水能自行将浴缸刷洗干净。

不过有一天晚上,他上床睡觉时突然闻到了一股汗味和尿味,还有一种他说不出来,但肯定不太舒服的味道,他这才意识到自己自从伊苏贝尔几个月前去世后就一直没有换过床单。他嘟囔着对脑海中那几个女人说了几句挖苦的感谢之词——她们为什么不提醒自己要做这些事情呢?还是说她们和他一样,也已经老了?于是他决心设定一个日期,每个月的第一个星期日更换床单,再在枕头上喷点伊苏贝尔的香水——这是他在十周年结婚纪念时为她挑选的一个牌子,隐约带有紫罗兰的香气。她的余生一直钟情于这款香水。

他从不挑食,因此对自己从超市里挑来的各种罐装食物十分满意——意大利小方饺、豆子、匈牙利红烩牛肉。几个月前,他去医生那里检查身体时发现血糖偏高。医生嘱咐他注意糖分摄入量,还要每天快走三十分钟。散步没有问题,但他很难放弃每天的饼干——最终他权衡了一下决定,生命太过短暂,饼干是不能放弃的。偶尔,当他感觉自己需要除了那几个女人声音之外的陪伴时,就会到酒吧里去。总之,日子总能设法过下去。

后来的某一天,他从浴缸里爬出来时滑了一跤,失去了平衡。即便知道浴帘撑不住自己身体的重量,他还是将已经迈出浴缸的右腿挂在了上面,眼睁睁地看着浴帘上的塑料挂环一个个崩开,就像慢动作一样。

哦,哎呀! 他在笨拙地摔倒时听到。他试图将右腿收回浴缸里,却撞到了浴缸的边缘,臀部一阵刺痛。他肯定昏过去了一阵,因为水都已经凉了下来,冻得他浑身发抖。他的右臀灼热地抽搐着,在他试图坐起身时痛得令人揪心。他小心翼翼地躺了回去,试着寻找一个不那么疼痛的姿势。

上帝啊！你是怎么逃过一劫的啊，阿尔弗雷德？

"我也不知道。"他边说边哭了起来。

过了一阵子，当泪水慢慢退去，他又开始发抖，每一次抽搐时臀部的痛楚都会穿过骨盆向大腿处蔓延。

阿尔弗雷德，你得保持冷静。先说重要的。你得把浴缸里的水放掉，不然体温过低会要了你的命的。你能用脚够到塞子吗？

阿尔弗雷德忍痛屏住呼吸，设法用左脚的脚趾夹住了浴缸塞上的链条。

就是这样，很好，把它快速地拽出来。

阿尔弗雷德使劲一拽，痛感一下子穿透到了另一条腿上，疼得他尖叫起来。不过塞子滑了出来，将洗澡水慢慢地放干了，留下他湿漉漉的躺在冰冷的浴缸里。

"现在怎么办？"

毛巾。你能抓到毛巾吗？

阿尔弗雷德伸出一只手臂，从墙上的架子上扯下一条厚厚的大毛巾，然后尽可能小幅度地挪动身子，将它盖在了自己身上。

时间太晚了。你恐怕一整夜都要待在这里了，亲爱的。这不会太舒服，但也不会要了你的命。

不会的，这会是一个温暖而惬意的夜晚。

"你们打算怎么把我弄出去？"他的眼泪差点再次流出来。

啧啧啧，我们是谁——你的神仙教母吗？

嘘，阿尔弗雷德。别哭。除了留在原地，你别无选择。我们一早再看能做些什么。现在睡觉吧，如果你能睡得着的话。

阿尔弗雷德闭上双眼。大约过了好几个小时，他就这样躺在那里，思绪来回旋转，但最终还是被震惊和疲惫之情打败，陷入了痛苦的浅眠。他是被鸟叫声唤醒的。阳光从敞开的窗户中照了进来，映在白色的瓷砖上，几乎让他看不到东西。就在这时——

起床了！我们行动起来吧！

他过了好几秒才想起自己身在何处，几乎同时感到臀部一阵刺痛。

好了。据我估算，邮递员将在八点至八点一刻上门。现在是七点五十二分，我们随时待命！

"可他是不会知道我在这里的。"阿尔弗雷德心中开始惶恐。

冷静，阿尔弗雷德。我们好好思考一下。

阿尔弗雷德静静地躺着，努力将注意力集中在外面的鸟鸣声上，远离对浑身赤裸地在浴缸中孤独地死于寒冷、脱水或疼痛的恐惧。就在这时，他听到花园的大门吱嘎一声发出了最令人愉悦的声响，紧接着是脚步迈上碎石路的声音，还有——

快点，阿尔弗雷德。没有时间可以浪费了！

"救命！"他哽咽地大喊，声音低沉得可怜，"救命！救救我！"

信箱哐啷一声发出闷响。脚步退回了小径上。

好吧，大喊大叫是没有用的。找个东西丢出窗外，快点！

阿尔弗雷德环顾四周，既绝望又惊恐。

沐浴露！快啊，阿尔弗雷德，快丢啊！

他拿起浴缸架上的沐浴露瓶，扬起手臂，准备将它丢出去。

你必须坐起来，有点牵引力。这会很痛，非常痛，但这是你

唯一的机会。

他没有停下来思考。要是他还有片刻的停顿，先去想象接踵而至的钻心之痛，他可能就会选择死在浴缸里。但他还是坐了起来，听着臀部的骨头相互摩擦的声音，感到了一阵令人眩晕的痛楚，用他以为自己已经不再拥有的力气将瓶子朝着敞开的窗口丢了出去。他看到瓶子准准地飞出窗外，然后重新躺了下来，希望失去意识能够带走疼痛。片刻间，万籁俱寂，就连画眉鸟都停止了歌唱。阿尔弗雷德几乎不敢呼吸。

"哦咿！"是邮递员的声音，"哦咿！小心点！"一阵停顿，紧接着，"嘿，华纳先生，是你吗？一切还好吗？"

"救命。"阿尔弗雷德低声答道。这已经是他拼尽全力所能说出的唯一一句话了。

邮递员的声音响亮而清晰："如果有小偷，我现在就打电话报警。我身上带着电话呢。"

阿尔弗雷德闭上双眼，肚子里翻江倒海。他听到邮递员正对着电话说道："没错，柴克立村巴顿路24号。出事了……是的，请快点过来。最好再派一辆救护车，以防万一。"

十五分钟之后，阿尔弗雷德被送往了特伦特河畔斯托克总医院。在麻药的作用下，他模模糊糊地意识到，这是已经七十八岁的他第一次坐上闪烁着蓝灯的救护车。

在手术室里醒来时，一个相当年轻的女子正坐在他床边的椅子上。

"早上好。"她快活地打了声招呼。

阿尔弗雷德皱起了眉头。"几点了?"他问道,声音沙哑刺耳。

女子笑着转了转眼球。"这么说可能太夸张了。我是说,因为你才刚刚醒来……哦,没关系。"她看上去有些恼怒,好像他破坏了她最喜欢的玩笑。很快,她的脸上浮现出一抹微笑。"我叫曼迪。"她声称,"老年人护理员。"

阿尔弗雷德合上了眼睛。他好渴,他艰难地咽了咽唾沫。"我能不能,喝杯水?"

"哦,可以,当然没问题。"曼迪站起身,用纸杯从房间角落的饮水机里接了一杯水,"给。"

尽管水是冰凉的,阿尔弗雷德还是一口就喝光了。

"好了,阿尔弗雷德。"曼迪接着说。她的声音又细又尖,身上还散发着浓烈的发胶气味。"就像我所说的,我是个老年人护理员,是来和你讨论几件事情的。很抱歉我必须现在就跟你说,因为我三点钟的时候得去幼儿园接我女儿,而我的同事吉尔又因为感冒病倒了。你觉得你能和我简单聊上几句吗?"

阿尔弗雷德虚弱地点点头。

"那好——"曼迪看了看手中的表格,"我们摔得挺重,是不是?"

阿尔弗雷德摸了摸右手的手背,上面用胶带固定着一支输液针,胶带下面黏着的地方好痒。据他所知,他的身上已经不痛了,但头晕眼花,十分疲倦。

"哦,别碰那个。"曼迪伸出手,将他的手臂拽了回来。他没有力气去反抗。"好了。他们给了你一个新的髋部,旧的那个早就过了保质期了。我想你应该觉得自己非常幸运——有些人为了髋关节置换要等好几个月的时间。不过我属于那种乐观的女孩。"她做作得有些奇怪地朝他挤了挤眼睛,看起来像是对着镜子练过似的。

"我什么时候才能回家?"阿尔弗雷德问。

"啊,这就是我要来和你讨论的。是这么回事,你出院后大约第一个星期是需要有人在家照顾你的。你有没有女儿,或是什么能够请假来照顾你的人?抑或是好心的邻居?如果一切顺利,也没有感染或其他术后并发症,六七天之后你就能出院了。你还需要一段时间的理疗,但用不了多久就能痊愈。"

阿尔弗雷德眨了眨眼。奇怪的是,他的双眼是湿润的,却感觉口干舌燥,仿佛体内的液体拐错了方向。"没有。"他回答,"一个人也没有。"

曼迪叹了一口气。"哦,天啊,那太遗憾了。阿尔弗雷德,这样的话我们就得考虑居家护理了。"阿尔弗雷德又眨了眨眼睛,感觉一滴泪水从脸颊上滑落下来。曼迪举起一只手,"没必要掉眼泪。我能理解,意识到我们已经无力照顾自己时,谁的心里都会感到震惊。但有些养老公寓还是很不错的。有些还是很不错的。"她的语气是在暗示还有些养老公寓非常糟糕。

阿尔弗雷德把头转向了一侧。

这一天还是来了。

第六日
此时此地

夜半忧思
第五日 / 第六日

我是被吓醒的。我肯定做了个噩梦，但不管怎么努力，我就是无法回忆起梦境的内容。这属于那种会逐渐渗入意识的噩梦，能给人留下一种含混的恐惧感。我花了好一阵子才摆脱它引起的焦虑。

房间里伸手不见五指，但我还是悄悄从床上爬起来，披上了晨袍。打开卧室的房门，我蹑手蹑脚地溜进客厅，去查看阿尔弗雷德。他正一动不动地仰面躺着。一瞬间，我突然害怕他可能已经在睡梦中死去，于是踮着脚尖走到他身旁，但看到他的胸口正缓慢均匀地起伏。一瞬间，某种迫切的愿望涌上了我的心头。我希望这一天能够赶快过去，这样明天一早我就可以端着一杯茶叫醒他，对他说："看见了吗？你还在这里。你和你那些愚蠢的预感啊！"

逃离
2003

格莱斯通养老公寓最糟糕的地方在于气味。但这也是它最好的地方，因为仅仅过了几天，阿尔弗雷德的鼻子就再也闻不到令人痛苦的发霉尿骚味、消毒水和煮蔬菜味道了。但凡有人到养老公寓来探视，从他们张开的鼻孔和换用嘴巴呼吸的方式都能明显看出这些人的感官所受的冲击。很快，阿尔弗雷就意识到自己的身上可能也散发着难闻的气味，虽然他说不出来，心中却既舒服又不舒服。不过由于没有人来探访他，所以也无所谓。原来嗅觉系统的适应力如此之强。不幸的是，始终昏暗的环境就不一样了。出于某种未知的原因，护士们坚持整天都要拉着窗帘，而低瓦数的灯泡又很难散发出接近日光的亮度。这让他一直适应不了。

如果这家养老公寓还算是不错的，我就不想去看其他的了。

不过食物还是挺好的。

那是因为阿尔弗雷德什么都吃，对吗，阿尔弗雷德？

这是真的。虽然他的食欲似乎每个星期都在稳步下降，但他很喜欢那些软绵绵的胶状食物，因为它们很容易咀嚼，也不会让他的假牙下面长出溃疡。

"我这人不挑食。"他回答，"我不会为那种事情找借口。"

是的，食物还不错，但永恒的朦胧状态吞噬了他身上所有的时间感。

当然了，这才是关键所在……

他经常会在扶手椅上睡着，醒来时不知道现在是早上、中午还是晚上，抑或自己是否真的彻底醒着。他就这样失去了时间感，以至于某天发现两个护士在公共休息室里的油画复制品上悬挂银色的金属箔时，他还吃了一惊。

"已经到圣诞节了吗？"他问。

"哦，还没有呢。"其中一个护士答道。这个年轻的爱尔兰女子长着乱糟糟的姜黄色头发，半边眉毛上穿了孔。她朝着他使了个眼色，咂着舌头。"现在才十一月，不过能给这地方带来一丝欢乐的气氛也挺好的，不是吗？"

阿尔弗雷德朝着她笑了笑。她是待人和善的护士之一，不过他永远也记不清她的名字是叫玛丽还是米歇尔。其他住户也很喜欢她。正在给玛丽/米歇尔帮忙的是住户们的另一个最爱。她的名字叫作玛格达莱纳，来自波兰，看上去就像是刚刚从某本女子时尚目录中走出来的似的。她身材高挑纤细，颧骨明显，还长着圆圆的翘唇。她身上唯一的缺陷就是微笑时上门牙间时常露出的那条缝隙。她对每个住户喜欢的饼干品牌了若指掌——就阿尔弗雷德而言，是姜味小酥饼。他喜欢把它泡在茶里，直到饼干软到不用嚼就能咽得下去。

挂好金属箔，玛格达莱纳把茶点小推车推到房间中间，开始供应茶和饼干。

"阿尔弗雷德，今天恐怕只有巧克力消化饼了。"念到他的名字时，口音很重的她会发出一个卷舌音。她将一杯茶放在他身旁的桌子上，又在旁边放了一片饼干。"而且只有一片，不然乔瑟琳会——你是怎么说的来着？——故意惹火我的？"

"你的意思是，如果她看到你给我两片饼干，会火冒三丈。"阿尔弗雷德回答。自从被发现患有糖尿病，他的糖分摄取量就不幸地降到了几乎为零。养老公寓的院长似乎能够通过控制他的饮食获取施虐的快感。

玛格达莱纳在他面前挥了挥手。"她发火，我发火。真是门愚蠢的语言，全都是火。"她笑了。他在她的齿缝间看到了湿润的粉色舌头。

冷静，阿尔弗雷德。

啊，要是你年轻十岁，会怎么样，啊？

"二十好了。"他大声说道。

"二十什么，阿尔弗雷德？"玛格达莱纳问。

阿尔弗雷德笑着缓缓摇了摇头。（过去的几个月中，他的脑袋总是喜欢不自觉地摇晃，所以他在否定什么事情时会小心地做出缓慢而从容的动作。）"亲爱的，我只不过是在自言自语。"

他说。

此时此刻,他已经不在乎谁会听到他说话,或是别人会如何去想他与脑海中那几个女人的对话了。反正这里一半的住户都精神不定,而且似乎只有乔瑟琳会为他自言自语的行为感到烦心。除了仔细检查住户的饮食,她还总是爱留意痴呆症的迹象。这似乎令她十分恐惧,仿佛它可能会传染似的。

十一月的最后一天,玛丽/米歇尔给阿尔弗雷德送来了一封信。

"罗斯玛丽,又有你的两封信。"她将信封递给一个年纪很大、脊椎格外弯曲的女子,"按照这个速度,你就要赢得我们的圣诞贺卡比赛了。"说到这里,玛丽/米歇尔眨了眨眼睛,低头看了看手中剩下的信封,"不过,哦,别着急。这一封是给罗杰的。还有——"

她仔细看了看最后一封信,好像很难看清信封上的字迹。"真想不到,这封信是给阿尔弗雷德的。"她把信递给他,"好了,谁想喝杯茶?"几只颤颤巍巍的手举了起来。"对了,你们有谁需要帮忙读信的,就喊我一声。"

阿尔弗雷德看了看信,悄悄屏住了呼吸。事实上,这封信根本不是寄给他的,而是寄给伊苏贝尔的。信上的邮戳来自德国柏林,原本是寄往柴克立那座房子的,正面的邮局贴纸通知他,信被转寄到了阿尔弗雷德的新地址。他没有停下来思考到底有谁会从柏林给伊苏贝尔写信,而是小心翼翼地拆开了信封。信是用横格纸写的,内容不到一页长。

亲爱的伊苏贝尔*：

　　希望你一切都好。我的名字叫作布莱妮娅。我是你的孙女。我的父亲是约翰·华纳，但他很久以前就去世了。当时我还很小，对他没有太多的记忆。不幸的是，我的母亲也在两年前去世了。我为此陷入了巨大的悲哀，花了很长时间才鼓起勇气收拾她的遗物。在此过程中，我找到了一封写给我父亲的信（我不知道母亲为何还留着它，不过话说回来，她一直有点囤积癖）。这封信是你1987年写给他的。我觉得信的内容非常悲伤，却也满怀母爱。我很愿意把它还给你。总之，这封信有一个回邮地址，也是我将这封信寄出的地方。我并不知道它能否被送达目的地，但想象你现在正在读着它的感觉很好。要是能够收到你的回信就好了。我已经没有其他的亲人了。

爱你的布莱妮娅
亲亲

　　*我应该这么称呼你吗？我更愿意叫你奶奶或是祖母，但话说回来，我们从未见过面，所以也许我还是应该叫你伊苏贝尔。

阿尔弗雷德没有丝毫的犹豫，向玛丽/米歇尔要了一张信纸和一支钢笔。

　　一个星期之后，布莱妮娅回信了。信中，她表达了对伊苏贝尔死讯的哀悼（"我是多么想要见见她啊！"），却也为自己能够收到阿尔弗雷德的回复"喜不自胜"。这封信的内容比上一封长了不少，字迹更加潦草。阿尔弗雷德花了好一阵子才认清。她在信中简述了自己在美国的童年时光、搬来柏林后的生活以及双亲的过世。她还写到自己很想见见他，但是——

很难解释，我不时会焦虑。你知道那是什么吗？就是其实没关系。我想说的是我坐不了飞机，你觉得你能过来看看我吗？过个圣诞节？机票很便宜，我在这里就能安排好一切。我真的需要哦，求你了，爷爷，你会来的吧？

全心全意爱你的孙女布莱妮娅

亲亲亲亲

阿尔弗雷德将信折好，整整齐齐地塞回了信封里。

"老天，阿尔弗雷德，是什么坏消息吗？"玛格达莱纳问。

尽管脑袋重得令人难以置信，他还是抬起头，仰头看了看她。

"来，等一下，我去给你拿张子巾。"她把"纸巾"说成了"子巾"。

"我没事。"阿尔弗雷德回答，却感恩地从她手中接过纸巾，擦了擦眼睛。再次开口时，他的声音既沙哑又沉重。"我的孙女想要我去过圣诞节。可我太老了，太——"注意到玛格达莱纳已经走到了弗兰克·马丁斯那边，去为他擦掉下巴上的利宾纳果汁，他停了下来。

你还不算太老，阿尔弗雷德。

"已经很老了，太累了。"

啊，别这样。此外，你真的别无选择。

"我的髋。"

哦，胡说，你的髋现在健康得很。钛做的，坚不可摧。

房间的那一头，玛格达莱纳正在给乔瑟琳交班。门上悬挂的廉价塑料钟表上显示，现在是六点钟。厨房的方向隐约飘散出一股肉汁的味道，却提不起阿尔弗雷德的胃口。他一点儿也不饿。

你必须告诉她。

"告诉她什么？"

没有人回应。

"告诉她什么？！"他提高嗓门重复道。

"阿尔弗雷德·华纳！"是乔瑟琳的声音，她就站在他的身旁，"我以前就告诉过你了。闭嘴！"

她匆匆瞪了他一眼，走开了。

蠢婆娘。啧啧啧。

阿尔弗雷德的脑袋再次向前倒去，双眼紧闭。他的下巴几乎垂到了胸口上。他的布莱妮娅。他的小布莱妮娅。这么久过去了，她终于……是真的了。却远在天边。

哦，别自怨自艾了，老头子。

"我没有，我——"

我们要不要告诉他？我们要不要现在就告诉他？

他睁开了眼睛。"告诉我什么？"

这可不是什么好时机，不过他得知道，他们早晚都得知道。

他正打算开口询问"知道什么",却改变了心意。其实他并不在乎。他的裤子上有块污渍,硬邦邦的,已经结成了硬壳。

好吧,我来说。是这样的……哦不。我做不到。你来说。

不行,你来说。上一次就是我说的。

搞什么名堂!他已经七十九岁了!他知道这一天会来的。好了,阿尔弗雷德,听好。你还剩下整整——糟糕,是哪天来着?

13号,星期二。

没错。好的,阿尔弗雷德。你还剩下整整两周的时间。这不是我们决定的,事情就是如此。

阿尔弗雷德试图刮掉污渍,可那些不知为何物的东西却卡在了灯芯绒的道道里。

你在听我们说话吗,阿尔弗雷德?

他当然听到了。要考虑的事情太多了,天啊,依我看,你说得太糟糕了。下次我来说好了。

"我听着呢。"阿尔弗雷德回答。

很好。我也是这么想的。最重要的是,只剩两个星期的时间,我觉得你恐怕别无选择。你必须去看看布莱妮娅。你必须要告诉她。

"可是,为什么?告诉她什么?我太老了。别来烦我!就让我安安静静地死去好了!"

不过,他的话还没有说完,乔瑟琳就再次走到了他的身边,双手撑在髋部上。"好了,你让我别无选择。阿尔弗雷德·华纳,这是我对你的第二次警告。"说罢她就转过身,迈着重重的步子离开了房间。

那天晚上，阿尔弗雷德回信告诉布莱妮娅，他很愿意去过圣诞节。

布莱妮娅在接下来的最后一封回信里夹了一张自己的照片。他盯着照片看了许久，一遍又一遍，仔细端详着她也许从他、从伊苏贝尔、从约翰身上遗传到的特质。她拥有伊苏贝尔纤细的身材，他母亲的金发，还有——没错——还有约翰的微笑，左脸颊上隐约的酒窝。但他盯着照片看得越久，画面就越是模糊。最终，她又重新变成了一个陌生人。

信中还包含一张印有很多内容的纸。阿尔弗雷德不得不让玛格达莱纳为他解释这是什么。她大笑着告诉他，这是一张飞往柏林索奈菲尔德机场的 EJ6341 航班登机牌。

一个星期之后，阿尔弗雷德找到了乔瑟琳。办公室的房门敞开着，于是他没有敲门就走了进去。乔瑟琳正在往电脑里敲着什么东西，嘴巴抿成一条线，注意力全都集中在将手指放在正确的按键上。阿尔弗雷德清了清嗓子，宣告自己的到来。

"你有没有听说过'敲门'这种东西？"乔瑟琳叹了一口气，问道。

"门是打开的。"阿尔弗雷德说，"所以我——"

"这并不意味着你不需要敲门。"

阿尔弗雷德退了一步，用指关节轻轻敲了敲敞开的房门。"有人吗？"他问。

她并不觉得好笑。"好吧，阿尔弗雷德，你想做什么？"

"我想和我的律师谈谈。"他回答。

她的眉毛猛地挑了起来。"哦？为了什么？你签下合同时就已经同意了其中的条款，这你是知道的。"

"我知道。"阿尔弗雷德缓缓答道，"我想和我的律师聊聊有关遗嘱的事情。"

这句话的作用几乎和动画片一样。乔瑟琳的五官一下子放松下来，一抹陌生的微笑悄悄爬上了她的脸庞，她的声音也柔和起来。"哦，当然没有问题，阿尔弗雷德。要我现在就给他打电话吗？你的档案里有相关细节，对吗？"

他点了点头。

"那好，请你先去公共休息室待着吧。我这就给他打电话。"

不到五分钟之后，她就来到了公共休息室。阿尔弗雷德正准备和另一位住户玩西洋双陆棋。

"阿尔弗雷德，我刚刚和威尔逊先生通过话了。他星期二的时候可以过来。我希望这个日子没有问题。我跟他说三点钟，这样你还能有充足的时间吃个午饭，睡个午觉。"她笑了——有点怪异，"好了，喝杯茶怎么样？"

"谢谢，乔瑟琳，那太好了。"

她俯身朝他靠了过来。他能闻到她身上的除臭剂味道。"我要不要再带几块巧克力消化饼过来？"她问。

"我已经吃过一块蛋糕了。"阿尔弗雷德实事求是地回答。乔瑟琳听罢开玩笑似的用手肘推了推他，说道："哦，我是不会告诉任何人的。"

星期二，当着律师威尔逊先生的面，阿尔弗雷德写下了一份遗嘱，指定布莱妮娅·华纳为他唯一的继承人和受益人。威尔逊先生似乎很高兴——这可不是一笔小钱。他说他不想让这笔钱被浪费（他的意思是上交给政府）。

"阿尔弗雷德，有人打电话找你！"是玛丽/米歇尔的声音。

阿尔弗雷德来到大厅的接待台旁，从她的手中接过听筒。

"你好！"

"爷爷，我是布莱妮娅！"她听上去既欢快又兴奋，"能够听到你的消息——我是说，你的声音，亲耳听到你的声音，真好。我这个时间给你打电话没有打扰到你吧？"

阿尔弗雷德一下子不知该说什么才好。

布莱妮娅接着说："所以，你收到机票了吗？你真的要来吗？"

"是啊，是啊，后天。"

"上帝啊，这也太——"她停顿了一下，"太酷了。我真的等不及要见到你了。"

"我也很期待。"

"我想我已经在信里提过了——我提过了吗？我目前真的坐不了飞机。我有点……我是说……你懂的，有点焦虑。我提过了，对吗？不然我会去看你的。"

阿尔弗雷德不想告诉她，自己以前从未坐过飞机，一想到这件事就吓得要命。不过他脑海里那几个画外音女声没有给他多少选择。"是的，你提过了。"

一阵短暂的沉默。

"所以，不管怎么说，爷爷。"她继续表示，"天啊，这听上去太奇怪了。我以前还从未叫过任何人爷爷呢。我是说,我妈妈的父母在我出生之前就去世了,所以我从未有机会称呼过她的爸爸。总之,他是个德国人,所以我猜我得叫他外公之类的。话说回来。"她停顿了片刻。"话说回来,你也是德国人。所以……"

她在胡言乱语了。阿尔弗雷德不知道这是出于紧张、兴奋,还是她就是这样思考问题的。"布莱妮娅,你打电话给我有什么事吗?"他轻声问道。

"哦,当然。其实我只是想说,很抱歉,我不能去机场接你了。我有个不能错过的约会。"

"我真的非常抱歉。"她又说了一遍,"不过有趟火车能把你从机场直接带到中央火车站。大约半个小时就到。我会在站台上等你,两点钟,我保证。"

阿尔弗雷德的心在胸口里怦怦直跳。别傻了,他告诉自己。你以前也坐过火车,没什么好紧张的。"好的。"他最后说,尽量让声音中充满自信,"中央火车站。"

"很好找的,爷爷。"她说,"从机场坐上区间火车一路过来就好。你不会迷路的。哇,我真的好兴奋!"她笑了。这是一种不同寻常的笑声——甜美的、孩子般的笑声,让他也露出了微笑。他很期待见到她。

沉寂
第六日

房间里一片寂静,只有机器的嗡嗡声和嘀嘀声——不过我现在已经习惯了。我的手表显示,现在是傍晚时分,不过凭隔间里昏暗的光线是无法判断时间的。阿尔弗雷德还坐在老地方,布莱妮娅床边的一张塑料面扶手椅上,而我坐在对面的椅子上。在我们动身前往医院前一个小时,他终于讲完了他的故事。午饭后,我帮他收拾好行李。他坚持要把东西带到医院里来。此时此刻,那只棕色的小箱子就放在布莱妮娅床脚的地板上。

很长一段时间,我看着阿尔弗雷德注视着布莱妮娅。他相信——他真的相信——自己已经濒临死亡。他怎么可能如此镇定呢?几乎令人无法忍受。我爸爸死的时候又踢又叫,一直都在挣扎。去世时，他的脸上留下了惊讶和愤怒的表情。他认为这是在针对他。

阿尔弗雷德发现我正看着他，微微笑了笑。"我没事。"他好像读懂了我的心思，"你也会没事的。"

"阿尔弗雷德——"我低声开口说道。

他举起一只手，阻止了我。他的颤抖已经消失了。"我猜我是躺在浴缸里心惊胆战、痛苦不堪时才终于明白的。我不相信这竟然花了自己这么长的时间。这么多年过去了，我一直以为是布莱妮娅，我的布莱妮娅——我其实从未真正给过约翰一个机会。这一辈子，我都在聆听各种各样的声音，却没有想过要听他说话。从不曾真正听过。再想告诉他，他是个特别的人时，已经太晚了。"

他眨了几下眼。我看得出来，他正在流泪。他从袖子里抽出一条手绢，擤了擤鼻子。"我不配拥有这么美好的生活。但也许我至少可以拯救布莱妮娅。"

他闭上了眼睛。没过多久，他就开始轻柔、低沉地打起呼噜来。这是一种令人安慰的声响。很快，我也渐渐睡了过去。

没睡多久，机器发出的单调声响遭到了某种干扰，吵醒了我。我看了看表，发现自己已经瞌睡了二十分钟。就在我转向布莱妮娅时，差点叫出了声。她已经睁开了眼睛，正直勾勾地看着我。

"你好，朱莉娅。"她低声地说。

我突然感觉五脏六腑都在下沉，就像飞机正在迅速下坠。我赶忙转身去看阿尔弗雷德。他还坐在扶手椅上，脑袋靠着椅背，嘴巴微张。不过他已经不再打呼了。我记得当时心想，我应该为此感到惊慌，结果心里却异常平静。当我转回身去看向布莱妮娅时，她的眼睛又闭上了。我不确定她看着我对我低语的画面是否只不过是我的想象。奇怪的是，我竟然没有停下来琢磨她怎么知道我的名字。

我缓缓站起身，走到阿尔弗雷德身旁，帮他抚平了几缕散乱的头发。他的皮肤摸上去还是温热的，但人已经彻底没了动静。于是我找来了护士。

尾声
第三百七十日

  阿尔弗雷德去世已经整整一年了。官方的结论是心脏衰竭，但我不喜欢这个词。他的心脏其实并没有衰竭，只不过是在服务了近八十年后停止了运作。我宁愿去想象它是优雅且慈悲地辞职的（在停止跳动时也没有给自己的主人带来明显的痛苦）。但这是绝对不可能被主治医师在证明上登记为死因的。

  如他所愿，阿尔弗雷德被葬在了施图本劳赫大街上。出席他葬礼的只有我和丧礼承办人。我选择了花园区域作为墓地——这意味着没有墓碑——因为我觉得阿尔弗雷德会喜欢让自己的遗体为那里生长的古树和野花提供沃土。夏天时，他被埋葬的地方会变成一片草坪，绽放出罂粟花、矢车菊和天蓝绣球——都是些会吸引大量蜂蝶的植物。墓地距离我的公寓步行二十分钟，需要我穿过人民公园。我觉得这就是阿尔弗雷德选择它的原因。

我花了好几个星期的时间才将阿尔弗雷德的故事记录下来。写完后，我将书稿带到了医院。布莱妮娅的病情仍旧稳定，但医生提醒我，她昏迷的日子每过一天，完全康复的概率就会越小。但我选择了相信不同的看法。她醒过一次，还低声叫出了我的名字。我对此深信不疑。这就是为何许多个夜晚，我都会坐在她的床边，为她朗读阿尔弗雷德的故事，直到嗓子干得难受，声音比嘶哑的耳语大不了多少。读到故事结尾时，我坐在那里注视了她很长时间。机器还在继续发出嘀嘀、嘤嘤的响声。某一刻，护士从门边探进头来。

"这里一切都好吗？"

"是的。"我回答，"没有变化。"

她给了我一个安慰的微笑，然后离开了。

我好想哭。我在期待什么？睡美人被吻醒，两人从此过上幸福的生活？我花了一个又一个小时敲打出来的、大声朗读过的书稿从我的大腿上滑落了下去。

"对不起，布莱妮娅。"我轻声说，"阿尔弗雷德没有告诉我从现在开始该做些什么。我猜我希望……我也不知道。无论如何，这段经历非常不可思议。我是说，这是个不错的故事。但是——"我站起来，伸手轻抚着她的脸。"对不起。"我的声音又哑了，"我试过了。"

就在这时，意外发生了。她的脸微微抽动起来，眼睛睁开了。

我又看到了她凝视我的目光。

"没关系。朱莉娅。"她低声说,"我——"她的目光从我的脸上移开,突然扫向了左边。一瞬间,她看上去惊慌失措,但五官马上就软了下来,微笑着发出了一声冗长且轻柔的"哦"。紧接着,她苍白的双唇开始一张一翕。尽管我听不清她在说些什么,但她显然是在和谁对话。

我等了一两分钟,确保她是安全的,然后拾起地上的书稿离开了。

最近她搬回了纽约。此时距离事故发生已经过去了八个月的时间,她后来还经历了漫长而艰辛的康复过程。她告诉我,尽管她只能模糊地回忆起那起事故,但待在公寓里已经感觉不太自在了。与医生的预后不同,她完全康复了,脑功能也没有受损。除了左眼有些下垂,谁也猜不到她曾经如此靠近死亡。

在她康复的那段时间里,我们聊过好几个小时。在此期间,她问过我一些关于阿尔弗雷德的细节。这些细节都是我书写的故事里不曾提到的。她还为我讲述了她的生活。

"现在呢?"一天下午,我们坐在医院的花园里,享受着春季里的第一拨晴天。

她沉默了许久,紧闭着双眼,仰头迎着阳光。"这很难解释。"她终于答道,"和以前一样,她们一直都在,即便是她们不说话的时候。不过——"她停顿了一下。"这几个人很友善,也很有趣,还有点熟悉。就好像我以前在梦境之类的地方听到过她们的声音。我不知道该如何解释。"她突然把一只手按在了头上,好像十分痛苦。

"你还好吗?"我问。她的绷带早就拆除了,但我还是能在她的一头金发下面看到深红色的瘢痕组织。

她缓缓点了点头。"嗯,我没事。只不过,我不喜欢这么用力地去想……以前,我永远都不想回到那里。即便脑子里那几个女人告诉我,不要害怕别的声音会回来。"她转头看着我,"有些时候说起来容易,做起来难。但我后来试着去想过阿尔弗雷德,思考他是如何接受她们的,不去质疑对方是谁、来自何方,我只是希望……"

"希望什么?"

"我只是希望爸爸要是知道就好了。这可能也能挽救他的性命。"

在我们身后,一个护士推着装了茶和蛋糕的小推车走了出来。

"你确定想要搬回纽约吗?"我一边问一边和她一同起身加入了逐渐围绕在推车周围的其他病人和访客之中。

她点了点头。"那里才是家,你明白吗?"

"不过,要是你想回来——"我开口说道。

布莱妮娅把一只手搭在我的手臂上,笑了。"我会没事的。"她说,"毕竟他们已经证明了我不是个疯子。"

在她把头转回去之前,她的表情变了——只有一刹那的工夫——她的眼睛里闪过了一代代前辈的生命力。我知道她会好起来的。

新生
2015

痛苦撕裂着你的身体,偷走了你的呼吸、你的思想、你移动的能力。这种感觉愈演愈烈,达到了高潮,然后退化为粗犷的悸动。你的双腿失控地哆嗦起来,然后你吐在了硬纸浆盘上盛着的猪腰泥上。

名叫奥布莱的女人揉捏着你的腰骶,手指十分有力,经验丰富。她说,你应该安排一个分娩陪护。她听上去很失望。靠你一个人太难了,她说。

可你不是一个人,对不对,布莱妮娅?

我们就在这里。

奥布莱用一块湿布擦了擦你的嘴巴,给你喂了些冰碴,然后挪到了床尾。如果你需要硬膜外麻醉就吱声。

你嘟囔着点了点头,然后又摇了摇头。你不想抑制这份痛苦,甚至不想让它得以缓解。不用了,我……

你能感觉到她将一只手伸进了你的体内,四处查探。8厘米!她看了看你的两膝之间。微笑。现在不打硬膜外麻醉就再也打不了了。你已经快生了。她脱掉了乳胶手套。

痛感卷土重来,比预料中来得更快。哦。

专注,布莱妮娅,眼神盯住机器。曲线,看到了吗?上升,上升,上升。

啊!

这里,看到了吗?

你转过头,试着把注意力集中在机器中冒出的一张张纸上。两根针狂躁地飞快刮擦着。

已经到达顶峰了。现在要下降了。

左边那根针匆忙记录的是你的宫缩和痛苦。右边那根涂鸦的是他的心跳。

心跳有力且稳定。在下一次宫缩之前试着放松一下。呼吸。

奥布莱说,我希望你能做上几次深呼吸,布莱妮娅。你能帮我这个忙吗?

阵痛之间的间歇令人愉悦。你鼓起仿佛已经被压扁的肺,尽可能地呼吸,却被另一次宫缩击中,眼前闪过一道深红色的光。你又想吐了。你等待着痛感退去;你需要时间恢复,但它并没有停止。

我已经等不及要见到他了!啧啧啧,我太兴奋了!

你做得很棒，布莱妮娅。快到了。哦！

你的身体里突然喷出了一股液体，是蜂蜜味道的。

助产士笑了。喏。她牵起你的手，拉着它放在你的两腿之间。感觉到了吗？

你摸了摸，感觉到了某种温暖的东西，还带着脉搏。头发。是头发吗？

像乌鸦一样黑！

和你的头发一样，布莱妮娅。和你出生的时候一样。哦，这是不是非常美妙？

好了，奥布莱说。你会感觉自己必须用力，但我需要你大口地呼吸。快，就像这样：哈，哈，哈。

你努力了——哈，哈，哈——但不用力是不可能的。你的肌肉疯狂地收缩，完全不受控制。你感觉自己的肠子都打开了，拦都拦不住。你发出了一声啜泣。

嘘，布莱妮娅，这很正常。

布莱妮娅！奥布莱的语气十分紧迫，失去了耐心。你得大口地呼吸！不然我是无法阻止你撕裂的。

听我们的。听我们的，保持呼吸又快又浅。

她们开始唱了起来。

睡吧，我年轻的爱人。

雨在哭泣。

妈妈留着你的金子。

她们的歌声充斥着你的脑海，充斥着整个房间，飘扬在你的上方和四周，又甜又美。你浅浅地吸了几口气。

你做得很棒，布莱妮娅，奥布莱说。好了，下一次宫缩时，尽力去推，好吗？

浪潮来袭，升起，咆哮，跌落。它在号叫。一种黑暗而原始的动物声响从你的喉咙里喷涌而出。脑海中的女人们在号叫，在悲泣。另一种不同的痛苦汹涌而来——刺痛、灼痛、烧痛。他撑开你的双腿，滑了出来。

他降生了。

后记

我的脑海里听不到声音,从来也不曾听到过。但当我的一个朋友承认自己青春期时会听到声音时,一下子就引起了我的好奇:这既是因为他是用供认的措辞来表达的,从而暗示这不知怎么是件"错事",也是因为能够听到别人都听不到的声音这个概念。

幻听又称听幻觉,是一种古老的现象,在已知的所有文明中几乎都有记载和描述。会幻听的人中,知名者包括苏格拉底、西格蒙德·弗洛伊德、圣雄甘地、圣女贞德和宾根的希尔德加德。不论以何种标准来看,这都是一种普遍现象。但伴随精神病学在19世纪末出现,幻听成为了一种精神疾病,一种脑内出现的"问题",一种精神错乱的症状。在此之前,在世界各地的其他文化中,这种现象是以完全不同的方式构建的:圣人之所以被封为圣人,是因为他们能够听到（神圣的）声音；在非洲和印度，许多幻听者都会把听到的声音与积极的经历联系在一起，就像向导或长者给年轻人的建议一样。

依靠内心的声音，苏格拉底在即将犯错时对自己发出了警告。许多艺术家还会把幻听的声音当作创作过程中不可分割的一部分。

不幸的是，一些幻听的例子（尤其是威胁性或侮辱性的声音）可能是创伤经历的结果，比如童年遭遇的性暴力，可能需要临床和／或药物治疗。毫无疑问，现在精神病学能够挽救生命，但并非所有的幻听者都能被归为这个类别。近年来，西方文化中的幻听者开始挑战精神疾病的假定。比方说，幻听运动就试图提高人们对于幻听者体验多样性的认识，提出幻听是一种超越病理学、多方面且有意义的体验。

在《六日惊奇》一书中，我选择用两种截然不同的方式来对比同一种现象——幻听。对阿尔弗雷德而言，幻听是一种天赋。他无法想象没有那几个画外音女声的人生。对布莱妮娅而言，幻听是极其痛苦和羞耻的，将她逼到了精神错乱的边缘。尽管这些人物纯属虚构，但我想质疑的，是允许针对这一现象的单一解释占据主导地位。针对那些不符合"正常"这一狭隘理解的复杂人类经历，我的目标是为它们的正当性进行辩护。

我以研究为目的参考的资料数量众多，无法完整提及。其中包括采访、幻听者的一手经历和学术论文。我认为格外有用的书籍有：丹尼尔·B.史密斯的《缪斯、疯子与先知：幻听与理智的边界》（企鹅出版社，2007年）；约翰·沃特金的《幻听：人类共同的体验》（内容山脉出版社，1998年）；朱利安·杰恩斯的《二分心智理论崩溃中的意识起源》（第一水手书籍出版社，2000年版）。最后，对于任何心怀顾虑或疑问的人，还有许多资源可以获取更多的信息，包括幻听运动的在线资源，比如hearing-voices.org和intervoiceonline.org。

创作一部小说是一个高度协作的过程。我要感谢所有曾经直接或间接给予过我支持的人，尤其是：大卫·康林、李罗·康林、杰克与菲沃尔什、迈克尔·沃尔什、超级经纪人珍妮·布朗、西蒙·伯克、克里斯·基德和黑与白出版社的全体团队、亨利·斯塔德曼，莫克林村的可爱村民，我永远的阿姨——盖洛、芭芭拉、马里恩、安妮塔和卡琳，位于潘科区的前犹太孤儿院的支持者和友协，当然还有我的爱人克里西（不是"克丽丝"）。

图书在版编目（CIP）数据

六日惊奇 /（英）朱丽叶·康林著；黄瑶译. — 北京：北京联合出版公司，2021.8
ISBN 978-7-5596-5408-3

Ⅰ.①六… Ⅱ.①朱… ②黄… Ⅲ.①长篇小说—英国—现代 Ⅳ.①I561.45

中国版本图书馆CIP数据核字（2021）第131482号

著作权合同登记号 图字：01-2021-4682

THE UNCOMMON LIFE OF ALFRED WARNER IN SIX DAYS
by JULIET CONLIN
Copyright © 2017 by Juliet Conlin
Published by arrangement with Black & White Publishing Ltd, through The Grayhawk Agency Ltd.

六日惊奇

作　　者：[英] 朱丽叶·康林
译　　者：黄　瑶
出版统筹：慕云五　马海宽
项目监制：慧　木
产品经理：李楚天
责任编辑：夏应鹏
封面设计：门乃婷工作室

北京联合出版公司出版
（北京市西城区德外大街83号楼9层　100088）
北京联合天畅文化传播公司发行
天津丰富彩艺印刷有限公司印刷　新华书店经销
字数337千字　880毫米×1240毫米　1/32　14印张
2021年9月第1版　2021年9月第1次印刷
ISBN 978-7-5596-5408-3
定价：59.00元

版权所有，侵权必究
未经许可，不得以任何方式复制或抄袭本书部分或全部内容
本书若有质量问题，请与本公司图书销售中心联系调换。电话：（010）64258472-800